IMI

EU

CW01662304

Imran Mahmood

EU, ACUZATUL

rao

Descrierea CIP a Bibliotecii Naționale a României
MAHMOOD, IMRAN
Eu, acuzatul / Imran Mahmood. - București : RAO Distribuție, 2020
ISBN 978-606-006-362-9

82

RAO Distribuție
Str. Bârgăului nr. 9-11, sector 1, București, România
www.raobooks.com
www.rao.ro

IMRAN MAHMOOD
You don't know me
Copyright © Imran Mahmood, 2017
Toate drepturile rezervate

Eu, acuzatul
© RAO Distribuție, 2018
pentru versiunea în limba română

Traducere din limba engleză
Alexandru Szollo
prin LINGUA CONNEXION

2020

ISBN 978-606-006-362-9

Pentru Shahida, care mi-a dat viață.
Pentru Sadia, care mi-a schimbat viața.
Pentru Zoha, care mi-a întregit viața.

Pentru toţi fraţii şi surorile mele de la Barou, care
ţin discursuri adevărate şi se confruntă în fiecare zi
cu cazuri dificile, în schimbul unei recunoaşteri
sau recompense atât de mici.

LA TRIBUNALUL PENAL CENTRAL T2017229

ÎNAINTEA: Judecător SALMON, AR[1]

Pledoarii de încheiere:

Proces: Ziua 29

Marți, 4 iulie 2017

ÎNFĂȚIȘĂRI:

Pentru acuzare:	domnul C. Salfred, AR.
Pentru inculpat:	el însuși

Transcript după o înregistrare audio digitală realizată de
T.J. Nazarene Limited
Stenografi oficiali și transcriptori
ai înregistrărilor tribunalului.

---

[1] Acronimul original este Queen's Counsel (QC), tradus aici prin „avocatul Reginei“ (n.tr.)

1

10.05

INCULPAT:

– În .1850, Henry John Temple[1], al treilea viconte Palmerston, a ținut un discurs în parlament, care-a durat cinci ore. Un evreu portughez, pe nume Don Pacifico,[2] care locuia în Grecia dar se născuse în Gibraltar, fusese atacat de-o gloată de rasiști. Fusese bătut. Casa îi fusese vandalizată. Bunurile îi fuseseră furate. Poliția greacă stătuse cu mâinile-n sân și nu făcuse nimic, ci doar privise când se întâmplau toate astea. Don Pacifico a solicitat despăgubiri din partea guvernului grec. Guvernul grec nu i-a dat nimic. Așa că el a făcut apel la britanici.

– Ce-a făcut Palmerston? Palmerston l-a considerat pe acest evreu din Gibraltar supus britanic. Așa c-a trimis o

---

[1] Henry John Temple, al treilea viconte Palmerston (1784-1865), om politic britanic, prim-ministru al Marii Britanii în perioadele 1855-1859 și 1859-1865 (n.tr.)

[2] David „Don" Pacifico (1784?-1854), consul general în Grecia în perioada 1837-1842, demis din funcție în urma unor repetate abuzuri de putere. A fost figura centrală a unei dispute juridice din 1847, când casa i-a fost vandalizată din cauza originii evreiești, stârnind chiar o dezbatere în parlament, motivul unei controverse diplomatice de proporții (n.tr.)

escadrilă întreagă a Marinei Regale la Atena ca să blocheze portul de acolo. Când a fost atacat de o mulțime furioasă în parlament, Palmerston a ținut discursul de cinci ore. În discurs, a spus: „Un supus britanic ar trebui să fie pretutindeni apărat de brațul puternic al guvernului britanic contra nedreptății și fărădelegii".

– Asta însemna să fii britanic în vremurile ălea. Pardon, vremurile acelea. Mă scuzați, c-am ceva emoții. În vremurile acelea, nu conta dacă erai portughez, evreu sau dân Gibraltar sau dă oriunde altundeva. Era destul că dân orice colț al lumii ai fi venit, dacă-ți făcea careva rău, puteai să pui bază pă toată puterea întregii Anglii c-o să-ți sară-n ajutor. Palmerston ăsta a trimis o flotă întreagă dă nave pentru un singur om!

– Asta ar fi făcut Anglia doar pentru unul dintre oamenii ei – chiar dacă era un evreu de nimic ca Don Pacifico –, toată Anglia pentru un singur om. O sută șaizeci de ani mai târziu, acest englez negru nu poate conta pe Anglia. Deloc. Nu pot conta pe Anglia, ci doar pe mica părticică din ea aflată aici, în sala asta. Pentru mine, asta-i toată Anglia. Dumneavoastră sunteți toată Anglia, iar io am nevoie de dumneavoastră în acest moment. Am nevoie de brațul puternic al apărării dumneavoastră împotriva nedreptății și fărădelegii. Am nevoie de dumneavoastră. Am nevoie de dumneavoastră. Am nevoie de dumneavoastră. Și dumneavoastră aveți nevoie de mine. Aveți nevoie de mine ca să fiți toată Anglia.

Practic, pân-aicea am reușit s-ajung. P-ormă m-am gândit: „La ce bun?" Io nu-s lordu' Palmerston, și niciun discurs dă cinci ore dân partea mea n-o să vă convingă să țineți cu mine. Io nu-s prost. Io știu că nu scap cu niciun discurs d-aicea. Dar știți ce? A meritat să citesc bucata aia numa' ca să vă văd mutrele. Io nu zic asta în glumă, ci o zic ca să vă scutur o țâră. Așa-i că nu știați că io știu vorbi ca un profesor? Dar am vrut și io să știți că s-ar putea să fiu mai mult dăcât ați văzut dumneavoastră când vă prezentam probele. Am vrut și io, nu știu, poate, să vă surprind o țâră. Și să știți c-o să vină ceva surprize păstă voi.

Deci, poate că asta-i prima surpriză. De ce stau io aicea și-mi țin pledoaria-n locu' la avocatu' meu? De ce m-am hotărât io să stau în fața voastră și să vă zic tot cu cuvintele mele? Să nu mă-nțelegeți greșit, că io nu m-am supărat pă el, sau ceva dă gen. Am avut și noi o diferență de-aia dă opinie. El voia să vă dau io ceva dă-i zicea el „relatare plauzibilă". „Dă-le ce vor s-audă", zice el către mine. Și io zic: „Nu, frățică, io vreau să le dau ce nu vor s-audă dă la mine, adevăru'!" Da' lui nu i-a plăcut nu știu cât treaba asta. „E prea mult pentru ei", zicea către mine, „prea mult pentru soiul lor".

Era tare, avocatu' meu, să nu mă-nțelegeți greșit. Dar m-am gândit că el nu-s io. El nu știe ce știu io. Problema mea erea că deși io știu ce știu io, io nu știu ce știe el. Să-l las să vorbească el pă limba lui și să vă spună o jumate dă poveste, sau să v-o spun io pă toată, și să risc să nu-nțelegeți nimica dân ea? Oare chiar pot io să vă spun toată povestea? Ați crede-o? Nu știu, frate. Nu știu. Ce știu e că io nu-mi risc viața pentru crima asta fără să vă zic ce-i adevărat. Chiar dacă avocatu' meu nu vrea să fac asta.

Deci, asta-i mărturia mea. Io v-am dat probe sub jurământ. Pă Sfânta Scriptură. Da' Dumnezeu mi-i martor, ce-am zis în boxa martorilor nu-i tocmai adevăru' tot. Să nu mă-nțelegeți greșit, că avea niște adevăruri pe-acolo, multe adevăruri, dar s-ar putea să fie și niște chestii care nu-s adevărate. Da' așa a vrut el, avocatu' meu. „Nu-i vorba despre adevăr", zice către mine, „e vorba de ce pot ei să creadă."

M-am supărat dân cauza asta. Cum adică să vă jur io că vă spun adevăru' și dup-aia să vă mint? Și azi-noapte când m-am culcat, m-am tot gândit la asta. Mult. Și când m-am trezit, n-am fost prea fericit. Și azi-dimineață-i zic:

– Bă, frățică, io trebe să-ncep să le zic pă bune. Pledoaria asta, pledoaria dă-ncheiere, asta-i ultima mea șansă.

Și-ăsta zice: „Păi, asta e". Nu mai poate vorbi-n numele meu, dân motive *etice*. Etice? Io credeam că etica se ocupă cu adevărul. Da' se pare că nu-i așa. Toată treaba stă-n *impresii*.

– Ce impresie crezi c-o să faci când te duci acum la tribunal și spui o poveste diferită? Cum crezi c-o să pară când le dai această „nouă informație?"

– Păi, poate, zic io către el, nu trebe să le zicem *chestia aia* – și sincer să fiu, nici măcar nu-s sigur că pot să vă spun chestia aia. Că dacă v-o zic, nu știu sigur dacă mai scap cu viață, mă-nțelegeți cum zic?

Să nu mă înțelegeți greșit, că io vreau să vă zic, da' nu știu sigur dacă pot. Nu știu ce-ați crede despre mine dac-ați auzi chestia aia. Poate trebe să știți câteva lucruri prima oară. Despre cum sunt io cu adevărat.

Acuma poate credeți, când vă uitați la mine, că-s un tâmpit dă copil, care trage-n oameni fără motiv. Știu c-așa credeți, că nici io nu-s prost, nici dumneavoastră nu sunteți. Io știu că probele alea, ce v-am zis io din boxa martorilor, nu era ele prea bune. Știu asta. Știu că era dubioase rău. Deci io știu că dumneavoastră credeți că l-am împușcat io pă puștiu' ăla, da' nu-i așa. Ăștia vrea să credeți că io-s o putoare dă copil, fără minte-n cap, care se duce pă ce stradă i se năzare lui și trage-ntr-unu' dântr-o nimica toată. Nu vă lăsați duși dă nas, totuși. Ăștia se pricep la asta – să vă ia dă proști. Asta face ăsta, domnu' avocatu' acuzării, dân asta trăiește. Asta face zi și noapte, și până termină cu tine, zici că albu-i negru, și negru-i alb. Io-mi scot pălăria-n fața lui. E deștept. Șmecher, da' deștept. Doar că trebe să vedeți dincolo dă toată vrăjeala ce-a făcut-o ăsta aicea, să vedeți ce-i în spatele ei. Credeți-mă c-o să fiți surprinși. Nu trebe să faceți asta pentru mine. Faceți-o așa, ca să fie făcută, ca un experiment. Dacă n-am dreptate, faceți ce trebe să faceți și aia e. Dar dacă am dreptate...

Începeți cu probele. Bun, n-arată prea bine probele-alea, da' nici nu-s prea multe. Totuși, înainte să mă bag în toate alea, vreau să zic și io ceva. Să nu băgați în seamă toate chestiile dă vi le-am zis în boxa martorilor. Așa-i că alea nu mai contează dacă nu există probe concrete care să arate c-am io vreo legătură cu crima asta? Dacă probele-s dă căcat, ce mai contează ce v-am zis sau nu v-am zis?

Bun, deci asta-i. Așa le-am scris io:

1. A fost împușcat un băiat din aceeași zonă în care stau și eu.
2. Cu trei luni înainte să fie împușcat, se pare că m-a văzut cineva trecând pe lângă el și spunând: „Ești varză, omule!“
3. Cu câteva luni înainte să fie împușcat, cineva l-a văzut pe Jamil, pe băiatul mort, certându-se cu un băiat cu un hanorac negru cu caractere chinezești pe spate.

4. Probe din zona de acoperire a mobilului. Expertul în telefoane a spus că telefonul meu era în același loc cu decedatul în momentul împușcăturii. Telefonul meu era, de asemenea, în același loc cu al lui în momentul în care eu mă certam cu decedatul. Și era și în același loc cu telefonul lui în momentul în care eu aș fi spus: „Ești varză, omule!" Totul într-o singură zonă de acoperire. Ce-a zis expertul? Cincizeci, șaizeci de metri?
5. Percheziția din apartamentul meu. Poliția m-a arestat pentru că a aflat un zvon cum că eu aș fi fost implicat în schimbul de focuri. Mi-a percheziționat apartamentul și a găsit un pistol Baikal[1]. A găsit un hanorac negru cu caractere chinezești albe pe spate. A găsit telefonul meu, care se potrivea cu probele din zona de acoperire a mobilului. Mi-a găsit pașaportul. A găsit un bilet electronic pentru un zbor spre Spania. Au găsit bani, treizeci de mii de lire în rucsacul meu. Au găsit în mașina mea reziduuri de la descărcarea unei arme de foc despre care a tot vorbit și avocatul acuzării. M-au găsit pe mine.
6. Poliția susține că glonțul care l-a ucis pe băiat, pe Jamil, trebuie să fi provenit din pistolul meu. Analize balistice. Îl țineți minte pe-ăla care-a venit cu toate graficele-alea ale lui. El zice că glonțul ăla provine din pistolul ăla.
7. Au găsit o particulă mică din sângele băiatului mort sub unghiile mele.

---

[1] Model de pistol rusesc, apărut în anii '90, derivat din mai vechiul pistol Makarov, arma standard din dotarea poliției ruse (n.tr.)

8. Au găsit câteva fire de păr de-ale mele în mașina lui.

Asta-i. Început și sfârșit, nu? Am zis destule. Puteți să mergeți acasă, io vă mulțumesc pentru atenție. Și dacă m-ați condamna pentru astea, poate c-ați merge acasă și-ați dormi liniștiți la noapte. Io știu asta. Da' ați stat și v-ați ocupat dă cazu' ăsta patru săptămâni. Io speram să faceți să merite ălea patru săptămâni cumva. Da' dup-aia n-am mai fost așa sigur.

Poate că pentru dumneavoastră, pentru toți, cazu' ăsta nu-i dăcât ceva dă făcut, așa-i? Scăpați fain-frumos dă viețile dumneavoastră dă zi cu zi. Puteți să vă treziți în fiecare zi, să vă luați pă dumneavoastră o bluză de-aia curată, să veniți aicea și să vă uitați pă niște hârtii sau pă ce v-oți uita, să dați din cap că da sau că nu. Puteți să-l ascultați p-ăla, pă avocatu' acuzării. Puteți să-l ascultați pă judecătoru' ăsta d-aicea și să credeți că faceți mare lucru. Puteți să fiți toți respectabili. Și după ce plecați d-aicea, când se termină cu cazu' ăsta, puteți să vă-ntoarceți la viețile voastre și să faceți ce faceți. Da' io nu dispar când dumneavoastră mergeți toți acasă, să știți. Io-s tot aici. Io-s tot om, așa-i? Când băiețelu' dumneavoastră care acuma are vreo patru sau cinci ani și d-abia începe școala, io tot într-o celulă de la închisoare o să fiu. Când împlinește vreo zece ani și merge-n prima zi la școala dă băieți mari, io tot după gratii o să fiu. Când pleacă și-și găsește dă lucru sau se duce la facultate, io tot aicea o să fiu. Execut sentința pă viață. Că dumneavoastră nu v-ați uitat destul dă atent. Că dumneavoastră nu v-ați făcut treaba. Atâta cer și io. Ascultați-mi povestea – sunt nevinovat.

Vă promit io, dacă vă uitați destul dă bine, o să vedeți cu ochii dumneavoastră.

Uitați-vă și dumneavoastră la probe. Alea o să vă spună tot ce trebe să știți. Și credeți-mă că-s destule acolo încât să v-ajute să vedeți că-i adevărat ce vă spun io.

Pauză: 11.15

2

11.28

Înainte să fiu arestat pentru crima asta, aveam loc dă muncă. Bine, nu era pă bune, nu de-ăla unde ești plătit pă merit, dar trebuia să fac și io ceva ca să iasă bănuții. Nu eram nici gangster d-ăla – treaba mea era să vând căruțe. Mașini. Le iubesc. Nici dumneavoastră, nici nimeni altcineva, n-aveți ce mă-nvăța despre mașini. Îmi plac alea vechi. Îmi plac astea noi. Îmi plac alea cu motor V8[1], îmi plac alea cu aspirație naturală, îmi plac alea cu propulsie turbo[2].

Oricum, ce mi-am dat io seama-i că, de cele mai multe ori, lumea nu știe ce-are când vinde mașini. O fată vindea o mașină de credea ea că-i un Vauxhall Carlton[3] vechi care făcea vreo trei sute dă lire. Ce nu știa ea era că ăsta nu era orice Carlton vechi, care poate făcea mai mult dă trei sute

---

[1] Tip de motor în 8 cilindri cu configurație în V (n.tr.)

[2] Diferența între motoarele turbo și motoarele cu aspirație naturală stă în faptul că dacă primele sunt dotate cu o turbină care forțează aerul necesar pentru ardere să intre în motor, cele din urmă își iau de la sine aerul (n.tr.)

[3] Marcă de mașină lansată de compania de producție de automobile Vauxhall Motor Company, produsă în perioada 1978-1994 (n.tr.)

dă lire. Ăsta era un Lotus Carlton[1]. Un Carlton cu două motoare dă trei virgulă șase litri, trei sute șapte dă cai-putere. Prinde suta dă kilometri în cinci secunde. Cel mai tare merge cu două sute optzeșunu pă oră. Oricine ar da douăj dă miare pă ea, chiar dacă are douăzeci dă ani vechime. Să știți că io verific orice căcat cumpăr. Și vreau să vă zic că, dă cele mai multe ori, cine cumpără dă la mine verifică toate căcaturile. N-ai cum să vinzi rable la lume dă unde vin io. Ăștia vor să vadă tot cu lupa. Fiecare ciobitură-i o reducere. Fiecare extraopțiune-i extra bani, știți cum zic?

Deci io cred că și aicea-i la fel, așa-i? O să luați dă bun tot ce zice acuzarea sau o să vă uitați ca lumea și-o să ridicați capota? Marfa ce v-o vinde ăștia dân acuzare e dă calitate, sau e rahat fabricat în Taiwan?

Deci uitați-vă la prima probă. Băiatu' ăla mort a fost împușcat în aceeași zonă în care stau și io. Și io zic: așa, și? A fost împușcat în zona-n care stau toți oamenii care stau în zona aia. Ăsta-i argument dă nimic și probă dă nimic. Mai are vreun rost să zic ceva?

Dacă era-mpușcat în zona dumneavoastră însemna că l-ați împușcat dumneavoastră? Nu, frate. Asta-i o tâmpenie. Dar domnu' avocat al acuzării așa zice, și face mare tămbălău dân chestia asta. Dar asta-i doar așa, c-are el ceva cu mine, nu-i așa? El poa' să spună ce vrea el, și tot să iasă nașpa rău dă tot. Dar dacă te uiți ce zice, toată-i lăbăreală. Mă scuzați, dom' judecător, mi-a scăpat. Ce vreau io să zic e că așa cum zice el, avocatu' acuzării, dumneavoastră ați

---

[1] Marcă de mașină lansată de compania britanică de producție de automobile Lotus în perioada 1990-1992 (n.tr.)

zice: „Ăsta-i un gunoi de probă!" Ce, că stăteam io acolo și băiatu' ăla de-a murit stătea tot acolo? Asta-i vreo probă care să-nsemne ceva? Nu-nseamnă nici cât un căcat. Aşa-i sau nu-i aşa?

Dup-aia, uitați-vă la proba a doua. C-am fost io văzut trecând pă lângă victimă și i-am zis io ăluia „Ești varză, omule". Pentru acuzare și pentru oricine altcineva care s-a uitat la prea multe filme, asta ar trebuie să fie o probă. Ar trebui să-nsemne că io zic că omu-i mort. Dă zici că-s io vreun mafiot dă prin filme d-alea americane. Ha! Pare rău, domnii jurați. Pare rău, că dac-ați fi trăit unde-am trăit io și dac-ați fi știut ce-am știut io, ați fi râs și dumneavoastră. Pă străzile dân Londra, asta-nseamnă altceva. Domnu' avocat al acuzării n-are de unde să știe, că el nu-i după străzi. Nu-i după străzile alea adevărate, alea de le știu io, unde se-mpușcă lumea. Adică, poate-o fi exemplu prost, da' știți dumneavoastră ce vreau io să zic. El e la un alt nivel. Nu zic că ăsta ar fi un lucru rău. E adevăr curat. Dacă io m-aș duce la o partidă d-aia dă vânătoare sau dă știu io mai ce de-a lui, io n-aș înțelege ce-nseamnă cuvintele ce le zic ăia. Io când aud „combi" mă gândesc la o mașină d-aia cu portbagaj prelungit. El poate se gândește că-i ceva combinație ciudată[1]. Știți ce zic? Suntem dân lumi diferite, el și cu mine. Io nu-mi doresc să trăiesc în lumea lui. Da' aș vrea să petreacă el o zi de-a mea. Varză!

Să vă zic cum a fost cu varza.

Când aveam io vreo unșpe ani, m-am dus la o școală nouă. Nu era școala dă stat, aia dân zonă, era o școală la un

---

[1] Jocul de cuvinte din original se bazează pe plurisemia cuvântului „estate", care poate însemna și „mașină combi/mașină de serviciu" și „conac" (n.tr.)

kilometru jumate, că n-aveau loc în aia cea mai apropiată. Era o clădire d-aia pătrățoasă, dân anii '70, care li s-o fi părut ăstora că arăta meseriaș într-o vreme, da' când am ajuns io acolo, arăta de ziceai că-i bloc d-ăla dărăpănat. Avea placaj verde, țin io minte, cu ferestre mari și pătrate. Era o curte care ocolea toată școala, unde ne jucam toți în pauze, cu-o balustradă ca să nu ne-mprăștiem pă drum. Asta era tot. Practic, era spațiul cel mai mare pe care-l puteau lua cu banii cei mai puțini, și era-ntins ca un deșert, de n-avea nimeni unde să se-ascundă.

Ba, era un loc. Era o ieșire d-aia dă incendiu, într-o parte-a clădirii, cu trepte d-alea pătrățoase, în spirală. Sub ultimele trepte era o chestie, ca un fel dă puț, să-i zic așa. Dacă mergeai până jos dă tot, ducea la o ușă dă metal încuiată, care dădea-ntr-un soi dă beci unde probabil că se lăbea omu' dă serviciu. Noi la ăla-i ziceam „Frigarea". Ăla era un loc în care nu-ți doreai să fii.

Oricum, când te mutai în ălălalt capăt dă oraș, ziceai că te-ai mutat în altă țară. Io m-am mutat, și ziceai că m-am mutat în ceva zonă d-aia dă război. Da' acolo, parcă mă mutasem în cartieru' general al Partidului Național Britanic[1], să mor io. Nu erau dăcât vreo opt sau nouă care nu erau albi în toată școala. Ziceai că dân color, mi se făcuseră ochii alb-negru. Și copiii ăia, frate. Numai căcaturi rasiste scoteau pă gură, credeți-mă ce vă zic io. Pare rău, domn' judecător, că știu c-ați zis să nu-njur, da' „negrotei" în sus, „cioroi" în jos, „negru spurcat". Asta e, acuma. Ce-a fost, a fost. Cu unele căcaturi trebe să te obișnuiești.

---

[1] British National Party, partid britanic de extremă dreaptă, fondat în 1982 (n.tr.)

Am învățat să nu bag în seamă cât am putut io. Dar n-o să vă mint, au fost momente când îmi venea să le sparg la unii fețele. Omu' îndură cât îndură pân-o ia razna. Mie nu-mi plăcea să mă bat ca să mă apăr. Fiincă dincolo dă orice, mă făcea să mă simt ca gagiii ăia negri care se băteau cu Rocky[1] în filmele alea. Toată lumea spera c-o să-mi puște careva un șut în cap. În mare, scăpam cu vrăjeala dân cât mai multe porcării de-astea. Dacă puteam să mă feresc de-o încăierare, mă feream. Să țineți minte, io eram mai frumos decât mulți dântre băieții ăia, și aveam mai mult dă pierdut! Până la urmă totuși, după câteva cafteli în care le-am dat niște daună, cei mai mulți s-au învățat să mă lase-n ale mele. Oamenii nu vor să intre-n cafteli, și-atâta. Ei vor să intre-n cafteli pă care să le câștige. Și dacă asta vrei, io nu-s ăla pă care-l cauți.

Oricum, mai era un băiat, Curt, unu' dântre singurii băieți negri dă la școala aia. Ăsta era un băiat d-ăla mare, gras și prostovan, așa. Era un soi dă băiat la care puteai să-i zici cum voiai, și el îți zâmbea și-i curgeau balele dân gură. N-avea importanță ce-i ziceai, și n-avea importanță că el era cât casa, și la vârsta aia. Îți zâmbea drept în față. Și nu zic că-i puteai zice orice, și grăsan căcă – scuze, dom' judecător.

Ce vreau io să zic e că puteai să-i zici și că mă-sa face prostii pe-o liră, și tot nu zicea nimica. Așa era el, un băiat pașnic dân fire. Da' tocmai asta era beleaua. Dacă lași pe

[1] Robert „Rocky" Balboa, personajul emblematic al lui Sylvester Stallone, a avut doi adversari de culoare, în persoanele lui Apollo Creed (interpretat de Carl Weathers) și Clubber Lang (interpretat de Mr. T)

careva să te ia la bâză o țâră, e ca atunci când îl lași să se pișe pă tine, de-a binelea.

Oricum, cam astea-s lecțiile. E ca la pușcărie, zic io. Dacă dai dovadă de un pic dă slăbiciune, bucăți te fac ăștia.

Mie mi se părea că ghinionul avea să se țină toată viața dă Curt. Nu doar că era prea mare și prea prietenos, era și cam pă nicăieri. Mă-sa era alcoolică sau drogată, sau ceva, și chiar dacă noi nu știam asta p-atuncea, probabil că se prostitua în secret. Erau zile când Curt venea la școală cu vânătăi pă față. Nu le vedeai nu știu cât dă ușor, că era tare-nchis la culoare.

Da' pă băieții ăia dă la școala noastră nu-i interesa dă viața pă care-o ducea un puști acasă. Nu vreau să zic că ei n-aveau căcaturile lor la care trebuia să facă față. Că-s sigur că le-aveau. Da' într-un fel, asta nu-i făcea să-l ia mai ușor. Io-i urmăream când începeau să se dea la el. Venea câte-un băiețaș din ăla cât un băț, pă jumate cât el, și-ncepea să-l facă negrotei, și Curt lăsa capu-n jos. Dup-aia, ăla sărea-n sus și-i trăgea o palmă. Curt tot nu făcea nimica. Era plin dă puștime care râdea dă el și-și bătea joc, și io stăteam acolo și mă gândeam: „Hai, mă, frate, că ești dă două ori cât proștii ăștia. Bagă-le mortu-n casă ca lumea". Da' el nu făcea niciodată nimica. Lăsa să treacă dă la el.

Mie mi se părea că ăștia nu făceau dăcât să-l întărâte. Parcă știau undeva acolo că dacă-l frecau destul dă tare la cap ăsta putea să-i omoare, da' parcă nu se puteau abține. Voiau să-l vadă pă Hulk[1] cum ieșea dân el. Oricum,

---

[1] Personajul Marvel Comics, Incredibilul Hulk, uriașul verde și furios, a debutat în revista care-i poartă numele în 1962, fiind creația lui Stan Lee și Jack Kirby. Hulk e ca un alter ego al lui Bruce Banner, un savant expus la radiații gama, și iese la suprafață când acesta este supus stresului emoțional (n.tr.)

încercau dă toate. Îl înjurau. Aruncau în el cu toate căcaturile. Îl jefuiau. Absolut orice porcărie le trecea prin minte unor băieți să facă, făceau. Odată l-au și azvârlit în Frigare și i-au smuls hainele dă pă el. Dup-aia, când ăsta stătea acolo, numa-n pantaloni, și plângea, o sută dă băieți au stat deasupra dă puț și l-au scuipat cu flegmă d-aia groasă, verde-așa. Un puștan a-ncercat și să se pișe pă el, da' n-a reușit să dea foarte mult. P-ormă, când au venit profesorii, Curt s-a șters, și-a luat hainele înapoi pă el și-a mers mai departe, dă ziceai că nu se-ntâmplase nimica. Da, plângea el o țârică, și toate alea, dar, practic, n-a făcut nimica.

Frate, mie-mi plăcea destul dă mult dă Curt. Dă fapt, la un moment dat, mi-a devenit cel mai bun prieten. S-ar putea zice chiar că era singuru' meu prieten adevărat. Da' p-atuncea nu-l știam așa bine. Nici n-a stat el mult la școala aia, c-a trebuit mă-sa să se mute undeva în nordu' Londrei și el a fost nevoit să se ducă după ea. Dar ce-mi aduc io aminte despre el dân vremurile alea e cât încerca el să fie dă liniștit și cum oricât încerca să caute pacea, se ținea războiu' dă el. Magnet dă belele era băiatu-ăsta.

*

Da. Știu că pare c-am schimbat un traseu dă autobuz. Da' ajung unde voiam s-ajung, să mor io dă nu. Ziceam dă Curt. Într-o zi, stătea și el așa, singur, cum stătea el de-obicei, pă treaptă, și-aștepta să fie gata pauza ca să se-ntoarcă la ore, în siguranță. Io m-am dus la el și m-am hotărât să stau și io liniștit cu el. Cum eram io afurisit, de câte ori ne vedea lumea-mpreună, îl cam lăsa-n pace. Deci mie mi se părea că-i fac o favoare. Nu-mi mai aduc io aminte ce vorbeam. Nu eram nu știu cât dă apropiați, și nu era băiețașu' meu, dar aveam ceva prostii în comun.

La-nceput, io nu mi-am dat seama că nu era ceva cum trebe. Nu cred că și-a dat nimeni seama. Normal că era gălăgie, că zbiera puștimea prin pauze de ziceai că-s la pușcărie. Da-mi aduc aminte că l-am văzut pă Mark Warner. Îi știți p-ăia dă treișpe ani care au niște mutre dă zici c-au douăzeci? Na, așa era ăsta. Avea o meclă dă ziceai că n-a prins în viața lui o zi fericită. Chestia cu el era că era al dracului rău când se bătea. Da, era slab ca ața, da' atâta era dă iute la cafteală că nici nu-l vedeai când i se mișcau mâinile. Străfulgerau prin fața celorlalți băieți, de se trezeau ăia la pământ cu fața-n jos. Era ciudat să vezi, că-l urai dă moarte pentru o fază de-asta, da-n același timp avea ceva care te ținea cu ochii țintă la el. N-aveai cum să-ți iei ochii dă la el.

Și era Warner ăsta acolo, cu pumnii ăia mari ai lui și cu fața aia bulită toată. Trecea pă lângă noi, cu un mers d-ăla, parcă zicea „Lumea-i a mea", și ne-a văzut și s-a oprit.

„Fir-ați ai dracului dă negrotei poponari!", a zis, sau ceva cam așa. Păi, mie, acuma, dacă mi se-ntâmplă căcaturi d-astea, ceea ce, sincer să fiu, nu mi se-ntâmplă prea des, nimeni, fie el cine-o fi, nu scapă necaftit dup-așa ceva. Cum ziceam, io, pă vremea aia, mă băgam doar în bătăi în care știam că o să câștig. Și credeți-mă când vă zic că niciodată n-aveam chef să mă iau la-ncăierat cu Warner. Și mă uit io-n pământ, și zic, în barbă, „Te bag în mă-ta", dup-aia vorbesc iară cu Curt.

Nici nu m-am așteptat. Nu știu dăcât că-n secunda următoare sunt jos, și mă doare fața de zici c-am încasat-o cu o bâtă dă baseball. Mă ridic și instinctele preiau frâiele. Nici n-apuc bine să mă gândesc, că deja am și-ncercat să-i trag una lu' Warner, și deodată se-adună o grămadă-n juru' nostru. Mai aveam vreo sută dă metri și reușeam să-i prind ăluia lovitura. Brațu-mi trece repede pă lângă căpățâna lui, și aproape cad iară la pământ. Ăsta totuși dă-n mine ca mașinăria. Mă lovesc pumnii lui de zici că-s pistoane. Imediat cad, și-ăsta-i călare pă mine, cu genunchii pă brațele mele, și-ncearcă să-mi nenorocească mutra cu pumnii. O secundă sau două să mai fi trecut, și mâncam toată viața cu un pai. Nu văd nimica. Tot ce pot să fac e să-mi feresc capu' și să-ncerc să blochez pumnii și gloata care zbiară.

Oricum, tocmai când simțeam că mă duc, Warner zboară dă pă mine, în spate, și tot dă dân mâini, da' nu mai lovește dăcât prin aer. Îmi ia un minut să-mi dau seama care-i faza. E Curt. L-a tras dă pă mine cum tragi de-o mâță furioasă. Ăsta, Warner, se zbate, dup-aia, când vede că-i Curt, se dă la el. „Hai, bă, negrotei umflat", zice, și-ncepe să bată la el ca la fasole. La-nceput, Curt nu face nimica. Încearcă să se ferească și-ncasează pumnii, cum a făcut toată viața. Dup-aia, Warner strigă: „Al dracului să fii tu! Varză ești, mă!", și parcă se rupe ceva.

Privirea lui Curt prinde viață, zici că i-a băgat cineva cheia-n contact. Blochează loviturile lui Warner cu-n singur braț, și cu ălălalt dă direct la cap. Nu dă cu pumnu'. Dă cu tot brațu'. Și-ăla a căzut. Adică s-a prăbușit. S-a auzit până și pocnitura când a dat cu căpățâna dă trotuar. Mulțimea a-nnebunit. Ăștia-l strigă pă Warner pă nume și zic chestii ca „Bă, tu-l lași pă maimuțoiu' ăsta să te facă dă rușine?", și alte d-astea. Warner se ridică-mpleticindu-se în picioare, și cumva, nu știu dă unde are forță, mai încearcă să-i tragă una lu' Curt. Dă data asta, Curt nici nu gândește. Prinde pumnu' lu' Warner cu-o singură mână și i-l sucește până-ncepe ăsta să urle. Dup-aia pune aialaltă mână în spatele cotului lui. Și-așa, pă nepusă masă, i-o rupe.

La câteva săptămâni dup-aia, Curt a plecat dân școală. Cum am zis, io cred că mă-sa a trebuit să se mute dân știu io ce motiv, și el s-a dus cu ea. Dar dup-aia, ani întregi, m-am tot gândit la ziua aia. De ce-o fi făcut-o? P-atuncea nu eram prieteni.

Nici nu vorbeam io nu știu cât cu el. Dacă era ceva, era că-mi părea rău dă el, că era slab. Deci de ce-a făcut ce-a făcut? Io-s destul dă sigur că nu m-aș fi băgat pentru el. Dă fapt, știu că nu m-aș fi băgat. Nu mă mai băgasem niciodată. Da' acuma cred că știu de ce-a făcut-o. Suporta toate căcaturile-alea, cu cioroi, cu negrotei, cu toate cele. Suporta și bătăile, și umilințele. Dar ce nu suporta era să-i zică așa. „Varză."

Lui, chestia asta-i aducea aminte dă toate. Îi aducea aminte dă mă-sa, care se vindea pă țigări. Îi aducea aminte dă toți bărbații care veneau, o foloseau și plecau. Îi aducea aminte dă cum se trezea mă-sa tremurând toată, plină dă vomă, și dă cum trebuia el s-o curețe și s-o bage în pat. Îi aducea aminte cum îi zicea ea în fiecare zi dă căcat că el era-n viață și ea și-ar fi dorit să-l avorteze. Că era varză. Până-n măruntaie-l pătrundea. Io mă-ndoiesc că el și știa de ce-a reacționat așa, dar io vă zic un lucru sigur: dacă i-ar zice cineva „varză" azi, nu s-ar opri la braț.

Da' io vă spun un lucru. Bulangiu' ăla merita să se aleagă cu brațu' rupt. Chiar merita un căcat ca ăsta, și după mine nu-i vorba că „primești ce plătești", ci-i vorba că „plătești pentru ce faci". Dă fiecare dată.

Oricum, când zice avocatu-ăsta dă „varză“ c-ar însemna c-o să te facă varză careva, mie-mi vine să râd. Poate pentru el or fi doar vorbe, da' când ești la pământ, contează căcaturile-astea. Nu-s doar vorbe, frate.

Io voiam să-ncep prin a spune că nu i-am zis niciodată băiatului mort vorbele astea, oricum, dar știți ce? Recunosc. Chiar i le-am zis. Chiar io am fost ăla. Dar n-a-nsemnat și nu-nseamnă ce vrea el, domnu' avocat, ca să-nsemne. Io i-am zis că-i varză. Și *era* varză, indiferent că era mort sau nu. Dă unde vin io, ăsta era varză: un idiot, un pierde-vară, cum o fi. Dacă eram io vreun mafiot sau ceva dă gen, poate c-aş fi vrut să spun că era mort. Dar nu-s, deci n-am zis. Domnu' avocat al acuzării ar trebui să nu se mai uite atâta la televizor și să se trezească la realitate câteva minute.

Aia vreau să zic dă probele astea. Trebe să vă uitați ca lumea la căcaturile alea. Că el nu-și face treaba ca lumea. Ar putea, dar nu și-o face. Încearcă, așa cum zice el, „să v-arunce praf în ochi“. Chiar asta face el acuma. Ia un pumn dă praf și vi-l aruncă-n ochi. Nu credeți c-ar fi putut să afle și el ce-nseamnă „varză“ înainte să se-apuce să construiască un caz dă crimă pă vorba asta? Normal c-ar fi putut. Poate c-a și aflat. Dar nu vrea s-aflați și dumneavoastră.

Pauză de prânz: 13.01.

3

Deci, unde suntem acuma cu probele-astea? La număru' trei? Treaba asta-i mai ușoară dăcât credeam io.

Cu câteva luni înainte să fie-mpușcat băiatu' ăla, l-a văzut un martor cum se certa cu un băiat negru cam dă vârsta mea și cam dă înălțimea mea, care purta un hanorac negru cu caractere chinezești albe pă spate. Dă fapt, e și-un pic dân proba număru' cinci acolo. Un hanorac negru cu caractere chinezești albe pă spate a fost găsit dă poliție la mine-n apartament.

Deja știți ce-o să spun, că m-ați auzit când i-am spus lu' avocatu' acuzării dân sala asta. Un băiat negru dă vârsta și înălțimea mea poate fi orice băiat negru doar dân zona aia. Câți băieți negri dă douăjdoi dă ani și un metru optzeci care să locuiască-n Camberwell[1] există acuma? Câteva sute? Câteva mii? Mai mult dă câteva mii? Asta-i zonă dă negri. Cum zic cei mai mulți albi? „Nici măcar nu văd culori." Ha! Păi, vă zic io acuma, dac-ați merge-acolo în seara asta, ați vedea multă culoare la mulți băieți dă douăjdoi dă ani și un metru optzeci. Normal că n-ar fi nicicare la fel dă frumos cum îs io, dar înțelegeți ce zic?

Dup-aia, câți băieți negri care să fie din altă zonă, dar să fie-n zona aia în vizită într-o sâmbătă, din știu io ce

---

[1] Cartier din sudul Londrei (n.tr.)

motiv există? Deci ce vreau io să-ntreb: asta chiar e o probă sau e o chestie, așa, ca să fie? Dacă asta era singura probă, poate nici nu eram aicea. Poate vă ziceați: „Ăsta-i doar un gunoi care nu merită nimica". Și-aș fi fost d-acord cu dumneavoastră dacă ziceați așa. Deci putem s-aruncăm chestia aia?

Dar e hanoracu' ăla, așa-i? Ăla vă calcă pă coadă. Un hanorac negru ar fi una, da' un hanorac negru cu caractere chinezești pă spate – prea mare coincidență, nu-i așa? Așa o fi?

Dacă vă uitați la hanorac, o să vedeți că are-o etichetă. Când vă duceți în camera dă recreere, sau unde v-oți duce, scoateți-l dân sac și uitați-vă la eticheta aia. Vreți să știți ce scrie pă ea? Vă zic io, că io m-am uitat la ea. Scrie „XXL", și dup-aia, cu litere mai mici scrie „Fabricat în Taiwan". Acuma, s-ar putea să vi se pară c-asta-i o mare chestie, dar dacă te gândești, chiar ar putea să fie o mare chestie – sau o chestie medie, cel puțin. Io nu-s mare expert în nimica, da' io cred c-atuncea când fabrica aia care-a făcut hanoracu' ăsta l-a făcut, n-a făcut numa' unu', a făcut zece mii dă hanorace d-astea. S-ar putea să ziceți „Așa, și ce?" Dar nu taiwanezii cumpără hanoracele astea. Astea-s făcute pentru aicea. Poți să-ți dai seama fiincă eticheta aia dă spălare, sau cum i-o zice, e-n engleză.

Vreo zece mii dă hanorace, deci. Câte unu' pentru fiecare dân ăia o mie dă băieți negri dă douăjdoi dă ani care se plimbau p-acolo în ziua aia, și nouă mii dă rezervă. Și dacă la mine-n apartament a fost găsit unu' dântre hanoracele alea? Dacă v-ați duce-n apartamentele fiecăruia care-a cumpărat un hanorac de-ăla, știți ce-ați găsi? Ați găsi un hanorac de-ăla. Și s-ar putea să descoperiți că majoritatea, sau jumate, sau chiar numa' o zecime dân ele ar fi purtate dă băieți negri dă vârsta mea. De ce? Pentru că ăștia dă vârsta mea poartă hanorace. Domnu' avocat al acuzării nu poartă așa ceva într-o seară dă sâmbătă, vă garantez io. Dânsu' poartă ceva costum d-ăla dă tweed[1] sau dă ce-o fi. Tinerii poartă hanorace. Oamenii ca mine. Deci în afară dă mine, ar fi putut să fie o mie dă oameni. Și trebe doar să vă uitați la mine. Dumneavoastră vi se pare că io am față dă XXL? Și-așa arăt după un an dă tras la sală, toată ziua sus-jos-sus jos. Deci, ce vă place la proba asta număru' trei?

Pauză: 14.30

[1] Țesătură aspră, dar flexibilă, din lână (n.tr.)

4

14.40

Deci ce-ncercam io să spun e că avocatului acuzării-i place să vă bage-n ceață, dar dumneavastră nu trebe să-i dați voie să vă facă asta. Trebe să-i dați fumu' la o parte și să fiți atenți ca lumea la ce zice el. Lui îi place fumu', că atuncea când e fum, îți vine, din fire, să-nchizi ochii. Altă chestie pă care-i mai place lui s-o facă e să ia bucăți mici dân probe și să facă mare chestie dân ele. Ia o bucățică de ici, una de colo, și zice către dumneavoastră: „Ia uitați ce mari îs imaginile astea când le-aduni pă toate".

Când eram io mic, aveam la școala generală o găleată d-aia mare cu o grămadă dă piese Lego[1] în ea. Asta nu era școala aia rasistă unde m-au băgat mai târziu. Era un loc destul dă fain, după cum îmi aduc io aminte. Avea pereții galbeni. Și scaunele. Îmi aduc aminte dă scăunelele alea. Ziceam dă Lego. Mie-mi plac piesele dă Lego fiincă, unu la mână, poți să faci ce vrei dân ele, doi la mână, îs indestructibile. Io cred că d-aia le au toate școlile. Căcaturile astea nu se sparg, ceea ce-nseamnă că-s acolo de-o veșnicie. Cred că v-ați jucat toți cu Lego cândva. Cred că la toți v-a plăcut. Probabil că vă și-ntrebați de ce nu v-ați mai

[1] Celebrele jucării Lego au fost lansate în forma lor prezentă de cuburi interconectate din plastic în 1949, în Danemarca (n.tr.)

jucat cu ele. Nu cred că puteți să vă gândiți la niciun lucru rău de spus despre Lego. Dar io pot.

Un lucru rău legat, poate, dă toate piesele dă Lego, și sigur dă piesele *alea* dă Lego dă la mine dă la școală, era că niciodată nu erau destule piese dă Lego de-alea care *trebuia*. Niciodată n-aveai destule piese ca să faci ce voiai să faci, nave spațiale, case, mașini, ce-o fi fost. Făceai casa dân piese roșii dă Lego, și nu mai erau piese roșii, că le lua un mucos dă copil. Dup-aia treceai la piesele albastre, și când rămâneai și fără alea, la piesele galbene. Dar și după ce foloseai toate piesele normale, tot n-aveai destule. Dup-aia trebuia să iei alte piese, cum ar fi alea lungi și subțiri și alea gri, plate și-n formă dă triunghi. Dup-aia, când terminai, aveai o casă sau ce-aveai, cu toate nebuniile, cu roți în loc dă geamuri și cu tot felu' dă bucăți ascuțite prin pereți. Și ziceai: „Doamna, ia uitați-vă la casa mea!" Dar aia era o casă cum nu mai văzuse nimeni până atuncea. Era o casă nebunească, dântr-un coșmar. Și știam și p-atuncea, când aveam vreo cinci ani sau cât aveam, că dacă pui piese laolaltă, trebe să fie piesele *corecte*. Trebe să-ncapă unele-n altele, c-altfel nu iese ce trebe. Iese aproape ce trebe. Sau iese o chestie care arată aproape cum ar trebui s-arate chestia aia pă care vrei s-o faci.

Asta-i place lui, lu' avocatu' ăsta să facă. Probele-s destule pentru el încât s-arate aproape ca o chestie.

Deci, unde eram? E greu ca toți dracii. La teveu pare ușor. Zici câteva vorbe. Îi faci pă jurați să te creadă, plângi și tu, plâng și jurații, juriu' zice: „Nevinovat". În mintea mea, așa a fost. După ce-am scris toată chestia aia dă la-nceput, cu Palmerston și cu toate porcăriile alea, și când mi-am dat seama că m-am băgat într-un căcat mai mare dăcât puteam să duc, am scris câteva idei cu ce voiam să zic. Mă gândeam să vărs tot afară, ca pă niște versuri d-alea nașpa, știți? Da' e greu cu căcaturile astea. Am vreo cincizeci dă chestii pă care vreau să le spun, dar durează fiecare, mă pierd în cuvinte. Și chiar dacă pare că vorbesc tot felu' dă baliverne la-ntâmplare, nu-i așa. *Tot* e important. Doar că mi-e greu să mă țin dă toate mărunțișurile pă care știu că trebe să le zic, dar nu știu cum trebe . Și mai e o chestie... Și cu cât mă gândesc mai mult la câte ceva, cu-atâta cred că trebe neapărat să-l știți – da' mai încolo. O să pricepeți mai bine mai târziu.

Unde eram? Deci, da, asta voiam să vă zic. Avocatu' acuzării nu face dăcât s-amestece între ele niște chestii și să facă un lucru să pară ce nu-i. Păi, el zice că într-o zi m-am certat io cu băiatu' care-a murit și i-am zis ceva, dup-aia a ajuns ăla de-a fost împușcat în cap. Zice că io trebe să-l fi-mpușcat c-aveam ciudă pă el, sau ce zice el, da' nu-i dăcât o altă șmecherie d-aia cu care-i place lui să vină. Trebe s-o priviți, totuși. Trebe să vă folosiți minţile. Care-i motivul? De ce se zice că l-am împușcat. Ce, dă la chestia aia cu varza? Nimeni nu-mpușcă pă nimeni dân motive d-astea, că n-ar mai fi puștani prin Londra.

Avocatu' acuzării zice că nu-i nevoie să dovedească motivu'. Poate c-o avea dreptate când zice ce zice. El cunoaște legea, așa-i? Dar io zic că deși nu trebe să dovedească motivu', ăla trebe căutat. Dacă-ncercați să găsiți motivu' pentru care el a fost împușcat, poate reușiți să aflați ceva. Poate de-aia nu vrea domnu' avocat să meargă-n direcția aia. Dar asta nu-nseamnă că nu trebe să mergeți dumneavoastră. Deci, despre ce-i vorba-n toată povestea asta? Cine-ar avea un motiv să-l împuște dacă n-aș fi io?

Ce n-a spus el în discursul lui e că Jamil, decedatu', e membru într-o gașcă. Da, gașca asta-n care era el era una dă nimic la început, în care se mai vindea câte un pic dă iarbă, mai dădeau câte un mic jaf sau alte d-astea. Nu era nu știu ce gașcă dă barosani. Dar o gașcă tot era, și pentru copiii ăia dân gașcă sau alții dân alte găști, asta-i viața. E adevărat.

Ăștia intră-n găști dă mici și se obișnuiesc cu viața asta. Încep cu cuțite și atunci, cine are ăl mai mare cuțit e șefu'. Dup-aia, cine folosește cuțitu', ăla e șefu'. Dup-aia, băiatu' care omoară pă careva cu un cuțit, ăla-i șefu'. Și-așa-și duc ei zilele, încearcă toți s-ajungă-n vârf, e care pă care, cine-i ăl mai barosan între barosani.

Dumneavoastră poate vi se pare-o tâmpenie chestia asta. Copii care se-njunghie între ei pentru o țâră dă iarbă, dar asta-i viața lor. Le intră-n cap, și când le-a intrat, greu le mai iese. E ca o boală care te face să crezi că un lucru-i adevărat, nu ălălalt, și că-i în regulă să omori un om. Ei nu stau să se gândească la chestiile-astea. Nimeni nu stă. Asta-i realitatea lor, așa cum realitatea dumneavoastră-i că e-n regulă să-ți treacă viața muncind până-mbătrânești și ieși la pensie. Astea-s prostii, dar când ești băgat în ele, nu-ți dai seama.

Pentru copiii ăștia, realitatea nu-nseamnă viața obișnuită, dă zi cu zi, în care te trezești, te duci la școală, înjuri profesorii. Îs toate căcaturile astea sucite ca toți dracii. Astea-s reale pentru ei. Io n-am prea știut chestia asta înainte. Adică, vedeam că merg pe anumite drumuri. Dar nu știam de ce. Nu știam că pentru mulți dântre ei nu prea-i o alegere chestia asta. Ăștia de-i vezi pă la știri, politicienii ăștia și ce-or mai fi ei, tot o dau cu asta dă zici c-ar trebui să-i surprindă faptu' că băieții care duc viața asta fac căcaturi d-astea. Dar nu-i nicio surpriză. Dân contră, io zic că-i o surpriză că se poate lăsa careva. La băieții ăștia, prietenii-s ca frații. Pentru mulți, sunt singurii pă care-i au, singurii la care le pasă că există. Prietenii lor sunt ăia la care se duc când se bagă-n căcat, prietenii lor îi scot dân căcat. Și găștile-n care-s intrați sunt ca familiile lor, practic. Pentru fratele dân gașcă, un băiat încasează și-un cuțit în burtă dacă trebe, și dacă asta nu-i familie, atuncea ce-i? Io vorbesc aicea dă un băiat care n-are tată. Care are-o mamă care crede că poate să-l stăpânească, dar crede că nu trebe dăcât să meargă la biserică și să se-ndrepte. O familie adevărată, pă care-o doare fix în cur dă el. Dacă iei un băiat ca ăla, și credeți-mă când vă zic că toți băieții ăia-s așa, atunci n-ar trebui să te surprindă că-i într-o gașcă. Sunt inevitabile căcaturile astea. Că ăștia vor să te facă să plătești pentru ce faci. Și nu mă-nțelegeți greșit, că io-s dă părere că oamenii tre să plătească pentru alegerile pă care le fac. Dar nu și copiii ăștia. Ăștia n-au de ales.

La școala dân zonă, știam io niște copii care aveau vreo unșpe ani. Și veneau copii mai mari la ei și le ziceau: „Bă, tu ar trebui să vii-n gașca noastră". Și dacă nu voia, începeau ăia să caute scandal cu el. Să-l bage-o țără-n sperieți. Și dacă nu ești tare dân fire, până la urmă zici: „Da, mă bag!" Mulți copii nu vor să se mai bage și-n scandaluri cu alții, pă lângă toate alealalte căcaturi care se-ntâmplă în viețile lor. Și mai sunt și alți puști. Nu-i duce mintea la mate, la istorie și la știu io mai ce, și-atuncea vin ăștia mai mari la ei: „Hai, bă, frăție, că nu te faci director. Ce faci pentru bani când pleci d-aicea? Cureți pă străzi? Ar trebui să vii să lucrezi cu noi! Îți dăm noi bani acuma. Doar să-mi iei și mie o chestie mică..." și la-la-la. Deci dacă se-ntâmplă chestii de-astea în școală, ce să faci? Dacă te pricepi la câte ceva și ești descurcăreț, cum îs io, s-ar putea să fie bine. Dar dacă nu ești? N-ai de ales. Ori mănânci bătaie, ori te bagi într-o gașcă, ești plătit și respectat. Pe urmă, ajunge să facă parte dân viața ta. Devine ceva normal pentru un puști să se-apuce să vândă droguri prin școală. Devine ceva normal pentru un puști să-l înjunghie pă altu' fără motiv. Și când devine normal, nu mai ai motive să-ncerci să-l schimbi. Devine viață. Viața ta.

Și mi-am dat seama dă treaba asta abia în închisoare, când așteptam procesu'. Așteptam de-un an să-mi înceapă. Eram în custodie, cum ziceau ei. Și când stai atâta vreme-n custodie între patru pereți, fără să ai nimica dă făcut, faci lucruri pă care poate nu le-ai făcut în viața ta. Te gândești la tot felu' dă căcaturi. Și citești despre tot felu' dă căcaturi.

Dă obicei, biblioteca închisorii e dă rahat, dar din când în când găsești câte-o carte care seamănă cu o bancnotă dă zece lire găsită pă stradă. Parcă-ți aruncă Dumnezeu ceva-n mână doar pentru tine. Am găsit io o carte, îi zicea *The Hammerman*[1]. Am luat-o c-am crezut că-i ceva poveste d-asta dă groază. Scorneală d-aia, da' nu era așa. Asta-i carte de-aia dân realitate. E despre Africa dă Sud dă pă vremurile vechi. Am citit-o, și mă gândeam întruna la copiii ăștia dân găștile astea. Îi exact la fel, vă zic io.

Deci, se-ntâmpla un mare căcat cu apartheidu'[2] ăla. Adică erau câțiva albi care răspundeau dă toți negrii. Dac-aveai

---

[1] „Omul cu ciocanul" (aprox., eng., n.tr.)

[2] Sistem politic, social și economic bazat pe discriminarea rasială, activ în Africa de Sud în perioada 1948-1994 (n.tr.)

noroc, ca negru, puteai să fii servitor la vreun alb. Dar dac-aveai ghinion, puteai să fii omorât și pentru c-ai zis ceva la un alb. Era brutal. Și dacă io aș fi avut proces pă vremea aia, s-ar fi terminat într-o zi. O zi. Și-un singur verdict. Vinovat. Condamnat pă viață. S-a-ncheiat jocu'. Dar dacă erai alb și omorai un negru – nimica.

Oricum, într-un an, pă albii dân Africa dă Sud a-nceput să-i mănânce-n cur dă negri. Într-o zi erau liniștiți, în alta se-nchideau în spatele unor porți electrificate înalte, noaptea, și se căcau pe ei că se-ntâmpla ceva. Vedeți dumneavoastră, un negru mare intra-n casele lor prin efracție și le spărgea capetele cu un ciocan. Se scria despre căcaturile astea în toate ziarele, săptămâni întregi. Toată lumea-l vâna p-ăsta. Lumea era speriată. Și nu s-a speriat mai puțin când au început să-i zică Omul cu ciocanul. Pentru albi era genu' ăla dă nume care se dă la un monstru. Dar pentru negri, era ca un nume d-ăla dă supererou. Și era ca un supererou. Era misterios. Era imposibil dă prins. Avea doi metri și treișpe. Era cât casa, în pana mea. Alerga mai repede dăcât un ghepard. Era invizibil. Putea zbura. Cu cât erau zvonurile mai nebunești, cu atâta le credea lumea mai ușor. L-au transformat într-o legendă.

Dar știți de ce se temeau oamenii cel mai mult? Nu știau de ce făcea ăsta chestia asta. Și trebuia să știe ca să poată să înțeleagă situația. Să-l înțeleagă pă el. Să-l înțeleagă pă monstru. Și dup-aia, poate că monstrul poate deveni om, și orice om poate omorî alt om, nu? Toată lumea se temea – în afară dă negri. La negri nu le era frică.

La negri le plăcea la nebunie. Lor li se părea că, în sfârșit, cineva se răzbuna în numele lor. Că un singur om *chiar putea* să schimbe o țară întreagă. Era uluitor pentru ei. Dac-ar fi stat jos și s-ar fi gândit la ceva, nu s-ar fi putut gândi la ceva mai tare dăcât ăsta. Până a scăpat Mandela[1] dân pușcărie, dar asta a fost cu zece ani înainte să se întâmple asta. Era într-o vreme când nici măcar răzmerițe nu erau. Era într-o vreme când nici măcar nu se spera la schimbare.

Dân ce citeam io-n cartea aia, părea că albii se cam temeau deja dă negri. Mi se părea o prostie la început. De ce să le fie frică dă negri dacă negrii le erau un fel dă sclavi? Dar așa explică scriitoru'. Le era frică dă ei că nu puteau să-și dea seama ce gândeau. Fețele lor n-aveau nicio expresie pentru ei. Când un alb își bătea joc de-un servitor în ultimu' hal pentru că ăla scăpase un pahar, și-ăla se holba la el fără expresie, îl făcea de cap. Nu știau ce gândesc ăștia. Și se vedea. Adică, erai acolo și te țineai cu gura de-un servitor, și-ăla se holba la tine și nu zicea nimica, nici măcar cu fața. Cred că se căcau ăia pe ei de frică, întrebându-se ce gândeau ăia, cu fețele lor fără expresie. Mereu vrei să știi cum gândesc dușmanii.

Și vine ăsta mare, ca un supererou, intră liniștit în casele oamenilor și le face mutrele terci cu un ciocan. Fără niciun motiv. Nu fura căcaturi. Nu viola femei. Le făcea capetele zob cu un ciocan, atâta tot. Ăștia probabil că se gândeau: „Dacă o să facă așa în toată țara?" Or fi avut albii toți banii și toată puterea și toate cele-n Africa dă Sud. Da' dă-o-n mă-sa dă treabă, că erau milioane dă negri africani. Milioane. Toți cu capsa pusă. Toți gata dă război.

---

[1] Nelson Rolihlala Mandela (1918-2013), om politic sud-african, președinte al Africii de Sud în perioada 1994-1999. În 1964 a fost condamnat la 27 de ani de închisoare sub acuzația de conspirație împotriva guvernului de la acea vreme (n. tr.)

Toți gata pentru un pic dă libertate și ocazia să se apere. Dacă se ridicau toți ca Omul cu Ciocanul și începeau vreun căcat dă revoluție?

Oricum, l-au prins. L-au trimis la tribunal. N-avea avocați. Nu vorbea engleză, da' nu și-a bătut nimeni capu' să-i dea un traducător. Dup-aia probabil că l-au spânzurat. S-a-ncheiat povestea aia. Au câștigat albii. Puteau să se relaxeze iarăși, să deschidă porțile și să uite d-ăla. Dar după ani întregi, a găsit cineva o înregistrare audio pă care-a făcut-o ăsta, cu un discurs ținut dă ăsta la tribunal înainte să fie condamnat la moarte. Era-n Zulu[1] sau în io știu ce limbă vorbea el, și nu-și dădea nimeni seama dacă vorbea baliverne sau recita vreo poezie, că nu s-a obosit nimeni să aducă pă cineva-n tot tribunalu' ăla ticsit dă albi care să le spună ce zicea ăla.

Dup-aia, reporteru' ăla care-a găsit-o putea spune ce zicea ăla, c-a pus pă cineva să traducă. Omu' ăsta, Omu' cu Ciocanu', a avut o viață ciudată rău, credeți-mă. Fusese prins că furase cu câțiva ani înainte și primise șapte ani pentru asta. Șapte ani pentru furt! Să mă credeți că șapte ani în Africa nu-s cât șapte ani în Anglia. L-au pus ăia să spargă pietre optșpe ore pă zi timp dă cinci ani. Erau pietre de-alea, și el trebuia să le spargă toată ziua în arșiță cu un ciocănel. Pietre albe cât un cap dă om. Și după o vreme, ăsta, când se uita la pietre, nu mai vedea pietre. Vedea capete. Capete mari dă albi pă care se vedea cum le sparge ore-ntregi ziua.

Pă urmă, a luat-o razna și-a început să facă singurul lucru pă care știa să-l facă.

---

[1] Popor african de etnie bantu răspândit în Africa de Sud (n.tr.)

Acuma, mie nu-mi pare rău că l-au spânzurat p-ăsta. Dacă te-apuci să spargi capetele la oameni, ei n-o să fie fericiți. Dar mi-a părut rău dă un singur lucru. El încerca să-și spună și el punctu' dă vedere, să explice ce se-ntâmpla în mintea lui, dar n-a durut pă nimeni nici măcar în cur să vrea să-l asculte. Io, măcar, vă am pă dumneavoastră. Oricum, ideea-i că n-avea nicio logică să spargă capetele oamenilor cu un ciocan. Da' asta era-n mintea lui. Era realitatea lui. Pietrele alea erau capetele albilor și tot ce-i făcuseră ăia lui. Sau poate capetele albilor nu erau dăcât pietrele pă care le-a tot spart ăsta ani întregi. Oricum ar fi, pentru el avea logică, pentru că odată ce i-a intrat în cap, nu i-a mai ieșit niciodată.

Și d-aia vă spun io povestea asta. Ce i s-a-ntâmplat acolo lu' ăsta e la fel ca-n gașca aia a lu' Jamil, Brigada, sau cum își ziceau ei. Ceva cum e spartu' pietrelor se-ntâmplă-n mintea lor în fiecare zi. Nu-s pietre-adevărate, normal, ci alte căcaturi. Dacă ai doișpe ani și vin unii la tine și-ți pun un cuțit la gât c-ai vândut o țâră de iarbă în locu-n care-și face-o gașcă veacu', atuncea tu-i iei pă băieții tăi și-i faceți și voi la fel. Și când vezi un băiat d-ăla singur pă stradă, te-asiguri că bagi cuțitu-n el, nu doar că-l ameninți. Știu că sună ca o nebunie, ca niște căcaturi de-alea făcute dă gangsteri, dar, pur și simplu, așa se-ntâmplă. Ce altceva să facă? Să nu vândă droguri? Păi, dacă dumneavoastră dați la teve numai rapperi care se scaldă-n bani ca gangsterii, la ce v-așteptați? Cine să fie model pentru un copil negru dă pă stradă? Barack Obama?[1] De ce trebe să

[1] Barack Hussein Obama (n. 1961), al 44-lea președinte al Statelor Unite ale Americii (în perioada 2009-2017), a fost primul președinte afro-american al Statelor Unite ale Americii (n.tr.)

ne uităm atât dă departe ca să găsim un om cu care să semene copiii ăştia? Sau să fie boxeri sau atleţi? La fel de bine am putea să le zicem c-ar putea să-şi dorească să fie câştigători la loto?

Dă-le-n mă-sa dă căcaturi. Ştiţi care-i cel mai trist lucru văzut dă mine? Două şcolăriţe vorbeau în autobuz despre ce voiau ele să fie. Una dân ele, grasă dă ziceai că mânca burgeri la micu' dejun, vorbea cu prietena ei slăbănoagă, care arăta dă ziceai că n-a mâncat un mic dejun în viaţa ei. Era zece dimineaţa, şi deşi ar fi trebuit să fie deja la şcoală, nu erau. Dar părea că într-acolo se îndreaptă, relaxate-aşa. Oricum, aia grasa, cu gura plină dă ceva, zice: „Da, ce vreau io să fiu e unu, astronaut, doi, designer dă modă, trei, pilot".

Şi slăbănoaga zice: „Da, şi io vreau astronaut la unu. La doi vreau om dă ştiinţă, şi la trei nu vreau pilot, că mi-e frică dă înălţimi".

„Păi, şi-astronauţii?", zice grasa. „La ăia nu le trebe înălţimi?"

„Nu", zice aialaltă. „Nu le trebe."

Asta le-au făcut la copiii ăştia. Le-au spus că pot să fie orice vor ei să fie, da' i-au minţit. N-au făcut dăcât să le dea alte visuri. Da' şi-alea tot visuri îs.

Deci, asta-i. Copiii-s traficanţi dă droguri, dar nu s-au făcut ei traficanţi dă droguri. Şi când apar traficanţii dă droguri, apar traficanţii care fac chestii dă traficanţi: împuşcă oameni. Şi copii. Trăiţi cu asta. De fapt, dumneavoastră nu trebe să trăiţi cu asta. Ştiţi deja că-i aşa. Doar că nu vă pasă prea tare, că nu se-ntâmplă la uşile dumneavoastră. Io nu vă învinovăţesc. Şi pă mine m-ar durea-n cur dacă n-ar fi la uşa mea. Io-s la fel ca dumneavoastră. Pă mine mă doare-n cur dă căcaturile dumneavoastră, pă dumneavoastră vă doare-n cur dă căcaturile mele. E-n regulă. Io nu-ncerc să vă oblig să vă doară-n cur. Io nu-ncerc să vă spun dăcât că Jamil era-ntr-o gaşcă şi făcea trafic dă droguri şi cine face trafic dă droguri e-mpuşcat. Aia-i tot. Şi-mi pare rău pentru familia lui dân cauza asta. Îmi pare rău pentru mama lui, care trebe să stea aicea-n tribunalu' ăsta şi s-audă toate astea. Da' ăsta-i adevăru'.

Pauză: 15.30

5

15.40

Deci, proba număru' patru. Proba dă la locu' mobilului. Știți toți că specialistu-n telefoane a zis că telefonu' meu era-n același, cum a zis el? În același vector. Oricum, cam în aceeași zonă dă cincizeci dă metri ca decedatu' exact în momentu-n care-a fost împușcat. Și că asta era-n aceeași zonă dă acoperire ca a lui cu câteva luni înainte. Știți dumneavoastră, în ziua când cică m-aș fi certat io cu băiatu' ăla?

Uitați care-i treaba. Io-mi dau seama după fețele dumneavoastră că sunteți dă părere că nu dă bine. Și știți ce? Io nu vă mint. Chiar nu dă bine. Recunosc. Nu pot să dau toate amănuntele despre chestia aia acuma. Trebe să revin la asta. Chestia-i că dacă spun ce-am dă spus acuma despre asta n-o să aibă logică până nu vă explic altceva ce trebe să vă zic.

Deci, cinci. Ăăă, poliția a găsit un pistol Baikal la mine-n apartament. Și pașaportu' meu. Și biletu' ăla electronic pentru zboru' spre Spania cu numele meu pă el. A, da, și-alea treij dă mii. Scuze, că io-ncerc să citesc notițele luate aseară. Da, și urmele dă descărcare dă la arma dă foc dă pă haine. Și d-asta am uitat să vă zic. Scuze, am emoții.

Bun, deci proba număru' șase. Poliția zice că glonțu' care l-a omorât pă băiatu' ăla venea dân pistolu' meu. Căcat. Nici de-asta nu pot să zic nimic. Dă fapt, proba număru' șapte – sângele lu' băiatu' ăla mort sub unghiile mele. Sau proba număru' opt. Firele dă păr dân mașina lui.

Nu, vă rog io, nu-mi faceți de-astea. Nu vă uitați pă tavan. Știu cum pare. Știu cum sună. Îi mult, dar am explicații. Doar că încă nu pot să vi le dau, că n-ați pricepe nimica dân ele acuma.

Mă lăsați să mă opresc și io o secundă? Mi-am pierdut firu' gândurilor.

Stați să las hârtiile astea jos o secundă.

Știți, o parte dân mine-a crezut că dacă io vă țin pledoaria asta singur, o să pricepeți măcar așa, un pic, cum e să fii-n papucii mei. Că dacă mi-o ținea avocatu' meu, ați fi zis: „Păi, da, o dați voi fain și curat, da nenorocitu-ăla tot un criminal e". Și chiar am crezut că dacă-mi spun io povestea cu gura mea, o să pot să vă fac să simțiți cum e viața mea. Dar chiar să explic probele cu voce tare e greu rău dă tot. Într-un fel, io știu ce vreau să vă spun, dar nu-mi iese dă nicio culoare. Și chestia care face să fie și mai greu e că avocatu' meu ar fi rezolvat tot cazu' ăsta. L-ați auzit, aicea, la proces. Zici că-i operator dă telefonie. Trebe să recunoașteți treaba asta. Adică. Nu-i dă mirare că voi ziceți că avocații-s „dă mătase". Că-i rafinat, mă-nțelegeți cum zic? Dar dup-aia, el n-ar zice ce trebe să vă zic neapărat io, ce trebe s-auziți dumneavoastră, și-alea-s chestii pă care io nici nu-mi dau seama cum să vi le zic.

Da' poate că nici nu contează cine spune povestea, că n-ai cum să faci pă nimeni să-nțeleagă ce-nseamnă să fii-n pielea ta. La ce te gândești prima oară când te trezești? De ce primu' lucru dă care-ți aduci aminte e ceva la-ntâmplare despre taică-tu, sau ceva dă gen? Cum te-mpinge gându' ăla la-ntâmplare să faci un lucru și nu p-ălalalt. Nimeni n-are cum să explice lucrurile-astea. Dar toate lucrurile astea mici răspund la întrebări.

Toate astea cu proba numără' cinci, proba numără' șase, toate astea cu probele nu-s chestii dă care să poți să vorbești logic, punct cu punct. Trebe să vă băgați pă sub capotă și să vedeți ce-mi face mie cilindrii să meargă. Trebe să faceți ce n-au făcut ăia pentru ăla cu ciocanu' dân Africa. Să intrați în mintea mea. Să vedeți ce văd io. S-auziți ce-aud io. Că dacă nu faceți asta, n-o să reușiți să-nțelegeți ce zic io. Să zicem c-ar trebui să vă ocupați de un accident dă mașină. Și-a murit careva. Tot ce puteți să spuneți e că mașina aia l-a omorât p-ăla. Nu știți dacă-i dân cauză c-a intrat intenționat în el. Nu știți dacă-i dân cauză că s-a golit lichidu' dă frână. Nu știți dacă-i dân cauză că i-a pușcat un cauciuc. Vedeți numa' sfârșitu'. P-asta se bazează avocatu' acuzării. El nu vrea să vă uitați la cauze, c-alea-l freacă pă el la melodie, nu? Și io mă bazez doar pă cauze. Io dacă mă uit la un motor care nu pornește, dă unde să știu dacă pot să-l repar dacă nu știu dân ce cauză nu pornește?

Un lucru ca ăsta răspunde la-ntrebarea: „Ce căuta pistolu' Baikal la mine-n apartament?"

„Arma favorită a gangsterilor", zice el. Io o să fiu sincer cu dumneavoastră. Pistolu-i al meu. Io m-am dus și mi l-am cumpărat, dar nu-i ce pare-a fi. Nu l-am cumpărat ca să-mpușc niciun băiat. A fost dân cauza familiei.

În viața mea, în afară dă câțiva prieteni, e mama, iubita mea și soră-mea mai mică. Ei sunt cei mai importanți oameni dân viața mea.

Pă soră-mea o cheamă Blessing[1], lucru ciudat, fiindcă-i ca un blestem. Glumesc, frate! E o binecuvântare, pă bune. Parcă pentru orice lucru rău pă care poți să-l zici dă mine, poți să spui zece lucruri bune dă ea. E o diferență dă doar doi ani între noi. Da' numa-n ăștia doi ani am fost despărțiți unu' dă celălalt. Mai bine dă douăj dă ani am trecut și io prin tot ce-a trecut ea și prin ce m-a făcut ea să trec. Aia de acolo, care stă lângă mama: ea-i surioara mea. Ea e, dacă v-ați uitat, aia care-a plâns fără oprire dă când durează tărășenia asta. Așa-i ea. Dacă mă face careva să sufăr, și ea suferă. Nu se poate stăpâni. Așa-i ea, dân firea ei.

Io n-am vrut să fie ea dă față la toate astea, la nimic dân ele. Dar ea-i femeie-n toată firea, și oricât i-aș spune io să nu facă, ea n-o să-nceteze să facă ce trebe să facă. Dac-o să vă uitați în ochii ei, o să vă dați seama ce vreau să zic. Vedeți ce oțel are-n ei. Dar unde vedeți dumneavoastră oțel, io văd și-altceva. O văd pă mama în ei. Mama care ia un pantof și te bate cu el, dar în același timp te iubește. Poate-așa o fi orice mamă, da' nu orice soră-i așa.

Deci ăsta-s io, înconjurat aproape doar dă femei. Io am crescut cu mama și cu Bless. Tata venea și pleca. Ăsta-i cel mai bun lucru care se poate spune despre el. Când n-o lua razna, era dă treabă. Uneori stătea câte-o zi, câte-o săptămână, cât o fi stat el, da' pleca mereu.

„Io-s dezrădăcinat, mă, băiatule", zicea el. „Io dacă nu-s mereu în mișcare, mi să-ntâmplă ceva."

Da' când se droga, frate, aia era altă mâncare dă pește. Dacă era mama cu noi, aveam vreo șansă. Da' de obicei venea când era ea plecată la lucru. Intra-n casă și-arăta ca

[1] „Binecuvântare" (eng., n.tr.)

toți dracii. Și-avea o față, o față d-aia dă cerșetor care se milogea. Să-i dai ceva să se pună pă picioare. O țârică dă medicament ca să-și revină. Și când aveam io zece ani și Bless avea opt, bătea cu pumnu-n ușă și cerea bani. Ce căcat bolnav mai e și-ăsta – eram copii –, ce bani să fi avut noi? Alteori, când era drogat cu ceva, ziceai că iese foc dân el.

Într-o zi dân vacanța dă la școală, când aveam io vreo cinșpe ani, io și Bless aspiram și făceam curat prin casă, sau știu io ce mai făceam înainte să vină mama dă la lucru. Credeți-mă, că dacă venea mama dă la lucru după ce-ți zisese să faci curat și nu făcusei, te punea să plătești pentru asta. Și ne certam cine să facă treaba dă căcat de-a aspira cu un aspirator d-ăla dă prin anii '20, sau ceva dă gen și cine șterge numa' prafu', când sună la sonerie.

E tata. Are ochii roșii tare, zici c-a fost în fundu' iadului și l-au dat afară-n șuturi. Barba lui nerasă, plină dă găuri, are aceeași culoare ca șapca lui murdară, și amândouă arată dă zici c-au fost tăvălite prin noroi câteva zile. Bombăne ceva de-o chestie „urgentă-urgentă" și, deși știm că e prăjit, îl lăsăm să intre-n casă, așa cum e. E singura chestie ce putem s-o facem, c-altfel nu pleacă, și ultimul lucru pă care-l vrem e să vină mama să-l găsească zăcând în prag, drogat.

Și vine ăsta și dă buzna pă ușă, abia ținându-se pă picioare. Dărâmă tot ce-are prin apropiere. Se sparg toate căcaturile-n stânga, în dreapta și la mijloc. Nu-l mai văzusem niciodată așa.

– Ce pușca mea vrei, mă, tată, mă?

Nimica, niciun răspuns. Sau cel puțin nimica din care să pot să pricep io ceva. Dup-aia-ncepe să scotocească peste tot, zici c-ar căuta ceva. Canapeaua dă piele-i întoarsă cu susu-n jos. Televizoru' ăla baban ajunge pă podea. Ăsta scoate sertarele dă la dulapurile dân bucătărie. Și mereu bombăne io știu ce. „Unde-o fi drăcia aia?" sau ce crede-n mintea lui că a pierdut la noi în apartament.

– Zi unde e.

Noi încercăm să-l potolim. Bless îi zice că-i face-o cafea, da' el n-ascultă nimica. Io mă iau după el, și ori ridic ceva căcaturi pă care le-a dărâmat, ori îl ridic pă el când se dărâmă singur. Dac-aveam o cameră, puteai să vinzi la televiziuni imaginile. Era ca o comedie dacă dădeai sonoru' pă mut.

În clipa următoare, trăncăne ușa și se deschide. E mama. E o chestie și cu mama. Ea-i o doamnă nigeriană dă treabă, și oricine cunoaște-o mamă nigeriană știe că nu te pui cu una furioasă. Ea vede roșu-n fața ochilor și-ncepe să țipe la el: „Ieși dân casă, ieși, ieși. Nu ești bun dă nimica. Ieși!" Dar ea n-a înțeles care-i situația. Ăsta nu-i doar drogat și plutește-n aer, cum e de-obicei. Mai era și pe-altceva. Dup-aia se uită la ea dă zici c-o vede pentru prima dată. Două minute se holbează la ea, pur și simplu. Dup-aia se-mpleticește până ajunge-n fața ei și probabil că ea-i simte mirosu' dă băutură.

„Tu ești muiere, și-atâta", zice el, dup-aia, bang, dintr-odată, o apucă dă gât cu mâinile și-o-mpinge la podea. Io mă gândesc: „Ce mă-sa face ăsta?"

Și-i sar în spate și-i car la pumni și la picioare, da' el m-azvârle dă zici că-s vreo jucărie d-aia mică și m-aruncă departe. Tata se urcă pă ea și-ncepe să-i care pumni în față, dă zici că bate cuie cu pumnu'. Iar și iar îi dă pumni ca lumea, ca dă bărbat. Fața lu' mama-i varză, toată plină dă sânge. Io stau acolo zici că-s paralizat. Nu știu ce să fac. Zici că mi-a stat mintea și mi s-a stricat corpu'.

Dup-aia se întâmplă altceva. Bless a luat fieru' dă călcat și-ncepe să dea cu el în el. Da' are doar treișpe ani și n-are destulă forță-n ea ca să-l lovească rău. Dacă s-ar întâmpla acuma, sigur l-ar termina dă tot, dar p-atuncea, pur și simplu, n-avea ea destul zvâc în ea. N-avea furia aia pă care ți-o dau doar anii mulți, știți ce zic? Oricum, ea-ncepe să dea cu fieru', dar ăla-i ricoșează dă pă umăr. Tata o prinde. Îi ia fieru' dân mână – și dup-aia se-ntâmplă nenorocirea. O pocnește pă Bless în fața cu el. Imediat, e sânge peste tot. Bless cade la pământ, ca moartă. Io *chiar* am crezut că-i moartă. Dup-aia, el se oprește. Zici că s-a trezit acuma. Lasă fieru' jos. Se duce la mama. Îi ridică poșeta. Îi golește portofelu'. Pleacă.

Nu, nu vă uitați la fața ei. Uitați-vă la mine. Țineți ochii pă mine. Io am fost dă vină. Io eram bărbatu' acolo. Trebuia să fiu io ăla care să ia fieru' sau vreun cuțit. Am vrut să fac asta. Dup-aia, cât am fost în spital, numa' la asta m-am gândit. Că puteam să fac așa. Că puteam să fac pă dincolo.

Paturile lor erau unu' lângă altu'. Săptămâni întregi au stat acolo. Mama a avut fractură dă orbită oculară. Bless a avut fractură dă maxilar și a pierdut jumate dântr-un dinte. Dar am pierdut și io. Într-un fel, am pierdut-o pă soră-mea. Da, a fost dă căcat în casa aia destul dă multă vreme. Dar niciodată ca atuncea. Dă data asta, când a făcut ce-a făcut, i-a luat vocea cu el. Ea n-a vorbit ani la rând. În parte și de la ce-a pățit, dar și fiinc-a rămas fără cuvinte. Nu putea să explice nicicum, nu putea să-ndrepte nimica, nu putea să spună-n niciun fel ce simțea. Da' io pot. Io simt. Simțeam ceva dă parcă-mi stătea cineva pă inimă și-apăsa până nu mai rămânea altceva-n afară dă carne.

În săptămânile alea cât s-au recuperat ele, am pățit și io ceva. Nu pot să explic exact ce, era parcă n-aveam dăcât un lucru-n minte. Eram fixat. Asta era. Știam că nu pot să las să se-ntâmple așa ceva a doua oară. Așa că m-am dus, am vorbit cu unii și-am luat un pistol. Ăla Baikal. Da, pistolu' preferat al gangsterilor. Da' nu fiindcă ar fi un pistol deosebit, uimitor și meseriaș. Alea-s pistoale standard rusești sau cehe modificate, atâta tot. Nu le scot ăștia cu număr dă serie. Încap în buzunar. Merg cu aproape orice fel dă muniție. Ăla-i pistol pentru puștani fără bani.

Deci când zic ăștia: „A, fiți atenți, am găsit pistolu' ăsta-n apartament la el, e-același tip dă pistol ca ăla care l-a omorât pă Jamil, e pistol dă gangsteri și trebe să-l fi avut el cu un motiv", au dreptate. Ăla-i pistol dă gangsteri. Dar asta-nseamnă și că fiecare puști dân Londra care-i într-o gașcă are unu' sau poate face rost dă unu'. Și dacă, așa cum cred io, Jamil a fost împușcat dân cauză că era băgat în toate căcaturile alea cu găști, atuncea nu-i dă mirare c-a fost împușcat cu un pistol d-ăla. Și avocatu' are dreptate și când zice că l-am avut cu un motiv, „motiv letal", sau cum zice el. Aveam dă gând să-l omor pă taică-miu dacă se mai apropia dă mama sau dă soră-mea. Jur, să mor io. Într-o secundă l-aș fi omorât.

El poate să facă ce-a făcut, e o alegere. Poate s-aleagă să-i rupă falca soră-mii și să-i facă fața maică-mii zob. E alegerea lui. Libertatea lui. Da' libertatea nu-i pă degeaba. După mine, dacă faci o alegere, atuncea ar fi bine să-ncepi să plătești pentru ea. A avut noroc că n-a mai venit să ne deranjeze. Da' io am așteptat ani întregi cu pistolu' ăla-n sertaru' dân bucătărie. N-a venit. A avut noroc. Da' io am avut ghinion că l-a găsit poliția la mine-n sertar.

Dar uitați care-i chestia acea, că da, de ce să-l fi păstrat io dacă tocmai împușcasem pă careva cu el? Asta-i o prostie. Asta-i chestia care mă scoate cel mai tare dân sărite. Ăsta, domnu' avocat, mă ia dă prost. Pentru el, io-s un prost fără pic dă minte-n cap. Să trag io într-un puști și să țin un pistol dă cincizeci dă lire în caz că vreau să-l folosesc iară? Hai, mă, mă lași?

Dă fapt, el e ăla dă nu gândește. De ce-am trecut io pă lângă Jamil și i-am zis că-i varză? La asta s-a gândit? Cum v-am zis io, căutați motivele. Motivele o să v-arate calea... Ce zice el, io am scris: „...e cu atât mai rău din acest motiv. O întâlnire întâmplătoare cu un străin a dus la acest act de barbarism". Întâlnire întâmplătoare cu un străin, crede el? Io vă spun și dumneavoastră și lui un mic secret. N-a fost nicio întâlnire-ntâmplătoare, și nici nu era vorba de-un străin. Io-l cunoșteam p-ăsta. Îl cunoșteam pă Jamil. Nu vreau să-l zic că-l cunoșteam la fel dă bine cum îl cunoștea familia lui, să zicem. Vreau să zic că-l știu, atâta tot. Cred că-i momentul să vă povestesc niște porcării.

Nu știu.

Uitați care-i treaba, io-s obosit și nu gândesc cum trebe. Știu că dumneavoastră credeți că-i vina mea. Io trebuia să-mi păstrez avocatu' pentru pledoarie. Poate c-aveți dreptate. Dar adevăru-i că atunci când ți-e viața-n joc, faci orice ca să ți-o scapi. Io acuma lupt pentru viața mea. Da, pot să trec prin toate probele, așa cum am făcut și pân-acuma. În puțin timp, am trecut prin vreo patru. Patru gunoaie dă probe după care mă condamnă acuzarea. Și tot vreau să zic ce-am dă zis despre alealalte patru. Dar nu-i destul, pă bune, cu adevărat. Trebe să știți toată povestea cu toate căcaturile care s-au întâmplat. Cu ce se întâmpla în viața mea. Cum să-nțelegeți altfel? Cum să mă-nțelegeți pă mine dacă nu știți nimic despre mine?

Cât a durat procesu' ăsta, am ascultat și io, ați ascultat și dumneavoastră. Vă văd fețele când vedeți o probă. Aveți niște fețe d-alea care parcă zic: „Pretenaș, tu ai belit-o!" Și într-un fel, io-s dă acord cu dumneavoastră. Unele dân probele care urmează mă cam belesc o țâră. Da' nu-i vorba că purtam io nu știu ce hanorac sau că mi-am folosit io mobilu' lângă un băiat. E vorba da-am comis o crimă. Și-aia n-am comis-o io. A comis-o altcineva.

Pauză lungă: 16.45.

LA TRIBUNALUL PENAL CENTRAL T2017229

ÎNAINTEA: Judecător SALMON, AR

Pledoarii de încheiere:

Proces: Ziua 30

Miercuri, 5 iulie 2017

ÎNFĂȚIȘĂRI:

Pentru acuzare:	domnul C. Salfred, AR.
Pentru inculpat:	el însuși

Transcript după o înregistrare audio digitală realizată de
T.J. Nazarene Limited
Stenografi oficiali și transcriptori
ai înregistrărilor tribunalului.

6

Aşa, deci continui dă ieri, atuncea?

Cum am zis şi ieri, io-l ştiam pă băiatu' care-a murit, pă Jamil. Dar pă stradă, nu-i zicea nimeni Jamil, îi zicea toată lumea JC[1]. Poate fiincă era slab sau poate fiinc-avea o barbă d-aia dă Iisus. Da' io-l cunoşteam dă JC. Era un gangster d-ăla dă carton. Era slăbănog ca o fetiţă dă doişpe ani, da' se purta mereu dă parcă era vreun mare barosan. Îl ştiam dân zonă, da-l mai ştiam dă undeva. El o ştia pă Kira, pă iubita mea. Aţi putea să ziceţi că tot ce mi s-a-ntâmplat – cazu' ăsta, crima, tot – are legătură cu Ki.

Ce pot io să vă explic dumneavoastră dă Kira? Kira-i cea mai frumoasă fiinţă pă care-aţi putea s-o vedeţi. E genu' ăla dă persoană care dacă merge pă stradă se uită zece băieţi după ea de zici că trece Rihanna[2] pă lângă ei. Are nişte ochi d-ăia cenuşii care te fixează aşa când te privesc. Şi dacă se uită la tine, n-are importanţă c-are nişte picioare de-alea lungi, care par că se leagănă-n vânt când merge ea, te uiţi fix în ochii ăia ai ei. Eşti fixat. Are nişte ochi cenuşii, mari, care-i ajung tocmai până-n colţurile

---

[1] Pronunţat „jay-see" („gei si"), aluzie la iniţialele în limba engleză ale lui Iisus Hristos (Jesus Christ) (n.tr.)

[2] Robyn Rihanna Fenty (n. 1988), muzician, textier, fotomodel, producător muzical de origine din Barbados (n.tr.)

feței. Ochii cenușii-s oricum ciudați, da' la o fată dă culoare, se văd tare dă tot, dă zici că-s ochi dă pisică. La ea, nu sar în ochi totuși, i se cam potrivesc, așa. Se potrivesc cu gura ei largă, cu pomeții ei înalți. Se potrivesc cu pielea ei. Ochii-s ai feței, și fața ei n-ar putea să aibă alți ochi dăcât ăia.

Am văzut-o pentru prima dată acuma-s opt ani când Bless și cu mama erau în spital și se recuperau după ce le-a făcut tata. Venisem dă la ora dă vizită și eram supărat rău dă tot. Medicu' specialist a venit și-a zis că Bless o să aibă mereu chestia aia când i se lasă o parte dân față. Nu, vă rog io, nu vă uitați la fața ei, băi, frate!

Au zis ăia că poate o să-și revină dă la sine, dar erau șanse mari să rămână mereu așa. Dar ăla a zis așa, cu o jumate dă zâmbet, parcă-i dădea o speranță:

– Nu există nimic care s-o împiedice să vorbească. Nimic fizic, cel puțin. Vedeți dacă reușiți s-o faceți să se deschidă.

Așa zice. Parc-ar fi cea mai ușoară chestie dân lume. Parcă-i vreo ușă-n ea pă care poate să iasă și să vorbească din nou.

Io tocmai coborâsem dân autobuz și mă-ntorsesem dă la spital, și probabil că încă mă gândeam la vreo porcărie pă care trebuia să i-o fac lu' taică-miu. Bless era tot închisă-n lumea ei. Tot nu spusese-un cuvânt. Deja era acolo-n spital dă vreo câteva săptămâni bune, dar nu scosese nici pâs. Se-nchisese-n ea și dăduse lumea la o parte. Nu știam ce-o să se-ntâmple cu ea, și eram cum v-așteptați. Cu fața-n jos; pierdut în mintea mea.

În partea dân spate-a autobuzului, la etaju' dă sus, acolo stau io, sau cât mai în spate se poate. Dar dân cauza asta, toate căcaturile dă demult nu mai păreau să conteze deloc pentru mine. Am coborât pă scări dân partea dân spate şi am privit fix pă geam. Vreo cinşpe minute mai târziu m-am uitat în sus şi-am văzut-o cum stătea-n faţa mea. Avea căştile-n urechi şi dădea dân cap în tăcere pă muzica aia care bâzâia dân ele. Purta o vestă albastră şi nişte blugi, da' io nu mă puteam abţine să mă holbez la ea. Avea ochii-nchişi şi parcă visa. Stătea acolo, cu ochii-nchişi, cu un zâmbet uşor, şi dădea dân cap pă un ritm care se auzea-n urechile ei.

Vreo zece minute m-am holbat la ea. Mi se părea cam ciudat, ziceai că mă uit la ea pă gaura cheii. Dar am continuat să mă holbez. N-am putut să m-abţin. Ţin minte c-am crezut că nu mă prinde cât avea ochii-nchişi. Dar chiar când am terminat, ea a deschis brusc ochii şi m-a fixat. Cu ochii ăia. Cenuşii, ameţitori. Aproape argintii. Când te fixează ăia, nimica nu poţi să faci.

N-am putut să feresc privirea. N-am putut să zic nimica. Făceau căştile alea gălăgie. Aşa că n-am făcut dăcât să râd. Ea a ridicat dân sprânceană, a prins dă fir cu un deget, şi-a dat drumu' la căşti.

– De ce râzi? zice ea.

Chiar nu era impresionată.

– Dă nimica, mă! zic io, încă râzând. M-ai cam prins totuşi, aşa-i?

– Tu n-ai altă treabă de făcut decât să te holbezi la fete? zice ea și-și bagă căştile înapoi în urechi, și-nchide brusc ochii până vine vremea să cobor.

Mai ţine ochii-nchişi zece minute. N-are nicio expresie pă faţă. E seacă. Aproape că-mi vine să-i dau un ghiont ca să-mi iau la revedere dă la ea când trebe să cobor, dar n-am sânge-n instalație.

Am coborât înainte să-i deschidă iarăși. M-am sictirit rău dă tot. Îmi stătea mintea la ea dă zile-ntregi, și când am văzut-o, am dat chix. Căcat. Nici nu-s d-ăla care renunță, așa c-am petrecut câteva zile făcând un plan pentru când aveam s-o mai văd, ca să nu o mai dau în bară.

Am luat o foaie dă hârtie și-am ținut-o la mine în caz c-o mai vedeam. Adevăru-i că am cărat foaia aia după mine peste tot, așa, ca să fie. Pă urmă, într-o zi, am văzut-o iarăși, când s-a urcat în autobuzu-n care eram și io. Dă data asta, știam ce să fac. Doar că ea stătea la două locuri dă mine, și-un umflat d-ăla mare stătea lângă ea și nu puteam să m-apropii. Totuși, am așteptat și iar am așteptat, și când a coborât ălălalt, m-am dus lângă ea, p-alea două locuri repede. Ea parcă nici nu m-a văzut, dar io m-am întors spre ea și i-am dat foaia dă hârtie. A luat-o, a desfăcut-o și s-a uitat la mine, în sfârșit. Io iar am rămas blocat. În ochii ăia ai ei.

– Și de ce-aș vrea io să știu cum te cheamă? întreabă ea.

– Păi, să dai mâna cu mine, că tu nu dai mâna cu străinii. Și-ai și număru' meu acolo dacă vrei să mă suni, zic io și râd. Vezi, te-am prins acuma. Ai zâmbit un pic, da' tot ai zâmbit.

– Cum zici tu, spune ea, și dă ochii peste cap. Totuși, a păstrat hârtia, și chiar și-un tâmpit știe că ăsta-i semn bun.

Abia după două luni a fost de acord s-o scot în oraș. Și chiar și-atuncea, la cum a zis, făcea să pară c-o face dă milă. Zice:

– Pare că ți-ar prinde bine-o masă bună. Vezi să fii la mine la ora șapte fix. Dacă-ntârzii, aia e.

Ha. Încă-mi aduc aminte exact cuvintele-astea.

Dân întâmplare, nu stătea foarte departe dă mine, așa c-am mers pă jos până la ea. Deși luna octombrie-și intrase deja-n drepturi, tot era destul dă cald ca să fie plin dă lume pă străzi și să stea și să bea. Îmi cumpărasem ceva pantofi sport d-ăia noi și i-am luat, dă probă, și-adevăru' e că arătam mișto. Am trecut pă lângă un grup dă puștani care stătea lângă scările dă la ușa dă la intrarea-n blocu' unde stătea ea. Ăsta, Jamil, era acolo, deși io la vremea aia nici măcar nu știam cum îl chema. Pentru mine, era doar un puști care stătea cu tovarășii lui. Totuși, îl știam pă unu' dân ei și m-am uitat la el. Ăsta a dat dân cap către mine și s-a-ntors iarăși către băieții lui, așa c-am trecut pă lângă ei și-am urcat sărind treptele dă beton până la ușa ei.

A deschis ușa, și-arăta ca o vedetă d-aia dân filme dă la Hollywood, cu-o rochie lungă, cu umerii goi, încă mirosea a ciocolată.

– Intră, zice ea și intră pă hol. Io mă iau după ea.

Nu prea știam la ce să m-aștept. Câteodată intri-n apartament la un prieten și poa' să fie toate la fel ca la tine-n apartament, aceleași uși, aceleași camere, același plan, da-n același timp să ți se pară c-ai pășit în altă lume. Unii au toate chestiile moderne-n curte, gadgeturi, chestii cu ecran plat, toate alea. Alții au aceleași căcaturi dă le-au avut și-n anii '80, știți cum zic? Mese-ngrămădite și postere mari și siropoase înrămate-n plastic negru. Deci habar n-aveam în ce urma să mă bag, da' credeam c-o să fiu pregătit pentru orice și să mă port dă parc-ar fi normal.

Kira locuia singură dă când avea cinșpe ani. N-avea mamă, taică-su era pă nu știu unde, și singuru' frate pă care-l avea, Spooks, era când în pușcărie, când afară, deci era o chestie și la ea. Dar apartamentu' ei m-a surprins dă tot. Tot un căcat, cum ziceam, cu camere pătrate, cu tavane joase, cu ferestre dă fier, cu calorifere vechi. Locuință standard, dă la consiliu. Dar chestia care făcea apartamentu' ei să fie diferit erau cărțile. Pă toate suprafețele era câte-o stivă dă cărți, puse cu câtă grijă se putea și cât de sus se putea fără să se dărâme. Ocoleau toată canapeaua, picioarele mesei, televizoru', peste tot unde vedeai cu ochii.

– Să știi că-i ca lumea aicea, spun eu, pentru că nu mă pot gândi deloc la ce altceva să zic.

Sincer să fiu, îmi cam bubuia inima. Ea n-a zis nimica, doar a ridicat dân umeri, parcă zicea „Cum zici tu", și s-a așezat pă canapeaua dă piele. Avea loc pentru picioare, dar nimic mai mult.

– Ai destule cărți aicea, așa-i? zic io.

Ea-ntinde mâna spre ceva ce poate-a fost cândva o măsuță, dar acuma nu-i dăcât un morman înalt dă cărți, și-mi dă o bere.

– Ai o singură șansă să mă impresionezi, zice ea, uitându-se repede cu ochii ăia cenușii la mine.

Io am luat-o ca pe-un semnal să-ncep să flecăresc, și-am făcut asta câteva ore. Nici în ziua dă azi nu-s sigur ce i-am zis, dar cred c-a mers bine ceva ce i-am zis, că dân seara aia, dân toate punctele dă vedere, era iubita mea.

Pauză: 10.55

7

11.05

Când au cunoscut-o mama și Bless pentru prima oară, au iubit-o. Și Kira pe ele. Uneori, cuiva i se poate-ntâmpla un lucru bun fără niciun motiv. Ea a fost lucrul bun care ni s-a-ntâmplat la toți. Să nu mă-nțelegeți greșit, că ea nu era vreun înger. Avea uneori niște gânduri negre care țineau săptămâni întregi. Se răstea la tine dântr-o nimica toată și se-nfuria pă tine dă ziceai că vine apocalipsa și ea-i acolo să te judece. Da' dincolo dă toate astea și dincolo dă fața ei drăguță și dă ochii ei mari, era bună la suflet. Când venea pă la noi la apartament, făcea mereu ceva dă mâncare pentru mama și pentru Bless și făcea un pic dă curățenie p-acolo înainte să plece. Chiar dacă Bless era tăcută, mai mult sau mai puțin, dă fiecare dată când era Kira p-acolo, prindea câte ceva, și dă fiecare dată puteai să juri c-o să se-ntoarcă.

În ăia șapte ani cât am fost împreună, Bless și Kira au devenit mai mult ca niște surori dăcât ca orice altceva. Ei îi plăcea liniștea pă care-o aducea.

Uneori stăteau împreună. Ki îi citea dân cărți, și Bless era Bless, pur și simplu. Ea știa să „fie", mă-nțelegeți ce zic. Și uneori simțeai că n-au nevoie dă cuvinte ca să spună ce-aveau dă spus. Da' eu și Kira, în mintea mea, eram ca

Romeo și Julieta. Sau poate ca Romeo și-o fată care ar putea să fie Julieta dacă n-ar fi așa panaramă când ar vrea, și care-ar putea să te lase lat, mai ales dacă i-ai zice panaramă, ceea ce io fac destul dă rar. Acuma, serios, eram apropiați tare.

Ne-am apropiat, da-i greu să-ți dai seama de ce-am făcut-o. Nu ne potriveam chiar așa bine. Dă fapt, s-ar putea zice eram ca merele cu portocalele. Io aveam șaișpe ani și mă lăsasem dă școală. Ea mergea la facultate. Io aveam optșpe ani și abia m-apucasem dă treaba aia cu vânzarea dă mașini. Ea lua zece pă linie și s-a înscris la o chestie d-aia gen Open University[1]. Io iubeam mașinile. Ea iubea cărțile. Io p-atuncea nu suportam cărțile. Ea nu suporta mașinile. Nici nu se putea spune că priveam lucrurile la fel.

Asta o să vă spună cam cum era ea dă fapt.

Acum vreun an jumate, locuia tot la ea-n apartament, cu cărțile, da' venea și pă la mine din când în când să rămână acolo, dar dă cele mai multe ori rămâneam io la ea. Nu prea-i plăcea ei la mine, da' uneori ziceam io: „De ce să vin numai io la tine și tu să nu vii niciodată la mine?", deci dân când în când venea și ea. Oricum, într-o după-amiază, vine ea la mine, io mă jucam pă PS3[2] sau ceva dă gen, și ea vine și se-așază lângă mine și bea ceai. Oricum, trec vreo cinșpe minute, și până la urmă mă prind că tre să mă las dă joc. Zic io: „Stai să termin nivelu' ăsta și să salvez", dar ea nu pare deranjată. Ea pare că se relaxează, atâta tot.

---

[1] Unitate de învățământ superior cu program flexibil fondată în 1969 (n.tr.)

[2] PlayStation 3 este o consolă de jocuri video lansată în 2008 de producătorul american de electronice Sony (n.tr)

Deci, când opresc io jocu', zice ea:

– Auzi, tu-l știi p-ăla, pă fratele lu' cutare?

Și io zic:

– Da, îl știu.

– Tocmai ți-a spart mașina.

– Ce?

– Aia roșie. Decapotabila.

– Ce pana mea tot vorbești acolo. Ăla mi-a spart Z3-ul[1]?

Mă ridic și m-apuc să caut cheile.

– Nu știu. Aia roșie.

– Ce? Și l-ai văzut când a spart-o?

– Da.

– Băga-mi-aș picioarele, Kira, și nu l-ai oprit? Ai chemat poliția?

– Nu! De ce să fi chemat poliția?

– Băi, Ki, ăsta mi-a spart mașina și tu nu faci nimica? Ce-ai, mă, frate? zic io.

Ies pă ușă și fug la mașină.

Porcăria aia are parbrizu' zob, torpedou-i gol dă tot, și până și monedele alea sau ce-aveam prin scrumieră lipsesc. Da' parbrizu', frate. Al dracului parbriz e spart. Și s-ar putea să credeți că exagerez, dar parbrizele dă mașini îs aproape imposibil dă-nlocuit. Nu mai reușești să obții finisajele dân fabrică niciodată. Sigiliile nu-s la fel, și-n fiecare dimineață se-aburesc porcăriile alea dă parbrize dă fiecare dată. Și toate bucățile alea mici dă sticlă, dă căcat, care rămân peste tot, dă le găsești după zece ani. Băga-mi-aș. Scuze, mă-nfurii și când mă gândesc.

---

[1] Model de mașină lansat de compania producătoare BMW și comercializat în perioada 1995-2003 (n.tr)

Kira s-a luat după mine pă stradă și io-s tot nervos, tot strig la ea. Ce pana mea-i în capu' ei, oare, știți ce zic?

– Unde te duci? întreabă ea, când mă vede că urc în mașină.

– Îl omor p-ăla, zic io.

– Nu te duci niciunde, zice ea, și se bagă-n fața ușii și-o lasă deschisă ca să nu pot să plec cu mașina.

– Dă-mi, în pușca mea, un singur motiv bun pentru care să nu fac asta! zic io, uitându-mă la ea.

– Tu nu știi care-i treaba cu el, zice ea. Ar putea fi o sută de motive pentru care să fie nevoit să-ți spargă mașina.

– Mă doare-n paișpe, Ki, zic io, strigând. Ăla trebe să plătească, într-un fel sau altu'.

– Dacă te duci acolo, noi doi am terminat-o.

– Ce? Ce pana mea tot vorbești acolo? Ce-ți pasă ție dă căcăciosu' ăla mic?

– Tu măcar îl cunoști pe băiatul ăla? întreabă ea. Ar putea fi mort de foame. Ar putea fi drogat. Poate trece prin orice.

– Așa, și ce pușca mea mă privește?

– Păi, oamenii nu fac porcării fără motive, spune ea, și se dă jos din mașină.

Dup-aia n-am mai vorbit cu ea o săptămână, dar nici nu m-am dus să rezolv problema cu băiatu' ăla. Niciodată n-am înțeles de ce mama dracului îi păsa atât dă tare dă el, că nici nu-l cunoștea. Nu zicea dăcât: „Tu nu știi ce-ai face dac-ai fi în pielea lui". Și asta era destul pentru ea. Chiar dacă nu i-am zis niciodată, cred că mi-am dat seama mai târziu despre ce era vorba. În fond și la urma urmei, cred că era vorba dă frate-său, dă Spooks. Era după gratii dă multă vreme pentru ceva porcării cu droguri, și ea vedea lucrurile cum nu putea să le vadă dăcât familia. Ăla fusese la locu' nepotrivit în momentu' nepotrivit. La cum vedea ea lucrurile, ăsta și Spooks erau la fel. Victime ale circumstanțelor. Io nu vedeam căcaturile astea la fel. Nu treceai dă-nchisoare și plecai, pur și simplu. Dacă faci infracțiuni și ești prins, plătești. Simplu și frumos.

Da' am lăsat să treacă dă la mine. Dă dragu' ei. Nu prea am vrut, și nu mă dădea pă spate cum vedea ea toată povestea. Și frate-su era varză dân câte puteam io să-mi dau seama, da' ea-l iubea pă el și io o iubeam pă ea. Deci era cum era. Și io vă spun un lucru: n-aș fi lăsat să treacă asta dă la mine pentru nimeni altcineva în afară dă ea. Aveam nevoie dă ea în viața mea. N-aveam îndoieli că m-ar fi părăsit în ziua aia dacă m-aș fi dus și i-aș fi arătat vreo două chestii lu' ăla. Nu știu dacă-i dân cauză că ea credea ce credea, sau dacă s-a născut ea căpoasă dă fel, da' ar fi plecat. Nu era vorba că respectam io nu știu cât chestia asta, era mai mult că nu știam ce să fac fără ea-n viața mea. Ea era ca un acoperiș deasupra capului meu. Aveam nevoie dă ea ca să rămân uscat. Parcă era acolo dântotdeauna și nu puteam să-mi închipui cum ar fi fost fără ea. Deci, când a plecat, atuncea, prima oară, m-a dat peste cap ca lumea.

Pauză: 11.50

8

12.00

Io știu că pentru dumneavoastră chestia asta pare ca o schimbare dă autobuz. Lungă rău dă tot. Dar dacă sunteți atenți la mine-n continuare, o să înțelegeți de ce trebe neapărat s-auziți toată povestea asta.

Vedeți dumneavoastră, Kira tocmai dispăruse. Trecuse doar o săptămână dă la porcăria asta cu mașina, deci io am crezut la-nceput că încă era supărată pă mine dân cauza asta. Dup-aia mi-am dat seama că n-avea dă ce să fie supărată, că io renunțasem, așa cum am zis c-o să fac. Da' știți cum e cu unele femei, se supără pă tine și dacă faci întocmai ce vor ele să faci. Nu vreau să le supăr pă doamnele jurate, știți cum e. Și ce-i și mai rău e că ele vor să știi cu ce le-ai supărat, chiar dacă, dân punctu' tău dă vedere, tu ești ăla care-ar trebui să fie supărat pă ele.

Io m-așteptam să treacă pă la mine în sâmbăta aia și să m-ajute să iau ceva vopsea. Era un soi dă surpriză pentru ea. Io tocmai vândusem o mașină și eram cam sictirit, și mă gândeam că dacă m-apuc să zugrăvesc p-acolo cum îi place ei, o să-i placă să stea mai mult pă la mine. Da' ea n-a mai venit. Ceea ce era ciudat, fiincă fata asta nu întârzia. Niciodată, vreau să zic.

Am aşteptat vreo oră până s-o sun pă mobil, da' n-a răspuns. Da' la urma urmei, ea-şi schimba număru' cum face toată lumea. Primeşti o cartelă cu o ofertă, o consumi, dup-aia te muţi pă următoarea cartelă cu următoarea ofertă. Aşa-i procedura standard. Deci când n-am reuşit să dau dă ea pă telefonu' ei, n-a fost mare chestie pentru mine. Nu era ceva dân care să mă stresez. Era supărată fără motiv, dar din câte ştiam io, nu-i trebuia mereu motiv. Aşa mai făcea ea câteodată. Se lua dă mine pentru chestii pă care nici nu ştiam că le-am făcut şi-a doua zi aflam toată tărăşenia. Deci chiar dacă eram îngrijorat, nu prea eram, dă fapt. Eram mai mult furios. Făceam ce fac io de obicei, îmi storceam creierii, încercam să-mi dau seama cu ce căcat greşisem. Mi-am verificat mesajele – oare să fi zis ceva greşit în careva dântre ele? M-am uitat la ziua ei şi la alte zile ca să văd dacă mi-au scăpat d-alea „speciale". N-am reuşit să-mi dau seama.

N-am primit niciun semn dă la ea toată ziua aia. Am pierdut toată ziua. N-am luat nicio vopsea. N-am făcut nimica, dă fapt, că mă stresam de ce-i supărată ea pă mine. Până m-am culcat, sincer vă zic, eram furios deja. În mintea mea, îmi doream să păţească toate căcaturile. Ţipam la ea, aveam tot felu' dă discuţii imaginare, cu toate alea. Făceam vocea ei în mintea mea, dup-aia reveneam şi făceam vocea mea. Ca într-o ceartă ca lumea. Era naşpa rău.

În dimineaţa următoare, m-am trezit şi m-am uitat pă telefon. Nimica. Le-am sunat pă mama şi pă Bless, care încă stăteau împreună p-atuncea, şi nici ele nu ştiau nimica dă ea.

Dup-aia m-am gândit să-ncerc la prietena ei, Maria. Avea o prietenă dă care, sincer să vă spun, mie nu-mi prea plăcea. Dă câte ori o vedeam, se uita la mine dă ziceai că ea crede că io nu-s destul dă bun ca să fiu prieten cu ea. O fi avut ea dreptate, da' io credeam că nu trebuia s-arate asta așa pă față. Ki zicea:

– Las-o-n pace, că-mi poartă de grijă.

Dar io credeam că poate-i plăcea dă ea. Problema era că n-aveam număru' ei. Adică, la ce mi-ar fi trebuit număru' lu' prietena ei? Doar că-n clipa aia aveam nevoie dă număru' ei. Pă urmă mi-am adus aminte că lucra la ceva magazin dă haine pentru femei dân Elephant[1] și m-am hotărât că trebuia să merg să vorbesc cu ea față-n față.

Era un magazin d-ăla cu un nume ca Uniqueé, unde ar fi mers doar cineva ca mama. Am sărit în autobuz, gândindu-mă că dacă n-o să se bucure Maria să mă vadă, o să mă-ntorc pă la apartament la Kira și-o să văd dacă nu cumva-i pe-acolo. Am deschis ușa, și-a troncănit așa, să-i anunțe pă oamenii dă la casa dă marcat c-a intrat cineva. Era mai întuneric înăuntru dăcât ar fi trebuit să fie, că se stricaseră câteva becuri dân tavan, și mirosea ca bucățile alea dă stofă dân care-mi făcea mama haine. Erau două suporturi de-alea rotunde cu bluze cu modele sau cu știu io ce, și-am trecut dă ele ca s-ajung la tejghea. Nu era nimeni acolo, și-am așteptat pân-a venit o bătrânică și s-a strâmbat la mine.

– Maria-i aicea? întreb io, și-ncerc să nu fac să pară că mă simt prea aiurea p-acolo.

Asta strigă-n spate, și vine Maria. Kil cu kil. Io nu vreau să par, știți dumneavoastră, antigrași, da' asta era atâta dă

[1] Elephant-and-Castle, cartier londonez denumit astfel după stația de metrou cu același nume (n.tr.)

grasă că ziceai că vine pă bucăți. S-a uitat la mine și și-a-ncrucișat brațele-n față.

– Ai văzut-o pă Ki? zic io, cât pot dă calm.

– De ce, ce i-ai făcut? întreabă ea, care mereu a avut bănuieli legate dă mine din nu știu ce motiv.

– Nimica, mă! Io te-am întrebat doar dac-ai văzut-o!

– N-am văzut-o și nu știu nimic dă ea. Dar dac-o vezi, s-o-ntrebi de ce nu-mi răspunde la mesaje.

– Da, îi răspund io, dup-aia ies iarăși dân magazin, îngrijorat că n-a luat Kira legătura cu prietena ei. Maria nu părea că-i ținea spatele. Nici nu părea prea deranjată. Da' de ce să fi fost? Pentru ea, nici măcar nu era dispărută.

Așa c-am sărit iară-n autobuz ca s-ajung la ea acasă. Am mers pă distanța scurtă dă la stația d-autobuz și-am început iară să mă cert cu ea-n gând. Pân-am ajuns să-i bat la ușă, cearta se dezlănțuise deja. Mă jur c-aproape c-o vedeam venind la ușă, cu fața palidă dă nesomn. Cu ochii umflați dă plâns, poate. Așa c-am stat în fața ușii ei vreo jumate dă oră, fără să știu ce să fac mai departe. Trebuia să sun pă careva care-o cunoștea, care știa unde e.

Cum am zis, Spooks era-n pușcărie, așa că nu puteam să-l întreb pă el unde era, nu c-aș fi știut io cum să dau de el. Nici nu știam cum îl cheamă dă fapt, că și Kira tot Spooks îi zicea. Nu mai avea alte rude, deci era fundătură. Și Ki nu era genu' cu foarte mulți prieteni, deci nu mai aveam unde să mă uit după ce-ncercam la Maria.

În a doua zi când n-am găsit-o acolo am început să-mi fac griji rău dă tot. Nu tu mesaje, nu tu apeluri pă telefon. Am încercat iară la ea acasă, da' n-a răspuns nimeni. M-am dus la magazinu' ăla dă telefoane unde lucra ea temporar, da' ăia nu știau nimic dă ea, deși ar fi trebuit să fie acolo în ziua aia. Deja eram atât dă paranoic că m-am gândit să mă duc și la poliție. Dar așa s-ar fi transformat toată povestea-n ceva pentru care nu eram pregătit, și nu m-am dus. Am încercat iară la mama și la Bless, da' nici ele nu auziseră nimica. Oare ce se-ntâmplase? Dân două-n două minute, mă uitam pă telefon și speram să aflu ceva. Nici măcar furios nu mai eram deja, voiam doar să știu că-i undeva și că-i în viață. Pă urmă, când am rămas fără speranță, am început să merg pă la spitalele dân zonă. Nimica. Slavă Domnului totuși, știți ce zic?

În noaptea aia, mi-am călcat pă mândrie și m-am dus la poliție. Ăia și-au făcut treaba și-au luat câteva detalii, da' dân punctul lor dă vedere, io nu eram cineva care să pună asemenea-ntrebări. Un părinte, poate da, un frate, poate da, da'un băiat oarecare așa ca mine? Nu, nu erau interesați, da' măcar mi-au zis că dân câte știu ei, nu-i moartă. Mă jur, să mor io, eram și șocat, și scos din minți în același timp. Unde mă-sa, mă scuzați, domn' judecător, unde mă-sa era și cum puteam să dau dă ea? Parcă dispăruse ca măgaru-n ceață.

Aproape că rămăsesem fără idei, deci a treia zi am intrat la ea-n casă. Oricum voia ea să am io o cheie, da' io făcusem urât, că atuncea ar fi vrut și ea cheie dă la mine și, la urma urmei, îs și io băiat, nu? Oricum, m-am dus p-acolo noaptea, destul dă târziu, și am spart ușa, practic. N-avea dăcât o yală, și ușa era dân placaj, așa că n-a rezistat mult. S-a spart la-ncuietoare și s-a deschis. Am intrat în casă. Era-ntuneric cam mirosea a mucegai, da' nu era neașteptat. Am aprins lumina, și locu' mi-a sărit în ochi. Era exact la fel ca ultima oară când fusesem io acolo. Cărțile se făcuseră mai multe, da' acuma erau pă rafturile pă care i le pusesem io-n fiecare cameră. O parte dân mine încă spera că ea era acolo. Poate întinsă-n pat sau ceva. Și-ntinsă-n pat cu altu' dac-o găseam, tot era mai bine dăcât ce-am găsit, adică n-am găsit-o pă Kira. Am găsit un spațiu fără ea-n el, atâta tot.

Am petrecut noaptea-n apartament, scotocind, să văd dacă găseam ceva care să mă lămurească unde era ea. Hainele-i erau toate tot în dulap. Toate lucrurile-i erau neatinse. Era o ceașcă de ceai pă jumate băută-n chiuvetă. Câteva scrisori nedeschise pă preș. Totuși, nu era nimica dân care să pot să-mi dau seama ce se-ntâmplase. Am stat până dimineață, că n-am vrut să las un apartament cu un lacăt spart, și când s-a făcut lumină, am sunat-o pă Bless și-am rugat-o să rămână ea acolo pân-am luat io niște scule și-am reparat ușa. Ea a rămas pân-am dres io ușa, dup-aia am plecat împreună.

Când coboram treptele dân beton, Bless s-a-ntors spre mine și a mijit un ochi la lumina zilei. Ceva dân expresia ei dân clipa aia sau dân cum îi atingea lumina pielea mi-a adus aminte dă Bless pă care-o știam io dă ani întregi. Dân zilele-n care puteam să mă uit la ea fără să simt că mă prăbușesc. M-a privit fix și a răsuflat dă parc-ar fi vrut să vorbească. Și a făcut-o. După ani întregi, a făcut-o.

– T-t-trebuie s-o găsești. T-t-trebuie.

– Io știu, Bless, am zis io. Da' cum?

Pauză de prânz: 12.55

9

Străzile-s un loc ciudat. Dă fiecare dată are careva dă pă undeva un zvon dă zis sau dă vândut. Când a fost împuşcat Jamil, poliţia a zis c-a venit să mă caute-n urma unui zvon. Ei, ăsta nu-i un lucru surprinzător în sine. E o minciună, da' asta-i altă poveste. Da' zvonurile-s peste tot, asta-i adevărat. Pân' la urmă, un zvon d-ăsta a ajuns la mine. Îmi zicea cineva c-a văzut-o pă Kira în nordu' Londrei.

– Pă Kira mea? am zis io. În nordu' Londrei? Hai, mă, nu fi prost, dă-o-n mă-sa dă treabă! Da' Kira, cum ziceam mai devreme, nu era o fată pă care s-o confunzi uşor.

Dumneavoastră poate vi se pare că nordu' sau sudu' nu-s dăcât nişte linii p-o hartă. Da' pentru mine şi oamenii cu care-am crescut io, parcă-s ţări diferite. Poţi să mergi în Camden Town[1] cu iubita şi să ai o zi faină, sau ştiu io mai ce, da' să nu mergi cu băieţii acolo dacă nu eşti pregătit să te bagi în vreo belea. Nici măcar nu trebe să v-adunaţi ca să faceţi tămbălău. Poţi să fii un tip obişnuit care-a ieşit cu prietenii, şi lumea tot crede că sunteţi într-o gaşcă. E chestie dă vârstă. Am auzit io o grămadă dă poveşti cu tineri în care-a băgat careva un cuţit numa' fiincă i-a prins rătăcind pă unde nu trebuia. Chiar şi când erau singuri. Lumea te caută. Dân niciun alt motiv dăcât că te-au prins că mergi

---

[1] Cartier din nord-vestul Londrei (n.tr.)

prin zona lor, știți cum zic. Deci faptu' că era ea-n nord mă făcea să mă-ngrijorez rău dă tot, chiar dacă ea era doar o fată. Ce căuta ea-n nord era altă-ntrebare.

Curând, toată lumea dă pă lângă mine știa că o căutam pă Kira peste tot și au început să vină tot felu' dă oameni la mine cu câte-o informație mică. În cea mai mare parte, erau căcaturi. M-am și dus acolo, în Camden, pă Chalk Farm[1] și-n alte locuri d-astea, să văd dacă reușeam să văd ceva, da' n-am văzut nimica.

Dup-aia, un tip pă care-l știam io, care ieșise dân închisoarea Belmarsh[2], mi-a spus o chestie care părea a fi pă bune. Nu era un prieten de-al meu, mai degrabă era cineva pă care-l cunoșteam dân zonă. Un chip. Îl știa lumea. Oricum, m-am întâlnit o dată cu el pă stradă și m-a oprit să mă-ntrebe dacă nu pot să-i fac rost de-o căruță. Și zic io: „Normal, frăție!" Și-ăsta se-apucă și-mi povestește c-a auzit el ceva dă Ki a mea și că s-ar putea să mă-ntereseze și pă mine ce-a auzit el. Și io zic: „Să-mi bag picioarele, bă, frățică, bă. Zi și mie ce-ai auzit". Pare-se că ăsta era-nchis pe-același culoar cu fratele lu' Kira care era-n aceeași aripă a închisorii, închis pentru ceva căcaturi bolnave-n care se băgase. Știam câte ceva despre Spooks de la soră-sa, da' pe-atuncea nu știam amănunte.

Am aflat că Spooks fusese traficant dă cocaină și dă metamfetamină. Nu era vreun barosan, era un soldat. Da' și soldații cu droguri îs ca soldații obișnuiți și-asta-nseamnă că ei predau bocancii primii. Da' când a fost prins

---

[1] Stradă din cartierul londonez Camden (n.tr.)

[2] Penitenciar pentru bărbați din sud-vestul Londrei, deschis în 1991 (n.tr.)

Spooks, avea-n faţă cinşpe ani garantaţi. Cinşpe ani! Poliţia se dusese la el acasă şi găsise toată şandramaua. Erau cântare, diluanţi, o pungă dă pastile şi-un kil dă cocaină. Au găsit şi-un pistol dă nouă milimetri. Trancanu' ăla avea să-l bage-n groapă. Cinci ani pentru ăla, şi probabil încă zece pentru droguri.

Acuma, ştiţi cum e, pă lumea asta-s două feluri dă oameni. Ăia care duc o sentinţă dă cinşpe ani stând în cap, şi-ăia care n-o duc. Ăia care-o duc, dă obicei, nu-s dependenţi dă droguri. Spooks era dependent dă cocaină, şi ca toţi dependenţii dă cocaină, şi-ar fi vândut-o şi pă mă-sa pentru o doză dac-ar fi trăit. Când a aflat că-l aşteaptă cinşpe ani dă puşcărie, se pare că Spooks a picat lat pă loc. Când şi-a revenit, a făcut singuru' lucru pă care putea să-l facă. Şi-a dat furnizoru-n gât. Pentru aia a primit un mesaj dă la poliţie şi-o reducere dă cinci ani dân pedeapsă. A primit şi-o condamnare la moarte dă la furnizor. Nu-i plac nimănui turnătorii, aşa-i?

Toate căcaturile astea ar trebui să fie secrete. Poliţia zice că nu-ţi implică numele deloc. Nici la tribunal nu se pomeneşte că a ajutat cineva poliţia. Nici judecătoru' nu zice nimica la tribunal. Judecătoru' primeşte doar un „mesaj", adică un bilet, dă la poliţie, şi dă o sentinţă scăzută. Aşa trebe să se-ntâmple. De fapt, se zice că poliţia s-a dus la furnizor şi i-a zis că Spooks l-a dat în gât. Aşa, ca să-ncerce să-l convingă pă traficant să depună mărturie. De fapt, nu le păsa deloc ce se-ntâmpla cu Spooks. Dân punctu' lor dă vedere, era un gunoi. Ceea ce chiar era, dacă e să mă-ntrebaţi pă mine. Şi încă e.

Prima noapte-n aripa închisorii trebe să fi fost un coşmar pentru Spooks. Adică după ce că-l luase zbâţu', că ştiţi cum e, era-n sevraj, mai era și turnător. Și știți ce pățește un turnător în închisoare, sau dacă nu știți, vă-nchipuiți. Patru oameni diferiți au încercat să bage șișu-n el în noaptea aia, și trei dântre ăia nici măcar n-aveau treabă cu toată povestea. Doar că nu le plăceau informatorii. Dup-aia l-au băgat la carceră, la izolare, și-a petrecut următorii doi ani stând câte douăjtrei dă ore la carceră. E greu rău dă tot să stai douăjtrei dă ore-ntr-o celulă, vă zic io. Nici animalele dă la zoo nu cred că stau închise-atâta. Da' în ce-l privea pă Spooks, îi era mai bine acolo dăcât în zona comună. În zona comună n-ar fi rezistat nici cât să se cace pă el.

A fost în siguranță o vreme, da' tot aștepta ceea ce știa că-i inevitabil. Într-un fel sau altu', aveau s-ajungă la el. Și el era conștient dă treaba asta.

Pân' la urmă au ajuns la el prin caralii. Și io știu dă caralii, gardienii dă la-nchisoare. Io-s în custodie dă doi ani, îmi aștept procesu'. N-am voie să vă spun c-aștept în închisoare, ca să nu dea prost la dosar. Dacă-s în închisoare și-mi aștept procesu' înseamnă c-am și comis crima. Da' pă mine nu mă deranjează să vă zic. Îs acuzat dă crimă – ăsta-i un prejudiciu destul dă mare. Pă lângă asta, e normal să fiu în custodie – la urma urmei, e vorba dă crimă, nu? Unde altundeva să mă bage? Nu sunteți proști. Știți că pă criminali îi bagă-n pușcărie cât așteaptă procesu'. Și p-ăia nevinovați. Ca mine.

La-nceput am crezut că-n închisoare-s ei și noi. Noi, deținuții, și ei, caraliii. Nu-i așa. Îs ei și tu. Dă fapt, caraliii și alți prizonieri au mai multe-n comun unii cu ceilalți dăcât au cu tine. Sună ciudat, da-i adevărat. Că pă niciun deținut și pă niciun caraliu nu-l doare nici în șpiț dă tine dacă nu se-alege cu ceva dân asta. Și un caraliu face ce vrea el, și dacă el vrea să te dea pă mâna unui nenorocit, așa o să facă. Unii o fac pentru niște bănuți în plus. Alții dă distracție. Oricum, caraliii l-au prins. Au lăsat un băiat dân aripa-nchisorii să-mpingă un cărucior dă la bibliotecă, și când s-a-ntins Spooks să ia o revistă sau ceva dă gen, l-au împroșcat. N-a fost fain.

Poate ar trebui să vă zic dă treaba asta. Ce chestii mai înveți și-n pușcărie, băi, frate. „Împroșcare". Cum se face asta: se ia o cană dă apă fierbinte. Se dizolvă mult zahăr în ea ca să se lipească. Dup-aia se-aruncă-n fața unuia. Crunt. Știu. Da' se pare c-a meritat fiecare secundă dă chin dă care-a avut parte.

Imediat ce-a aflat că pot să-l prindă și-n carceră, a făcut altă înțelegere.

Dă data asta, avea dă lucru cu traficanții lui, nu cu Five-O. Da' n-avea mare lucru cu care să negocieze. Banii se duseseră – cât era dân ei. N-avea putere, n-avea droguri. Nu se-avea dăcât pă el însuși – și el era un traficant dă droguri falit și dependent dă cocaină, care n-avea nimic în buzunar, și-și avea doar bilele. Da' băieții ăștia au metode prin care scot sânge și din piatră seacă. Și-asta i-au luat. Sânge dân sângele lui. Pă sora lui. Pă Kira mea.

Bun, deci io am uitat de ce vă spun toate asta. Poate de-aia scriu avocații ăștia tot ce zic. Păi, da, da' chestia e că io știu să scriu, da' în primu' rând, nu știu să scriu, nu știu cum să zic, exact, și-n al doilea rând, scriu cam încet. Da, știu, când auziți treaba asta, poate vă gândiți: „Ăsta-i cam greu dă cap" sau ceva dă gen. Poate-oi fi când vine vorba dă scris, nu dă vorbit. Nimeni dân clasa mea nu era bun la scris, da' trăncăneau cât pentru toată Anglia, să mor io.

La urma urmei, toţi primim ce plătim în şcoală, şi noi, în şcoala aia, am plătit exact un căcat. Mă-ntreb cât a plătit ăsta la şcoala lui? Avocatu' ăsta. Câteva mii, fac pariu. Ducă-se-n puşca mea.

Adică, dac-ar fi fost la şcoala mea şi-ar fi ajuns unde-a ajuns, frate, să mor io de nu-l respectam. Da' a fost? Sau a fost la o şcoală de-aia privată dă câteva mii dă lire cu papion la gât?

Mă scoate dân toate săritele chestia asta, că tot vorbim dă ea. Ăsta tot vorbeşte de-o tragedie, că JC, sau Jamil, cum vreţi să-i ziceţi, a fost împuşcat şi omorât la vârsta dă nouăşpe ani. Aia nu-i tragedie, credeţi-mă ce vă zic. Dumneavoastră chiar credeţi că domnu' avocat al acuzării crede că moartea lu' JC e-o tragedie? Mă lăsaţi?... Tragedie-i ce-a păţit Kira. Fata aia n-avea nimica. Nimica, m-aţi înţeles? Un frate traficant dă cocaină ş-atâta. Locuia singură când avea cinşpe ani. Lucra la Tesco noaptea, la ce ore putea – mereu cu cartea-n mână, când alţii-s cu mâna-n sac. P-ormă, se-ntâmplă căcatu' ăsta şi strică tot. Arătaţi-mi o tragedie şi io v-o arăt pă ea.

Deci, da, într-un fel îmi pare rău. Da' în altu' nu pot să nu mă-nfurii pă treaba asta.

Şi unde eram? Ţin minte – la Spooks. Spooks şi-a vândut-o pă soră-sa ca să-şi scape viaţa aia vai dă ea. Mai bine se omora dăcât să-i facă ceva fetei ăleia. Da' asta e. Nu se poate schimba ce s-a-ntâmplat. Băieţii cu care se-ncurcase ăsta erau băieţi serioşi. Ăia nu erau gangsteri dă carton ca JC şi toţi ăia. Băieţii ăia erau bărbaţi. Şi erau duri dă tot. Aşa, ca să vă faceţi o idee, daţi-mi voie să vă spun ce-a păţit un băiat care nu ştia cu cine se-ncurcă, anu' trecut. Şi ştiu că domn' judecător se uită la mine dă zici că vrea să mă-ntrebe dă câte ori mai facem diversiuni d-astea. Da' trebe să știți povestea asta.

Ăia la care le vindea Spooks conduceau toată zona dă nord a Londrei. Vindeau heroină și cocaină aproape la fiecare colț dân fiecare cartier rezidențial, dân Camden în Seven Sisters[1] și Tottenham[2]. Da, pă unde mergeți dumneavoastră nu se vede-așa ceva, că nu știți pă unde să vă duceți. Dacă mergeți prin Seven Sisters, o să vedeți toate căcaturile pă care le vedeți dă obicei. McDonald's și toate magazinele alea dă haine bărbătești dă căcat, pline dă haine africane d-alea bășite rău și dă pantofi d-ăia mari și ascuțiți dân piele dă crocodil, și vă gândiți: „Amărâții dă ei, câte lipsuri au".

Da' trebe să ieșiți dă pă drumurile principale ca să vedeți cum e dă fapt. S-o luați prin spate, unde se termină drumurile, și o să vedeți blocuri d-alea mari dă locuințe dă care auziți că se vorbește ori de câte ori zic ăștia la știri dă infracțiuni cu arme dă foc. Sunt ascunse, ceea ce-i o surpriză, având în vedere cât dă mari sunt, da-s ascunse doar dă dumneavoastră. Nu și dă noi, ăia care locuim acolo.

Oricum, toate blocurile alea-s conduse de-o gașcă numită Glockz[3]. Întâmplarea făcea ca Spooks, fratele lu' Kira, să fie membru-n gașca asta, Glockz. Oricum, lu' ăștia, Glockz, nu le plăceau fețele străine prin zona lor. Și-apare

[1] Subcartier din cartierul nord-londonez Tottenham, denumit după cei șapte ulmi plantați în acea zonă (n.tr.)

[2] Cartier din nordul Londrei, cunoscut publicului larg pentru echipa de fotbal ce-i poartă numele, fondată în 1882 (n.tr.)

[3] Denumirea găștii vine cel mai probabil de la pistolul Glock, produs de compania austriacă omonimă și intrat în uz din 1982 (n.tr.)

un gagiu cu un Range Rover[1] și-ncepe să vândă iarbă, dă la geamu' mașinii, oricui vrea. Nu trec cinci minute, și prind ăștia dă veste că-i un „păgân“ la ei în zonă.

Iară vă uitați la mine cu fețele-alea seci. C-am zis „păgân“? Bine, bine. Deci „păgân“ îl numești pe un membru dântr-o gașcă rivală, dacă faci parte dântr-o gașcă. Și io nu fac. Evident.

Și află Glockz de ăla și trimit niște soldați să vadă care-i faza p-acolo cu fraieru' ăla cu Range Roveru' pă teritoriu' lor. Bat trei tipi în geam, și iese șoferu', zâmbind. Îndreaptă un MAC-10[2] spre ei, și băieții fug, speriați dă moarte. Barosanu' ăsta crede că s-a terminat. Da' nu așa stau lucrurile p-aicea. În alte cinci minute, au venit șase mașini și au blocat Range Roveru'. Dân fiecare mașină au ieșit patru inși și l-au înconjurat. Dup-aia, au tăiat toate cauciucurile, și când s-a lăsat Range Roveru' vreo cinșpe centimetri dă ziceai că s-a săturat și-a căzut, a ieșit ăla dân mașină.

Ținea MAC-10-le-n aer dă parcă s-ar fi predat și avea un rânjet d-ăla tâmp pă mutră.

– Bă, zice el, ăsta nici n-are gloanțe. Hai, că putem s-avem toți parte dă senzații tari, fraților. Îs destule pentru toată lumea, așa-i?

Șaișpe bărbați cu leviere, bâte dă baseball, cuțite d-alea mari, lungi, dă belit beleaua, unu' avea și sabie d-aia dă samurai, s-au apucat să-l lucre p-ăsta, cinci minute. Când au terminat, ăla a trebuit răzuit dă pă jos cu-o lopată.

---

[1] Marcă de SUV produsă de compania britanică Land Rover, începând cu 1970 (n.tr.)

[2] Acronim pentru Military Armament Corporation, model de pistol automat american lansat în 1970 (n.tr.)

Ăștia erau ăia la care-o vânduse Spooks pă soră-sa. Pă Kira mea! Când am auzit, am albit. Știți dumneavoastră ce vreau să zic. E ca atunci când afli că iubita ta-i moartă. Săptămâni întregi, io m-am simțit dă parcă ea ar fi murit. Nici nu puteam să-mi închipui ce căcaturi pregătiseră ăia pentru ea. Da' n-aveam dăcât imaginația, și-n ea, ăștia o slăbeau câteva săptămâni și pă urmă, când se obișnuia cu seringa, făcea cum voia.

Mă scuzați. Dați-mi voie un minut, bine?

*

În mintea mea, ăștia au luat-o și o droghează și – scuze. Nu-mi vine să cred că plâng după toate câte s-au întâmplat cu ea mai târziu. Da' doar când mă gândesc la asta aicea și-acuma, îmi aduc aminte. Mă simt dă parc-aș fi acolo. Retrăiesc tot și...

Domn' judecător, e-n regulă dacă luăm o pauză? Vreo cinci minute, așa.

Pauză: 15.15

10

15.25

Ce voiam să vă zic înainte s-ajung vai dă mine înainte dă pauză era că nu prea aveți cum să-nțelegeți ce fac drogurile dân om. Da, poate-ați auzit, da' n-ați văzut cu ochii dumneavoastră, de aproape. Când cineva devine dependent, și nu durează mult, credeți-mă, nu se compară cu nimica. Nici nu-s în stare să vă descriu. Cum să vă explic io dumneavoastră ce fac drogurile dân om? Dă fapt, cred că fac vreo cinci chestii deodată.

Mai întâi, îți iau mințile. Iau tot ce face un om să iasă-n lume și aruncă pă fereastră. Heroina sau cocaina n-are loc dă nimica altceva-n viața unui om. Nu tu familie, nu tu muncă, nu tu haine, nici măcar mâncare. Gândiți-vă o secundă cum trebe să fie să trăiești așa. Te trezești dimineața, dup-amiaza, sau când te-oi trezi, și ai o singură chestie-n cap. Altceva nu vrei, dăcât doza aia. Nu vrei să mănânci, nu vrei să bei, nu vrei să te-mbraci, nu vrei să vorbești cu nimeni, nu vrei nici să te caci. Și cauți peste tot o doză. Dup-aia încă una. Până la urmă, îți pune stăpânire pă corp și ți-l distruge, bucată cu bucată.

Dup-aia, îți iau conștiința. I-ai da și maică-tii-n cap, în pragu' ușii, pentru niște bani sau pentru o doză. Ai face chiar orice pentru o doză. Dup-aia, când dispare sau e distrus orice altceva, cocaina-ți ia sufletu'. Când se-ntâmplă treaba asta, nici nu mai ești om. Ești carne și oase care respiră, atâta tot.

Îmi vine să și râd. I-am auzit o dată în metrou pă unii cum vorbeau dă prostituție, vorbeau toate prostiile. Zice o femeie: „Îu, scârbos. De ce ți-ai face-așa ceva?", când o altă femeie, care io presupun că ea credea că-i prostituată, a trecut p-acolo. „Gândește-te la toți bărbații ăia nașpa cu care-ar trebui să faci sex" și bla-bla-bla. D-aia și-ar face-așa ceva. Pentru o doză. Un bărbat și-ar tăia și sula jos pentru o doză. Nu-i dă joacă. Singura chestie care-ți dă putere să mergi mai departe e promisiunea încă unei doze. Ciudățenia-i că singuru' motiv pentru care mai e careva dântre ele-n viață e că se mențin în viață pentru următoarea doză.

Așa ceva-i făceau ăia lu' Kira. Mă simțeam neputincios doar când mă gândeam. I se-ntâmplau chestii cumplite, dă nerostit. Și mai rău d-atâta, nu puteam să fac nimic în legătură cu chestia asta. Ce să fac io? Io-s multe, da' Sam L[1]. nu-s. Dumneavoastră probabil c-ați suna la poliție. Și poliția, cum am aflat io mai târziu, n-ar face mai nimica.

Nu era dispărută. Era adult. Dacă voia să piardă vremea prin nord cu niște băieți răi și să fumeze-o pungă dă cocaină, era treaba ei. De ce pana mea să facă ei ceva? Io n-am nimica cu Five-O, dacă mă-ntrebați. Da, unii dintre ei îs niște derbedei, da' nu-s cu nimic mai prejos de-un gunoier. Fac ce-au dă făcut, și-atâta tot. Dacă golește cineva un tomberon la dumneavoastră pă toată strada, s-ar putea să-l ia. Dacă vi-l goliți p-al dumneavoastră-n toată curtea

[1] Samuel Leroy Jackson (n. 1948), actor și producător afroamerican cunoscut pentru roluri în filme precum *Pulp Fiction* (1994), *Shaft* (2004) și seria *Avengers* (2014-2019) (n.tr.)

dân față, îl lasă-n plata lui. Dacă dumneavoastră vreți să stați ca-n cocină, pă cine pana mea privește?

Deci asta era. Ea dispăruse, și io aveam gânduri negre-n minte. Începusem să mă gândesc la ea la trecut, deși trecuseră câteva săptămâni. Cum stătea ea când își citea cartea. Ce purta când se ducea la lucru. Care-a fost ultima chestie pă care mi-a zis-o. Care-a fost ultima chestie pă care i-am zis-o io. Și chestia asta m-a trezit la urma urmei. Io i-am zis niște porcării după ce ne-am certat noi atuncea, când mi-a zis ea să-l las p-ăla care mi-a spart Z3-u' să scape dă dragu' ei.

– Las să treacă dă la mine, dar doar fiincă nu-s pregătit să renunț la tine.

Sau dacă nu erau chiar cuvintele astea, erau cam astea. Sau poate n-am zis cu voce tare, am zis în gând. Oricum, ideea-i că deja voiam s-o las baltă după doar câteva săptămâni. Oare ce fel dă bărbat însemna că eram?

M-am gândit multă vreme la treaba asta. Normal că nu puteam să intru-n blocurile-alea rezidențiale și să trag în oameni aiurea. Nici măcar nu știam unde-i ea. Da' știam că dacă-i întreb pă destui care stau în zona aia, s-ar putea să aflu măcar unde e. Și-atuncea aveam dă gând să stau p-acolo și să aștept pân-o văd, dup-aia s-o iau.

Nu era un plan grozav. Da' a mers până la urmă și am reușit să aflu unde era. Ca să vă zic cum totuși, trebe să vă zic dă Curt. El era cheia ca s-o găsesc pă Kira. Și cheia pentru o grămadă dă alte căcaturi.

După ce s-a mutat Curt la altă școală, pă vremuri, nu l-am mai văzut o bucată dă vreme. A dispărut, pur și simplu, și n-am prea stat să mă gândesc la asta. Copii d-ăștia pățesc căcaturi d-astea. O zi erau acolo, în alta – nu mai erau. A trecut vreo săptămână, vreo lună și, sincer să fiu, am uitat dă el. Cum am zis, nu eram noi foarte apropiați. Pentru mine, el era matahala care i-a rupt brațu' lu' idiotu' ăla. Dup-aia, într-o zi, cred c-aveam io vreo șaișpe ani la vremea aia, mă-ndreptam spre magazine, sau ceva dă gen, și văd un băiat mare care-mi stătea-n cale pă pavaj. Acuma, știți cum e, căcaturile astea-mi provoacă mereu un pic dă tensiune. Adică așa încearcă un om să se dea mare-n fața altuia. Cine are boașe mai mari? Cine-i fătălău și-o ușchește? Io n-am fost niciodată fătălău, știți ce zic? Și după câteva încăierări, lumea a cam știut cine eram și m-a cam lăsat în pace. Chiar dacă io nu m-am băgat niciodată-n căcaturi d-astea cu găști, oamenii știau că nu-i bine să mă calce pă bătături. Știți cum e? Dacă nu-mi stăteai în cale, nu-ți stăteam nici io. Da' dacă-ți bagi fața-n fața mea, sunt șanse să ți-o rup. Să nu mă-nțelegeți greșit, nu suportam chestiile astea. Nu-mi plăcea să fiu nevoit să merg la război pentru un căcat d-ăsta dă macho, da' adevăru-i că dac-aș fi nevoit, aș merge.

Deci iarăși se-ntâmpla același căcat care se mai întâmplase. Eram io, care aveam la șaișpe ani cam aceeași înălțime pă care-o am și-acuma. Era ăsta, cam cât casa. Căcat. Deci strategia mea cu bulangiii ăștia mari e să-i calc pă rotule și dup-aia să mă dezlănțui până pupă asfaltu'. Dacă au scule la ei, atuncea o ușchesc. Cât pot dă repede. Nu există aproape nimica pentru care să merite să te taie careva, frate. Și dacă există șanse ca un băiat să fie-ntr-o gașcă, îmi calc pă mândrie și fug spre el. Deci el și cu mine ne-apropiem. Mă uit în jos, da' știu că ne-apropiem, că matahala-i atât dă mare că blochează lumina soarelui. Nu-l știu de prin zonă, deci cred că nu-i în vreo gașcă, sau nu-i într-o gașcă de p-aicea. Ne-apropiem mai mult, până când aproape că nu mai e deloc lumină între noi. Și vă jur că exact când era să sar la genunchii băiatului, aud „Bă, frate". Mă uit în sus, și văd o fată care-mi zâmbește cu un zâmbet d-ăla strălucitor rău dă tot.

– Să-mi bag una, zic io, Curt? Ce-ți dau ăștia să mănânci, mă, băiatule, mă, ha, ha?

Dân ziua aia ne-am apropiat, a devenit un prieten bun și-a fost mereu acolo pentru mine. Cum v-am zis, trebe să vă zic dă el, că-i important pentru tot ce s-a-ntâmplat. Face parte dân poveste.

Când l-am revăzut prima oară pă Curt, nu se schimbase prea tare, da' chiar era altfel. Era mai serios. Și p-atuncea nu mai înghițea căcaturi dă la nimeni. Pă vremea aia, nici el nu era-n vreo gașcă, lucru care nu era dă ici, dă colo în zona noastră. Dă obicei, în fiecare săptămână, dacă te știa lumea, venea careva dântr-o gașcă și-ncerca să te recruteze. Nu exista lucru pă care să nu ți-l promită, și nu exista lucru cu care să nu te-amenințe dacă voia să fii în gașcă. Io nu prea-i deranjam, chiar dacă un membru-i tot un membru și cifrele-s importante-ntotdeauna. Da' pă Curt îl voiau. Erau disperați după băiatu' ăla, și dac-ați vedea cât e dă mare, v-ați da seama de ce.

Da' chestia ce-am aflat-o mai târziu despre Curt a fost că el nu era făcut pentru căcaturi d-astea. Unu la mână, nu-l interesau atâta dă tare banii. Doi la mână, nu suporta să i se spună ce să facă. În mod normal, doar chestiile astea două l-ar fi scos dân joc. O gașcă nu vrea un om pă care să nu-l poată stăpâni. Cei mai mulți oameni vor să creadă că pă ei nu-i poate stăpâni nimeni, da' cei mai mulți oameni îs niște mincinoși. Cei mai mulți oameni o să facă orice căcat pentru prețu' care trebe, și asta-nseamnă, practic, că pot fi controlați. Curt era altfel, totuși.

Eram cu el într-o zi, cu câțiva ani în urmă, când l-au oprit trei băieți dân zonă pă stradă.

– Tu ești Curt, așa-i? zice unu' dân ei, și când Curt dă dân cap că da, ăsta vorbește-n continuare:

– Vreau să-ți dau șansa vieții tale, frăție.

Curt încearcă să plece, că știe ce vor ăștia, da-i blochează calea și fac un zid. Dup-aia, șefu' lu' ăștia trei zice:

– Pot să-ți dau o mie chiar acuma sau pot să te-njunghii. Tu alegi, frăție.

– Înjunghie-mă, zice el.

Ăia trei se uită unu' la altu' dă parc-ar întreba: „Ce pușca mea se-ntâmplă?" Să fiu io-n locu' lui, poate-ncercam să scap repede cu vorba, da' treaba asta-i nouă pentru ăștia. Șefu', un mititel c-o șapcă d-aia dân cinci bucăți, scoate-un șiș din buzunar și i-l arată lu' Curt. Curt se uită lung la lamă și zice:

– Și cu voi doi ce-i?

Și se uită la ăialalți doi. Curt stă acolo dă zici că-i țintuit în loc. Io-s pă vârfuri, aștept să sar dacă se-mpute treaba.

Ăialalți își arată armele, rânjind, da' Curt nu mișcă.

– Înjunghie-mă, zice el.

Încă ține pumnii-n buzunare.

Șefu' vine mai aproape și ține lama-n jos.

– Vezi că nu glumim cu tine, bă, frăție, zice ei.

Deodată, Curt scoate repede mâna dân buzunar și ia cuțitu' dă lamă.

– Înjunghie-mă, zice el, cu fața fără nicio expresie.

Ăsta face imediat ochii mari dă spaimă și-ncearcă să tragă dă cuțit, ca să i-l ia lu' Curt, da' nu poate să-i dea drumu' dân strânsoarea lu' Curt. Dân mâna lu' Curt curge sânge, da' nu-ți dai seama dacă te uiți la fața lui.

Unu' dântre ăialalți face și el un pas în față cu un cuțit și-ncearcă să-l taie pă Curt. Dar ăsta-i un băiat care n-a mai folosit în viața lui un cuțit. Pot să-mi dau seama după cum îl ține-n mână. Îl ține parc-ar ține-un telefon. Io știu că dacă vrei să folosești un cuțit, îl ții în pumn, cu lama-n jos și partea ascuțită-n afară. Asta-mi face destul loc încât să mă bag în fața lui și să-i trag repede doi pumni în față. Ăsta cade și io-i iau cuțitu' cât e încă amețit.

Curt încă ține dă lamă. Băiatu' dân partea aialaltă e tot pământiu dă frică. Mă privește-n ochi, cu cuțitu' ăla al lui dă băieței în mână și fuge.

– Băi, bulangiilor, sunteți morți! Morți! zice el, în timp ce fuge.

Mă uit în jur dup-al treilea băiat, da' se pare că ăla a fugit acu' ceva vreme. Ăștia au venit cu trei cuțite și-au plecat cu unu'.

– Să-mi bag una, frate, zic io către Curt, uitându-mă la mâna lui.

– N-am nimica, zice el, și-o strânge iară. Dân lateral curge sânge.

– Ba ai, bă, frate, zic io.

Îmi scot bandana și i-o leg dă rană. O strâng până se-mbibă toată dă sânge și fac nod dublu. Curt nici măcar nu tresare cât durează asta. Mă uit la el să văd ce reacție are, da' nu văd niciuna.

– Aia nu-nseamnă că-s poponar, zic io, și ne umflă râsu' p-amândoi.

Am ajuns să fim prieteni buni când stăteam în cartier. Curt venea pă la mine și mama-i gătea la cină. Îi plăcea dă el, chiar dacă el mânca dă cele mai multe ori dublu cât avea ea-n casă. De fapt, io cred că undeva-n adâncu' sufletului ei, nu i-ar fi plăcut așa mult dă el dacă n-ar fi mâncat atâta. E și-asta o chestie. Când stătea acolo și mânca, semăna cu un copil. Nu era nimica altceva pă lume-n clipa aia. Nu era dăcât el și farfuria lui.

Ea se prefăcea că nu-i convine dup-aia.

– Tata lu' băiatu' ăla cred că-i cal. Data viitoare când vine, îi dau un sac dă ovăz.

Da' mai era și sentimentu' ei dă mamă. Dân punctu' ei dă vedere, al oricărei mame, când dă dă mâncare la prietenu' copilului ei e ca atuncea când dă la copilu' ei. Dup-aia, mai și știa dă Curt că n-are mamă cum am io. Dă fapt, avea mamă, da' aia nu era mamă adevărată. Io cred că, la urma urmei, d-aia tot întreba el dacă poate să vină pă la noi. Numa' ca să simtă și el cum e să ai o mamă normală. Și chiar dacă zicea ea uneori: „Iară vine calu' ăla la cină?", știam că-n secret mama-l plăcea pă Curt.

Dă fapt, când a venit cu doi ani în urmă, într-o zi, să ne zică că se mută-n nordu' Londrei, îmi aduc aminte dă privirea dân ochii lu' mama. Avea aceeași privire când i-am zis io că mă mut. Încerca să nu plângă și s-o facă pă șmechera, da' tot i se furișa o lacrimă la coada ochiului.

– Sper că mai vii pă la prietenu' tău, așa-i?

Curt nu face dăcât să se uite la podea și nu zice nimica.

– Îți fac găluște dacă-ți plac, zice ea, și-și vede dă gătit.

Dân când în când, mama-l pomenește: „L-ai mai văzut pă calu' ăla dă prieten al tău?" sau „În loc să stai toată ziua la jocuri, mai bine l-ai suna pă calu' ăla și-ai vorbi și tu cu cineva".

Deci îl sunam dân când în când să văd cum o mai duce. Oricum, când am aflat zvonu' cum c-ar putea să fie Ki în nordu' Londrei, firește că el a fost ăla pă care l-am sunat. Dă fapt, cred că el e singura persoană dân nordu' Londrei pă care-o știu.

Pauză: 15.50

11

16.00

M-am întâlnit cu el la McDonald'su dă pă Seven Sisters Road. Uitasem cât era ăsta dă mare. Ori așa, ori crescuse dă când îl văzusem io ultima oară. Stătea la o masă, și io m-am dus și m-am uitat la el. El s-a ridicat în picioare în timp ce io m-am așezat și s-a așezat la loc și și-a pus mâinile alea uriașe-n fața mea.

– Bă, frate, ce bătrân arăți, zice el, și râde cu râsu' ăla al lui dă urs, care-ar zgudui și masa pă loc dacă n-ar fi prinsă dă podea.

– Auzi, frăție, am nevoie să m-ajuți și pă mine cu ceva, știi cum zic? am zis io, și i-am povestit dă Kira.

– E nașpa rău, bă, omule. Mie-mi plăcea dă fata aia, zice el, și se uită-n jos la ăia doi burgeri.

– Bă, frate, am întors toată Londra pă dos dă când o tot caut.

– Tu trebe să uiți dă ea, frate, zice el, luând o mușcătură uriașă dân burger. Am auzit că s-a băgat într-o încurcătură.

– Cu Glockz? zic io.

Curt mai mușcă o dată dân burger și ăla dispare. Și-un Big Mac[1] pare mic în mâna lui.

---

[1] Hamburger dublu lansat în 1968 de către lanțul american de fast-food McDonald's (n.tr.)

– Io așa am auzit, spune el.

– Io trebe neapărat să știu unde e, Curt.

– Cu asta pot să te-ajut, frăție, zice el, și nimicește al doilea burger.

Dân câte-am înțeles io, Curt nu era prea apropiat dă Glockz, da' avea oareșce privilegii. În primu' rând, îl știa pă General, și-avea cum să afle tot felu' dă căcaturi dacă avea nevoie.

– Bă, frate, io am crezut că tu nu ești cu căcaturi de-astea cu găști, i-am zis io. Cum pușca mea ești cu Glockz?

– Poveste lungă, zice el. Lungă rău. Da' dacă vrei să știi unde e, caută-mă-n câteva zile.

– Sigur, frățică. Te caut io-n câteva zile, zic io, și plec.

Când am dat dă el după două zile, îi pierise dă tot zâmbetu' dă pă față.

– O găsești la lucru pă King's Cross[1], Camden, pă străzi d-astea, zice el, cu ochii-n pământ.

– Căcat, zic io, pentru că doar la asta-s în stare să mă gândesc. Curt se uită-n jos, de zici c-ar vre să fie-n altă parte.

– Rămân dator, zic io, în sfârșit, atingându-i umăru' cu pumnu' în timp ce mă ridic să plec.

– Nu, frate, zice el.

– E-n regulă?

– Mă îndoiesc.

– Băga-mi-aș.

– Tu știi cine-i frate-su? zice el, ridicând din sprânceană la mine.

---

[1] Cartier din nordul Londrei cunoscut pentru gara omonimă deschisă în 1852 și imortalizată, printre altele, în celebra serie *Harry Potter*, de J.K. Rowling (n.tr.)

– Da.

– Ăla-i dus cu pluta, așa-i?

– Da, frăție. Rău dă tot.

Când mă-ntorc să plec, ceva nu-mi sună bine la ce-mi zice el. Aia deja a ieșit pă străzi? Normal, dura mai mult dă câteva săptămâni până le-nnebunesc după cocaină, dup-aia le dau drumu' pă străzi. După mine, n-avea nicio logică. M-am uitat la el.

– Ia zi-mi o chestie, frățică. Au dărâmat-o ăștia repede, așa-i?

– Nu. Asta-i ciudățenia. Dân ce-am auzit io, a acceptat și-atâta.

– Ce?

– E curată. Doar că i-a pus să promită c-au grijă dă Spooks.

Nici nu m-am mai obosit să mă duc acasă după ce m-am văzut cu Curt. Voiam s-o găsesc, și dacă era vreo șansă să fie pă vreo stradă chiar în clipa aia, nu voiam să o pierd. Am sărit în autobuzu' dă Camden și m-am dat jos aproape dă stația dă metrou. Când te uiți în Camden într-o sâmbătă seara, îți cam vine să borăști, sincer să fiu. Da' numa' unele părți îs așa, cu-adevărat. Debarcaderu'[1]. Piața Stables[2]. Canalu'. Toate zonele alea unde merg turiștii îs pline. Da' io știu că ea nu umblă prin zone d-astea turistice. Nu asta zicea Curt când a zis dă Camden. Zicea dă locuri d-alea în care un pește poate lăsa o fată liberă și

---

[1] În original, The Lock, debarcader din cartierul nord-londonez Camden unde se ține și o piață în fiecare duminică (n.tr.)

[2] Un fost nume al pieței Camden, datorită începuturilor sale pe locul unor grajduri pentru cai (n.tr.)

dup-aia poate să meargă după ea dacă se-apucă dă toate căcaturile, fără să-ncerce nimeni să se bage. Locuri părăsite. Alei lăturalnice. Locuri în care dacă te duci, te duci c-ai o anume treabă acolo.

Am hotărât s-o iau pă Camden High Street și să mă-ndrept spre canal. Chiar în spatele spitalului, și după gara King's Cross. Încă era cam mare nebunie p-acolo, chiar dacă era plin dă clădiri noi cât vedeai cu ochii. Da' locurile-astea noi tot erau numa' unde vedea lumea. Încă erau locuri ascunse. Locuri secrete, pă care nu voia nimeni să le vadă. M-am dus spre aleea unde fuseseră obligate să se mute multe dântre prostituate. Ele ziceau că fac curat, da' nu făceau dăcât să dea pământ la o parte cu mătura și să-l mute-n altă parte. N-am văzut-o și, sincer să fiu cu dumneavoastră, am fost ușurat. Dup-aia, chiar înainte să-nchei căutările pentru noaptea aia, m-am hotărât să o iau în sus, mai aproape dă York Way[1]. Și mai mult spațiu gol. Sau aproape gol.

Am găsit-o sub un pod.

Nici nu pot să vă descriu ce-am simțit când am văzut-o. Mi-am belit ochii după fata asta peste tot în ultimele două săptămâni. Mă uitam la mulțimi dă oameni, scanam mii de fețe, ca Terminator[2], căutând-o pă ea. Dac-avea cineva freza ei, sau era-mbrăcată cu ceva care semăna cu ce-ar purta ea, mă duceam la ea-n fugă și-o băteam pă umăr. Nu-mi păsa c-arătam ca un ciudat, io trebuia neapărat s-o

---

[1] Șosea principală din Londra (n.tr.)

[2] Personaj făcut celebru de Arnold Schwarzenegger, în seria de filme omonimă, lansată în 1984, una dintre cele mai cunoscute și profitabile francize SF din toate timpurile (n.tr.)

găsesc. Deci când am văzut-o stând într-un prag, aproape dă pod, am fost atât dă surprins, că m-am uitat chiar dincolo dă unde era ea. Adică, am văzut-o. Mi s-a părut că-i o față pă care-o recunoșteam dă undeva, da' nu pă ea o vedeam. Dup-aia m-am uitat iară. Și era ea. Parcă era propria ei fantomă. Fața ei, care era o față de oprea mașinile-n loc, își pierduse toată strălucirea. Parcă-și lăsase corpu' pă autopilot.

Eram hotărât să mă duc la ea și s-o iau de acolo când am văzut o mașină oprind și lăsând geamu-n jos. Un tip vorbea cu ea, da' ea se uita fix în depărtare. Dup-aia, a venit un individ, unu' d-ăla dân gașca Glockz, probabil, a luat ceva bani dă la șofer, și-a-mpins-o pă bancheta dân spate.

Dup-aia a dispărut. Iarăși.

Am așteptat toată noaptea să se-ntoarcă, da' ea nu s-a mai întors. Nu știam unde se dusese, sau dacă mai era, măcar, în viață. Până m-am dus acasă se făcuse deja lumină, și m-am simțit și mai rău dăcât mă simțeam înainte s-o văd. M-am dus înapoi acolo-n ziua următoare, și-n aia dă după, da' n-am găsit nimica. O dată, era altă fată acolo, nu Kira. Am și vorbit cu ea, da' nici nu știa cine-i Kira. Dup-aia am luat-o la fugă când un băiat dân gașca Glockz a venit încolo. Striga că mă-mpușcă, și alte alea, că i-am pierdut vremea, da' nu-mi păsa mie dă d-astea.

Dup-aia l-am căutat iară pă Curt și i-am zis să afle care-i faza. Mi-a zis că le cam mutau ăștia pă fetele astea. N-aveai cum să lași o fată într-un singur loc. Nu dădea bine la afaceri. Clienții voiau să vadă fețe noi, și dacă vedeau aceleași fețe în fiecare zi, se duceau altundeva. Dup-aia, ceilalți se atașau prea tare, și asta făcea altfel dă probleme.

Curt mi-a dat o listă cu alte locuri în care să-ncerc s-o găsesc, da' n-am găsit-o. Aveam o mașină pă care-mi era greu s-o vând, și-am început să merg cu ea s-o caut. Nu puteam să merg kilometri-ntregi pă jos sau cu autobuzu', deci știam că trebe să conduc. Era mai ușor cu mașina, chiar dacă nu eram la mine-n zonă și nu voiam să fiu luat la ochi pentru ea. Băieții recunoșteau mașinile, și mașina cu care mă dădeam io nu era un Ford Fiesta, în care să poți să fii invizibil. Asta era un Audi A3 cu ceva aliaje nasoale în el și, pentru prima oară, îmi doream să fi condus și io o mașină d-aia dă boșorogi, în care să n-atrag deloc atenția. S-ar putea să vi se pară o tâmpenie, da' sunt puștani care știu a cui e fiecare mașină și cine o să tragă un semnal dă alarmă dacă apare vreo mașină bengoasă prin cartier.

Chiar și-așa, umblam dân loc în loc, căutând și iar căutând. Câteodată, într-o singură noapte, mergeam prin șase-șapte locuri diferite, în King's Cross, Swiss Cottage[1], Angel, Tottenham, peste tot în locurile dă pă lista mea. Dup-aia, la vreo cinci zile după ce-am văzut-o prima oară, chiar când îmi pierdeam speranța, am văzut-o iarăși. În același loc unde am văzut-o și prima oară. Într-un prag dân apropiere dă podu' ăla dă oțel dân King's Cross. Deși când m-am uitat mai bine, mi-am dat seama că tot nu era ea. Nu era dăcât o umbră.

Mi-am zis că următoarea dată când o văd o să fiu pregătit pentru orice. Nu voiam s-o văd și dup-aia s-o rup la fugă când un șmecher dân Glockz venea spre mine cu pas săltat. Așa c-am luat cu mine pistolu' ăla pă care l-am ținut

---

[1] Subcartier din cartierul londonez Camden (n.tr.)

șapte ani așteptând să vină taică-miu. Îl aveam la curea, chiar dacă nu credeam c-o să fie nevoie dă el pă bune. M-am oprit aproape dă unde stătea ea ca să mă gândesc cum să fac.

Tot nu-mi venea să cred că-i ea. Dumneavoastră nu știți cum e să cauți ore-ntregi, în atâtea zile și-atâtea nopți, pă cineva drag, și să n-o găsești. Și deodată, pă nepusă masă, e-acolo. A-nceput să-mi bubuie inima, să mor io dacă nu.

Da' chiar atuncea, a oprit altă mașină-n fața mea și-a parcat lângă ea. Șoferu' a lăsat geamu' jos și-a-nceput să-i vorbească fantomei Kirei. „Te rog io mult, nu te urca", îmi ziceam în gând, „nu te urca". Totuși, părea c-are de gând să se urce, așa c-am pornit mașina, am mers chiar în spatele celeilalte și-am început să claxonez. Speram că gălăgia o să-l sperie p-ălalalt șofer, sau ceva, da' nu s-a-ntâmplat. N-a făcut decât să-l facă să iasă dân mașină și să strige că mă bagă-n mama.

Cobor și mă-ndrept spre locu-n care stau amândoi. Am mâna pă pistol, care-i tot acoperit dă partea dă jos a hanoracului, și-n timp ce m-apropii, încep să mă uit la fața ăstuia. Oare ăsta o fi d-ăla de face pă erou' sau d-ăla dă fuge când vede negri? Nu pot să-mi dau seama, da' trebe să-ncerc chestia asta înainte să fac orice altceva. Ajung la vreun metru dă ei și Kira mă vede pentru prima oară. Aproape zâmbește, dă zici c-a uitat unde e și-a văzut pă cineva cunoscut, da-n același timp îi apare pă față o expresie dă panică.

– Ea vine cu mine, frățică, zic io, și dau s-o apuc pă Kira dă braț.

Ăla se uită la mine dă parc-ar da înapoi, da' îmi dau seama că încă se gândește. La niciun gagiu nu-i place să-i ia fața alt gagiu, mai ales când vine vorba de-o fată – chiar dacă fata aia-i prostituată. Mă-ntorc cu spatele la el, ca să-i dau ocazia să plece fără să trebuiască să facă tămbălău. Kira încă se ține dă mine. Cam tremură, da' nu știu dacă tremură dă frig sau tremură că tremur io. Ce-i sigur e că inima-mi face bum-bum-bum.

Suntem la ușa mașinii când peștele ăla sau ce-o fi el traversează drumu-n fugă cu brațele-ntinse.

– Ce mă-ta faci tu cu fata mea? țipă ăla în timp ce-aleargă.

Io nu pot s-alerg fără să fac mare scandal, deci mă opresc. Vreau s-o iau și io, ca un client normal, sau cum o fi, ca un client plătitor, pașnic. Nu vreau să-ncep un tărăboi cu un soldat dă la Glockz în nordu' Londrei. Inima-mi face zgomot în piept. Bum-bum-bum face-acuma. Atâta-i dă zgomotoasă că pot să jur că o aude și el.

– Ce faci, frăție? zic io. Caut și io o bucățică, știi cum e.

– El a ajuns primu' aicea, zice el, și-arată cu fața spre ălalalt, care-ncearcă să urce-n mașină.

– Da, da' pleacă, nu-i așa?

– Nu pleacă niciunde, dă-l în pana mea. Băi, frăție. Tu ai ajuns primu' aicea, zice el, și-l apucă dă braț.

Ăsta era alb și-nainte, da' acuma s-a făcut ca varu'. Fără-ndoială că nu-și făcuse planuri pentru căcaturi d-astea.

– Da, păi, acuma-s aicea, nu? Io ce-am? întreb io, cu un pic mai mult volum, ca să-l sperii pă primu' client.

– Nu-i place dă tine, fătălăule. Deci ar fi bine s-o ușchești în mă-ta de-aci.

– Vrea să vină cu mine, zic io, și simt că mă cac pă mine.

Ăsta-i matahală. N-are mușchi sau ceva dă gen, da' e mare și-i solid ca un sac dă box.

– Curva asta penală vrea ce-i zic io să vrea, zice el și mi se bagă-n față. Atâta-i de-aproape că un pic dă scuipat dă la el îmi ajunge pă buză. E scârbos rău, da' nu pot să mă șterg.

– Am destui bani, frate, zic io, scoțând un teanc dă bani dân buzunar ca să-i arăt.

Ăla-mi ia banii direct dân mână și zice:

– Ți-am zis s-o ușchești d-aicea. Nu-ți mai zic, frate.

Îi dau drumu' lu' Kira. Arma-i tot la curea. Pare grea. Prea grea pentru pantalonii ăștia dă-i am pă mine, și simt că dântr-o clipă-n alta o să-mi cadă pă picior. Ăla se-ntoarce să fugă cu Ki, și io nu pot să mă gândesc dăcât că trebe să-l țin cumva pă loc. Trebe neapărat să fac ceva. Clientu' fuge. Și-a lăsat mașina și-a fugit, pur și dimplu. Acuma suntem doar noi trei.

– Dacă nu mi-o dai pă curvă, zic io, cât pot dă rece, da' cuvântu' „curvă" îmi stă-n gât, atuncea dă-mi banii-napoi, frăție.

Ăsta se-ntoarce la mine, cu-o uitătură d-aia cruntă, și cu brațele deschise larg.

– Bă, frățică, tu crezi că poți să te-ncurci cu mine? zice el și mi se bagă-n față. Ia-ncurcă-te tu cu asta. Da, frățică. Ia-ncurcă-te tu cu asta.

Simt deodată un obiect tare pă burtă și mă uit în jos.

E un pistol.

Pauză lungă: 16.45

LA TRIBUNALUL PENAL CENTRAL T2017229

ÎNAINTEA: Judecător SALMON, AR

Pledoarii de încheiere:

Proces: Ziua 31

Joi, 6 iulie 2017

ÎNFĂȚIȘĂRI:

Pentru acuzare:	domnul C. Salfred, AR.
Pentru inculpat:	el însuși

Transcript după o înregistrare audio digitală realizată de
T.J. Nazarene Limited
Stenografi oficiali și transcriptori
ai înregistrărilor tribunalului.

12

10:00

Ați ținut careva un pistol în mână?

Nu-i cum vezi în filme, când bagi-unu-n buzunaru' interior dă la geacă sau îl bagi în blugi și uiți că-l ai la tine. Un pistol e greu. Te apasă, te trage-n jos. Când îl iei în mână, parcă-l simți cât e dă serios. Simți viața pă care-o ia și pagubele pă care le face. Într-un fel, un pistol e-o vietate care respiră. Are și voce. Când iei unu-n mână, începe să-ți șoptească tot felu' dă chestii. Șoptește-ntr-una la urechi. Cât îl ai la tine-atâta șoptește. „Șșșșș, șșșș,șșșș, șșșș!“ Și-ți zice un singur lucru. Zice: „Scoate-mă“. Vrea să tragi cu el.

Îmi dau seama după fața lui ce simte acuma. Pistolu' lui vrea să mă-mpuște. Kira simte și ea ceva și-ncepe să țipe. Ăsta dă înapoi, da' ține arma ațintită asupra mea. Dă dân ălalalt braț, o apucă pă Kira dă păr și trage tare. Ea scoate-un zgomot dă zici că-i câine lovit.

Io fac un pas în față, dup-aia mă opresc repede și-ntind mâinile.

– Gata, frăție. Gata. Mă duc, zic io, și-ncep să pășesc înapoi.

– E prea târziu pentru căcaturi d-astea, frățică, zice el.

O apucă pă Kira dă cap și i-l trage-ntre genunchii lui, ca să vadă doar ce-i pă jos.

– Nu vrei să vezi chestia asta, iubire, zice el, și-ndreaptă brațu' cu arma.

Io-mi dau deodată seama că pistolu-mi atârnă greu la curea. Imediat ce-l scot, toate se-ntâmplă deodată. Ăla dân gașca Glockz face ochii mari și dă un pas înapoi. Kira scapă dân strânsoarea lui și încremenește. Dup-aia, o secundă mai târziu, începe să strige: „Vai dă mine, vai dă mine, vai dă mine!“, iar și iar. Io ațintesc arma p-ăla dân Glockz și-i zic că-l bag în mă-sa. Da' ceva dân vocea mea se pierde când zic asta, și parc-aș fi un puști. Ăsta se schimbă la față. Zâmbește, un zâmbet d-ăla răutăcios, și face un pas spre mine, cu arma-ntinsă-n față.

– Ți-l bag p-ăsta-n găoază, zice el.

În timp ce se-apropie, mintea mi se face harcea-parcea. Io vreau să meargă din nou. Parc-aș avea o baterie descărcată-n ea și am nevoie dă ceva, de-o scânteie, ca s-o pornesc la loc. Dup-aia, brusc, Kira țipă și mintea mea se trezește la viață. Motoru-ncepe iar să funcționeze. Finuț ca un motor cu șase cilindri-n linie dreaptă.

Trag. Îl lovește undeva-n umăr, iar el se-ntoarce și cade la podea urlând în gura mare. Am picături dă sânge-n ochi. Abia reușesc să văd ce se-ntâmplă-n jur până mă șterg cu mâneca. Mă uit în jos, să văd unde-i el, da' nu mai e. A dispărut, pur și simplu.

Pă jos e o baltă mică dă sânge, da' nu-i nimeni. Mă uit zăpăcit în jur, da' nu-l văd. Dau ocoale peste ocoale să-l caut. Dup-aia reușesc, în sfârșit, să-l zăresc, și-l văd cum se-mpleticește spre locu' dân care-a venit, după pod.

O iau pă Kira dă braț și o-mping în mașina mea. Pornesc mașina. Îmi tremură mâinile. Inima mi se izbește-atâta dă tare dă coaste, încât cred că o să se spargă-n bucăți. Așa tare se-aude-acuma, că mă sperie. Da' reușesc cumva să n-o bag în seamă, bag mașina-n viteză și plec.

Merg pă toată șoseaua. Sângele năvălește-n mine. Îmi bubuie-n urechi. Mă uit la Ki și văd că deschide și-nchide gura, da' la câtă gălăgie am în cap n-aud nimica. O fi dă la-mpușcătură. Tot surd sunt după ea. Da' conduc mai departe. Turez tare motoru', dân câte văd pă vitezometru, da' tot n-aud nimica.

Merg mai departe, virez, la-nceput, dup-aia încep să conduc mai așezat. Virez după colț, da' ajung într-o fundătură. Întorc mașina la o sută optzeci dă grade și trec dă balta dă sânge. De unde dracu' am venit? Conduc un pic mai departe, da' parcă nu reușesc să găsesc ieșirea dân labirintu' ăsta. Deodată, fiecare viraj mă bagă pe-un drum care ori a fost blocat cu borne dă fier, ori a fost deschis pentru pietoni. Băga-mi-aș picioarele. Până la urmă, virez și găsesc drumu' care m-a adus aicea și înainte s-apuc să-mi dau seama, mă-ndrept spre casă, cu iubita mea-n mașină.

Și când zic îmi aduc aminte! Futu-i mama mă-sii! Da, știu, să am grijă cum vorbesc, da' m-am speriat dă căcaturile alea, serios vorbesc. Nu știi niciodată cum reacționezi până nu te afli-ntr-o situație d-aia. Poți să fii-n regulă sau poți s-o zbârcești, știți ce zic? Așa puteam să pățesc io atuncea, în ziua aia. Puteam s-o zbârcesc, și-atuncea să vină Apocalipsa. Da' viața n-o terminase cu mine. Mai erau capitole. Mai erau povești dă spus. Io așa văd lucrurile, cel puțin.

Io vă spun ceva. Avocatu' meu, după ce l-am dat afară, mi-a zis să nu vă povestesc în niciun caz chestia asta.

– De ce? zic io.

– De ce nu?

El zice că n-o să facă decât să demonstreze că-s vinovat.

– Dovedește, unu la mână, că ai o armă, doi la mână, că ești dispus s-o porți. Trei la mână, dovedește că ești dispus să împuști pe cineva. Patru la mână, dovedește că ești destul de deștept încât să scapi nepedepsit.

Io-nțeleg ce zice el, da' ideea-i că astea-s porcării. Nu dovedesc nimic. Dumneavoastră, toți, știți deja că io aveam o armă-n apartament. Și toată lumea știe că oamenii n-au arme dacă nu există circumstanțe-n care să le folosească. Altfel n-ar avea rost să le aibă. Da' aicea-i vorba dă legitimă apărare. Băiatu' ăla voia să mă omoare. Am văzut chestia asta-n ochii lui. Io am fost acolo, dumneavoastră n-ați fost. Avea arma-ndreptată spre fața mea. Și-acuma o văd. A fost pă bune treaba asta. Ăla m-ar fi omorât, și n-ar mai fi fost nimeni care să vă zică dă chestia asta. E chestie dă viață și dă moarte. Io am făcut ce trebuia să fac. Da' nu l-am omorât io. Sau cel puțin n-a ieșit nimeni în față să spună că io l-am omorât. Dacă l-am omorât io, n-aveți dăcât să m-acuzați dă chestia asta. Și p-asta o resping. Da' să nu veniți să m-acuzați dă vrăjeli, c-am împușcat io pă nu știu ce puști pă care nu l-am împușcat. Dă-o-n mă-sa dă treabă!

Oricum, acuma știți toată povestea. Pare rău, domnu' avocat, oriunde-ați fi. Da' trebuia să zic. Numai așa puteam să explic de unde-a găsit poliția reziduuri dă descărcare dă la o armă dă foc la mine-n mașină. A fost dă când l-am împușcat pă fraieru' ăla dă la Glockz, domnilor jurați, nu când l-am împușcat pă Jamil. Așa se explică mare parte dân proba număru' cinci.

Oricum, Kira era acasă, da' nu era nici pă departe-n siguranță. Dă fapt, era mai în siguranță dăcât am crezut noi atuncea, da' noi încă nu știam. La vremea aia, la cum vedeam noi lucrurile, cel mai mare pericol pentru ea era ea. Drumu' dă-ntoarcere spre casă a fost lung. Chiar dacă ea a fost ameţită şi pierdută-n spaţiu pă cea mai mare parte-a drumului, curând s-a transformat într-o nebună. A-nceput să bată-n geamuri şi să ţipe să-i dau drumu'. Io, la-nceput, n-am înţeles. Care, puşca mea, era problema cu ea? Io nu m-aşteptam să fiu primit ca un erou, sau ceva dă gen, da' chiar nu m-aşteptam la-njurăturile ce le scotea pă gură-n clipa aia. Totuşi, adevăru-i că era vina mea. Nu mă gândisem deloc la toate căcaturile astea.

Când am găsit-o, atâta mă consumam cum s-ajung la ea, că nici nu m-am gândit ce-o să fac când o s-o găsesc. Mă gândeam la căcaturile astea în timp ce se-ntâmplau.

„Găsește-o." Aha, am găsit-o – și-acuma ce fac? O duc acasă? Nu, n-o duc, în pana mea, acasă, că acolo o s-o caute prima oară. Așa-mi merge mie mintea. În linie dreaptă.

Kira s-a gândit altfel. Dacă-n mintea mea era un omuleț desenat dân bețigașe, în a ei era un Michelangelo[1]. Ea avea, cum să-i zic io, perspectivă. Și toate alea, culoare, 3D, tot. Io aveam o căpățână mare și brațe dân bețigașe. Până la urmă, după ce s-au potolit țipetele, și-am reușit s-o conving să nu-ncerce să deschidă ușa dă la mașină și să coboare, dă fiecare dată când opream la un semafor, mi-a zis ce-avea dă gând. Dacă nu era acolo când o căutau, îl mierleau pă frate-su. Simplu.

Nici nu m-am gândit măcar o secundă la chestia asta. În mintea mea, atâta timp cât ea era plecată de-acolo, departe de ei, era-n siguranță. Sincer să fiu, mă cam durea-n cur dă Spooks. Era un nimeni dependent dă cocaină.

---

[1] Michelangelo Buonarroti (1475-1564), pictor, sculptor, arhitect și poet italian, considerat unul dintre pilonii epocii renascentiste (n.tr.)

Totuși, dacă m-aș fi gândit la asta dinainte, tot aș fi făcut-o, da' măcar aș fi fost pregătit pentru cum a reacționat Kira.

După o perioadă, am reușit s-o potolesc și s-o duc la mine acasă fără să sară dân mașină. „Am un plan", îi ziceam mereu. „Am un plan", chiar dacă n-aveam. Țineți minte, căpățână mare și brațe dân bețigașe. Totuși, pă drum, m-am gândit la ceva care-ar fi putut să devină un plan, chiar dacă nu era.

– Nimeni nu știe că te-am luat io, așa-i? Dân câte știe oricare dân ăia dân Glockz, te-a luat unu', vreun membru dân gașcă și te-a amenințat cu arma, doar așa, ca să-i facă p-ăștia cu capu'.

Ea s-a uitat fix pă geam, și știam c-o să mă trateze cu spatele o perioadă lungă.

– Și io l-am împușcat pă unu' d-al lor, deci probabil c-o să creadă că-i ceva chestie dă găști. Niciun iubit n-ar fi făcut o chestie d-asta. Dân câte știu ăia, eram un client care l-a-mpușcat p-ăla că trăncănea aiurea.

Ea s-a uitat la mine și n-a zis nimica.

Când face așa, mă tratează cu spatele, se poate-ntâmpla orice-n mintea ei, deci credeți-mă când vă spun că am fost ușurat când a zis în sfârșit:

– Bine, poate ai dreptate.

Când am ajuns la mine acasă, am băgat-o direct într-o baie fierbinte. Am turnat și-o grămadă dă șampon în apă ca să-i fac bule. N-a vrut să se bage, da' după niște muncă dă lămurire, s-a dus. Parcă n-avea nicio energie să se certe cu mine, lucru care, dac-o știți pă Kira, e grav. Io știam că-i grav, oricum. M-am întors după câteva minute și-am bătut la ușă cu-o ceașcă dă ceai.

– Las-o afară, zice ea. O iau eu mai încolo.

Io am stat afară și-am ascultat. Să văd dacă o aud cumva plângând.

– Ki, pot să intru? întreb io, în sfârșit.

– Nu, zice ea, așa că m-am dus și-am așteptat în camera dă zi. Cu televizoru' oprit.

Când a ieșit cu halatu' meu dă baie pă ea, părea deja un pic mai bine. Încă era roșie-n obraji dă la baia aia fierbinte și avea păru-nfășurat într-un prosop. Semăna mai mult cu Ki și mai puțin cu-o fantomă. M-am ridicat și-am încercat să o iau în brațe, da' ea m-a dat la o parte și s-a așezat, cu genunchii la piept, cu ochii-n podea.

– Ki, zic io.

– Lasă-mă un pic, zice ea.

Și-am lăsat-o.

Următoarele zile au fost foarte ciudate, cam ca niște vise. Pe de-o parte, ea se-ntorsese, și dă câte ori îmi aduceam aminte, mă cuprindea ușurarea ca un val. Da' când mă uitam la ea, cum stătea și citea câte-o carte, sau se uita la televizor, avea o privire de-aia care mă făcea să-mi dau seama că nu prea se-ntorsese. Adică nu prea era Kira aia care se-ntorsese la mine. Nu era la fel. Era altă Kira care se-ntorsese la mine.

Încercam să vorbesc dân când în când cu ea, când îi făceam câte-o ceașcă dă ceai sau îi duceam câte-o farfurie dă supă, da' pă ea n-o interesa. Știam că trebe s-o las un pic, da' nu vedeam decât cum se-ndepărta fata asta, pă care-o iubeam, dă mine, și cu cât încercam să țin mai tare dă ea, cu-atâta se subția mai tare, pân-am scăpat-o aproape dă tot. Eram disperat. Nu c-ar fi trebuit neapărat să știu ce-a făcut cât a fost cu Glockz. Da' trebuia să știu dacă ce i-au făcut ăștia se putea-ndrepta cumva. Chiar dacă nu imediat, după o zi, știți cum zic?

Singuru' lucru dă care era-n stare să-mi vorbească era Spooks. Încă-i era groază că s-ar putea să bage cineva dă pă undeva un cuțit în el c-a dispărut ea.

– Și ce-ți pasă ție dă el? i-am zis io o dată, și ea zice doar:

– Nu.

S-a uitat la mine cu-o privire d-aia de-a ei, și-am știut că mai bine nu deschid subiectu ăsta-n clipa aia.

Mai târziu în aceeași zi, m-a pus să-i promit că aflu dacă frate-su trăiește.

– O să aflu. Nu-ți face griji pentru el. Tu să-ți faci griji pentru tine, am zis io.

– Fă asta și gata.

– Trimit io un mesaj, stai liniștită, zic io.

Ea s-a uitat la mine și-a pufnit pă nări.

– Bine, am zis io. Mă duc să-l văd. La-nchisoare.

– Și te-asiguri că nu vine nimeni să-l caute? a zis ea, cu ochii mari.

– O să-mprăștii io niște zvonuri pă unde trebe că face-o gașcă belele prin zona aia. Zic că un gangster tot face probleme prin nord. Își încoardă mușchii. Intră pă teritoriile altora și le strică. Le șterpelește curvele. Stai liniștită. Spooks, lepădătura aia, scapă basma-curată.

Și-așa am făcut. Și-n același timp, m-am asigurat că nu știa nimeni că era Kira cu mine.

Acuma, poate că dumneavoastră nu vi se pare prea grea chestia asta. Ea nu-i celebră. Cam cât de greu ar fi s-o ții ascunsă? Păi, chiar dacă nu-i cunoscută, orice persoană poate avea reputație. Dă fapt, oricine are-o reputație. Unii au reputații bune. Alții au reputații dă căcat. Da' oamenii dân zona mea știu pă toată lumea dân zona mea. Parc-ar fi treaba lor să știe. Știu cine cu cine iese. Știu dacă unu' are un copil cu una, și câți copii are cu câte fete. Și credeți-mă când vă zic că o fată cum e Kira e observată dă toată lumea. Și nu doar dă bărbați. Dă fapt, fetele o iau cel mai des la ochi. Ele vor să știe cam tot ce fac celelalte fete, că dacă fac ceva pă lângă bărbații lor, o să comenteze. Și Kira, cum v-am zis, e o fată de-aia care îngrijorează pă toată lumea numa' când apare.

Totuși, la urma urmei, n-a fost așa greu s-o țin ascunsă, cel puțin la-nceput. Oricum, n-avea niciun chef să iasă. Stătea-n camera mea și se uita-n gol. Mai lua câte-o carte, da' ochii ei își pierdeau strălucirea, parcă nu putea să citească altceva-n afară dă gândurile ei.

După ce-au trecut câteva săptămâni, lucrurile nu s-au mai îmbunătățit în ceea ce-o privea pă Ki. Tot prinsă-n mintea ei era. Am încercat tot ce știam io atuncea ca s-o fac să iasă, da' nimica n-avea efect. Disperat, i-am zis lu' mama dă ea. Nu i-am dat io toate amănuntele, i-am zis c-au băgat-o unii-ntr-o mașină. Mama s-a speriat la-nceput, da' am liniștit-o io dup-aia.

– Vezi să nu zici la nimeni dă chestia asta, mamă. Pă bune, zic io.

Chiar n-am vrut să fiu nevoit să-i zic lu' mama dă chestia asta, da' uneori io n-am idei și ea are niște idei bune. La urma urmei, cel mai bun lucru pă care-a fost în stare să mi-l zică a fost să nu-mi fac griji, și că lu' Ki îi trebuia doar ceva timp ca să se facă bine.

La o zi după ce i-am zis lu' mama dă ea, m-a sunat și mi-a zis că i-a făcut programare la doctor.

– Ce-ai făcut? Ți-am zis sau nu ți-am zis? La nimeni. Nu trebuia să zici la nimeni, mamă. E serios.

– N-am zis la nimeni despre asta. I-am zis lu' Blessing să facă o programare la doctor pentru Kira, atâta tot. Pentru depresie. N-am zis dă răpire și dă altele.

– I-ai zis lu' Bless? Mă, mamă, mă! zic io.

Chiar n-aveam chef să discute cu Bless chestia asta.

– Normal că i-am zis soră-tii. Ce voiai, să cedez io psihic dă una singură aicea, prostănacule?

– Bine, bine. Nu mai zici la nimeni, mamă. Serios vorbesc. Nici la doctori. Nici la prieteni. Nici la nimeni dă la biserică. La nimeni, am zis io și-am închis.

Am sunat imediat la cabinet și-am zis c-a fost o greșeală. Cine știe cine, pana mea, ar fi văzut-o dacă ajungea p-acolo. Plus că nu eram sigur că voiam să afle vreun doctor că problema ei era c-a fost răpită de-o gașcă și scoasă la produs. Era prea periculos dacă făceam așa. Cel mai probabil, doctoru' ar fi sunat la poliție, și n-aveam chef să vină poliția să-i pună lumini albastre deasupra capului. Știți cum e. Așa că m-am gândit la alte chestii.

Unu' dântre primele lucruri pă care le-am făcut a fost să mă duc la ea la apartament să-i iau niște lucruri. Și haine, da, da' mai ales ceva dă citit. Avea nevoie dă cărți în juru' ei. Erau ca niște prieteni pentru ea. Sau mai degrabă ca familia ei. Io știu că-i ciudat, da' ăștia cu cărțile-s ciudați rău, credeți-mă ce vă spun.

Am așteptat până s-a-ntunecat și m-am dus cu A3-u' și-am parcat undeva unde să nu-ncurc pă nimeni, da' și destul de-aproape-ncât să-l încarc fără să fac prea multe drumuri. Când mă-ndreptam spre ușă, mi-am adus deodată aminte dă ziua aia-n care-am venit s-o caut. Ușa avea o grămadă dă așchii acolo unde-o spărsesem io, iar lacătu' ăla nou pă care-l pusesem era tot acolo, ca o surpriză dă care uitasem. Totuși, nu era la locu' lui. Era nou și nu se potrivea cu vopseaua care se decojea dă pă ușă. Cheia a intrat ușor și s-a întors. La-nceput, m-am întrebat dacă nu cumva fusese careva pe-acolo s-o caute, da' ușa era tot încuiată. Mie-mi părea totu-n regulă. Am intrat și-am aprins lumina, care-a scăldat toată camera.

M-am uitat în jur și toate erau cum îmi aminteam io. Cărțile arătau ca atuncea când am plecat io de-acolo. Nu părea nimic în neregulă. M-am hotărât că poate-mi juca mintea feste și m-am apucat să-nșirui haine în sacii dă gunoi pă care-i adusesem cu mine. Tocmai umplusem doi saci și mă pregăteam să-i duc în camera dă zi, când am văzut. Cu coada ochiului. La geam. Perdeaua dă plasă flutura, da' știam că nu era niciun geam deschis când am plecat io de-acolo. M-am dus, am tras perdeaua și-am văzut că partea dă jos fusese spartă. Cioburi peste tot. Căca-m-aș să mă cac.

Am aruncat la repezeală niște cărți într-o geantă și-am plecat, încuind ușa după mine. Dup-aia am fugit. Dacă mă vedea cineva, n-avea dăcât să mă vadă. Puteam să fiu oricine. Ceva membru dân familie. Cineva care o verifică, sau ia niște lucruri. Cum o fi. Ce știam sigur totuși era că o căutau ăia. Nu era a bună. Am sărit în mașină și-am plecat repede.

Când m-am întors în seara aia, Kira s-a luminat un pic la față când și-a văzut cărțile, da' s-a posomorât la loc. Pare-se că greșisem io cărțile. I-am spus că mă duc și-i mai aduc, da' adevăru-i că io știam că nu mă mai întorc acolo. Dă spargere nu i-am zis. Nu era nevoie să-și facă mai multe griji dăcât își făcea deja.

Am încercat și alte chestii care credeam c-o s-o ajute. Ceva ceai dă sunătoare și alte căcaturi d-alea dă ierburi chinezești, da' asta nu era o chestie care să se trateze cu medicamente. Asta era o chestie d-aia care trebuia plânsă-n timp. N-avea cum să treacă vreodată peste ea, cum n-ai cum să treci vreodată peste-o moarte. Singura chestie care se-ntâmplă e că durerea se-nvecheşte. E ca o lumină care devine dân ce în ce mai slabă. Într-o zi, după ce trece destul timp, poate că durerea se acoperă prea tare dă praf ca să vezi ca lumea ce e, da-i tot acolo. Doar că se vede mai greu.

Ştiu că singuru' lucru pă care putea să-l facă cineva pentru ea era s-o lase să se vindece, cum zicea mama. Credeți-mă, în primele câteva săptămâni, io am crezut că-i prea mult pentru ea. Nu mânca. Nu dormea și era pământie. Când scotea un sunet, plângea sau țipa-n gura mare dân când în când. În clipele-alea, io simțeam că mi se năruie inima. Mă simțeam ca o clădire d-aia demolată, când cădea așa la pământ. Parcă mi se prăbușise inima pă dinăuntru.

Dă disperare, am vorbit cu Bless despre chestia asta. Știa deja că era ceva-n neregulă, dă când vorbise cu mama, deci m-am gândit că n-ar fi un capăt dă țară dac-aş vorbi cu Bless. Am pus mâna pă telefon și-am sunat-o. N-aveam timp dă palavre, așa c-am trecut direct la subiect.

– E grav dă tot, mă, sor-mea. Habar n-am ce să fac s-o scot dân mintea ei.

– D-dă-i niște timp. O să reușească ea s-ajungă acolo. Îi trebuie doar niște t-timp, zice Bless încet.

– Nu cred c-o s-ajungă timpu', Bless. Dân contră, mie mi se pare că timpu-nrăutățește starea asta dă căcat, zic io, acoperind telefonu' ca să nu m-audă Kira dân aialaltă cameră.

– Poate c-așa-i acuma. Dar în câteva zile sau s-săptămâni, o să-și revină. E ca atunci când ești într-un tunel. Nu știi cât timp o să fie î-întuneric, dar dacă mergi destul de mult, o să vină lumina. Până la urmă.

Nu știam că Bless avea dreptate p-atuncea, da' știam că ea știa câte ceva despre cum e să fii în tuneluri, așa că mi-a dat o speranță.

Totuși, io n-am luat în calcul cât dă lungi o să fie tunelurile alea.

Alea erau zilele când voia să se sinucidă.

Odată, m-a rugat pă mine s-o omor, și vă zic io, aș fi făcut-o. Atâta dă tare suferea, că aș fi făcut orice ca să-i opresc suferința. Să fi văzut și dumneavoastră, cu ochii dumneavoastră; să fi auzit cum plângea-n somn, vă zic io garantat că v-ați fi gândit s-o faceți. M-ar fi distrus să fac treaba asta, da' aș fi făcut-o pentru ea. Aș fi omorât-o ca s-o ajut să lase lumea asta-n urmă. Dumneavoastră nu-nțelegeți, frate, o iubeam. O iubeam cu fiecare celulă dân mine. Aș fi făcut-o-ntr-o clipă.

Ce-a salvat-o, ce m-a salvat pă mine, într-un mod ciudat, a fost că l-am văzut pă decedat, pă Jamil, pă drum, într-o zi.

Pauză, 11.30

13

11.45

Ştiu că sună ciudat c-am zis înainte dă pauză că ne-a salvat faptu' că l-am văzut pă Jamil în ziua aia. Da-i adevărat. Asta se-ntâmpla-n ziua aia dă care am auzit toţi, când i-am zis io că-i varză. Io eram pă drum, mă duceam să iau câte ceva dă mâncare pentru mama şi pentru Kira, când l-am văzut.

Vorbea cu nişte fete când m-a văzut. Cum am zis, io-l ştiam pă Jamil dân zonă. Nu eram prieteni, sau ceva dă gen, da-l ştiam destul cât să-l salut dân cap. Deci io mergeam spre magazine şi el făcea ce făcea el. Io nu l-am băgat în seamă, c-aşa făceam io de obicei, da-n loc să nu mă bage nici el în seamă, cum făcea de obicei, a-ntins mâna să-mi ţină calea. M-a luat deoparte, m-a dus dă lângă fete, dă ziceai c-are să-mi zică un secret. La-nceput, o dăduse pă saluturi şi pă palavre, şi dup-aia, pă nepusă masă, zice către mine:

– Am auzit că s-a-ntors Kira-n oraş. Unde-o ascunzi, frăţie? zice el şi rânjeşte-n colţu' gurii.

Dân prietenoasă, faţa mea devine altfel. Io mă uit la el dă ziceai că nici nu-l cunosc, şi zic:

– Ce tot boscorodeşti acolo, frate? Nu vorbi prostii d-astea cu mine.

Stau față-n față cu el, ca să fie sigur că nu-mi arde dă glume.

– Nu, frăție, zice el, dând un pic înapoi. Ziceam și io așa. Nu-i nimica. Stai liniștit.

Io intru-n panică, fiincă nu știu ce știe, dacă știe ceva. Sau poate că joacă la cacealma.

– De ce vorbești prostii, totuși? întreb io. Știi unde e? Măcar ai văzut-o? zic io, furios.

Ăsta se uită la mine și dă să plece. Îmi dau seama că nu vrea să-nceapă un tămbălău dân nimic fără să aibă tovarășii cu el ca să-i acopere spatele.

– Nu, frățică. Stai liniștit. Știi tu, încercam și io să aflu dacă-s adevărate niște zvonuri. Asta-i tot. Da-i în regulă, frățică. Dacă tu zici că nu-i la tine, nu-i la tine și gata, nu? zice el, și-o ia-n aialaltă parte.

– Nu, frăție. Nu-i în regulă. Nu vorbi prostii dă fata mea când știi c-o caut.

Adevăru-i că m-apucase panica, și m-apucase de-a binelea. Nu știu de unde, pușca mea, aflase ăsta, da-mi era frică. Înainte s-apuce s-ajungă prea departe, strig după el „Ești varză, bă". Dup-aia plec și io. Așa cum el nu vrea să-nceapă tămbălău pă stradă, nu vreau nici io. Da' io habar n-aveam că vorbele astea o să se-ntoarcă împotriva mea după mai bine de-un an. Și-o să ducă la toată povestea asta.

*

Nu știu de unde-aflase ăsta că se-ntorsese Kira, dacă știa cu-adevărat. Nu mai ieșise dân apartament dân ziua aia când am găsit-o sub pod. Dup-aia, mi-am dat seama ce era. Dă când se-ntorsese, încetasem s-o caut. Poate de-aia credea ăsta c-am găsit-o. Mi s-a făcut rău când mi-am dat seama ce prost fusesem.

Trebuia să rezolv repede problema asta. Am făcut cumpărături și-am fugit înapoi acasă, transpirat tot. Îmi gonea mintea cu o sută șaizeci pă oră. Știam că dacă mai credea cineva ce zicea ăsta, sau chiar auzea ce zicea, o să mă trezesc că-mi bate vreun șmecher dân vreo gașcă pă la ușă dântr-o clipă-n alta. M-am hotărât că trebuia cumva să-mprăștii zvonurile pă care promisesem c-o să le-mprăștii; că pă Kira o răpise un șmecher dântr-o gașcă. Fusese răpită dân motive necunoscute. Fie cum o fi, cât timp nu duce nimica la mine. M-am hotărât și că trebuia să mă port în continuare dă parc-aș fi căutat-o.

Deci cine știe cum a aflat Jamil că s-a-ntors Kira, dac-a și aflat, cum ziceam io. Jamil era băgat și el în toate căcaturile-alea cu găști, așa că e posibil să fi auzit dân gura lumii că ea dispăruse, da' n-am mai reușit să aflu dă unde știa. Știam că-i într-o gașcă d-aia mică, de-i ziceau ăștia Brigada. Știu c-au avut o grămadă dă nume, Brigada Banilor, Brigada dă Sud-Est și alte alea. Își ziceau și Brigada Zburătoare, la un moment dat, parcă era totu' la caterincă. Da' din câte știam io, asta nu era gașcă dă barosani, ca Glockz. Erau doar niște puștani.

Mai târziu, prea târziu, am aflat că Brigada se schimbase-n ultimele luni. Crescuse. Treaba era serioasă. Adevăru-i că s-ar fi putut să se schimbe oricum. Probabil că ar fi crescut toți și s-ar fi transformat într-o gașcă dă bărbați în toată firea. Da' chestia care i-a propulsat între barosani a fost doar ceva ce poate fi numit noroc. Sau ghinion, depinde cum pui problema. Oricum ar fi, norocu-ăla a avut legătură cu unii pă care noi îi știam dă Bătrânii.

Uitați care-i faza, e mult dă priceput pentru cineva care nu face dăcât să privească din afară. Găștile și căcaturile astea nu-s ca-n filme. Îs complicate și au reguli care n-au nicio noimă pentru alții dân alte locuri. Nu apar dă nicăieri. Înainte ca un gangster d-ăla mare să fie un gangster d-ăla mare, era un pui dă gangster. Și înainte de-aia era ce-i înainte. Poate sună simplu pentru cineva cum sunt io, da' nu și pentru dumneavoastră. Io am crescut auzind despre toate căcaturile astea. Fac parte dân cunoștințele mele despre zonă, ca să zic așa. Toată lumea dân zona mea știe despre chestiile-astea. Da' dumneavoastră poate n-ați auzit-o dân zona mea, deci trebe să mă exprim clar, că astea-s lucruri care contează pentru mai târziu.

Bătrânii erau niște traficanți barosani dă droguri care-au fost băgați la zdup în anii '80, câte zece, cinșpe, douăzeci dă ani odată. Erau nume foarte mari, implicate-n toate căcaturile, și cu arme, și cu jafuri armate.

Oricum, cam p-atuncea au început Bătrânii ăștia să iasă din pușcărie. Era ciudat, da' parcă ieșeau toți în același timp, sau cel puțin așa ni se părea nouă. În fiecare zi se auzea câte-un nume dân gura lumii: „Aaa, ai auzit dă Caesar – a ieșit și caută o gașcă". D-astea. Și chestia ce-o aveau ăștia-n comun în afară dă faptu' că erau Bătrâni, era că voiau să iasă și să facă niște marafeți. Știți, „hârtie". Bani. Da' dă data asta nu voiau să riște, dacă se putea. Da' erau dispuși să plătească niște puști ca să riște-n locu' lor și să le vândă drogurile. Cu comision. Aicea interveneau Jamil și băieții lui. Așa au început să se bage-n chestia asta.

A-nceput să se știe bine că JC se-nhăitase cu niște Bătrâni d-ăștia. Nu era vorba că gașca lui era cunoscută pentru asta. Dă fapt, *el* a ajuns să fie cunoscut pentru asta. Lumea a-nceput să știe cine era *el*. A devenit nu chiar faimos, ci un nume cunoscut în zona noastră. Și de ce? Fiindc-a devenit traficantu' cu cel mai mare volum pă care-l cunoscuseră vreodată străzile alea. Nu vreau să zic că era ca Bătrânii ăia care aduceau câte douăj dă kile. Aia-i altceva. Da' la nivel dă stradă, era ca un superstar. Da' io nu știam chestia asta p-atuncea. Că io, cum v-am zis, nu-s șmecher dân găști.

Deci odată ce s-a-nhăitat cu Bătrânii ăștia, JC s-a transformat dântr-un puști căruia-i plăcea să-mbrâncească alți puști într-un soi dă om dă afaceri. Până s-apuci să-ți dai seama, era deja peste tot. Își vindea marfa pă unde-apuca, și nu scăpa nimeni, nici copiii dă școală.

Da' era vorba dă mai mult d-atâta. JC, Jamil, era periculos, oricine care avea minte putea să vadă treaba asta. Că era organizat. Cea mai bună idee a lui, aia care i-a adus mulți bani și mult respect, era că era modern și sistematic. Dacă o zonă era moartă, își lua marfa și se muta-n alta. Intra pă net, găsea toate școlile și facultățile de pe-o rază dă opt kilometri și se băga tare-n toate, una câte una. Mai întâi mergea prin școli, după clienți noi, dup-aia, mai târziu, pă zi, mergea prin baruri, și noaptea, târziu, târziu dă tot, se ocupa dă cluburi. Când era mai liniște, pă la-nceput și mijloc dă săptămână, s-a făcut cunoscut prin ascunzătorile dă drogați și-a-nceput să facă afaceri p-acolo. Avea-n registre ascunzători dă drogați dân tot orașu', știți, locuri unde se pot droga oamenii fără să-i deranjeze nimeni; locuri unde erau mulți clienți laolaltă, care voiau aceeași chestie. O ascunzătoare dă drogați e nasoală rău dă tot, știți ce zic. Da' așa a ajuns în curând să-i cunoască pă traficanții și pă prostituatele care stăteau p-acolo.

Curvele erau o afacere foarte bună pentru el. Le dădea la fete câte-un calup gratis la fiecare douăzeci pă care le luau, și lor le plăcea treaba asta la nebunie. Fetele aveau uneori clienți care voiau să facă treaba aia faină și voiau s-o facă în timp ce se drogau. Fetele aveau ocazia să-și dubleze profitu', iar ăsta avea ocazia să mute și mai multă marfă. Băiatu' ăsta era meticulos, recunosc treaba asta. Circula și-un zvon cum c-avea o listă pă telefon. Lista lui cu traficanți era electronică. Era o premieră pentru traficanții dân stradă. Cei mai mulți aveau foi dă hârtie cu numere. Jamil avea liste criptate. Ăsta era dă ultimă generație, știți ce zic?

Cam pă vremea asta, Jamil a-nceput să prindă tupeu și să mute marfă prin toată Londra. Să nu mă-nțelegeți greșit, tot mic era, vindea la ăia care se drogau, în cea mai mare parte, da' vindea calupuri la greu. În mai îi dăduseră zece bucăți, până-n august lua deja două sute dă bucăți pă săptămână și avea mașină nouă. I-au zis să aibă grijă să nu fie jefuit, că puștii cu mașini dă cincizeci dă mii sunt jefuiți la greu. Da' pă el nu-l interesa treaba asta. Dân punctu' lui dă vedere, avea o gașcă, ăia puteau să-i acopere spatele, și-acuma avea o gașcă pă care-o putea înarma.

Când pleca să facă un schimb, lua mereu vreo doi malaci cu el și mai erau întotdeauna câțiva la capătu' ălalalt al unei linii dă telefon, și-așteptau ca el să le spună un cuvânt. Totuși, oamenii lui dă-ncredere erau Shilo, doar un goriloi, și Binks, care trăgea cu arma. Ăștia mergeau oriunde mergea Jamil, și erau destul dă eficienți. Shilo era un bulangiu urât cu spume. Era mare cât un autobuz, și avea o față dă ziceai că-i dân sticlă spartă și lipită prost la loc, dacă știți cum zic. Nu zicea el prea multe, da' nu era d-ăla care să aibă nevoie dă cuvinte ca să spună ce-avea dă spus.

Ălalalt, Binks, era exact pă dos, da' putea fi și mai rău. Ăsta nu putea să tacă dân gură. La vedere, era slab, da' dac-aveați impresia că-i slab și dân fire, vă-nșelați. Parcă-mpușca oamenii așa, la caterincă, uneori. Dacă se uita careva cum nu trebe la el, erau șanse mari să scoată pistolu'. Un Baikal, cel mai probabil, așa-i?

Mă scuzați, glumă proastă. E mare ca toți dracii tensiunea aicea, cum vă uitați toți la mine așa.

Oricum, chiar dacă io, la vremea aia, nu știam, cam când a fost Kira dusă-n partea dă nord, s-au băgat Jamil și băieții lui tare dă tot pă nord. A fost o coincidență, atâta tot. Dac-ar fi fost cu-o lună înainte, atuncea s-ar fi putut să nu se fi-ntâmplat nimica dân toate astea. Adică s-ar putea ca ăsta să fi și trăit. Și-asta-i chestia dă care nu vrea avocatu' meu să zic nimica, fiincă, da, io știu ce-a pățit Jamil, da' nu l-am omorât io. Avocatu' vine la mine și-mi zice că lucrurile-astea nu merg așa, și chiar dacă ăla ar fi adevăru', n-ar trebui să-l zic. Da' trebe, nu? Ca să vă fac să vedeți ce văd io, să simțiți ce simt io.

Oricum, Jamil s-a mutat pă teritoriile dă nord și-a-nceput să mute marfa dă parcă era la reduceri. Totuși, asta era treabă serioasă, că la ăla dân nord nu le plăcea să le calce nimeni prin zonă, cum nu le plăcea nici la ăia dân sud. Și curând, au început să-l bage-n seamă ăia dân gașca Glockz.

Auziseră povești cum că voiau unii să se bage pă tarlaua lor, sau ceva dă gen, da' nu apucaseră să-i vadă ca lumea. De obicei, când un păgân – un membru dântr-o gașcă rivală, cum am mai zis – intră-n zonă la o altă gașcă, fac cât tămbălău pot cu treaba asta. Mâzgălesc toată strada – graffiti peste tot. Ăştia vor să-şi facă numele cunoscut. Vor să fie observaţi. Pentru găştile astea, e chestie dă reputaţie. Jamil era altfel, totuşi. Cum v-am zis, era deştept. Când intra-n zone noi, nu zicea la nimeni cine e şi dă unde vine. Dacă unu' la care-i vindea el câte-un calup credea că-i un soldat dân Glockz, el mergea pă ideea asta. Totuşi, dă cele mai multe ori, nimeni nu-ntreba pă nimeni nimica şi nimeni nu zicea la nimeni nimica; voiau o doză, atâta tot. Dă fapt, jumate dân ăia care făceau afaceri cu el, dacă-i întrebai, se jurau să moară că Jamil era dân Glockz. Să-i întrebaţi, dacă vreţi, sau să-i întrebe poliţia. Pă Jamil l-ar fi durut oricum în cur. Ar fi zis şi că-i din Bloods sau Crips[1], dacă asta-l ajuta să vândă mai multe calupuri.

Deocamdată, nu fusese-ncolţit dă Glockz pentru că avea ascunzători ca lumea. Mergea la cuiburile alea dă drogaţi unde nu se-ajunge uşor şi unde nu mergeau ceilalţi. Cum făcea şi-n sud, s-a dus la şcoli. S-a dus la facultăţi. Şi dup-aia, tocmai când începea să se-mpută treaba, se ducea-napoi în zona lui dân sud şi începea iară să vândă acolo până se linişteau apele. Aşa că n-ar fi trebuit să mă surprindă, în ziua aia, când l-am văzut, că ştia dă Kira. Avea urechi peste tot, bulangiu' ăsta.

După ce m-am văzut cu el, m-am dus acasă şi m-am aşezat pă pat o vreme, şi m-am gândit la toate căcaturile astea. Era destul dă serioasă treaba. Io vedeam lucrurile cam aşa. Dacă într-o zi Jamil era prins dă Glockz, şi-ăştia-ncepeau să-l ameninţe, el nu trebuia dăcât să-nceapă să sporovăiască dă Kira. „Io ştiu unde-i curva aia dă Kira, care

[1] Găşti rivale din California, cunoscute pentru conflictele sângeroase. Au fost fondate la începutul anilor '70, având în mare parte membri de origine afro-americană (n.tr.)

v-a făcut dă rușine. V-o dau io pă mână. Dați-mi drumu' și la-la-la." Dup-aia, ăia ar trimite imediat o armată să ne rupă ușile, în pana mea. Nici nu le-ar trebui motive clare. Probabil c-ar fi făcut-o doar la un cuvânt dân partea lui, ca să fie chit după ce li se pișase Jamil în teritoriu. Voi veniți în nord, noi venim în sud. Nu-i trebuia dăcât un ghiont ușor. Dup-aia, după ce-am învârtit-o și-am sucit-o-n cap ore-ntregi, am găsit niște-nceputuri dă plan. Și nu, n-aveam dă gând să-l împușc în cap, dacă vă-ntrebați cumva.

Pauză de prânz: 13.05

14

14.15

Oricum, trebuia să mă duc să-l văd pă fratele lu' Kira, pă Spooks, că-i promisesem lu' Kira că mă duc să văd dacă-i bine. Știam c-o să reușesc să-l văd destul dă repede, că el nu prea avea vizitatori. Kira-l iubea, da' nu s-ar fi dus niciodată la-nchisoare numa' ca să-și vadă fratele și să știe că ăla o să mai fie acolo ani întregi. Nu, că-l iubea prea mult ca să-l vadă așa. Ce-o fi iubit atâta la el, ea știa, în pușca mea.

Totuși, Spooks părea că n-are chef să-mi dea O.V., ordin dă vizită, dă la pușcărie, da' a avut o umbră dă conștiință, și cu cât era el mai curat, cu-atâta se simțea aia mai puternic. El știa că soră-sa era acolo afară și că o luase cineva după ce-o dăduse el în gât. Asta-l făcea să sufere cumplit pă dinăuntru, da' reușise în cele din urmă să convingă pă oricine-l întreba că habar n-avea unde era. Glockz nu erau interesați dă ea dân motive personale, ca să zic așa. Ei nu voiau să pară că le-o luase altcineva, și plus că era posibilitatea să-i dea ea-n gât, așa că erau disperați s-o găsească.

Cu trecerea timpului, băieții deveneau tot mai agitați. Erau siguri c-ar fi luat Kira legătura cu el, și începeau să fie de-a dreptu' furioși pă el. Dup-aia, când i-am scris io și i-am zis c-am ceva să-i zic despre Kira, şi mi-a trimis imediat ordinu' dă vizită. Abia a aşteptat s-ajungă la mine.

Şi câteva zile mai târziu, am ajuns acolo, în faţa lui, într-o închisoare. Băieţi răi peste tot. Unii erau destul dă celebri. Nu că i-aţi şti şi dumneavoastră, da' io şi ăia cu care-am crescut îi ştim. Era un tip care-i dăduse foc lu' mă-sa. Era o familie-ntreagă dă verişori şi dă ştiu io ce mai erau ăia, toţi închişi pentru câte-o crimă dă căciulă. Dup-aia, era Spooks şi ăştia dă teapa lui. Nişte drogangii pă care-i ştia lumea, şi dă care durea-n paişpe pă toată lumea.

Ăsta deja stătea la masă când am terminat io dă căutat şi toate alea. Purta o chestie ca o vestă d-aia portocalie, şi era cocoşat tot. Io m-am dus la el, l-am salutat dân cap, şi m-a salutat şi el pă mine. Io vă zic un lucru, totuşi, având în vedere că era un drogat, avea un metru optzeci, era tot deşirat şi mirosea a moş, semăna ciudat dă mult cu Kira. Nu puteam să-mi dau seama exact la ce. Poate la ochi, sau la faţă, da' nu m-aşteptam şi m-a cam tulburat.

– Trec la subiect, frăţie. E vorba dă Kira, zic io, uitându-mă direct la el.

– Ce ştii dă ea? întreabă el, ridicând privirea spre mine.

– Tu ce ştii? întreb io.

– Io nu ştiu nimica, frate.

Ăsta-ncepe să se foiască pă scaun şi să se scarpine pă braţe-ntr-un fel care mă face să mă ia cu mâncărimi.

– Păi, ştiu ceva.

Se uită la mine şi, deodată, parcă se trezeşte dă tot.

– Ce ştii tu? Bă, frăţie, dacă ştii unde e, să faci bine să-mi zici.

– Ştiu că tu ai vândut-o la o gaşcă. Şi ştiu c-a luat-o careva. Ce vreau io să ştiu e unde-l găsesc pă băiatu' ăsta.

Și-ăsta-ncepe că la-la-la, că nu și-a vândut-o pă soră-sa, că nici n-a fost așa măcar, că toate alea. Dup-aia, ceva face clic în mintea lui aia distrusă dă droguri și își dă seama ce s-ar putea să fi zis io.

– Stai, c-ai zis că vrei să știi unde să-l găsești pă băiatu' „ăsta". Adică tu vrei să zici că știi cine-a luat-o?

– Da, zic io, da' nu știu unde e prostu' ăla.

– Cine-a luat-o, frăție? E important, zice el, și se-apleacă spre mine, de pot să-i miros gura.

– Ce? zic io, dându-mă dă lângă el. Adică tu nici nu știi cine-a luat-o? Și de ce mă-sa mai vorbesc io cu tine atuncea?

– Frățică, trebe să-mi zici. Serios vorbesc, frățică, zice el.

Ochii-i fug prin toată încăperea.

– De ce, pușca mea, trebe să-ți zic io ție ceva? zic io, dup-aia dau să plec.

I s-au mărit ochii-n cap dă frică și se vede că-i căzut pă gânduri. I se mișcă-ncet rotițele, da' se mișcă.

– Ascultă-mă, frățică, da, recunosc, așa-i, am greșit. Da' pot s-o scap, trebe doar să-mi zici cine-a luat-o. Cine-a luat-o?

– Să-mi bag picioarele, frate, zic io și-mi eliberez brațu'.

Ăsta-ncepe să tremure de-atâta tensiune, iar io nu trebe dăcât s-o las să mai crească un pic. Dup-aia, lovesc cu palma-n masă, parcă m-am săturat dă toată chestia asta.

– Probabil că oricum o să afli chestia asta, zic io. Mă mir că nu știi deja. Un somalez a luat-o, zic io. Un nenorocit, Jamil îl cheamă.

– Jamil? Io n-am auzit dă niciun Jamil. Cine pușca mea-i ăsta?

Mă uit la el o bucată bună dă vreme, și dup-aia mă fac că n-am dă gând să-i zic nimica. Dup-aia mă frec la ochi și zic:

– Spooks, dacă poți s-o aduci înapoi, adu-o înapoi.

– O aduc, o aduc, zice ăsta, disperat tot, da' trebe să-mi dai niște detalii. Cine-i fraieru' ăsta?

– Un băiat, cine să fie? Care e șefu' găștii lui? A-nceput să facă afaceri prin tot nordu' Londrei. JC îi zic ăștia. Să-l prinzi, în mă-sa, Spooks. Sau toată povestea asta-i pă barba ta, frățică, zic io.

Dup-aia, chiar plec.

Pă drum spre casă, o sun repede pă Bless.

– Te salut, surioară. Io-s. Mama ce face?

– Ș-știi tu. Pă nebuna. Ca de obicei. Kira ce face?

– Cred că-i e dor dă tine. E greu dă spus. E ceva mai bine. Își face griji. Nu știu, zic io, nesigur pă ce-ncerc să zic.

– A-ar trebui să veniți pă la mama. Treceți p-aicea câteva minute.

– Da, nu prea pot să fac chestia asta acuma. Poate peste câteva săptămâni, când se mai liniștesc lucrurile-o țărică, zic io.

Bless nu zice nimica, și io simt că trebe să umplu cumva liniștea.

– Și zi, pă la tine ce mai e nou?

– Nimica. M-au dat a-afară dă la lucru, zice ea, încet, în cele dân urmă.

– Băga-mi-aș să-mi bag, Bless. Ce căcat s-a-ntâmplat?

– O știi pă Malaika, aia cu multe surioare? Am văzut-o când a b-băgat un ruj în geantă.

– Și? zic io, curios.

– Și șefa a observat că lipsesc câteva când a făcut inventaru'.

– Așa, și?

– Și io i-am z-zis că l-am luat io.

– De ce faci d-astea, Bless? zic io, șocat.

– N-am vrut să rămână ea fără loc dă muncă.

– Să-mi bag una, Bless, zic io.

Da' nu-s surprins. Pă bune zic. Ea face chestii d-astea. Când eram copii, îmi aduc aminte că mama s-a încordat rău dă tot la ea că nu-și făcuse curat în cameră. Mama se supăra repede pă vremea aia. Acuma, dacă v-ați uita la mama, n-ați vedea chestia asta, că s-a potolit ca lumea cum a înaintat în vârstă. Da' p-atuncea, era ca bomba. Exploda dân nimica, știți cum zic.

Oricum, mă jucam io la mine-n cameră și țin minte c-am auzit vocea lu' mama zbierând în cameră la Bless. Intru pă furiș la ea-n cameră și mă uit pă crăpătura ușii. Mi-e cam groază, da' am zece ani, deci vreau să știu ce se-ntâmplă acolo. Bless are vreo opt ani, deci asta-i înainte să-i facă ăla tot ce i-a făcut. Tata a făcut iară un număr d-ăla d-al lui cu dispariții, deci eram doar noi trei. Mama zbiară ca nebuna la Bless, care stă și se uită la picioare, cu lacrimi d-alea mari pă față.

Mama zice:

– La ce ești bună, copilă tâmpită? Io toată ziulica-s la lucru. Mai trebe să vă fac și cina, copii nerecunoscători ce sunteți, și tu nu ești în stare nici să-ți faci curat în camera aia. Ce mai stai acolo? Hai, du-te la treabă. Acuma să te duci!

Când iese mama dân cameră, io mă năpustesc înapoi în camera mea, să nu mă vadă. Dup-aia, în vreo două minute, Bless vine direct în camera mea, plină dă urme dă lacrimi pă față. Io mă gândesc c-ar fi bine să se-apuce dă treabă până nu vine mama, și-ncep să curăț mizeria ce-am făcut-o io. Totuși, ce-i ciudat e că ea-ncepe să facă ordine la mine-n cameră, cu mine. Dup-aia, înainte s-apuc să zic ceva, vine mama pă scări și intră direct la mine-n cameră. E furioasă rău dă tot! Începe să se ia ca lumea dă Bless.

– Proasto ce ești. De ce faci curat la ăsta-n cameră dacă nici la tine n-ai făcut măcar? Ești bătută-n cap? N-ai creieri dă la Dumnezău în capu' ăla?

Dup-aia o scoate dân camera mea, și-o trage dă brațele alea ca niște bețigașe și-o duce înapoi la ea-n cameră. Mai târziu, când se potolește toată tărășenia, mă duc io și dau dă Bless, care stă liniștită-ntr-un colț dân cameră și se joacă cu niște puf dă pă covor.

– Io nu te-nțeleg, surioară, zic io. De ce te pui tu să faci ordine la mine-n cameră dacă știi că nu face dăcât să se enerveze?

Și ea se uită la mine cu-o față de-aia și zice ceva ce nu o să uit niciodată. Zice:

– Și-așa era supărată pă mine. Nu voiam să se supere și pă tine.

Dup-aia se joacă iar cu pufu' dă pă covor.

– Bless. Tu ești prea bună pentru binele tău, mă, surioară, mă. Trebe să te aperi și tu un pic, zic io, la telefon.

– Stai liniștit. O-oricum nu-mi plăcea mie foarte mult acolo. Pup-o pă Kira, zice ea, și io-nchid telefonu'.

Într-un fel, nici nu contează că a fost cumplit ce-a pățit Bless, io mă bucuram, pe de-o parte, că mă gândeam la altceva. Cu cât m-apropiam dă casă, cu atâta mă gândeam la viața mea și la-ntâlnirea cu Spooks. În ziua aia, o parte dân mine credea, și credea cu-adevărat, că s-ar fi putut ca planu' meu să fi mers. Venise un fraierică dân sud și făcea probleme la găștile dân nord. Fura clienți. Făcea afaceri pă tarlalele lor. Ar fi trebuit să fie destul ca să i se-nchidă toată șandramaua. Cu Spooks la răcoare, dând zvonuri la gașca lui dân afară despre unde era soră-sa, era simplu rău dă tot. Pă bune, ar fi trebuit să-l rezolve-n cinci minute pă băiatu' ăla. Nici nu conta că el n-avea habar unde era ea. Ar fi trebuit să fie destul că intrase el pă tarlaua unui barosan. Ăsta era un motiv destul dă bun ca să-l sară pă băiat dân schemă, și nu m-aș fi simțit deloc prost, câtuși dă puțin.

Nu-i rău c-a murit Jamil, nici acuma, după toate câte s-au întâmplat. Credeți-mă ce vă spun, era rău dă tot, era varză, da' asta nu-nseamnă că l-am mierlit io. Pă bune totuși, pă vremea aia-mi doream să-l împuște ăia dân Glockz. Io nu pot să vă mint și să vă zic că nu-mi doream, că io vă zic doar adevăruri aicea. Da' aia nu-nseamnă c-am făcut-o io.

Pauză lungă: 15.50

LA TRIBUNALUL PENAL CENTRAL T2017229

ÎNAINTEA: Judecător SALMON, AR

Pledoarii de încheiere:

Proces: Ziua 32

Vineri, 7 iulie 2017

ÎNFĂȚIȘĂRI:

Pentru acuzare:	domnul C. Salfred, AR.
Pentru inculpat:	el însuși

Transcript după o înregistrare audio digitală realizată de
T.J. Nazarene Limited
Stenografi oficiali și transcriptori
ai înregistrărilor tribunalului.

15

10.05

M-am tot gândit la pledoaria mea, peste noapte, la tot ce v-am zis io ieri.

Într-un fel, mi-e și ciudat când mă gândesc la asta. Că dacă Glockz l-au omorât pă Jamil, atuncea se poate spune că io am fost șoapta dă la care-a pornit strigătu' care l-a ucis. În lațu' meu s-a-ncurcat. Mâinile mele-s băgate-n treaba asta. Io am dus vorba cum că Jamil a fost ăla care-a răpit-o pă Kira. Da' trebuia să fac asta, ca să fie ea-n siguranță, știți cum zic?

Deci ce-ar trebui să vă zic io acuma e că dân cauza cuvintelor pă care i le-am zis io lu' Spooks, probabil că Glockz ăia l-au făcut varză pă Jamil drept răzbunare. Caz clasat, nu? La revedere, viață bună, și sper să nu ne mai vedem niciodată.

Io nu vă mint, noaptea m-am gândit că ar fi mai bine să mă țin dă plan, să fac să fie simplu și ușor pentru toată lumea. Să mă uit peste ce v-am spus dumneavoastră, în declarație, când dădeam probele la tribunal. Că nu-s vinovat dăcât c-am iubit-o atâta dă mult pă Kira c-a trebuit să dau un zvon. Că nu știam sigur, da' probabil băieții ăia-l făcuseră varză pă JC. Da' dup-aia m-am gândit că dacă io continui să nu spun adevăru', de unde-o să știu io sigur că mă credeți? Poate dacă mint, îmi pierd singura șansă de a vă lăsa să judecați ce s-a-ntâmplat cu-adevărat. Că oricât dă sinistre ar fi căcaturile astea, o parte dân mine tot speră c-o să reușiți să faceți dreptate. Și poate că-i mai bine ca io să cad pă drept dăcât să scap pă nedrept. Tot trebe să trăiesc cu treaba asta, așa-i?

Când am început pledoaria, v-am zis d-aialaltă chestie, dă chestia aia care-ar putea să mă omoare în secunda-n care ies dân tribunalu' ăsta. Cred c-am știut mereu că trebuia să vă zic dă chestia asta. Și vă zic că m-apucă frica doar când mă gândesc la ea. Și ce mă oprește? N-am niciun avocat care să-mi zică ce trebe să zic. Nu-i aicea să vă bage-n ceață și să mă bage și pă mine cu vorbele lui. Sunteți doar dumneavoastră, io și adevăru'. Și fantoma asta dă minciună care ne-atârnă deasupra capetelor. Da' io cred că, în sfârșit, nu mai cred în fantome. Asta-i o hotărâre grea pentru mine. Că mă tot întreb la ce vă gândiți dumneavoastră și dân câte știu io, s-ar fi putut să vă gândiți să mă credeți dacă-mi țineam gura-n legătură cu alealalte chestii.

Pă dă altă parte, ați fi putut să plecați, să vă gândiți la toate astea, în detaliu, și să ziceți: „Și cum rămâne cu la-la-la, că n-a răspuns la aia!“ Dup-aia să ziceți: „Vinovat!“ Chestia-i cam așa: să mă risc? Nu cred că merită să mă risc. După mine, am o singură șansă și, la urma urmei, e vorba dă viața mea. Frate, greu mai e. Fiincă, să mă credeți, dacă vă zic treaba asta, o să mă facă să par și mai vinovat, știți cum zic? Căca-m-aș.

Bun, m-ascultați, da?

La câteva săptămâni după ce m-am văzut cu Spooks, eram la mine-acasă cu Kira. Începuse să-și mai revină un pic la vremea aia. Se simțea ceva mai bine știind că mă întâlnisem cu frate-su și că era în viață. Plus că i-am zis c-a scăpat dă stres și că băieții ăia dân Glockz nu prea mai erau interesați dă ea.

– Pentru ei ești doar o fată oarecare, așa-i? am zis io. Au zeci dă fete, ici, colo și peste tot, și-au oricum bordelu' lor acuma, așa că nu mai caută fete de-alea. Acuma caută fete care să le facă drogurile și toate alea. S-au apucat dă producție. Cât nu te-au luat la ochi, cred că-i doare-n paișpe.

– Și cu Spooks cum rămâne? Cum era când l-ai văzut? zice ea, încet dă tot.

Dup-aia, pă nepusă masă, se-aude „bang-bang-bang" la ușă.

Căcat. Io am început să mă zbat ca găina prinsă. Prima oară m-am gândit la Glockz! Au venit ăștia după ea. Bulangiu' ăla dă Jamil a deschis deja gura. Căcat. Unde s-o ascund? N-am unde, căca-m-aș să mă cac. Casa mea-i cât o celulă dă două persoane.

Iară bang-bang-bang. Io fug la bucătărie și caut pistolu' ăla ce l-am ascuns acolo. Îl găsesc. E tot încărcat, da' măcar știu că mergea dă când l-am împușcat p-ăla-n King's Cross. Iară se-aude la ușă.

Bang-bang-bang.

Baikalu-mi ajunge la curea. Kira intră-n șoc și-ncepe să se legene-n pat. O iau dă braț, o duc la toaletă și-nchid ușa. Îi zic s-o-ncuie, și cred că și-a revenit destul cât să m-asculte, c-aud cum se trage zăvoru'.

Bang-bang-bang! Acuma se-aude mai tare.

– Orice s-ar întâmpla, să nu deschizi ușa, zic io, dă după ușa dă la toaletă. Nu știu dacă m-aude.

Bang-bang-bang. Dup-aia, careva strigă ceva, da' n-aud ce. Mă duc la ușă. Inima-mi bubuie. N-am chestie d-aia mică, vizor, sau cum îi zice, așa că nu văd câți sunt. Totuși, dacă nu fac ceva, sigur o să se dărâme ușa, și-atuncea s-a zis cu noi. Căcat! Mă hotărăsc să deschid repede ușa. Dacă-s mai mulți dăcât unu', o să o închid repede și-o să iau iară pistolu'. Dacă-i numa' unu' – nu știu. Mă hotărăsc io mai încolo.

Deschid repede ușa destul cât s-arunc o privire și-o-nchid iară. E o matahală. Pentru o clipă, cred că-i Shilo, gorila lu' Jamil. Dup-aia, aud că mă strigă pă nume.

Pauză: 11.00

16

11.10

– Deschide-n, pana mea. ușa asta, frate. Sunt io, Curt.

Deschid ușa. Tot greoi respir, da' nu mai greu ca înainte.

– La naiba, frate. M-a luat cu toate alea, zic io, iar el intră fără să fi cerut voie.

– Ce faci p-aicea, bă, băiatule? Te-ai rătăcit? întreb io, râzând, da' tot zăpăcit că-l văd.

Când se-nghesuie pă lângă mine, simt mușchii lui cum se izbesc dă mine. Cât un perete-i ăsta.

Ia un loc la măsuța mea din sufrageria cu bucătărie și se cocoșează când face asta.

– Bă, frățică, e gravă dă tot. Trebe să vorbim, zice el, ridicând dân sprâncene.

– Sigur, zic io.

Închid ușa și m-așez în fața lui.

– Ce se-ntâmplă?

Se uită-n jos, o clipă, către masă, dup-aia, în ochii mei.

– O vor înapoi, frățioare. Trebe să le-o dai.

– Pă Kira? zic io. Frăție, ce pușca mea te face să crezi că-i la mine?

Ăsta nu zice nimica.

– JC ți-a zis? Ăla-i mâncător dă căcat. Să nu crezi nimica dân ce scoate ăla pă gură, zic io, desfăcând larg brațele.

– Atuncea spune-mi unde e, zice el, fără să mişte un muşchi.

– Dă unde pana mea să ştiu io unde e? Io eram ăla care-o căuta, zic io şi mă ridic dân scaun.

Încerc să fac să pară firesc, da' nu-s actor.

– Frăţică, io ştiu doar că ea-i dispărută şi că ăştia o vor înapoi. Şi dacă io le zic că nu-i la mine, n-o să mă creadă pă cuvânt. O să te caute pă tine şi-o să înceapă să te ia la-ntrebări, nu, frăţică?

Ăsta nu se mişcă.

– Ce-ntrebări?

– Dă exemplu, eşti homo?

– Ce? zic io, aşezându-mă la loc în scaun, cu faţa spre el.

– Păi, dacă nu eşti homo, de ce miroase la tine-n casă ca la raionu' dă parfumuri dă la Selfridges[1]? întreabă el şi se uită iară-n ochii mei.

Io respir adânc şi mă-ntreb dacă pot să scap cu vrăjeala. Pă urmă, o voce vine dân spatele meu...

– E-n regulă. Sunt aici.

Întorc privirea, şi e Kira, care stă-n prag. Stă cu braţele încrucişate la piept, da' are o privire dă oţel.

– Nu pleci nicăieri, zic io, dup-aia mă uit direct în ochii lu' Curt. Nici tu, frăţie. Până nu rezolvăm treaba asta.

Dup-aia scot Baikalu' şi-l pun pă masă.

– Ce puşca mea, frate? zice Curt. Păi, tu scoţi pistolu' la mine? Tu ţi-ai ieşit dân minţi, frăţică?

– Nu pot să te las s-o iei, Curt. Nu pot să fac aşa ceva, zic io, şi ştiu că vede pă faţa mea că vorbesc serios.

[1] Lanţ britanic de magazine de lux, deschis în 1908 (n.tr.)

– Bă, nu merită să-ți pierzi viața pentru o chestie d-asta. Ea știe. Las-o să plece.

– Nu.

Curt se ridică oftând și se duce la frigider și ia o bere. Se-așază la loc, smulge capacu' cu dinții și trage un gât prelung.

– Hai, c-o să fie bine. O scot dă pă stradă. Acuma vor să lucreze la cuib.

– Bă, tu faci mișto dă mine? N-o să fie ea curvă dă cuib pentru nimeni, zic io și mă uit la Ki, să-ncerc s-o-ncurajez.

Ea-ncepe să clatine-ncet dân cap.

– Mai bine aș fi înapoi pe stradă. Nu mai fac droguri pentru nimeni, niciodată. Nici gând, zice ea, palidă.

Io-l apuc pă Curt dă brațu-ăla uriaș și privesc drept spre el.

– Nu. Pune-ți mintea aia la contribuție, știi cum zic? zic io. Îți trebe un plan B, dacă planu' A nu merge. Și oricum, de ce pana mea-ți pasă ție ce pățește ea? Nu prea ești dân Glockz. De ce te freacă grija?

– Ăștia o să vină aicea dântr-o zi în alta, frăție, și nici nu te mint, le-a sărit țandăra. Dacă te văd pă tine sau pă ea p-aicea, ăștia dau foc la tot cartieru' ăsta, crede-mă ce zic.

Io mai respir o dată adânc și mă uit la Kira.

– Atuncea, ne trebe alt plan A, zic io, dup-aia mă ridic și-ncui ușa dă la intrare.

*

Chestia-i că, da, era fain-frumos că reușisem să transmit mesaju' că Jamil o avea pă Kira, da' se părea că-l judecasem greșit. Jamil făcea atâta dă mult trafic pentru Bătrâni, că era dă departe băiatu' lor număru' unu. El și băieții lui mutau mai multă marfă dăcât multe găști laolaltă. În fiecare săptămână venea înapoi cu comenzi dân ce în ce mai mari. Și plătea mereu, imediat, știți cum zic?

Acuma, pentru dumneavoastră, chestia asta s-ar putea să nu-nsemne foarte mult, da' pentru un traficant dă droguri, plata-i tot, și nu toată lumea-i plătită, fie că mă credeți sau nu. Stați să-ncerc să vă explic cum e treaba asta...

Dacă mutați zece kile dă marfă-n baloți de un kil, vă puteți aștepta să fiți plătiți în nouăzeci la sută dân cazuri. Și-n alea zece la sută-n care nu sunteți plătiți, nu sunteți fiincă v-a tras careva-n piept sau v-a taxat careva care-i și mai gangster decât ați crezut dumneavoastră c-ați fi.

Dac-ați muta căcaturi d-astea către soldați, în pungulițe dă douăzeci dă grame, v-ați putea aștepta să fiți plătiți numa-n șaizeci la sută dân cazuri. De ce? Că-n patruzeci la sută dân cazuri, puștii de la care v-așteptați să vă vândă căcaturile mai departe le fumează. Atuncea nu puteți dăcât să-i pedepsiți, da' asta nu v-aduce nicio plată. V-aduce numa' nervi. Da' avantaju-i că dacă vă descărcați marfa la găști, în afaceri d-astea mai mici, profitu' vă crește cu trei sute la sută, în loc dă cincizeci la sută, cât vă crește dacă vindeți angro. Mă-nțelegeți ce vă zic?

Chestia cu Jamil era că el cumpăra-n pungulițe dă câte douăzeci, la-nceput, da' curând a-nceput să cumpere câte un kil întreg. Da' uitați care mai era faza. Ăsta cumpăra cantități mai mari, da' plătea tot cât plătea pă douăzeci dă grame.

Bun, cred că v-am zăpăcit dă cap.

Practic, ce trebe să-nțelegeți e că el cumpăra destule calupuri cât să le ia la o treime dân preț, da' plătea tot preț întreg. Are logică?

Deci cumpăra câte un kil întreg, da' plătea pentru el dă parcă n-ar fi cumpărat angro, și nu cerea nicio reducere. Era o nebunie. De ce să fi făcut așa ceva? Fiinc-așa cum v-am mai zis, ăsta avea ceva minte-n cap.

Afară, ăsta zicea că nu prea-l durea nici în cur dacă făcea cinci mii pă săptămână sau dacă făcea zece mii pă săptămână. Pentru el, ăștia toți erau bani dă buzunar, în pana mea, cum zicea el. După ce-și lua o mașină, ceva haine și niște ceasuri sau ce-și mai lua, erau puține chestii ce mai putea să le facă cu mai mulți bani gheață. Nu putea să-i bage-n bancă, fiincă ăia ar fi vrut să știe dă unde-i avea. Nu putea dăcât să-i bage-n seifurile ce le-avea. Restu' era ascuns, literalmente, la saltea, știți cum zic?

Adevăru-i că el nu făcea dăcât s-aștepte. Așa spunea el la oricine voia să-l asculte. Își făcea legături și-și aranja treburile, ca să facă asta ca lumea la momentu' potrivit. Deocamdată, ce-i trebuia erau întăriri. Știa că plătește bani grei pentru fiecare kil ce-l cumpăra. Mai știa și că-n ce-i privea pă Bătrâni, el era, pentru ei, mai mult sau mai puțin, o gâscă cu ouă dă aur. Și el era conștient că asta-nsemna că el era, practic, de neatins. Însemna că era protejat.

Acuma, s-ar putea să vi se pară ciudat s-auziți că plătea dă două ori mai mult dăcât ar fi trebuit. Da' pă bune, băiatu' n-avea pierderi. El tot tăia, știți, dilua drogurile, și le vindea cu-amănuntu', ca să-și facă o marjă. Da' pentru el, merita să plătească-n plus, dân cauza ălora la care le plătea. Așa-și asigura protecție ca lumea. Nu se-ncurca nimeni cu el dacă-i avea pă Bătrânii ăia dă primi cumpărători.

Asta-nsemna că dacă Jamil dădea dă careva cu care nu se putea-nțelege singur, și când zic singur, zic cu tovarășii lui, Shilo și cu Binks, el putea să pună mâna pă telefon și să cheme tancurile dă la Bătrâni. Treaba asta făcea ca el să fie-n altă ligă. Dacă alții puteau, în caz dă belea, să-și cheme tovarășii și să facă un scandal mic între găști, Jamil putea să facă altceva. Ăsta putea să-nfrunte-o gașcă fără să cheme pă nimeni. Fiindcă el știa, și toată lumea care s-ar fi pus cu el știa că dacă-i chema pă Bătrâni, ăia aveau să rezolve treaba după moda veche.

Acuma, poate trebe să vă explic un pic, dacă nu-nțelegeți cum stă treaba. E o diferență mare-ntre-o gașcă dă băieți care se taie prin parcuri și-o gașcă dă bărbați.

Într-o gașcă dă băieți, careva-ncearcă să-ți ia fața, și tu poate-l înjunghii. Dup-aia, el se duce-napoi la gașca lui și gașca lui o caută p-a ta. Când o găsește, iese scandal mare. Toată lumea ia bătaie ca lumea și se duce acasă. Cu dinți lipsă, cu degete lipsă, cu un membru dân gașcă lipsă, dacă gașca aia are ghinion. Să nu mă-nțelegeți greșit, tot dă speriat e treaba asta. Nu vrei să fii în mijlocu' unei asemenea chestii când se-ntâmplă, că ăștia aduc săbii, cuțite militare și chiar și arme dă foc la așa ceva. Și oamenii chiar se rănesc. E serioasă treaba.

Totuși, cu Bătrânii era altfel dă joc. Cum am zis și-nainte, ăștia erau oameni care făcuseră pușcărie mulți ani și știau cum să se descurce. Ăștia erau oameni care avuseseră pă mână sute dă mii dă lire. Și când venea careva și-ncerca să le ia fața, ăștia știau că nu era vorba de-un scandal d-ăla gen cine-a zis dă mă-sa cui că-i parașută. Dacă se-ntâmpla, era vorba dă cine fura dă la cine. Bani, droguri, arme, toate cele. Și când vine cineva după lucruri pentru care-ai stat zece ani la mititica, zece ani dân viața lor, ăștia nu te-njunghie, și-atâta. Nu, frate. Te schingiuiesc.

Nu se gândesc dă două ori înainte să te-omoare. Nici măcar o dată nu se gândesc. Și credeți-mă când vă zic, dacă le stă mă-ta, bunică-ta, soră-ta-n cale, le omoară și pe ele. Ăștia nu-s frații Kray.[1] Ăștia-s niște duri care ți-o omoară și pă mă-ta. Și pentru ei, Jamil era ca un mare sac cu bani și ca un mare sac cu droguri totodată. N-aveau ei dă gând să lase nicio gașcă să se-ncurce cu sacu' lor.

Așadar, când am început io să duc vorba că Jamil o luase pă Kira, și dac-ar fi vrut ăia dân Glockz, n-ar fi avut sânge-n instalație să facă nimica. Pă Jamil, frate, n-aveau cum să-l atingă. Era protejat dă sus. Problema mare nu era asta, totuși. Io nu voiam ca ei să *facă* ceva, io voiam ca ei să *creadă* treaba asta. Dacă *credeau* că Jamil o luase, puteau să se enerveze pă chestia asta și să uite dă chestia asta. Și mai ales să n-o mai caute.

Totuși, la cum stătea treaba cu Jamil, care-ncerca să fie mare trăgător, preferau să-l creadă pă el în loc să creadă zvonurile pă care le-mprăștiasem io. Iară faceți fețele alea la mine, domnilor jurați. Așa, deci „mare trăgător" zicem noi la traficanții dă droguri la nivel înalt. N-are treabă cu-mpușcături. Să nu-ncurcăm lucrurile, așa-i?

Oricum, cum el era traficant dă top, cuvântu' lui făcea mai mult dăcât al meu, dacă vreți. Deci l-ar fi crezut pă el, nu pă un nimeni ca mine. Și curând, Jamil a-nceput să spună c-a auzit că io o răpisem pă Kira. Jamil știa că ea

[1] Ronald „Ronnie" (1933-1995) și Reginald „Reggie" (1933-2000) Kray, gangsteri din estul Londrei, cunoscuți pentru numeroase jafuri armate, crime și alte fărădelegi, dar deveniți celebri pentru apropierea de vedete precum Frank Sinatra sau Judy Garland. Povestea vieții lor a fost ecranizată în filmul *Legend*, din 2015, în care Tom Hardy, în rol dublu, îi interpretează pe amândoi (n.tr.)

dispăruse, cum știa toată lumea dă la mine dân zonă. Știa dă la mine. Știa că io o căutam ca un nebun. Băgasem pă toată lumea-n boală, eram disperat. Și la vremea aia nu mă-nteresa cine știa că io o caut. Voiam să știe toată lumea. Da' când am găsit-o și n-am mai căutat-o, Jamil a băgat la cap că poate am găsit-o. A fost dată la plesneală, în pana mea, da' când m-a văzut în ziua aia pă stradă și m-a luat la-ntrebări, atuncea a aflat. După cum am reacționat io, în mă-sa. Așa mi-a zis Curt.

– Fața ta, frăție. Aia te-a dat dă gol.

Atuncea s-a hotărât el să mă avertizeze. Ei mai degrab-ar fi crezut asta și m-ar fi tăiat dăcât să creadă că o răpise Jamil și să-și riște viețile. Nu prea conta dacă io o răpisem pă bune sau nu. Era mai bine să mă mierlească ăștia pă mine, așa, dă caterincă. Să salveze aparențele. Trebuia să termine pă careva pentru căcaturile astea. Și dacă le era prea frică să-l termine pă Jamil, puteau mai bine să mă termine pă mine.

Acuma, normal, dumneavoastră, la toți, vi se pare că-s vinovat acuma că am un motiv mai bun să-l omor pă Jamil dăcât credea domnu' avocat că am. Cu alte cuvinte, că l-am omorât c-a zis el la oameni că io am răpit-o pă Kira. Așa, ca o chestie d-aia dân răzbunare. Și știu că treaba asta nu dă bine pentru mine acuma. *Chiar* îmi dă un motiv să-l vreau mort. Pana mea, poate la vremea aia chiar l-am vrut mort. Da-i adevăru'. Io nu v-aș zice chestia asta contra mea dacă n-ar fi adevărată, nu? Și, oricum, io n-aveam dă gând să mă răzbun pă Jamil. Ăla tot un nimeni era în ochii mei. Aveam dă gând să-i îndepărtez în mama lor pă Glockz dă Ki. Restu' poveștii nu-i atât dă frumos pentru mine, vă zic io aicea și-acuma. Doar că vă rog să țineți minte că, într-un fel, viața mea-i în mâinile dumneavoastră, și să m-ascultați, vă rog io frumos.

Pauză: 12.00

17

Kira a fost aia căreia i-a venit în minte planu', dă fapt. Io eram împotrivă total, nici nu vă mint, da' când m-am gândit, mi-am dat seama că avea logică. Adevăru' era că Jamil era tras în piept dă Bătrâni, şi ştia şi el şi toată lumea ştia. Parcă era o poantă pă care-o ştia toată lumea. Acuma, io ştiu băieţi ca el dă de mult. Pă sub toată faţada aia, era doar un amator. Era tot gangster dă carton şi tot ce conta pentru el erau toate căcaturile care contau pentru ceilalţi băieţi. Imaginea. Sau cum zicea Kira:

– E una să fie tras în piept şi să zică că aşa vrea. Şi alta să-l ia tovarăşii lui la-ntrebări pe chestia asta.

Era o chestiune dă timp, pă bune. Odată şi-odată, tot trebuia să-i arunce cineva chestia asta-n faţă, şi Ki credea că ar fi fost mai bine s-o facem noi, şi s-o facem cât mai repede posibil.

Nu-mi prea plăcea ideea că ea pusese la cale tot planu' ăsta. Nu era vorba că era un plan bun sau prost. Era vorba că io nu mai voiam să fie ea băgată-n chestia asta. Începea, încet-încet, să-şi revină. Dân când în când, se deschidea cu privire la ce păţise. Şi-atuncea io simţeam că distanţa dântre noi începe să se scurteze. Până la urmă, d-aia am şi lăsat-o să se implice. Parcă prindea mai multă viaţă. Îi dădea ceva la care să se gândească. Şi Kira avea nevoie să-și umple mintea cu ceva. Era un anume soi dă om. Nu era ca mine. Io-s mai cu PS3, așa. Ăla pornește, io mă opresc. Dacă n-ai o mașină pă care să vrei să mi-o vinzi, n-am nevoie dă tot felu' dă chestii-n minte care să mă țină ocupat. Așa, unde eram? Aa, da. Planu' A. Ăla nou.

Ca să dăm drumu' la tot trebuia să-l găsim pă JC. Curt, frate, nu știu de ce-a crezut el că trebuia să ne-ajute. Adică io știu că eram apropiați și toate alea, da' căcatu' ăsta nu era al lui și ca să fiu sincer cu dumneavoastră, ar fi putut să-l bage-n belele destul dă mari cu Glockz. Tot nu știam ce treabă avea el cu gașca. El era genu' dă om care n-avusese nici în clin, nici în mânecă cu găștile – ca mine – și deodată intrase-ntr-o gașcă. Pentru mine, nu prea avea logică treaba asta. Da' la cum zicea el, el nu era băgat *pă bune* în asta. Și făcea tot ce-i stătea-n puteri să iasă.

Mie și lu' Curt nu ne-a trebuit mult să-i dăm dă urmă lu' Jamil. Puteai să mergi în oricare dântre blocurile rezidențiale dân zona mea, și era ori acolo, ori pă drum într-acolo, în M3[1], cu gorilele la geam. Ne-am hotărât să mergem în Aylesbury[2]. Îl știți. Ăsta-i ăla dă-l vedeți în clipu' ăla dă prezentare dă pă Channel 4.[3] Ki mi-a zis că a fost numit după un orășel d-ăla bogat, sau ceva dă gen, lucru care v-ar face să râdeți dac-ați vedea cartieru' ăsta. Ha. Cum o fi, acolo ne-am hotărât să mergem fiincă acolo

[1] Model al companiei producătoare de automobile BMW, produs în perioada 1986-2018 (n.tr.)

[2] Cartier rezidențial din sud-estul Londrei (n.tr.)

[3] Canal de televiziune britanic lansat în 1982. Este cunoscut publicului român pentru controversa stârnită de documentarul *The Romanians are Coming*, din 2015, care prezenta viețile unor imigranți români care trăiau în condiții precare (n.tr.)

locuise Curt la un moment dat înainte să se mute-n nordu' Londrei.

Ne-am dus acolo și-am stat vreo juma' dă oră sau ceva dă genu' pân-a apărut el, în sfârșit. Era vreo cinci sau șase, cam perioada-n care-și începea Jamil tura dă seară. Stăteam pă marginea drumului și-așteptam să vină mașina lui. Dup-aia, când am început să zicem că poate-ar fi fost bine s-o tăiem, l-am văzut. Îi avea pă tovarășii lui obișnuiți, pă Shilo și pă Binks, cu el, și-ăia scoteau capetele pă geam ca niște câini. A parcat, și-n câteva secunde i-am văzut cum veneau cu pași săltați pă alee, ziceai că-s niște barosani.

Curt m-a bătut pă braț și a arătat spre ei cu bărbia.

– Ia fii atent, frățică. Ce zici, le trebe niște fructe să meargă cu farfuria aia? zice el, și râde ca un urs, cum râde el dă obicei.

– Ce idioți, zic io.

Ne ducem înapoi acolo unde știm că trebuia să treacă dă noi ca să meargă mai departe. Ăsta ne vede, și când se-apropie dă mine, dă dân cap.

– Frate, zice el.

– Frate, zic io.

Ăștia trec destul de-aproape dă noi ca să pot să le simt putoarea dă nespălați. Dup-aia, imediat după ce trec dă noi, Jamil se-ntoarce spre noi, așa cum știam c-o să facă. El e bulangiu d-ăla care nu se poate abține să dea câte-o mică înțepătură sau ceva dă gen.

– Ce mai face Kira? zice el, uitându-se-n spate.

– Nu știu ce zici tu acolo, bă, băiatule, zic io și mă-ntorc cu fața spre el.

– Ha, zice el, și râde. Făceam și io caterincă dă tine, frate. Nu mai fi atâta dă serios?

– Ba-s serios, bă, băiatule. Dacă știi unde e, vreau să știu, să fie clar, zic io, apăsând pă „băiatule".

– Bă, tu să nu mă iei pă mine cu „băiatule". Cine pușca mea-i ăsta să mă ia el pă mine cu „băiatule"? zice JC, strâmbându-se.

Începe să se uite la tovarășii lui, dă parc-ar vrea să-i bage și pă ei în scandalu' lui. Shilo ascultă dă semnal și vine până la noi și mi se bagă-n față.

– Să nu-l iei pă el cu „băiatule", în mă-sa, frate. Dacă-l iei pă el cu „băiatule", mă iei pă mine cu „băiatule". Și pă mine nu mă ia nimeni cu „băiatule".

Fac un pas în spate, ca să mă-ndepărtez dă răsuflarea lui, care pute ca la câine. Și când io fac asta, Curt se bagă-n el.

– Ia mai du-te tu-n mă-ta, bă, băiatule, zice Curt, cu brațele-ntinse ca Iisus.

E aproape cât Shilo dă mare, da' într-o luptă dreaptă, io mi-aș pune toți banii pă Curt. Da' nici nu-s sigur că Shilo știe ce-i aia luptă dreaptă.

Deodată, apare Binks chiar acolo. Bagă mâna-n buzunar și scoate-o bucată dă metal. Mă jur, să mor io, era ditamai trancanu', atâta era dă mare. Ăsta vine și ațintește arma spre mine. Nu văd dăcât țeava. E cât un burlan dă mare. Privesc direct în bezna găurii țevii. Acolo-i iad. Îndrept privirea spre fața lui. Nu zice nimic dân cuvinte, da' zice destule dân toate celelalte. Băiatu' ăla era gata să ne-mpuște, pă loc, în clipa aia. Trebe să fac ceva, c-altfel s-a terminat cu asta.

– Bă, bă, Binks, ușurel, zic io. Suntem prieteni aicea.

Jamil se schimbă la culoare o fracțiune dă secundă, parcă-și dă seama cum ar putea să se termine chestia asta.

– Da, lasă-l dracu' dă pistol, nu ne băgăm noi în căcat pentru ăsta, că-i varză, zice Jamil, dând braţu' înarmat al lu' Binks la o parte cu blândeţe.

Se-ntoarce spre mine.

– Bă, tu să ai grijă ce-mi zici dă faţă cu omu' meu. Vezi c-ăsta te ciuruie-n glumă.

– Noi nici nu căutam scandal, zic io. Dă fapt, io voiam să văd dacă nu te-nteresează ceva afaceri.

Ăsta se opreşte un minut, dă parcă s-ar gândi bine la asta. Nu ştie sigur dacă vrem să ne batem joc dă el sau nu. Dup-aia, în sfârşit, i se luminează ochii.

– Păi, şi de ce, pana mea, n-ai zis aşa, mă? Atuncea, nu-i nicio supărare, frate, prima-i gratis, zice el, zâmbind, şi bagă mâna-n buzunar după o bilă.

– Nu, frate, nu afaceri d-astea.

– Na, păi, puşca mea, io tenişi nu vând.

– Nu, io vreau să zic că-s afaceri d-astea, da' el vrea să cumpere un calup, nu? zic io, arătând spre Curt cu cotu'.

– Un kil întreg?

– Da, mă.

– Du-te-n mă-ta de-aicea, zice el, se-ntoarce şi dă să plece.

– Pă bune, zic io, şi chiar atuncea Curt dă să plece, dă ziceai că s-a săturat.

Parcă jonglez cu nişte mingi. Dântr-o clipă-n alta, simt c-o să-mi scape vreuna printre degete.

– Nu, frate, stai aşa, zic io către Curt, dup-aia mă-n-torc iar spre Jamil.

– E-n regulă omu'.

Curt se opreşte şi-aşteaptă, privind dânspre mine spre Jamil. Joacă exact cum trebe. Jamil şi tovarăşii lui se opresc.

Parcă văd banii cum zboară peste tot. Binks, mai ales, a și-nceput să gâfâie.

– Ia ziceți-mi cum stă treaba, zice Jamil, și-n clipa aia știu că l-am prins.

Curt și Jamil se-apropie un pic mai mult unu' dă celălalt și-ncep să vorbească-ncet. La-nceput flecăresc în general despre prețuri și-alte d-astea, pă urmă, când ne dăm seama că Jamil începe să se relaxeze, mă uit chiorâș la Curt și începem să-l momim.

– Nu, bă, hai s-o lăsăm moartă, zice Curt, în cele dân urmă. Cincizeci dă mii pă kil? Ăsta-și bate joc dă noi, mă.

– Ori o iei, ori n-o iei, frate. Iei cincizeci pă gram după ce diluezi, nu? E dublu, ca nimica. Da' și io trebe să-mi fac porția mea, știi cum zic?

– Da' ce puritate-mi dai? Optzeci la sută?

– Hai, bâști. Patruzeci.

– Patruzeci la sută, și tu vrei cincizeci dă mii? Ce, io arăt dă parc-abia am ieșit dân mama? Pot să fac rost dă optzeci la sută pă cincizeci dă mii fără niciun bai. Tu dă unde scoți prețurile astea, bă, frăție, bă?

Curt se apleacă asupra lui, și se folosește dă mărimea lui uriașă ca să-l intimideze.

– N-ai cum să găsești optzeci la sută pă cincizeci dă mii. N-ai cum, în pana mea.

– Și *ție*-ți găsesc optzeci la sută, frăție. Șaizeci dă mii, dacă vrei.

– Io vând, nu cumpăr, zice Jamil, făcând pă șmecheru', da' se vede pă fața lui că-i interesat.

– Totuși, trebe să cumperi, nu? Trebe să cumperi, și ori mă tragi în piept, ori te trage cineva pă tine-n piept. E simplu. Să-ți zic ceva. Io nu te-am considerat niciodată un puștan. Tovarășii-mi ziceau că tu ești doar un puști și că faci afaceri la nivel dă stradă. Că ești soldat, aia ești, zice Curt.

Dup-aia dă dân cap către mine și pleacă.

– Hai s-o tăiem d-aicea.

În timp ce plecăm, o văd pă martora aia care a venit la tribunal și-a zis că m-a văzut când mă certam cu Jamil. Nici n-am știut că era acolo până n-am văzut imaginile dă pă camerele dă supraveghere. Da' când a intrat în tribunal, mi-am dat seama c-o știam pă fată dă multă vreme. E dă treabă, să știți. Acuma-nțeleg io dă ce-ar fi putut ea să creadă că era deja prea mult. Au fost multe cuvinte spuse tare și brațe care fluturau, și n-are ea nicio vină pentru ce-a zis. Dă fapt, după mine, ea-i un soi dă martor în apărarea mea. Ce zice ea confirmă într-un fel ce zic io. A fost o ceartă. Un soi dă ceartă, dă fapt. Ce nu zice ea-i de ce-a fost cearta aia. Ce pot io să fac și nu poate ea e să zic de ce.

Oricum, trec câteva secunde în timp ce mergem, și io mă gândesc dacă n-am dat-o cumva dă gard. Curt îmi șoptește, tot zice „E-n regulă, e-n regulă, l-am momit", și să mergem mai departe, da' io nu-s sigur. Dup-aia, când să ne-apropiem dă șosea, vine Jamil spre noi în fugă și strigă la noi să ne oprim.

– S-a făcut atuncea, frățică, zice el. Cinzeșcinci dă mii. Optzeci la sută.

– Șaizeci, zice Curt. Nu descarc un kil pentru cinci mii.

– Ai hârtiile? Săptămâna viitoare-atuncea. Unde vrei să facem treaba asta?

– Nu, mâine, frate. Am banii acuma. La una dân casele mele, zice el, arătând într-o parte, de parc-ar fi fost chiar acolo casa lui.

– Nu, frate, că-i prea repede, zice Curt, calm tare. Bun, în trei zile. La mine. Am io o ascunzătoare care ocolește toată zona. Ăsta-i număru' meu. Caută-mă mai încolo, zice Curt, și scoate BB-u', știți dumneavoastră, Blackberry[1], în timp ce vorbește.

Trec câteva secunde-n care nu vorbește nimeni. Jamil ține capu-n jos și tastează număru' lu' Curt. Shilo și cu Binks nu fac dăcât să se uite, da' se vede că simt că nu-s buni dă nimica. În sfârșit, Jamil se uită-n sus.

– Care-i gașca ta?

– Glockz, clar.

– Se pare că p-ăștia dân gașca ta nu-i deranjează că fetele lor îs sparte rău dă tot dacă tu umbli cu ăsta, zice el, dând dân cap spre mine.

Curt ridică dân umerii-ăia babani, dă parcă oricum ar fi, l-ar durea-n paișpe.

– Asta dacă nu cumva ești și tu membru-n Glockz, nu? zice el și se-ntoarce spre mine.

– Nu, frate, io nu umblu cu nicio gașcă, io-i fac o favoare la un tovarăș. Io nu fac parte dân nicio gașcă. Și așa, ca să știi și tu, n-am răpit-o io pă Kira. Da' o caut, frăție. Deci dacă știi ceva... și cu asta plec și-i las să discute ei amănuntele.

În ziua aia, mai târziu, Curt s-a-ntâlnit cu mine și mi-a zis că-i pă bune treaba.

– Ce ne trebe acuma-i o ascunzătoare, zice.

Pauză de prânz: 13.00

---

[1] Model de smartphone lansat în 1999 de compania canadiană omonimă (n.tr.)

18

14.00

Chiar înainte dă prânz, vă ziceam că spunea Curt c-aveam nevoie de-un cuib. Apropo, dac-aveți careva un sandvici, ceva, să-mi ziceți, că mâncarea dân celule e nasoală rău! Nu, nu, că glumeam. E-n regulă, pă bune. Trebuia să mai tai și io cumva dân tensiunea asta. M-am plimbat cât se poate plimba un om prin celula aia așa dă mică. Mă simt bine că vă spun tot adevăru', da' mă umple dă tensiune rău dă tot, știți.

Unde eram? Da, ne trebuia un cuib. Văd că iară sunteți toți confuzi. Știu că-i destul dă mult dă priceput, da' trebe să fiu sigur că-nțelegeți ce vă zic. Așa, deci treaba era că trebuia să-l facem pă Jamil să creadă că-l trăseseră Glockz în piept, ca Glockz și Bătrânii să-nceapă un soi dă război, și Kira să scape dă tensiune. Planu' ăsta trebuia să fie foarte simplu, și-acuma mi-ar veni să râd dacă n-ar fi devenit așa sinistru tot căcatu' ăsta.

Planu' lu' Kira era să transformăm un apartament oarecare-ntr-un cuib, o fabrică dă droguri într-un apartament gol, ceea ce, practic, însemna să punem mult praf alb peste tot, parc-am fi diluat marfă. Ca să dăm impresia c-avem afacere serioasă. Dup-aia, când venea Jamil și vedea că locu' arată bine, începea să se relaxeze, și veneam io din umbră și-l lăsam lat. Dup-aia puteam să-l taxăm și să-i luăm alea șaizeci dă mii. Și când își venea-n fire, Curt îl trimitea acasă cu un autocolant dă la Glockz pă căpățână.

Era chiar perfect, dân multe puncte dă vedere. Unu la mână, „taxarea"-i lucru cunoscut, se-ntâmplă. Traficanții dă droguri îs trași în piept dă alți traficanți dă droguri. E-o chestie obișnuită, noi, ăștia dă pă străzi, o știm. Dumneavoastră nu știți, fiincă, na, cine se duce la poliție s-anunțe că tocmai i-a fost bulită mașina clasa A?

Oricum, asta era o metodă sigură de-a-i enerva rău dă tot pă Bătrâni. Nimeni n-avea să se ia dă baronu' lor număru' unu, știți cum vă zic? Și dup-aia nu mai trebuia să-și facă nimeni griji pentru Ki. Cum am zis io, Bătrânii erau aprigi ai dracului și ne-așteptam să le-o facă-ntr-un mare fel la ăștia dân Glockz, și nici nu mai eram siguri c-o să mai rămână ceva dân Glockz dup-aia.

Credeți-mă, io chiar nu voiam s-ajung să mă bag în căcaturile astea cu găști. Mă-ngrozeau. Auzeam aceleași căcaturi despre toată lumea în copilărie. Nu voiam nici să fiu destul de-aproape încât să miros chestiile astea. Da' dumneavoastră, oare, dacă erați în papucii mei, n-ați fi făcut la fel? Domnilor jurați, dumneavoastr-ați iubit vreodată pă cineva? Io știu că pare o prostie să vă-ntreb chestia asta acuma. Da' ați iubit vreodată pă cineva? Pă bune și cu-adevărat? Tare ciudată-i și iubirea asta. Io n-am cunoscut-o până n-am întâlnit-o pă Ki. Da' iubirea-i o chestie d-aia care te face să faci un lucru pentru persoana iubită, care nu-i deloc bun pentru tine. Îți bulește toată ordinea dân cap.

Io pă fata aia am iubit-o, mă-nțelegeți? Aș fi făcut orice ca să fie ș-un pic mai în siguranță. Chiar dacă asta-nsemna să mă-ncurc cu găștile dă care mă ferisem toată viața mea. Totuși, ca să fac asta s-o țin în siguranță, Glockz trebuia să dea un pas înapoi. Da' singuru' mod în care putea să se-ntâmple chestia asta era să-i scoatem dân joc. Și dacă nu erau chiar scoși dân joc, atuncea un război cu Bătrânii ar fi putut să le ocupe mințile ca lumea rău dă tot. Și mai însemna o chestie. Că Jamil n-avea la cine să se ducă și să dea dân gură despre Kira. N-ar fi avut niciun motiv să facă treaba asta. Și dacă Glockz dădeau dă Jamil prea curând, n-aveau să fie prea-ncântați că ăsta i-a pus pă Bătrâni pă urmele lui. Pă urmă, cine știe, poate trebuia să-l mierlească, și poate singura persoană care știa despre Ki sărea dân schemă. Era un plan perfect. Da' așa era Kira. Pă ea o ducea mintea la planuri.

Totuși, io v-am zis că asta o să mă facă să par și mai vinovat. Că părea că io puneam la cale să-i omor pă alții. Și-aicea nu pot să vă contrazic. Trebe să recunosc că dacă m-ați întreba, v-aș zice că io chiar credeam c-o să ajungă să moară câțiva oameni. Dă fapt, practic, puteam să și garantez treaba asta. Da' la urma urmei, ăștia erau membri dân găști. Și după mine, ăștia făcuseră niște căcaturi pentru care încă nu plătiseră, și io eram ăla care trebuia să-i facă să plătească, și-așa era viața. Cum am zis io mereu, trebe să plătești pentru căcaturile pă care le faci, într-un fel sau altu'. Nimeni nu trebe să scape basma curată.

Un lucru pă care ți-l tot bagă lumea pă gât e că toți ne naștem egali. Oamenii cred căcatu' ăsta, deși e clar că nu-i adevărat. Și dumneavoastră știți clar că nu-i adevărat și tot credeți. Da' dacă sunteți sinceri cu dumneavoastră, o să vă dați seama că nu credeți mai mult treaba asta dăcât o cred io. Astea-s abureli. În ochii mei, un traficant dă droguri nu-i egal cu un infractor obişnuit. Nici măcar nu-i egal cu cei mai mulţi dântre infractori. Cei mai mulţi infractori fac nişte căcaturi, şi-n adâncu' sufletului lor ştiu că nu-i bine ce-au făcut. Dacă jefuieşti pă careva, ştii că eşti viclean. Până şi dacă furi ceva dântr-un magazin, tot ştii că nu-i bine, oricât ţi-ai zice că ăia au asigurare. Nu-i bine, că ştii c-ai pus mâna pă ceva ce nu-i al tău.

Un traficant nenoroceşte dă tot vieţile oamenilor şi-l doare-n cur, chiar în timp ce face treaba asta. Îl doare-n paişpe dacă vinde la adulţi sau la copii. Îl doare-n paişpe dacă o copilă devine prostituată la doişpe ani ca să facă rost de-o doză. Pă el nu-l priveşte chestia asta. El umblă după bani, atâta tot. Deci, mă simţeam io vinovat că nişte oameni răi aveau să-l mătrăşească pă alt om rău? Nu. Nici cât negru sub unghie, dă-l în mă-sa.

Normal, viaţa-i viaţă, şi toate alea, da', la urma urmei, dacă scapă cu viaţă, nenorocesc vreo douăzeci dă vieţi ca lumea dă căciulă. Aţi putea chiar să ziceţi că io salvez nişte vieţi. Io nu aşa vedeam lucrurile, la vremea aia, da' după mine, după ăştia nu merita să plângă nimeni. Le arătai pă cineva care era dependentă dă cocaină dân cauza lor, şi ăştia ziceau: „Nu, frate, e-o curvă pă cocaină dân cauza ei!“ Chiar dacă ei îi vindeau drogurile dă la bun început. Ăla nu-i fiinţă omenească, aşa-i? Unde-i fiinţa omenească-n ăla? Niciunde. Da' la urma urmei, dacă io n-am apăsat pă niciun trăgaci, nu răspund pentru niciun căcat care s-a-ntâmplat. Io aşa văd lucrurile. Plăteşti pentru greşelile tale.

Deci, să revenim la ale noastre, una dântre problemele planului, şi erau câteva, era că avea să fie dat dă gol Curt. Jamil îl ştia, şi dacă trebuia, îi dădea numele şi-l sărea dân schemă. Și dacă-l sărea dân schemă, poate-l beleau Bătrânii. Îl omorau.

Dacă äia dân Glockz aflau că l-a taxat Curt pă un individ ca Jamil și ei n-au avut nimica dă câștigat dân asta, probabil că-l mierleau și pă el. Nu eram prea încântat la gându' că-l căutau două grupări dă oameni foarte ai dracului. Am discutat despre situația asta la mine acasă în ziua dă după ce ne-am întâlnit cu Jamil. Ce era ciudat era un lucru: Curt nu era atâta dă deranjat dă treaba asta.

– Io trebe oricum să ies dân căcatu' ästa, frate. Începe să fie un pic cam prea mult, totuși, știi cum zic? zice Curt și trage un scaun la măsuța mea dân bucătărie.

Iau un loc lângă el, iar Ki stă-n spatele meu, cu mâinile pă umerii mei, parcă mi-ar face masaj, da' a uitat să facă treaba asta-n sine.

– Dar să știi c-o să te găsească, fie că vrei tu să ieși, fie că nu, zice ea.

– Da, păi, doar nu m-or căuta prin Spania, zice el.

– Spania? zic io. Ce pușca mea să cauți tu prin Spania?

– La cum văd io lucrurile, nu-mi pun căpățâna la bătaie fără să am ceva cât dă mic dă câștigat, nu? zice Curt, se ridică și se servește cu o bere dân frigider.

– Când îl taxăm pă Jamil, io iau forțele. Cu șaizeci dă mii, mă pot ascunde-ntr-un bar p-acolo, sau ceva dă gen, sau dacă nu acolo, mă pot muta, zice el, și trage-un gât ca lumea dă bere.

În tot timpu' ästa, el se uită la mine, să vadă dacă o să mă cert cu el pentru bani.

– E destul dă corect, zic io.

Pă mine oricum nu mă interesau banii. Oricum, pentru mine, să iau banii n-ar fi fost dăcât o mare pagubă. Ce era să facem cu ei? Ce puteam să facem cu ei? Io voiam doar să fie Ki-n siguranță, doar la asta eram în stare să mă gândesc. Și dacă tot ne ajuta Curt, mi se părea corect să se aleagă cu orice-și dorea dân treaba asta. Oricum, nu puteam s-o facem fără el.

– Păi, și unde facem ascunzătoarea aia? întreabă Ki.

Iară are niște culoare-n ochi. Nu-s chiar ca diamantele, cum erau înainte, da' și-au mai recăpătat dân strălucire. Io mă-ntind și-o ating pă braț. Ea nu tresare. Și cred că-i prima oară dă când s-au întâmplat chestiile-astea când nu face asta.

– Io mai am apartamentu' ăla vechi. Îl mai folosesc unii dân când în când, da' pot să-l fac curat și să-l aranjăm, zice Curt.

Golește ultima gură dă bere, dup-aia dă scaunu-n spate și se ridică. Am impresia că vrea să plece, da' el se-ndreaptă spre canapea, se lasă greoi pă ea și-aprinde televizoru'. Cred că voia să schimbe vorba. Se vedea că-i încordat. Toți eram.

A doua zi, când ne-am dus la apartamentu' ăla vechi al lu' Curt, mi s-a rupt inima-n mine. N-aveam cum să-l facem să pară ascunzătoare. Arăta prea normal. Normal, era o dărăpănătură, tot așa cum e dărăpănătură orice cămin studențesc, da' tot arăta ca un apartament în care putea locui cineva și-n care chiar locuia cineva. Cum se deschidea ușa, intrai într-o cameră mare, pătrată, cu geamuri cu rame dă oțel. Erau acolo niște perdele ridicate, da' erau perdele d-alea dă care nu mai vezi în ziua dă azi, cu flori pă ele și făcute dân ceva material d-ăla lucios. Era o saltea chiar în mijlocu' camerei cu o plapumă pă ea, și lipită de-un perete era o masă cu margini culisante care avea toate farfuriile pă ea. Erau tot felu' dă postere d-alea rock dă, puşca mea, ştie când, şi-acolo mirosea a putregai. Chiar duhnea ca tenişii mei pă dinăuntru.

La stânga era o bucătărie mică, ce-avea un soi dă dulapuri d-alea dă prin anii '60, cu uşi fără mânere şi cu şine d-alea dă metal în partea dă sus şi dă jos, dă care tragi. Era o plită d-aia dă gătit, care probabil că fusese albă la vremea ei, da' acuma avea aceeeaşi culoare ca interioru' cuptorului. Chiuveta era şi ea p-acolo, pă undeva, da' nu se vedea dă cutiile şi dă bucăţile dă mâncare care putrezeau.

La dreapta camerei mari era singuru' dormitor. Avea o fereastră, da' avea vedere la un perete dă cărămidă, deci nu era prea multă lumină. Oricum, nu prea conta oricum, că era plin dă tot felu' dă gunoaie, pentru care probabil că nu-ţi trebuia prea multă lumină ca să le vezi.

Era un dulap vechi, pă bucăţi, care părea c-o să fie iarăşi pă bucăţi. O saltea veche era proptită de-un perete, da' alunecase, aşa că părea că stă aşezată lângă el, nu în picioare. În mijlocu' camerei erau tot felu' dă căcaturi, cum ar fi o bicicletă, un suport d-ăla dă uscat rufe şi cutii cu casete. Se vedea şi-un pic dântr-un cărucior sau ceva dă gen p-acolo.

Mai era o baie într-o parte. Şi asta era tot.

Nu era vorba dă ce era acolo, era vorba dă normalitatea locului în sine. N-aveai senzaţia că oamenii-ar putea prepara cocaină acolo. Era al dracu' dă plictisitor. Dacă stai într-un loc ca ăla, nu vrei dăcât să ieşi de-acolo. Dân mai multe puncte dă vedere.

– N-o să meargă treaba asta, zic io. Băga-mi-aş picioarele.

Ne-am aşezat pă salteaua dă pă podea şi io, şi Curt. Io mă-ntrebam dac-o să iasă ceva dă sub plapumă, deci nu prea puteam să stau relaxat, totuşi. Îmi dădeam seama că și el se gândea la aceeași chestie ca mine, adică la șobolani și la apartament. El s-a foit pă saltea, dă parcă aia ar fi fost vie, dup-aia s-a ridicat.

Stătea-n mijlocu' camerei și se uita la tavanu' ăla galben, dă parc-ar fi fost ceva scris pă el care să-i spună ce să facă mai departe, da' el nu știa să-l citească.

Totuși, Ki a fost aia care a venit cu ideea salvatoare. S-a uitat în jur câteva secunde, dup-aia a-nceput să prindă viață.

A-nceput să umble p-acolo și să dea dân mâini prin aer, dă parc-ar fi făcut tot felu' dă chestii din el. Avea o privire d-aia dă-i schimba toată fața. Era aceeași privire pă care-o avea când îi mergea mintea. Albu' ochilor i se făcea alb dă tot. Irișii-i deveneau întunecați și periculoși. Atuncea mi-am dat seama că orice-avea dă gând să zică, avea să zică repede.

– Nu, că-i perfect aici, zice ea. Mai e ceva de lucru, atâta tot. Aveți tigăi? adaugă ea, ducându-se la bucătărie. Iese strâmbându-se și zice:

– Vedeți că-s trei de-alea mari acolo, sub toate porcăriile alea. Le luați, le curățați și mutați toate căcaturile alea de lângă plită.

– Ce, vrei să facem noi curat? zice Curt, cu o expresie confuză pă față.

– Nu tocmai. Doar să-l faceți s-arate de parcă ar ști ce vrea să fie.

Curt și cu mine ne uităm unu' la altu' dă parcă ne-am întreba ce tot vorbește asta. Ki ridică dân umeri și scapă un oftat, dă zici că stă dă vorbă cu doi tâmpiți, lucru care nu-i tocmai departe dă adevăr.

– O ascunzătoare de drogați nu-i doar o dărăpănătură fără rost. E o dărăpănătură cu rost. Trebuie s-o vedeți, nu ştiu, ca pe-un şantier. Sunt tot felul de chestii peste tot. Dar chestiile alea-s acolo cu un motiv. Deci, băieţi, dacă n-aveţi altă treabă mai bună de făcut, daţi-i bătaie. Acum, zice ea şi începe iarăşi să umble p-acolo şi să facă tot felu' dă forme cu mâinile prin aer şi să strige ordine.

Curt se ridică, o ţâră ameţit. N-a mai văzut-o aşa pân-acuma, şi chiar dacă io am mai văzut-o dă câteva ori, dă data asta parc-a luat foc.

– Umpleţi-le cu apă şi puneţi-le pe plită. Trebuie să fiarbă apa aia. Adăugaţi nişte înălbitor. Aveţi înălbitor, nu? Masa aia, puneţi-o în mijlocul camerei. Vă trebuie un spaţiu mare-n jurul ei. Masa aia-i atelierul vostru. Tot ce mai e prin cameră – şi mă refer la absolut tot – să dispară. Le puneţi în altă cameră. La grămadă, acolo. Nu, lăsaţi salteaua. Ferestrele. Trageţi perdelele alea jos. Nu arată cum trebuie. Acoperiţi toate geamurile cu ziare lipite cu bandă adezivă. Acoperiţi cărămida aia de la ventilaţie de acolo cu bandă adezivă. Acuma, pudra. Vă trebuie ceva care-arată a diluant. Vim[1]. Curt, fugi până la magazin şi ia nişte Vim. Dacă nu găseşti Vim, ia ceva ce se numeşte pudră de curăţat. Şi nişte praf de copt. Din ăla ne trebuie cât mai mult posibil. Ne trebuie multă pudră albă. Sulfat de magneziu. Orice chestii de-astea.

– Să-mi bag picioarele, iubi, zic io, uluit de-a binelea. De unde-ţi vin toate astea?

– E un magazin la capăt de drum. L-am văzut când veneam încoace.

– Nu, iubita. Adică, toate chestiile-astea. De unde ştii tu cum ar trebui s-arate?

---

[1] Produs de curăţenie lansat în Marea Britanie în 1904 (n.tr.)

– Nu vrei să știi, spune ea, imediat. Dup-aia, după o pauză, oftează și zice:

– Când am fost cu nenorociții ăia, m-au dus în câteva ascunzători.

– De ce te-au dus acolo?

Ki nu mă bagă-n seamă, de zici că nici nu m-ar fi auzit, și zice, chiar când iese Curt pă ușă.

– Îți trebuie niște fete. Cu măști.

– Buuun, zic io, poate găsesc câteva.

– Fără haine.

– Poftim?

– Ca să nu fure nimic, zice ea și mă privește drept în ochi.

Căcat.

– Ki. Îmi pare atât de rău, zic io, și chiar îmi pare.

Pauză: 15.05

19

15.15

Deci, chiar înainte dă prânz, vă vorbeam dă ascunzătoarea aia dă drogați pă care-o făceam.

Oricum, ascunzătoarea aia nu era una care să prostească pă cineva care nu mai văzuse niciodată o ascunzătoare adevărată, da' noi puneam bază pă faptu' că Jamil nu mai văzuse niciodată una. Normal, lua câte un kil dă cocaină dă la Bătrâni când era nevoit s-o facă, da' umbla vorba că se-ntâlnea cu ei cu Merțanele într-o parcare. Aveau deja încredere unii-n alții, deci nu era nicio problemă că făceau afaceri așa. Da' n-aveau dă gând să-l lase să intre-n fabrica lor.

Ca să meargă chestia asta, totuși trebuia să-l convingem pă Jamil că treaba-i treabă. Nu trebuia să fie perfect, da' trebuia să nu se vadă că nu-i așa cu ochiu' liber. Aveam dă gând să-l lăsăm să intre pă ușă, să-l ducem dă lângă prafuri și dă lângă toate operațiunile, și să-l băgăm în încăperea dân spate. Cât era-n regulă treaba asta, noi credeam că n-avea să pună întrebări. Tot un băiețaș era. Tot dă carton era.

Când a venit ziua aia, am făcut apartamentu' s-arate dă parc-ar fi fost o ascunzătoare. Mirosea a înălbitor și a tot felu' dă alte chimicale, și pă masă, în mijlocu' camerei, era o grămadă dă pudră albă, mai ales praf dă copt, nişte cântare, nişte punguţe dă plastic, nişte lame, căcaturi d-astea. Toate geamurile erau acoperite, şi singuru' bec dân mijlocu' tavanului arunca o lumină uriaşă pă masă, da' cufunda colţurile camerei în umbre. Io credeam c-arată cum trebe, da' io nu mai văzusem niciodată cum arată o ascunzătoare dă drogaţi pă interior. Curt era mulţumit, totuşi. Şi Ki la fel. Şi ei ştiau care era treaba, deşi dân alte motive, chiar dacă io nu ştiam.

Singura problemă erau fetele. Nu găseam fete pă care să le-aducem şi să le băgăm în căcatu' ăsta. Ne-am gândit la toate fetele pă care le ştiam, da' singurele care să fie dispuse să facă porcării d-astea erau curve drogate, practic, şi-alea-s prea imprevizibile, dă-le-n mă-sa. N-aveam cum să ne dăm seama ce erau alea-n stare să facă. Ne-am hotărât c-o să trebuiască să ne descurcăm fără ele. Altă alegere n-aveam.

– Nu putem să zicem şi noi c-au luat şi ele-o pauză? zic io.

– Pauză? Bă, omule, aicea nu-i McDonald's, în pana mea. Curvele alea nu fac pauze. Şi sigur nu fac pauze-n acelaşi timp, zice Curt, în timp ce-aruncă o privire pe-acolo.

– Păi, acuma, n-avem ce să facem, nu? Ăsta o să fie aicea-n vreo zece minute. Ki, ar fi bine să faci paşi. Acuma, Ki! strig io la ea-n bucătărie, unde fierbe nişte tigăi dă apă.

– Şi dă-mi nişte măşti, zic io, măcar să le-avem lăsate p-aicea, sau ceva dă gen.

Astea erau măştile pă care le-am fi purtat dacă asta ar fi fost o ascunzătoare dă drogaţi adevărată, ca să nu ne intre prafu'-n plămâni când îl diluam. Le cumpărasem să le poarte fetele, da' cum ziceam, nu găseam fete.

– Și șorțurile, zic io.

Petrec câteva minute încercând să-mi fac ordine-n planu' dân cap în puținu' timp pă care-l mai am. Am pregătit camera. Am pregătit șorțuri și măști, chiar dacă n-avem pă nimeni care să le poarte. Am pregătit pistolu'.

Baikalu' mă face să mă cam simt dă parcă nu știu cine sunt, da-n același timp mă simt aproape-ntreg cu el. O parte dân mine nu știe cum o să trăiesc io fără el, într-un fel. Încă-mi șoptește bulangiu', da' io și cu el am ajuns să facem o-nțelegere cu treaba asta. Io no să-l folosesc. E acolo ca măsură dă siguranță, ca un soi dă al treilea om. Deși s-ar putea să-i trosnesc una cu el în cap. Știți cum e, dacă-i nevoie.

Chiar atuncea intră Ki, cu o șapcă trasă-n jos peste ochi, și cu-o mască d-aia albă pă față. O clipă, mai că m-apucă râsu', dă zici că ea face caterincă. Dup-aia mă uit dân nou și văd tot felu' dă culori, nu doar roșu.

– Nici să nu te gândești, în pana mea, zic io. Nu faci tu treaba asta.

Ea-și dă masca jos.

– Nu știi tu ce-am făcut eu. Tu să nu-mi spui mie ce să fac. Eu fac treaba asta.

Dup-aia, cu o altă voce, adaugă:

– Ai, măcar, de ales?

Io mă uit la Curt, sperând c-o să spună ceva, da' el are o privire de-aia dă zici că ea a făcut singuru' lucru care se putea face.

– Hai, frate, zi-i, zic io.

– Are dreptate, frățică, zice el și ridică palmele-n aer.

– Păi, măcar nu te mai holba la ea, în pana mea, vere, zic io, şi-i arunc un şorţ.

– Io tot n-am zis că-s de acord cu chestia asta, Ki. Pune-ţi dracu' şorţu' ăla pă tine până mă gândesc.

– N-ai la ce să te gândeşti, zice ea, şi imediat dup-aia se-aude ciocănind la uşă.

– Băga-mi-aş, a venit ăsta, zic io.

Alerg ca nebunu' spre camera dân spate şi mă lipesc dă uşă. Pun mâna pă Baikal, ca să fiu sigur că-i tot acolo, dup-aia mă uit după ceva dă luat în mână. Găsesc bara dă metal dă la nişte greutăţi prin camera aia vraişte şi o cântăresc în mână. Pare zdravănă, da' cam prea grea.

Inima mea începe să-şi facă damblaua. Bang-bang-bang. Aştept un minut, dup-aia aud uşa dă la intrare cum se deschide. Să-mi bag picioarele de nu se-ntâmplă prea repede căcaturile astea. Dup-aia aud vocea lu' Curt. Dup-aia pe-a lu' Ki. Asta-i partea cea mai ciudată. Ki ar trebui să aibă masca pă figură şi să fie aplecată la masă. N-ar trebui să zică nimica. Ar trebui să facă pă curva drogată bătută ca să se supună, nu să stea cu clienţii la palavre. Acuma chiar încep să-mi fac griji. Trebuia s-o fi băgat aicea cu mine. Ce-o fi fost în capu' meu?

Arunc o privire prin crăpătura uşii, da' nu prea văd nimica. Corpu' ăla mătăhălos al lu' Curt se tot bagă-n faţă şi-mi acoperă priveliştea. Chiar în clipa aia, răsună o voce şi se-aud paşi spre uşa mea. Strâng tare bara dă metal în pumn. Simt cum mi se opreşte sângele dân circulat în mână şi degetele cum îmi zvâcnesc, pregătite. Curt ar trebui să intre primu-n camera mea. Dup-aia Jamil. Trebe să dau în al doilea cap pă care-l văd. Curt bagă capu-n camera mea, iar lumina de afară lasă o dungă dă culoare. Ceva nu-i în regulă. Ăsta mă strigă pă nume. N-ar trebui să știe nimeni că m-ascund aicea. Cu o armă-n buzunar, în pușca mea. Oare-mi întinde careva o cursă!

– Să-mi bag una, frate! Alarmă falsă! Alarmă falsă! Lasă dracu' ăla jos, mă!

– Căcat, zic io, și-ncep să respir greoi.

Îmi ia ceva până reușesc să-mi trag sufletu'. Până la urmă zic:

– Cine pușca mea era?

– O Binecuvântare.

Pauză: 15.40

20

15.45

Deci, da. Era Bless. La ușă. Mamă, ce mă enervasem. Soră-mea? Ce dracu' căuta el s-o bage pă soră-mea în căcaturi de-astea? Era destul dă nasol că era Ki acolo, și-acuma să mai fie și ea? Căcat, aveam vreo două minute și n-aveam cum să scăpăm de ea, în pana mea. Nu puteam s-o las acolo. Și nici s-o trimit înapoi afară nu puteam, ca să nu cumva să dea peste ăia când intrau.

– Frate. Ce pușca mea ne facem cu ea? zic io, trăgându-l pă Curt deoparte în timp ce ieșeam dân dormitor și intram în camera dă zi.

Curt nu zice nimica, da' arată spre locu-n care stă Bless, în spatele meu, cu bărbia. Deja s-a dezbrăcat și și-a pus masca. Nici nu pot să mă uit la ea. E nasol dă tot. Cum s-a-ntâmplat chestia asta? Căca-m-aș să mă cac. Mă uit la podea când vorbesc cu ea.

– Bless. Bless. Ce pușca...

Mă enervează la culme să-mi văd sora acolo. Mi-o ia mintea-n cercuri. Sunt furios și speriat, știți ce zic? Atuncea mă uit la Ki să văd dacă o să se bage-n față.

– E-n regulă, zice ea. E bine. Am eu grijă de ea.

– Ce mă-sa, măi, Ki, măi? Bless? Curt, frate, ce pana mea să facem cu astea două acuma?

– Frate, avem de ales? Ăla o să fie aicea-n două minute.

Și cu asta, basta. Chiar n-aveam dă ales. N-aveau cum să fie-n camera unde-aveam să-l mătrășesc pă Jamil. Abia aveam io loc în camera aia la câte porcării erau împrăștiate prin ea. Pă lângă asta, ăsta era ultimu' loc în care-mi doream să le știu p-amândouă. Într-o cameră cu un trancan. Și cu un baron.

– Ascultă-mă, Ki, vreau să-mi promiți asta, imediat ce-ajunge ăsta-n camera aia dân spate, vă luați repede hainele pă voi și plecați. Nu așteptați, nu vă uitați, nu faceți nimica. Plecați în pușca mea d-aicea, amândouă, vă rog io frumos.

Aproape că plâng acuma, și nu știu dacă-i dă la tensiunea aia de-mi vine să dau cuiva-n cap, sau dă la-ngrijorarea-n legătură cu ce-ar putea să pățească fetele. Dup-aia se-aude ciocănind pă bune.

Curt trebe să-i lase să intre. Jamil și tovarășii lui, Shilo și Binks, o să vrea să vadă repede camera, știam treaba asta. Ei o să-l verifice pă Curt să vadă dacă n-are arme, Curt o să-l verifice pă Jamil. Bodigarzii ăia doi o să plece dup-aia. Dup-aia, Curt o să vină-n camera dân spate. Dup-aia, vine Jamil după el. Io-l pocnesc pă Jamil în căpățână. Luăm banii. Gata treaba.

Cum mi-a zis Curt că s-a-ntâmplat dup-aia: Jamil și cu ăia au venit să verifice locu' așa cum ne-așteptam. Îi auzeam în cameră cum vorbeau căcaturi, erau tare zgomotoși și mândri. La un moment dat, Jamil cică s-a uitat la una dântre fete și i-a zis lu' Curt:

– Bă, s-ar putea să trebuiască să le-aduci pă curvele-alea aicea, nu.

– Ia du-te tu-n mă-ta, zice Curt, că lucrează.

– Să le-o sugă scurt lu' băieţii mei într-o cameră până facem noi afaceri, zice Jamil.

– Bă, io nu-ţi aduc ţie băieţii aicea când facem noi afaceri. Trebe să-mi apăr spatele, frate.

– De unde ştii tu că nu te-ntoarcem cu curu'-n sus chiar acuma, frate? zice Jamil, cu un rânjet tâmp.

– E uşor, zice Curt. Nu poţi să dai lovitura la preţuri de-astea, şi dacă vrei mai mult, ai nevoie dă mine. Şi, oricum, frate, dacă mă dai pă mine cu curu'-n sus, eşti mort. Acuma, scoate-i pă bulangiii ăştia d-aicea şi hai să facem afaceri.

Shilo iese, şi Binks rămâne un pic în urmă şi zice tare că o să fie afară-n caz dă orice. Io aştept în camera dân spate, da' şi io aud când zice chestia asta. Ăştia-s ca doi câini dă pază, numa' gura-i dă ei. Aud zăvoru' dă la uşa dân spate. Dup-aia, repede ca gându', îl aud pă Curt că mi-l aduce pă Jamil. Când se-apropie dă uşă, îl aud pă Curt:

– Ai hârtiuţele?

– În geantă, zice Jamil.

– Vreau să-i număr întâi, zice Curt.

Io mă gândesc la Ki şi la Bless. Sunt undeva-n camera aia, acolo, cu măşti. Da' n-au haine după care să se-ascundă. Şi uite-mă pă mine, cu armă, şi-aşa speriat. Nu-mi place să fiu aicea.

Dup-aia, trece o secundă, şi zici că s-a oprit timpu-n loc.

– Numără-l p-ăsta, zice Jamil şi scoate-un pistol.

La-nceput, nu văd pistolu'. N-aud dăcât că bocăne careva tare la uşa dă la intrare. Shilo şi Binks încearcă să dărâme uşa cu picioarele. O aud pă Ki cum zbiară, şi se-aude zgrepţănatu' mesei care blochează uşa. Curt încearcă să-l potolească pă Jamil. Io aud ce pot şi-mi fac imagini care să fie la fel cu sunetele, da' e neclar, şi chiar vreau să ies, ca ochii să-mi ajungă urechile dân urmă. Dup-aia-i aud vocea lu' Curt.

– Uşor, frate, zice el. Ia marfa, dacă vrei. Da' vezi că dacă nu eşti pregătit să mă-mpuşti aicea, pă loc, vin după tine. Tu ştii cine-mi acoperă mie spatele, frate? Gaşca ta aia dă căcăcioşi mici o să facă fix un căcat. Acuma dă calupu', că mănânci gloanţe, dacă nu.

Îl aud pă Curt cum oftează dân greu.

– Aicea, zice Curt şi se bagă pă uşa după care stau io. Camera se scaldă-n lumină. Îl văd pă Curt cu mâinile-ntinse cum iese la vedere. Jamil, după el. Curt se dă repede la o parte şi sare pă grămada dă căcaturi dân cameră. Se uită la mine, dă zici c-aşteaptă să fac io ceva repede. Da' dân nu ştiu ce motiv, zici că merg prin gem. Nu pot deloc să mă mişc mai repede. Văd faţa lu' Jamil cum se schimbă la culoare, dă parcă şi-ar da seama ce urmează să se-ntâmple. Încă nu m-a văzut, da' ştie că toată treaba asta nu-i în regulă. Dup-aia îi văd trancanu'. În capu' meu, îmi aud vocea cum zice „nouă milimetri". Ăsta a adus un pistol. Nu m-aş fi gândit în veci că ar fi adus un pistol.

Chiar atuncea mi se-aprinde-o scânteie undeva-n corp şi-mi porneşte motoru'. Io mă las la podea şi dau cu bara pă care înc-o ţin în mână către picioarele lu' Jamil. E prea riscant să lovesc mai sus, în caz că prind pistolu' şi-ncep să sară gloanţele. Jamil zbiară-n gura mare şi cade lat. Într-o secundă, Curt e călare pă el şi-l striveşte cu greutatea lui uriaşă. Jamil încă are pistolu-n mână. I-l iau. E fain, pentru un pistol. Browning[1] nichelat. De unde puşca mea a făcut

[1] Companie americană producătoare de arme şi muniţie, fondată în 1878 (n.tr.)

ăsta rost de un trancan d-ăla? Îl bag în buzunar. Chiar lângă Baikalu' meu. Aproape că-mi pare rău că pistolu' meu dă căcat e lângă ăsta. Dup-aia nu mă mai gândesc la asta. Mă gândesc doar la fete, și mi-e rușine c-am uitat dă ele măcar o secundă.

Mă uit la Curt și fugim spre ușa dân față, dă la care încă se-aud șuturi puternice. Lacătu-i deja dus, și din ușă au început să sară așchii. Masa a fost împinsă-n ușă și fetele fac tot ce pot ca s-o-mpiedice să se deschidă. Începe să se deschidă un spațiu gol când bărbații dă după ușă o împing. Dup-aia văd țeava unui pistol cum se ițește prin el. Binks îl strigă pă Jamil, cu o voce de-aia tremurândă și pițigăiată. Imediat ce-și dau seama că Jamil nu răspunde, șuturile-n ușă devin mai tari și mai violente. Ușa se deschide brusc și se-nchide la loc când fetele sar pă ea. Curt sare și le dă pă fete la o parte cu-o singură mână.

– Mergeți și stați pă idiotu' ăla, zice el, și face semn cu capu' spre camera dân spate. A picat lemn.

Curt rezolvă problema cu spațiu' pă care-ncearcă să-l facă ăștia închizând ușa cu un brânci zdravăn. Dup-aia se așază cu spatele lipit dă ușă și respiră greu.

Io le-arunc fetelor paltoanele în timp ce se-ndreaptă spre camera dân spate și-mi aduc aminte dă ceva. Fug după Ki să-i dau Baikalu'. Nu arată așa șmecher ca Browningu', da' știu că al meu își face treaba.

– Dacă mișcă ăsta un pic, măcar, zic io.

Dup-aia, fug înapoi la Curt, care deși se sprijină cu toată greutatea pă ușă, se chinuie să facă față la șuturile puternice. Știu că n-o să putem să rezistăm mult. Nici nu știu dacă n-o să se spargă ușa.

Trebe să mă gândesc, da' iară-mi merge mintea cu-ncetinitoru'. Iară mi s-au înfundat părțile cu gem. Nu mă gândesc dăcât că oricum n-o să mai reziste mult ușa aia. Știu că se uită Ki la Jamil, da' habar n-am ce face Bless. Când i-am văzut fața cu coada ochiului, mai devreme, jur că așa se uita la mine, că ziceai că-i ultima oară când o să mă vadă. Ușa sare iară, și-mi dau seama că trebe să facem ceva repede.

– La trei, tragem masa la o parte. Ăștia o să năvălească înăuntru. Voi ridicați mâinile și vă predați. Io mă bag după ușă. N-o să se-aștepte să fiu io aicea. Le dau la picioare, zic io, în șoaptă, și-i arăt Browningu'.

Curt dă dân cap. Se ridică-n picioare și trage dă masă și-o dă la o parte. În timp ce ăia dau năvală, el ridică brațele-n aer. Ăia doi se-mpleticesc când intră-n cameră, se-mpiedică-n picioare. Li se citește surpriza pă fețe când cad la podea, unu' peste altu'. Io-s după ușă, deci ei nu-l văd dăcât pă Curt cu mâinile ridicate. Se schimbă la față când se ridică în picioare. Binks ține-o armă de-aia babană, și-o ațintește drept spre Curt. Imaginea ei îmi pare caraghioasă pentru o clipă. Slăbănogu' care ține-o armă atâta dă mare, că zici că-i dân desene animate. Tot e-n colțuri și zici c-a luat prea multe droguri.

– JC! strigă el, ținând ochii pă Curt, da' învârtind ca nebunu' capu prin toată camera.

Io țintesc cu pistolu'. Ăștia, amândoi, umblă prin cameră, își caută tovarășu', și mi-e greu să-i țin în bătaia armei. Shilo e ținta cea mai ușoară. E mare. E mai mare și dăcât Curt, și se mișcă greoi, dă zici că-i elefant. Se-ndreaptă cu pași mari spre Curt, cre' că se gândește ce să-i facă. În câteva secunde, dacă nu și mai puțin, o să mă vadă. Sau mai rău, în câteva secunde o s-ajungă-n camera dân spate, unde-s fetele. Doar când mă gândesc la ele acuma m-apucă disperarea să fug spre ele. Nu le văd, și-asta m-agită și mai tare.

Binks apare-n fața mea, da' nu mă vede. Îl măsor dân priviri, da' dă fiecare dată când mă pregătesc să trag, ăsta se mișcă. E agitat, da' n-ar trebui dăcât să stea o secundă nemișcat. Am parte dă secunda aia când se-ntoarce deodată și mă vede. Ridică mâna cu arma aia uriașă și o-ndreaptă spre mine. Nu vreau să-l omor. Vreau să-l opresc, atâta tot. Mă uit la picioarele lui, și-n fracțiunea aia dă secundă, apăs pă trăgaci. Apăs o dată, da' ies trei cartușe. Bang, bang, bang. Un cartuș îl nimerește-n picior, iar el cade și se lovește dă podea.

Shilo, care-a ajuns deja aproape dă ușa dă la camera dân spate, se uită-n jur uluit. Dup-aia, într-o fracțiune dă secundă, mânoaca dreaptă a lu' Curt cade ca un ciocan pă capu' lu' Binks, dă zici c-aruncă o minge dă baschet la coș, și ăla cade lat. Zici că-l vezi pă Hulk cum dă dă pământ cu frate-su.

Pistolu' lu' Binks a căzut la podea, zici c-are reacție întârziată. Alerg spre el și-l iau. E greu dă zici că-i ciocan. Mă duc la Binks, care s-a apucat dă picior. Țâșnește sângele dân el, iar urletele lui răsună-n aer. Trebe să-i iau mau', c-altfel nu știu ce arătare mai intră pă ușă.

Îi trag un pistol în cap și m-aștept să cadă lat, da' el începe să zbiere și mai abitir și zici că nu mai știe să-și folosească mâinile. Le duce la cap dă durere, dă la lovitură. Dup-aia, începe iară să-i țâșnească sângele șiroaie dân picior, și mâinile-i coboară iară să oprească sângerarea.

Curt începe să strige după bandă, și mă duc să iau bandă d-aia cu care-am lipit geamurile. Curt începe să-i lege brațele și picioarele lu' Shilo, dup-aia se-apucă să-i lege fața. La-nceput, mi se pare că-l leagă doar la gură, da' văd că-i leagă și ochii. Abia după ce se termină ultima bucată dă bandă, îmi aduc aminte deodată dă fete. Curt începe să meargă spre camera aia dă parcă mi-ar fi citit gândurile, da' chiar înainte să deschidă ușa se-aude un foc de armă.

Mă ridic și-ncep s-alerg spre camera dân spate. Ajung acolo chiar după ce-a intrat Curt în cameră. Atunci vedem ce s-a întâmplat. Ki ține Baikalu' fierbinte în mână și Jamil e la podea. Mort.

LA TRIBUNALUL PENAL CENTRAL T2017229

ÎNAINTEA: Judecător SALMON, AR

Pledoarii de încheiere:

Proces: Ziua 33

Luni, 10 iulie 2017

<u>ÎNFĂŢIŞĂRI:</u>

Pentru acuzare:	domnul C. Salfred, AR.
Pentru inculpat:	el însuşi

Transcript după o înregistrare audio digitală realizată de
T.J. Nazarene Limited
Stenografi oficiali şi transcriptori
ai înregistrărilor tribunalului.

21

10.15

Imaginea aia cu Ki. Expresia aia dă pă fața ei. O să fie ceva ce n-o să pot să uit niciodată. I s-a scurs tot sângele dân față și ochii ei larg deschiși parcă erau goi. Parcă atunci când se scurgea viața dân băiatu' ăla, se scurgea și dân ea. I-am luat pistolu' dân mână, și-am simțit cum ardea. Porcăria aia dă pistol. Știam ce se-ntâmplase. Îi șoptise și ei cum îmi șoptise și mie. „Trage. Trage."

Am întrebat-o ce se-ntâmplase.

– El, nu știu. S-a trezit și s-a repezit la pistolul meu, spune ea, plângând. Eu te-am tot strigat. Dar tu nu m-ai auzit.

Mă uit la Curt, și-ăla ridică din umeri la mine.

O țin aproape dă mine.

– Îmi pare rău. Îmi pare tare, tare rău, iubire. Nu te-am auzit că se-ntâmplau toate la grămadă.

Îi iau pistolu' dân mâini și-l bag la mine-n buzunar. Încă-i cald. O iau dă mâini și-o scot dân cameră. Nu zice nimica. Cred că nici nu clipește. Când intrăm în camera mare îmi aduc aminte d-ăia doi care-s legați cu bandă adezivă dă podea și-o-ntorc iară spre dormitor. Îi iau fața-n mâini.

– Ki, ascultă-mă. O să iasă Curt acuma și-o să-ți comande un taxi. Dup-aia, într-un minut, vă conduc io p-amândoi afară. Da' ascultă-mă. Vreau să ții ochii închiși până zic io. Bun? Curt? îi zic io, iar el se-ntoarce și pleacă imediat.

Mă uit prin jur după Bless. Se-nvârte-n cercuri și bombăne dă una singură.

– Bless. Bless! O să fie-n regulă. O să fie bine. Și tu. Ține-te bine dă mine și ține ochii-nchiși.

Bless își vine deodată-n fire și pare mai calmă când se-ntoarce spre Kira.

– Kira, o să fie b-bine. Sunt eu cu tine până la capăt. Haide, ușor. Hai să te scăpăm dă p-palton și să-ți dăm hainele tale. Haide, iubita.

Întorc capu-ntr-o parte cât se dezbracă ele și dup-aia mai aștept două minute, le iau p-amândouă dă mâini și ies cât pot dă repede dân apartament. Scena asta zici că-i desprinsă dân filme. Doi bărbați căzuți lați pă podea. Sânge unde n-are ce căuta. Ușă plină dă crăpături. Tot felu' dă căcaturi peste tot. Binks pare c-a adormit, da' geme dă zici c-ar avea coșmaruri. Da' lu Shilo i s-a rupt filmu' dă tot, stă cu fața spre cer.

Până ajungem în stradă, Curt stă deja în fața unei mașini care așteaptă în întuneric. Le ajut pă fete să urce-n mașină și-i dau șoferului o bancnotă dă douăzeci dă lire și adresa, încercând să sun ca un om normal. Salut fetele dân cap și-i zic șoferului:

– S-a despărțit dă gagiu.

Ăsta dă dân cap dă parc-a mai fi văzut chestii d-astea dă multe ori.

Curt și cu mine urcăm în fugă înapoi spre apartament. Shilo și cu Binks încă-s la podea, da' încep să-și revină și scot tot felu' dă sunete. Sângele dă pă piciorul' lu' Binks s-a schimbat la culoare și pare să se fi uscat. L-o fi oprit banda aia adezivă. Curt și cu mine dăm dân cap unu' către celălalt și mergem unde ne-așteaptă cadavru' lu' Jamil. Asta-i problema noastră imediată, nu ăia doi care gem în aialaltă cameră, cu fețele lipite cu bandă adezivă, dă zici că-s mumii. Trebuia să-l mutăm de-acolo până nu se trezeau tovarășii lui și-și dădeau seama că era mort.

Era deja târziu în noapte, ceea ce era dă bine, că puteam să-l mutăm fără să ne vadă nimeni, sau ceva dă gen. Curt și cu mine am fost dă acord să-l luăm dă mâini și să-l ducem la M3, care știam că trebe să fie p-aproape. Jamil avea o rană dă glonț în piept. Era un pic dă sânge, da' nici pă departe atât dă mult ca la Binks, care nu fusese-mpușcat dăcât în picior.

– Încă-i pompează inima, d-aia e așa, mă lămurește Curt. Totuși, să-mi bag picioarele, frate, mi se pare c-ai fost și tu împușcat. N-ai cum să ieși în halu' ăsta. Fă bine și speră să nu te vadă șoferu' așa.

Mă uit în jos și-mi dau seama că-s tot plin dă sângele lu' Binks pă haine dă când l-am legat cu bandă adezivă. Da' era-ntuneric afară, deci nu cred c-a văzut șoferu' ceva.

Io mă uit la Curt, care se plimbă dă zici că încearcă să se hotărască ce să facă.

– Auzi, io o să-l leg pă JC cu bandă ca să-i opresc sângele. Tu nu vrei să te umpli tot dă sânge, io deja m-am umplut. Dup-aia putem să-i tragem fermoaru' la palton și să-l tragem afară.

E-o treabă destul dă murdară să legi cu bandă adezivă un mort plin dă sânge. Nici nu pot să vă zic dă câte ori m-am frecat de m-am înnebunit ca să mă curăț când am ajuns acasă, da' dă oricâte ori ar fi fost, tot n-a fost destul cât să mă scape dă pata aia micuță ce-au găsit-o sub unghiile mele când m-au arestat după o lună. Și când spun că m-am frecat, spun că m-am frecat atâta dă tare, c-a-nceput să-mi dea mie sângele pă piele, și dup-aia nu-mi mai dădeam seama dacă era sângele lui sau al meu. Practic, m-am îmbibat dă înălbitor în noaptea aia, da' oricât aş fi încercat, nu reuşeam să scap dă senzația și dă mirosu' lu' băiatu' ăla mort dă pă piele.

După ce l-am legat cu bandă și l-am curățat cu înălbitor, m-am dus în camera dă zi și-am luat un pumn dă praf dă copt care fusese împrăștiat peste tot și am acoperit toate locurile-n care era ud cu el. Mirosu' lui acoperea și mirosu' dă sânge. Oricum, am tras fermoaru' paltonului lu' Jamil și m-am gândit, în sinea mea, că nu arăta atâta dă rău. Pentru un băiat mort. I-am tras şapca peste ochi și l-am chemat pă Curt acolo.

– Bun, zice Curt. Acuma scapă dă căcatu' ăla dă pă tine.

Îmi dau jos bluza, care-i plină dă sânge și dă praf și-o arunc într-un coș dă gunoi. Chiar când mă-ntrebam cu ce să mă-mbrac, Curt mi-a dat hanoracu' lui. Hanoracu' lui, mă-nțelegeți? Un hanorac negru, XXL, cu caractere chinezești pă el. Țineți minte. Proba cu număru' trei dă care tot vorbeşte avocatu' acuzării. Hanoracu' *ăla*. L-am luat pă mine fără să stau o secundă pă gânduri. Era ăla pă care-l purta Curt când ne-am întâlnit cu Jamil în cartier, cu trei zile înainte. Martora care m-a văzut în ziua aia ne-o fi văzut pă mine și pă Curt și n-o fi înțeles care cu ce eram îmbrăcați. Nu știu cum se poate-ntâmpla așa o grozăvie, da' se pare că se poate.

– Mănuşi, frate, zice Curt, şi-mi dă o pereche dă mănuşi d-alea galbene dă spălat. Ia şi el o pereche, şi stăm acolo şi ne uităm unu' la altu' cum ne stă cu mănuşile alea caraghioase. Dup-aia, fără să scoatem un cuvânt, îl luăm amândoi dă câte-un braţ şi pă urmă ne-mpleticim pă două rânduri dă scări în jos până la intrarea principală dă la parter.

Chiar înainte să deschidem uşa dă la intrare, mă uit la Curt. Respiră greoi, da' în afară d-asta, pare că-i în regulă. Calm, într-un fel.

– Păi, şi cu ăia doi dă sus cum rămâne? întreb io.

– Nu pleacă nicăieri, zice el. Banda aia n-o să se desprindă curând, zice el şi azvârle mortu' afară-n aeru' ăla rece.

A fost cel mai greu lucru, frate. Parcă târa un sac dă ciment şi-ncerca să-l ţină drept în acelaşi timp. L-am scăpat dă câteva ori pă jos, aşa nasol a fost. Dă fiecare dată când făceam asta, m-aşteptam să ţipe-n gura mare. Da' n-a ţipat niciodată. Parcă-şi încasa papara ca un bărbat, măcar o dată.

Când am coborât toate treptele, Curt l-a ţinut ridicat, iar io mi-am băgat mâinile-n buzunarele lui şi-am scotocit printre şerveţele folosite până i-am găsit cheile dă la maşină. Dup-aia am ieşit în aeru' ăla rece, să-i căutăm maşina.

– Unde mă-sa i-o fi maşina? întreb io, uitându-mă în jur.

– Apasă şi tu pă buton, poate are chestie d-aia dă piuie.

Am apăsat şi, deodată, două lumini ca dă chihlimbar au sclipit spre noi dân partea aialaltă a străzii. Acolo era M3-u' lu' ăla lucios. Chiar sub un copac. Nu ştiu cum ne-a scăpat.

Acuma, dacă gândeam io cum trebe, ar fi trebuit să-i verific telefoanele. Chiar trebuia să i le-arunc. Da' i-o n-am minte dă criminal, știți cum zic. N-am planificat chestia asta, sau ceva dă gen. Trebuia să-l taxăm și gata. S-o ținem pă Ki în siguranță. Numai despre asta era vorba. A fost ghinionu' meu oricum. Oricum, acuma nu mai contează, așa-i? Acuma știți toată povestea, așa-i? O, căca-m-aș, și păru'. Păru' meu dân mașina lui. Poate trebuia să pun plastic pă scaune sau să aspir dracu' în mașină dup-aia, da' nu m-am gândit la chestiile-astea, c-aveam alte gânduri care mi se-nghesuiseră-n cap. Totuși, așa te găsesc ăștia. Cum e chestia aia ce-o zice lumea. Poți să te gândești la unele lucruri. Poți să te gândești la aproape toate lucrurile. Da' nimeni nu se poate gândi la toate lucrurile mereu. Cum o fi. Înțelegeți ce vreau să zic.

Oricum, am parcat în spatele unui bloc pă care-l știam, și l-am târât afară dân mașină și l-am dus în spate, într-o chestie ca un soi dă șopron unde țin ăștia toți sacii. Habar n-aveam ce să facem cu el, așa că l-am aruncat, pur și simplu. Dă ziceai că nu-i dăcât un sac dă gunoi. Și când a căzut pă pământ, ce-mi aduc aminte e c-a scos un sunet d-ăla înfundat, dă ziceai că nu era acolo pă bune, dă parcă era deja departe dă corp. Asta a fost singura chestie care m-a făcut să mai pot s-o fac. Că știam că el nu mai era deja acolo. Nu mai era dăcât trecutu' lui.

Am pus un sac dă gunoi peste cadavru' lui legat cu bandă ca să nu bată la ochi, și m-am uitat iară la el. Am zis un soi dă rugăciune și m-am străduit să pară că-i pă bune, da' nu vedeam dăcât gunoaie care zăceau p-acolo. Mi-am adus aminte dă chestia aia cu „din țărână ești și-n țărână te vei întoarce" și-am știut că s-a dus.

După ce l-am lăsat, a trebuit să ne descotorosim dă căruță. Da' nu voiam să mergem prea departe, că mai trebuia să-i rezolvăm pă Shilo și pă Binks. Așa c-am mers pân-am văzut alt bloc dă la consiliu și-am parcat acolo.

– Aicea? zice Curt.

– Da' ce-are-aicea? zic io și cobor.

– P-asta? Aicea? Ți-o bulește careva, la sigur, zice el și se ridică greoi dân scaun.

– Păi, tocmai, zic io, și mă-ndrept spre drumu' principal.

Mă asigur că las ușile descuiate și cheia-n contact.

Aruncăm repede mănușile-ntr-un sac dă gunoi, sărim în autobuz și-o luăm către ascunzătoare. Mergem spre ușile mari dă la intrare și ne uităm peste tot. Pentru orice eventualitate. Toate-s cum erau. Am luat-o-n sus pă scări cu pas săltat și-am ascultat la ușă să vedem dac-auzim ceva. Chiar n-aveam chef să sară doi băieți cu capsa pusă pă noi, știți cum e. Io țin urechea lipită dă ușă, da' nu-l aud dăcât pă Curt cum respiră. Îi fac un semn cu degetu' mare ridicat, iar el bagă cheia-n broască și-o răsucește. Când deschidem ușa, m-aștept ca Shilo și cu Binks să fie plecați deja. Da' ăștia-s tot acolo, treji de-a binelea acuma, se zbat și gem în costumele alea legate cu bandă adezivă. Nu-i băgăm în seamă și-ncepem să facem curat p-acolo. Am început s-aruncăm sticle-ntregi dă înălbitor p-acolo, dă mirosea ca la bazin. Se pare că nimica nu rezistă la înălbitor. Ăla omoară nouăjnouă la sută dân toate căcaturile posibile, cică. Abia după ce-am curățat ca lumea p-acolo, Curt s-a uitat la mine, dup-aia la ăia care gemeau pă podea. M-a luat deoparte-n camera dân spate, să nu m-audă.

– Ce pana mea să facem cu agaricii ăștia doi?

– Dă-le drumu', zic io.

Nu voiam dăcât să se termine toată povestea asta chiar acolo. Voiam să plece ăia. Voiam să plece Curt. Voiam să plec io.

– Păi și dacă...?

– Nu știu ăștia niciun căcat. Li se tăiase filmu', zice Curt.

– Păi, până la urmă o să ajungă să se-ntrebe unde-i șefu' lor, totuși.

– Le zicem că l-am dat pă mâna lu' Glockz. Poate le duc chiar ei vorba și-ncep războiu'.

– Că bine zici, zice el.

Dup-aia se duce înapoi în cameră, merge la ei și le trage banda dă pă față. Ăștia zbiară ca fetițele. Dup-aia, Curt se bagă-n fața lor cu fața aia mare-a lui și zice:

– Auziți, băi, bulangiilor, data viitoare când vă mai văd mutrele alea urâte p-aicea, mâncați oțel, m-auziți? zice el și-i ridică-n picioare.

Are câte unu' în fiecare mână.

– Unde-i JC? întreabă Shilo, frecându-se-n cap.

– A avut el ceva treabă cu Glockz. L-au luat ăia. Acuma, io dac-aș fi-n locu' tău, s-ar putea să vreau s-o tai, în pana mea, de-aicea până nu vin ăia după curu' meu.

Binks prinde viață și-ncepe să se-agite iară. Dup-aia se uită-n jos la picior și-ncepe să zbiere.

– M-ai împușcat, bă, omule, băga-mi-aș, zice către mine, plângând ca un bebeluș.

– Da, frate, zic io, te-am împușcat, bagă-ți.

Ăștia dau să plece, da' Curt îi apucă dă gulere p-amândoi.

– Ia stați voi așa, băieții. Are Curt niște-ntrebări pentru voi. Și faceți bine și gândiți-vă-nainte să răspundeți, c-altfel o luați pă urmele lu' tovarășu' vostru în nord.

Și io mă sperii când îl aud pă Curt vorbind dă el însuși dă zici că-i altcineva. Mă uit la el, și el dă dân cap, parcă zice: „Da, știu".

Pauză: 11.00

22

11.15

Deci, cum am zis, restu-s amănunte. Tare ne-am mai mirat când Jamil a reuşit să facă un căcat d-ăsta. Adică, da, ne-aşteptam să încerce, da' n-am crezut c-o să fie destul dă tâmpit încât să taie preţu' unei reţele dă distribuţie la mai puţin dă jumate dân cât îi plătea el pă Bătrâni. Parcă nici nu se gândise deloc la căcaturile astea.

Ce ne-a uimit pă toţi a fost că geanta aia pă care-a adus-o cu el chiar avea bani în ea. Nu toată suma dă şaizeci dă mii dă lire, jumate dân ea. Parcă nici nu-l interesa că pierdea banii. De ce să rişte să ia toţi banii ăia dacă n-avea dă gând dăcât să pună taxă pă droguri? La-nceput n-avea nicio logică pentru noi. Nu putea să fie vreo măsură dă precauţie, că acolo era doar jumate dân bani.

Am aflat dă la Shilo că nu exista niciun plan să se pună taxe pă droguri la început. Planu' era să se dea alea treij' dă mii dă lire. Shilo şi Binks băteau la uşă, să facă scandal, şi Curt avea să fie prea paranoic ca să nu bage-n seamă chestia asta şi-avea să le dea drogurile. Pare-se că strigaseră-n gura mare: „A venit poliţia!" şi-alte căcaturi d-astea, ca să grăbească porcăriile alea. Oricum, dup-aia, Jamil pornea la drum cu ce credea el că era un kil dă praf alb şi noi rămâneam cu buza umflată. Umflată, da' nu cât să ne luăm la trântă cu Bătrânii. Nu era prost planu'. Da' ăștia nu se-așteptau la Curt. Ăla nu dădea nimica fără să-și primească marafeții mai întâi. Și când Curt nu s-a speriat cum ar fi trebuit, JC a încărcat trancanu' și-a început o chestie pă care n-a putut-o stăpâni nimeni.

Deci Ki a fost aia care-a făcut-o. Acuma, io-mi dau seama că, pentru dumneavoastră, toate căcaturile astea-s informații noi. Știu asta, și știu că nu-i voie. „N-ai voie să divulgi informații noi. E contrar regulamentelor privitoare la probe." D-aia-l văd io pă avocatu' acuzării cum se foiește pă scaun. Nu-i place treaba asta. Și nici mie nu-mi place, pă bune vorbesc. Știu c-o să fie urmări după ce-mi termin pledoaria. O să se-ntâmple tot felu' dă căcaturi. Da' io n-am ce face. Ăsta-i adevăru'. Io nu pot să nu vă zic nimica. Chestiile astea trebe să iasă la lumină. Chiar dacă-mi fac rău mie și lu' Ki.

Și vă spun io sigur că ultima pă care-aș fi vrut s-o bag în căcaturi d-astea era Ki, da' cum ea-i departe acuma, m-am gândit că-s în siguranță dacă vă zic chestia asta.

Avocatu' acuzării ar putea să spună că bine, că de ce nu le-am zis la polițiști dă la-nceput toată povestea asta cu Jamil, când m-au interogat, și puteau s-o verifice. Da' adevăru-i că n-am vrut să se spargă chestia asta-n capu' lu' Ki. Toată treaba asta venea-n ajutoru' ei, și orice s-ar fi-ntâmplat, io nu voiam să-i pun ei nimica-n cârcă. Mai ales nu atâta vreme cât exista riscu' s-o aresteze ăștia pentru treaba asta, știți cum zic.

Dă fapt, la vremea aia, noi ne străduiam cât puteam să ne asigurăm că nu intervine niciun căcat d-ăsta. Voiam să le-ngropăm ca lumea. Cine, pușca mea, mi-ar fi crezut mie povestea? Ce să fi zis: „Pă bune, domnu' polițist, noi întindeam o cursă pentru un traficant dă droguri care-m-prăștia prostii despre iubita mea, pă care-o căutau niște traficanți, și noi urma să-l tragem în piept ca traficanții lu' ăsta să-i omoare pe primii traficanți, și la-la-la?" Oricum, și dacă-ntorceau toată șandramaua aia cu curu-n sus, chiar dacă găseau tot felu' dă căcaturi, n-ar fi găsit ce căutau. N-ar fi găsit nicio probă nouă.

După ce-am făcut curat p-acolo, Curt a aruncat toate căcaturile, prafu', înălbitoru', hainele, toate alea, și io m-am dus în curtea dân spate să văd dă fete. Habar n-aveam în ce stare erau, așa că am făcut un plan că io aveam să mă duc direct acolo cu un taxi cu banii, și-aveam să ne vedem cu Curt după ce scăpa dă tot ce trebuia să scape, și dă Browningu' argintiu al lu' JC. Am căutat Baikalu' meu peste tot, da' nu era nici urmă dă el. Pân' la urmă ne-am gândit că poate-l luase Shilo sau Binks cumva. Sau poate că se pierduse printre toate căcaturile alea pă care le adunasem laolaltă ca să le-aruncăm. Oricum, pentru noi nu conta, atâta vreme cât dispărea. Normal, pusesem io mâna pe el. Și normal că pusese Kira mâna pă el, da' noi n-aveam cazier, așa că poliția n-avea amprentele noastre. Deci chiar dacă reușeau să ia ceva probe dă pă el, dacă-l și găseau, dacă nu ne-aveau pă noi, nu puteau să compare amprentele. Trebuia să nu lăsăm nimic care să-i conducă la noi. Și noi nu credeam că lăsasem. Eram atenți. Sau credeam că suntem, știți cum e.

Când am ajuns acasă, nu era dăcât Ki. Bless acceptase-n sfârșit să meargă acasă la mama după ce Kira o convinsese că se simțea mai bine. Adevăru-i că ea chiar părea mai bine, adică nu mai era așa speriată dă bombe. Acuma avea altceva. Turuia ca mitraliera și-și făcea tot felu' dă liste-n cap și le vărsa pă gură.

– Ce-ați făcut cu ăla? întreabă ea la un moment dat.

– Ar fi mai bine să nu știi, zic io și-ncep să mă uit prin jur după ceva tare dă băut.

– Și ceilalți? Ălora le-ai făcut altceva? întreabă ea.

Corpu-i tremură când vorbește, da' mai degrabă dă energie, dă agitație, dăcât dă frică, deci mă simt mai în largu' meu în legătură cu ea. Într-un fel.

– Nimica, iubire. Amândoi sunt bine.

Dau dă niște rom și torn două shot-uri pentru amândoi în niște cești. Ea ia o gură și se strâmbă.

– Și hainele tale? zice ea, cu ochii la hanoracu' uriaș pă care-l port.

– Ki. Toate-s bune. A rezolvat Curt toată treaba. Nu știu. Lasă și tu toate căcaturile astea-n urmă. N-o să te lege nimica dă chestia asta, să mor io dacă nu.

Io o iau dă mâini și ea se uită la mine.

– Sânge, bă, zice ea.

Mă uit la ea fără expresie. Ea nu-mi zice niciodată șa.

– Pe mâini. Pe unghii. Ai sânge. Trebuie să-l speli. Să-l speli pe tot. E o perie de curățat unghiile sub chiuvetă. Fă-o. Fă-o acum! zice ea și iară-ncepe să se-agite.

– Bun, zic io.

Înghit restu' dă rom și mă duc la baie. Douăzeci dă minute, frec cât pot dă mult dân noaptea trecută dă pă piele și las să se ducă pă scurgere. Da' s-a lipit tot căcatu' dă mine. Peste tot, pă unde mă uitam, vedeam doar bucăți dân noaptea aia.

Oricum, ieșisem dă la duș când s-a pornit soneria. Ki s-a dus și l-a lăsat pă Curt să intre. Io m-am uscat și m-am dus cu ei la bucătărie. Curt era cam stresat, da' ţigara cu mărie ce-o fuma îi calma nervii. Kira era tot palidă.

– Căcat, io-mi fac griji pentru apartament, bă, frate. Dacă ăia scapă vreo vorbă la careva despre apartament, am belit-o. Mai ales tu, zice Curt şi-mi pasează ţigara.

– De ce?

– Că-i plin dă sânge, frate.

– Da' am dat cu înălbitor peste tot, zic io şi mă ridic dă pă scaun.

– Nu contează c-am spălat în porcăria aia dă apartament. Sângele şi ADN-u' rămân, de-obicei.

– Hai, că te-ai uitat prea mult la *CSI*[1], frate. Oricum, n-au ADN-u' meu sau al lu' Kira.

– Sigur. Da' p-al meu îl au. Şi dacă păcălicii ăia dă Shilo şi dă Binks sunt strânşi cu uşa şi dau numele tău pentru crima asta? Orice ADN de-acolo care se potriveşte cu-al tău sau cu al lu' Kira îi scoate pă ei dân groapă şi vă bagă pă voi.

– Băga-mi-aş! am zis.

Nu mă gândisem deloc la treaba asta. Nu era vorba dă ce ADN aveau poliţiştii la dosar, era vorba dă legătura făcută cu ADN-ul meu. Atuncea, chiar beleam belengheru'. Era apartamentu' lu' Curt, deci el putea să-şi explice ADN-u'. Da' cu al meu n-avea să fie aşa uşor, şi n-aveam chef să fiu nevoit să zic c-am fost pe-acolo. Darămite c-a fost Ki pe-acolo.

– Şi-acuma ce facem? întreb io.

---

[1] Serial poliţist american lansat în 2000 pe canalul TV american CBS. A rulat timp de 15 ani, având 337 de episoade (n.tr.)

Ki se ridică dân scaun și deschide-un geam, ca să iasă fumu' dă țigară. Când se-ntoarce la masă se uită la noi cu o oarecare frică.

– Trebuie să puteți face ceva, zice ea.

– Și cam ce să facem? zice Curt.

– Pentru-nceput, zic io, io zic c-ar trebui să plecăm dân Londra. Poate chiar dân țară. Io mă gândeam chiar la Spania.

– Păi, și-acolo ce facem? Din ce trăim? întreabă Kira. Ce suntem noi, ăia din Marele jaf al trenului[1]?

– Păi, avem sacu' ăla dă bani ce l-a adus Jamil, zic io. Ar trebui să ne-ajute să rămânem la adăpost vreo câteva luni. Cât să știm că nu ne caută ăștia.

– Și revenim la ADN, frate. Cu ăla ce pușca mea facem? zice Curt și trage-un fum ca lumea dân țigară.

Atuncea-mi vine o idee, sau o juma' dă idee.

– Adu-i pă tovarășii tăi înapoi în apartament.

– Ce? Pentru ce pana mea să-i aduc?

– Trebe să fie ocupat dacă dă cumva poliția o raită p-acolo. Dacă-i gol, o să semene cu-o scenă a crimei. Dacă-s oameni în el, se mai adaugă tot felu' dă porcării.

Curt se gândește bine la chestia asta o clipă, dup-aia dă dân cap spre mine.

– Rezolv, zice Curt și-și ia telefonu'.

– Stați. E o chestie și mai bună pe care puteți s-o faceți, zice Ki, care iarăși are colțurile ochilor albe.

– Ce anume? zicem amândoi.

---

[1] Celebru jaf armat asupra unui tren al Poștei Regale care-a avut loc în 1963, în Marea Britanie. Trenul în cauză se îndrepta dinspre Glasgow spre Londra, când a fost atacat de o bandă de cincisprezece hoți care-au reușit să fure 2,5 milioane de lire sterline (n.tr.)

– Într-un fel, tocmai ați zis, zice ea, uitându-se la mine. Adăugați tot felul de porcării.

Ne uităm la ea, zăpăciți, până când ne lămurește.

– Îmbibați tot locul ăsta-n ADN.

Oricine dân zona mea are un prieten care ori e frizer, ori știe pă cineva care e frizer, așa că a fost ușor să fac rost dă păr, chiar dacă s-au uitat äia ciudat la mine. Da' frizerii-s niște ciudați oricum, așa că trebe să faci niște căcaturi dubioase rău dă tot ca să tragă ei linie. Oricum, după ce-am luat destul, Curt și cu mine ne-am dus a doua zi la apartament cu un sac plin dă păr și l-am împrăștiat prin tot apartamentu'. A fost scârbos, pă bune. Da' dacă se găsea ADN pă bază dă păr acolo, orice test avea să dea niște rezultate ciudate, știți ce vreau să zic? Sigur, poliția ar fi putut să-mi găsească ADN-u' dacă-l căuta dân întâmplare, da' dacă acolo era ADN dă la o sută dă băieți, nu puteau să facă o acuzație care să țină. Adică, io nu-s vreun avocat, sau ceva dă gen, da-mi suna destul dă solid.

*

Normal, a fost un pic mai greu să facem rost dă sânge, da' am reușit. La-nceput, am petrecut toată după-amiaza luând carne dă la o măcelărie *halal*[1] și să dăm cu ea pă pereți, da' se părea că n-aveam cum să luăm prea mult sânge dân carne măcelărită. Dup-aia, Curt și-a adus aminte că știa pă cineva care lucra-ntr-un abator dă pui, și-n seara aia mai târziu, aveam trei litri șapteșopt dă sânge dă pui

[1] Carnea *halal* este carne obținută prin sacrificarea conformă cu practicile religioase/ritualice musulmane, în care sângele se scurge din animal după ce-i este tăiat gâtul (n.tr.)

într-o găleată. Am întrebat la ce i-a zis ăluia că i-l trebuie, da' el n-a zis dăcât: „Nu vrei să știi, frăție."

Să vă zic io o chestie, pute căcatu' ăla a sânge dă găină moartă dă nu-i adevărat. Da' l-am luat, și chiar dacă devenise gelatinos așa, am dat cu el peste tot. Dup-aia, când am terminat, am dat iară cu înălbitor. Credeți-mă, orice-ar fi găsit ăia dân CSI sau dă oriunde, i-ar fi zăpăcit de s-ar fi căcat pă ei. Pă bune-a fost așa.

Am petrecut următoarea zi pă muchie dă cuțit. Nici n-am cuvinte să vă zic. La-nceput nu ne-a picat fisa, știți cum e, c-a murit cineva. Nici când am aruncat cadavru' acolo la bloc nu ne-a picat fisa. Abia după ce-am terminat cu toată treaba, cu păr, cu sânge, cu făcut curat, ne-am dat seama pă bune.

Stăteam la masă la mine-acasă. Ki încă era acolo. Aveam o sută dă chestii dă făcut. Primu' lucru pă listă era să luăm bilete dă avion pentru noi toți pentru Spania. Puteam să luăm doar două bilete imediat, dup-al treilea mai trebuia s-așteptăm vreo două zile. Am fost de acord că trebuia să plece Ki și Curt cel mai repede. Ki pentru că era implicată-n caz, fiincă trăsese, iar Curt pentru că n-avea unde altundeva să se ducă. Apartamentu' lui dân nordu' Londrei era bombardat dân oră-n oră dă Glockz, care-nce-peau deja să se-nmulțească rău dă tot. Primea amenințări la telefon în disperare, și-ncepuse și mă-sa să-l caute ca nebuna. Deci trebuia să-și ia amândoi zboru' urgent.

– Se-mpute rău dă tot căcatu' ăsta, frăție. Nici nu pot să-ți zic. Mă caută Glockz dân două-n două minute, zice Curt după ce-nchide iară când îl sună careva.

– De unde pușca mea or fi știut ăștia unde să te găsească atâta dă repede? întreb io.

– Poate dă la ăia doi, zice el. S-or fi dus fuga-fuguța drept la Bătrâni când au ieșit dân ascunzătoare. Da' ăsta era și planu', zice el, îndreptându-se spre frigider și luând un pateu pe care l-a-ndesat tot în gură.

– Așa repede, totuși? Și fără să știe cum te cheamă? Adică, știi cum e, zic io, întorcându-mă spre el.

– Păi, ce, tu crezi că trebe să știe cum mă cheamă ca să mă ia la ochi? zice el, și-ntinde brațele.

Pare dă două ori mai mare dăcât e dă fapt.

– Trebuia să-i mierlim p-ăștia, frățică.

– Dă-o, mă, în aia a mă-sii dă treabă, zic io. Nu suntem noi d-ăștia. Noi nu umblăm cu căcaturi d-astea. Bine, a dat unu' colțu', da' noi nu urmăream asta. S-a-mpuțit treaba, atâta tot. Și io te știu pă tine, Curt. Tu nu ești gangster, chiar dacă umbli cu gașca asta.

Ăsta se-aruncă pă un scaun lângă noi, la masă.

– Da, mă, io știu ce zici tu. Da' mi-e târșă, frățică. Ăștia dân Glockz îs d-ăia fără milă, și nici nu vreau să mă gândesc ce-au dă gând să-mi facă.

– E-n regulă, frățică. Te scoatem noi de-aicea imediat. Și cât dă mult vrei tu. Sau cât te pot ține treij dă mii dă lire la loc sigur.

Totuși, banii nu erau chiar garantați. Nu puteam să-i băgăm așa, pă nepusă masă, într-o valiză, și să plecăm cu ei. Trebuia să vorbim ca lumea despre asta. Dup-aia, când am luat banii-n mână, ne-a picat fisa cu toată chestia. La fiecare dântre noi. Bang. Bang. Bang.

– A murit, zice Curt.

Io mă uit la el dă zici că s-a dilit.

– Știm asta, zic io, rar.

– Nu, frate. Io vreau să zic c-a murit, zice el, frecându-se pă față. Adică, acu o clipă era aicea. Acuma nu mai e. Tot ce știa el e tot aicea. Da' el, ca persoană, a dispărut, și gata. Banii ăștia d-aicea erau aicea și-acuma tot aicea-s. El era aicea cu banii ăștia. Acuma banii-s aicea și el nu-i. A dispărut. A dispărut dă tot, mă-nțelegi?

La-nceput, m-am uitat în continuare la el dă ziceai că și-a ieșit dân minți. Normal că ăla murise. Noi tocmai petrecuserăm toată ziua dă ieri umplând apartamentu' dă păr și dă sânge dă pui. Îl înțelegeam? Normal că nu-l înțelegeam. Și dup-aia, tocmai când voiam să spun treaba asta, l-am înțeles. Pentru prima oară l-am înțeles. Totu' s-a așezat frumos la locu' lui, ca pistonu' în compartimentu' pentru cilindru.

Ciudat, da' Ki s-a prins ultima. Pân' la urmă, la câte căcaturi a pățit, i s-a-ntors toată lumea pă dos. Trebe s-o cam iertați pentru treaba asta. A, și ea era și-aia care făcea și toate verificările alea dă căcat. Ea era aia care făcea rezervările pentru zbor. Ea era aia care se ocupa dă detaliile pentru pașapoarte. Ea se uita la știri, căuta să afle ultimele noutăți, și scotocea pă net după informații despre Jamil, zis J.C., R.I.P.[1] și alte alea. Io cred că pentru ea, chestia aia nu se terminase, încă se mai întâmpla. Pă urmă, când a făcut ultima confirmare pentru zbor, s-a lăsat pă spate și s-a uitat la noi, și-a dat și ea seama. Bang. Luminile alea albe dân ochii ei au dispărut, și deodată a-nceput să suspine. Să plângă destule lacrimi. Destule pentru noi toți, cred.

Da' dup-aia s-a întâmplat un căcat ciudat rău dă tot care-a schimbat tot.

---

[1] Acronim pentru *Requiescat in pacem* („Odihnească în pace") (lat., n.tr.)

Ki și cu Curt trebuia să-și ia zboru' a doua zi. Trebuia să fie repede. Atâta dă repede că eram dispuși să plătim dă aproape patru ori cât făcea biletu' normal. Oricum, aveam dă gând să merg cu ei, ca să-i conduc. Eram toți destul dă stresați, și-n alea trei zile, nu cred c-am dormit trei ore.

Dă fapt, alea trei zile ni s-au părut trei săptămâni. Fiecare secundă parcă se-ntindea la nesfârșit, făcând loc la o sută dă gânduri în ea. În mare, ne-am ocupat cu gânditu'. Nimeni nu vorbea dacă nu era nevoit. Parcă dacă vorbea cineva, îl aducea pă Jamil în cameră. Era destul dă nasol că era-n mintea mea zi dă zi. Legat tot cu bandă adezivă. Plin dă înălbitor, dă praf și dă saci dă gunoi, stătea lângă tomberoanele alea dă ziceai că-i sac dă ciment. Da' n-am putut să-l aduc în cameră. Niciunu' dântre noi n-a putut.

Nimic dân zilele-alea n-avea, nu știu, o inocență, așa. Dacă pornea careva televizoru', parcă eram chitiți pă știri. Dacă se ducea careva să facă duș, parcă se spăla dă sânge. Și când spălam ni se părea că făceam vreo porcărie de-aia dubioasă. Parcă pă cât încercam să ocolim chestia asta, pe-atâta venea și ne pocnea-n față. Odată, a fost prea mult, și nu m-am mai stăpânit.

Curt și cu Ki stăteau în sufragerie cu televizoru' pornit. Nu se uita nimeni la el, mergea și el așa, în fundal. Ki arăta dă parc-ar fi murit careva. Lucru care nu era surprinzător, da' nu suportam io s-o văd așa.

– Nu-i vina ta, Ki, zic io, în aer.

– Nu vreau să vorbesc despre chestia asta, zice ea, uitându-se țintă la televizor.

– La fel dă bine puteam să fiu io, zic io.

– Dar n-ai fost tu. Am fost eu, zice ea, întorcându-se să se uite la mine.

– Da, da' ce vreau io să zic e că puteam să fiu io. Şi la urma urmei, el a fost ăla care-a scos arma, şi dacă faci chestia asta, trebe să fii pregătit să fii-mpuşcat.

– Aşa uşor ţi-e ţie? zice ea, cu ochii scânteind pă faţa palidă.

– Pă bune. Io l-aş fi împuşcat dac-aş fi fost nevoit să-l împuşc.

– Dar n-ai făcut-o. Am făcut-o eu. Şi nici măcar nu m-ai întrebat de ce l-am împuşcat.

– Nu mă-nteresează. Şi-a meritat-o.

– Aşa alb-negru-i totul pentru tine? zice ea. Pentru mine nu-i aşa. A murit un om din cauza mea.

– Ba nu, Ki. A murit un om dân cauza *lui*.

– Eu l-am omorât, totuşi. Tu înţelegi chestia asta? Asta-i ideea principală.

– Da' nu-i totu' chiar atâta dă alb-negru, nu-i aşa? zic io, şi-o iau dă coate ca s-o trag mai aproape dă mine.

– Nu, nu e, zice ea şi se eliberează, da' parcă nu mai are forţă-n glas, deodată, dar tu nu pari să crezi în nuanţe de gri.

Acuma-ncep io să mă enervez. Nu-nţeleg de ce gândeşte-aşa.

– Da' de ce? De ce nu merita să moară? Curt merita să moară când l-a-mpuşcat?

– Tocmai asta vreau să zic. Nimeni nu merită să moară pentru ce-a făcut. Merită altceva, dar nu asta, zice ea, lăsându-se iarăşi pă canapea. Îşi trage genunchii goi la bărbie şi-nchide ochii.

– Păi, şi-atuncea, ce merită? Ce merită ăsta că a vândut atâta cocaină la lume? O palmă la cur, sau ce?

– Du-te-n mă-ta, zice ea, încet, dă parcă mai are-o țâră și-i moare bateria.

– Ba nu, Ki. Du-te tu. Ăsta n-a plătit niciodată pentru căcaturile pă care le-a făcut. Na, acuma a plătit.

Dup-aia, situația a rămas destul dă tensionată. Adevăru' e că toți ne călcam pă nervi unii pă alții. Apartamentu' ăla era prea mic ca să stea atâția oameni în el zi dă zi. Darămite după ce una dântre ei omorâse pă cineva.

Deci când a venit vremea să plecăm dân apartament, eram mai degrabă ușurați. Da, e-adevărat că eram stresați, da' tot preferam să fim afară. Dădeam dracu-n claustrofobie dă tot.

Tot nu aflaserăm nimica despre crimă, dăcât zvonuri, da' nimica dă la poliție sau dă la știri. Oricum, Ki rezervase un zbor dă dimineață devreme, ca să fie șanse mai mici să fim văzuți, pentru orice eventualitate.

Ki ne-a dat trezirea mie și lu' Curt cu niște cafea, dup-aia ne-a băgat niște pâine prăjită sub nas ca mic dejun. Da' era devreme, frate, și nouă nu prea ne-ardea dă mâncare. Bagajele erau deja făcute și ne-așteptau, mari cât toate zilele, să le luăm dă la ușa dă la intrare. Ne hotărâserăm că aveam să iau io banii deocamdată, că nu prea aveau cum să-i ia drept bagaje dă mână. Cea mai bună soluție pă care-o aveau pentru moment era să le trimit io niște bani, cum făcea și mama cu familia ei dân Nigeria, printr-un punct d-ăla dă transfer dă bani. Câte puțin, câte puțin, până ne venea o idee mai bună. Ki s-a uitat și-a văzut că putem să trimitem vreo două mii o dată fără să ne ia nimeni la-ntrebări.

După ce s-au îmbrăcat și s-au pregătit amândoi, s-au uitat la mine dă ziceai că n-o să mă mai vadă vreodată.

Chiar dacă mergeam cu ei la aeroport, Curt mi-a dat o îmbrățișare de-aia dă uriaș și-a zis: „Frățică, ne vedem". Să mor io, mă jur că mai aveam un pic și-ncepeam să plâng, da' dup-aia m-am întors către Ki. N-are dăcât un pulovăr și blugi pă ea, da' arată atâta dă frumos și-i atâta dă curată că-mi vine să mor pă dinăuntru și nu-nțeleg dân ce motiv.

Mă uit la ea bine dă tot și-ncerc să țin bine minte cum arată-n clipa aia, ca să-mi vină-n minte când am nevoie dă ea.

– Ki, zic io, iar ea fuge spre mine, mă strânge tare-n brațe și-ncepe să plângă. Și dă-i și plângi, și plângi, până mi se udă bluza la gât. Dac-aș fi putut s-o iau în brațe și s-o duc de-acolo într-un loc neștiut, credeți-mă c-aș fi făcut treaba asta.

La vremea aia era tare mică. O simțeam cum tremură și cum plânge la mine-n brațe, și parcă era un copil. Prin câte căcaturi a trecut fata aia la viața ei. Pentru ce? Pentru c-a-ncercat și ea să supraviețuiască și să fie – să fie om bun?

Figuri mai sunteți. Cum vă uitați – așa – la mine. Ce știți voi? P-prin câte căcaturi a trecut.

Nici nu știu de ce plâng io-n fața voastră. Chiar cred c-o să conteze pentru voi? Vă vorbesc dă zici c-o să vă conving vreodată. Ce? Ascultați toți și faceți pă politicoșii, io turui, și la sfârșit tot mă băgați la bulău? V-vă bag în mama voastră pă toți, mă. Dom' judecător, io nu mai pot. Să facă ce-or face. Să zică și că-s vinovat dacă vor.

(Pauză lungă: 13.15)

(Zi scurtă. Angajamente personale ale juraților).

LA TRIBUNALUL PENAL CENTRAL T2017229

ÎNAINTEA: Judecător SALMON, AR

Pledoarii de încheiere:

Proces: Ziua 34

Marți, 11 iulie 2017

<u>ÎNFĂȚIȘĂRI:</u>

Pentru acuzare:	domnul C. Salfred, AR.
Pentru inculpat:	el însuși

Transcript după o înregistrare audio digitală realizată de

T.J. Nazarene Limited

Stenografi oficiali și transcriptori

ai înregistrărilor tribunalului.

23

10.15

Deci, vreau să-mi cer scuze că mi-am dat drumu-așa-n fața dumneavoastră ieri. Numa' că atunci când îmi aduc aminte cum am ținut-o-n brațe pă Ki e – cum e.

Trebe să mă uit peste notițele mele o secundă numa'.

Revenind la ziua aia.

Nimeni n-avea chef să facă drumu' ăla lung până la aeroport, așa că ne hotărâm să mergem și să luăm metrou'. Plecăm dân apartament, și până s-apuc să-mi dau seama ce era cu mine, stăm în metrou și ne uităm unii la fețele ălorlalți și așteptăm să plece dân stația Elephant and Castle. Dup-aia am plecat. Metrou' gonea pă șine și oprea repede-n toate stațiile, că nu urca mai nimeni așa devreme dimineața. Ki și Curt aveau gențile-n poală și erau tăcuți. Priveau în față, fix, și ochii le licăreau așa dă la cum treceau în goană pă lângă stații. Dân când în când, mai urcau oameni. Erau ori muncitori care se-ndreptau spre un șantier dân apropiere sau, dân când în când, câte-un raver[1] care d-abia ajungea acasă, și la care-i mai sticleau ochii dă la ecstasy.

---

[1] Împătimit al muzicii electronice (n.tr.)

Ajungem la Piccadilly Circus[1] și dup-aia schimbăm linia ca s-ajungem la Heathrow[2]. Când coborâm noi, se cam umplu peroanele, deci trebe să ne-nghesuim prin mulțimi, care-s ca mulțimile dân Londra cum le știe toată lumea. Bețivani. Boschetari. Studenți. Muncitori. Bucăți mici dân toată lumea, chiar acolo, sub pământ. Trecem pă peronu' dân dreapta și așteptăm un minut până oprește metrou' scrâșnind, în sfârșit. Tot n-am scos o vorbă când am urcat, și-n timp ce urcăm și ne găsim locuri unii lângă alții, tot nu facem dăcât să ne uităm unii la alții în timp ce stațiile trec fulgerător pă lângă noi. Green Park[3], Hyde Park Corner[4], Knightsbridge[5], South Kensington[6]. Nume d-astea care pentru niște oameni ca noi nu-nseamnă altceva dăcât bogăție. O bogăție d-aia la care nici cu bani nu

---

[1] Intersecție și spațiu public important din vestul Londrei (n.tr.)

[2] Aeroport internațional londonez deschis inițial în 1929 (n.tr.)

[3] Unul dintre Parcurile Regale ale Londrei, Green Park își are originile în locul unde era un cimitir pentru leproși în secolul al XIV-lea. În 1820, parcul a fost reamenajat de John Nash, iar în 1840 a fost scena unei tentative de asasinat asupra reginei Victoria de către Edward Oxford

[4] Zona de sud-est a Hyde Park, din Londra, cunoscută pentru un arc de triumf și o statuie a ducelui de Wellington (n.tr.)

[5] Cartier londonez cu vile și magazine de lux (n.tr.)

[6] Zonă afluentă din Londra, în care au locuit, de-a lungul anilor, personalități precum Oscar Wilde (1854-1900), poet și dramaturg irlandez, J.M. Barrie (1860-1937), dramaturg și romancier scoțian, creator al celebrului personaj din literatura pentru copii Peter Pan, Henry Cavill (n. 1986), actor englez, cunoscut publicului larg pentru rolul lui Superman din superproducția DC/Warner Brothers *Man of Steel* (n.tr.)

putem s-ajungem. Ştim numele, ştim locurile, da' nu ne invită nimeni niciodată p-acolo.

Dup-aia, când oprim în Earl's Court[1], văd cu coada ochiului un băiat care-ncearcă să urce cu o fată. Nu-nseamnă nimic pentru mine. Nu-i dăcât un cuplu ca oricare altu'. Dup-aia, când se deschid uşile, îl văd pă Curt că-ncepe să-nţepenească.

– Să-mi bag una, zice el. Io-l ştiu pă băiatu' ăla.

Uşile se deschid, şi băiatu' urcă, iar fata vine-n urma lui. Curt îşi ascunde capu-n mânoacele alea mari ale lui, da' dacă l-ai văzut pă Curt o dată, nu mai are cum să-ţi scape. Ziceai că un elefant încearcă să se-ascundă cu trompa. Băiatu' intră cu pas săltat şi se aşază-n faţa noastră cu picioarele larg desfăcute. Poartă o jachetă dă aviator Avirex[2], care-l face să pară umflat rău în partea dă sus, da' se vedea după picioarele-alea ca două beţe că nu era nimica pă sub geaca aia dă piele. Fata aia care-i cu el e toată numa' tocuri şi rochie scurtă. Amândoi au feţe de-alea dă oameni jumate beţi, jumate pastilaţi cu ecstasy.

Deodată, băiatu' îl vede pă Curt.

– Hai, salut, zice el.

Dup-aia se-apleacă, întinde mâna şi îl atinge pă Curt pă genunchi.

Curt se preface că abia acuma-l vede prima oară şi-l salută dân cap. Băiatu' ia treaba asta ca pe un semn, se ridică şi se-aşază lângă el.

---

[1] Cartier afluent din vestul Londrei, unde se află, printre altele, celebra sală de concerte Royal Albert Hall (n.tr.)

[2] Companie producătoare de articole vestimentare militare fondată în Statele Unite

– Bă, vere, te caută lumea pă stradă, îs tovarășii cu ochii după tine.

Curt ridică dân umeri, dă parc-ar vrea s-arate că nu-l interesează, da' băiatu' nu se oprește.

– Și generalu' a-nceput să ducă vorba dă tine. Pă unde umbli?

Curt își încrucișează brațele și-i aruncă o privire de-aia care-arată dă zici c-ar putea dobori pă careva.

– Bă, io nici nu mai umblu-n gașca aia, frate. Io nu-s soldatu' nimănui, mă-nțelegi ce zic?

Băiatu' dă înapoi și ridică mâinile.

– E-n regulă, mă. Deci vrei să nu zic nimica, frățică?

Curt dă din cap, dup-aia zice:

– Și care-i problema, totuși? Știi ceva dă treaba asta.

– Da. Niște Păgâni le fac belele la Glockz, zice băiatu', zâmbind din nou.

– Da? Cu ce?

– L-au ciuruit unii pă io știu ce somalez, și barosanii – Bătrânii – au pornit la război, știi cum zic? Ei zic că Glockz l-au împușcat pă băiatu' lor, și Glockz zic că s-ar putea să știi tu ceva. Băiatu' zicea că a fost în știu io ce apartament și făcea o afacere. Cic-a fost împușcat când s-a-mpuțit treaba.

Curt dă dân cap, și-ncearcă să pară că i se rupe, da' deodată se zburlește.

– Băiatu' zicea? Care băiat zicea? întreabă el.

– Ăla, somalezu'. Ăla care-a fost împușcat. JC cred că-i zic ăștia.

– Nu, frate. Stai așa un pic. Ăla-mpușcat a zis chestia asta?

– Da.

Curt se uită la mine, zăpăcit. Dup-aia se-ntoarce iară către Avirex.

– Io am auzit că l-au belit p-ăla.

– Nu. A fost împușcat, da' glonțu-a trecut drept prin el. A scăpat cu viață. Căca-m-aș, trebe să coboare fata mea aicea, frate, ne mai vedem noi. Da' stai liniștit, că nu zic nimica, adaugă el, făcând cu ochiu', dup-aia o coboară pă prietena lui dân metrou și ne face cu mâna.

Ki și cu mine ne uităm la Curt. Nu-i dă mirare că n-am aflat nimica la știri dă crimă. Bulangiu' trăia. Curt se gândește-o clipă, dup-aia se ridică și-și pune geanta pă umăr.

– Ia dă să văd biletele-alea, zice el către Ki, care scotocește după bilete prin poșetă și i le dă. Curt se uită bine la ele și le rupe.

– Ce faci, frățică? zic io, ridicând sprânceana la el.

– Nu ne mai trebe astea. Nu-s gaborii după noi acuma, nu? Haide. Înapoi la tine la apartament. O să se stârnească niște căcaturi în curând.

– Ce? Acuma nu mai mergem deloc în Spania? întreabă Kira, și coboară după noi dân metrou, confuză.

– Dacă-s adevărate căcaturile astea, atuncea nu trebe să fugim dă poliție, dacă nu ne caută poliția, zice Curt în timp ce merge pă peron ca să prindă metrou' care merge dă unde am venit noi.

– Și dă unde știm că nu ne caută poliția? zic io și mă iau după el.

– Că nu s-ar fi dus în niciun caz la poliție să zică de o afacere cu droguri care a mers cum nu trebe. Și oricum, o fi o lepădătură, da' turnător nu-i, zice el și-i aruncă lu' Ki o privire care ne-arată că-i vorba dă Spooks.

– Și cum rămâne cu găștile? Cu Glockz? Cu Bătrânii? întreabă ea, îngrijorată.

– Păi, Bătrânii nu pă noi ne caută, nu? Îi caută pă Glockz. JC trebe să le fi zis Bătrânilor dă ei. Poate-o să ne caute Glockz, da' io cred că ăştia au probleme mai mari dăcât noi, zice el.

Chiar dup-aia, apare metrou' şi urcăm toţi. E tot dimineaţă devreme, da' navetiştii abia-şi încep ziua şi metrou-i mai plin dăcât de-obicei.

– Oricum, zice Curt, cu o voce scăzută, chiar când se-nchid uşile, dacă poliţia nu ştie dă chestia asta, atuncea Bless, cu maică-ta, cu maică-mea, şi cu frate-tu, v-aţi băgat toţi în căcat, zice el.

Ki şi cu mine ne uităm unu' la altu'. Ştim că are dreptate.

Pauză: 10.45

24

11.00

Practic, nu ne venea să credem, da' ni s-a confirmat chestia asta a doua zi prin niște surse. Zic io „niște surse“, da' sursa noastră era Blessing în cazu' dă față.

Bless știa că noi avem dă gând să ne luăm zboru'. Cum am zis, Ki și Curt trebuiau să plece primii, și io trebuia să merg după ei peste câteva zile. Da' ne-am hotărât că legătura cu Bless era prea periculoasă. Deocamdată puteam să negăm orice acuzație-n legătură cu ea. N-a văzut-o nimeni cu adevărat. N-a-mpușcat pă nimeni, a avut mereu masca pă figură, și-a ieșit foarte repede dân apartament. Pă lângă toate astea, nu era ea genu' dă fată care să se bage-n belele. Era doar o fată care locuia cu maică-sa. Nici nu prea ieșea dân casă. Nici nu cre' c-o știa careva, să poată s-o acuze. Deci numa' s-o dezrădăcinăm dă maică-sa și să fugim cu ea nu voiam. N-aveam de ce, mă-nțelegeți cum zic?

Da' când ne-am dat seama că poliția nu știa dă chestia asta, a fost cu totu' altceva. Fără poliție pă urmele lor ca să-i bage-n sperieți, ăștia dân găști aveau să facă ce făceau ei dă obicei. Glockz aveau să-l caute pă Curt. Bătrânii aveau să vină să ne caute pă toți. Jamil trebuia să-i fi pregătit pentru treaba asta. Da' problema mea erau Bless și mama. Dac-am fi fost în Spania când veneau Bătrânii să mă caute, următoarea casă unde aveau să bată la ușă era a lu' mama. Așa, că li se scula lor.

Deci iarăși dilemă.

Dac-aveam poliția pă urme, nu trebuia să ne urmărească găștile. Când Trident[1] sau orice altă brigadă dă poliție se implică, atuncea dau găștile înapoi. Nu vor să se bage gaborii-n treburile lor, știți cum zic? Da' fără poliție și fără sentința pă viață, partea nașpa era că poate-ar fi vrut găștile să ne omoare. Și pă familiile noastre. De-aia a trebuit să ne-ntoarcem. Nu eram sigur care era mai nasoală. Era o chestie d-aia. Mai că nu era mai bine să sunăm la poliție și să terminăm cu toată chestia asta. Da' dă fapt, io nu-s d-ăla care să poată duce-o sentință pă viață, știți cum zic? Sau Ki. Nici ea nu-i d-aia. Credeți-mă ce vă zic.

Oricum, imediat ce ne-am întors dân călătoria cu metrou', io am sunat-o pă Bless să-i spun că până la urmă nu mai plecăm.

– Bine, zice ea. Mă b-bucur.

Dup-aia a-nchis, dă parcă n-ar mai fi fost nimica dă spus în legătură cu asta.

Am ajuns la apartament și Curt și Ki și-au trântit gențile. Acuma nu mai aveam altceva dă făcut dăcât s-așteptăm. Știți care era chestia? N-aveam dă unde să știm care era următoarea noastră mișcare până n-aflam dân ceva surse. Oare Glockz chiar îl căutau pă Curt? Oare Jamil le zisese la Bătrâni dă mine și dă Ki? Oare trăiau? Oare era ceva adevăr în căcaturile ce ni le-ndrugase ăla dă la metrou? Dacă era viu, cât dă viu era, dă fapt? Oare putea să vorbească?

---

[1] Brigadă a poliției metropolitane din Londra, înființată în 1998 pentru combaterea infracțiunilor armate și a omuciderilor (n.tr.)

Noi trei am petrecut restu' zilei ăleia încercând să punem la cale un plan B sau E sau F, știți cum zic? Primu' lucru pă care trebuia să-l știm era dacă Jamil era cu adevărat în viață, și dacă era, ce le zisese la Bătrâni?

– Poate nici nu le-a zis nimica, zic io către ceilalți, când ne luăm cina cu pizza dân congelator.

– Și cum ți-ai dat tu seama dă chestia asta? zice Curt, care trage dă fâșii dă cașcaval dân gură dă zici că-s bucăți dă elastic.

– Păi, tocmai a fost taxat și oamenii lui au fost ciuruiți. A pierdut bani și mai ales reputație. Poate vrea să țină căcaturile astea ascunse.

Curt se hotărăște că-i prea greu să mănânce pizza ca omu', așa că pune două felii la un loc, face un sandvici dân ele și-l bagă pă tot în gură.

– Mmm, poate, zice el, poate.

– Sau poate nu, zice Ki, care se ridică de la masă și-și aruncă mâncarea la gunoi.

Încheiem noaptea fără să hotărâm mare lucru-n afară dă faptu' că ne mai trebe informații. Și doar cu înc-o chestie. Dacă le-a zis pă bune la Bătrâni dă noi, atuncea trebe să ne găsim alt loc în care să stăm. Repede.

Când începe Curt să sforăie pă canapea, ne dăm seama că-i vremea dă culcare. Io dau dân cap către Ki și ne ducem încet în dormitor. În noaptea aia, când mă gândesc la un loc în care am putea să stăm, Ki se-ntoarce-n pat așa-ncât să stea pă un cot și cu capu' spre mine.

– De ce nu putem să mergem în Spania, pur și simplu? întreabă ea, încet.

– Nu, frate. Nu se poate. Sau cel puțin io nu pot. Mama și Bless. Ele-s într-o situație dă risc, și dup-aia-mi dau seama pă bune.

– Da' tu poţi să te duci. De ce nu te duci tu? Te stabileşti tu undeva şi noi luăm legătura cu tine mai încolo, zic io, ridicându-mă deodată-n şezut.

– Taci, măi, din gură, zice ea, oftând că ştii că nu merg nicăieri fără tine.

Mă-ntind la loc și privesc fix către tavan o bucată dă vreme. Curând, aud cum respiră Ki și-mi dau seama că doarme. La puţin timp dup-aia, adorm şi io, cu capu' lu' Ki pă piept.

Visele mele dân noaptea aia au fost sucite rău dă tot. Ki era un soi dă pasăre cu pene de-alea colorate-aşa, şi-ncerca să zboare. Da' nu putea, că io ţineam nu ştiu ce aţă-n juru' gâtului ei, şi dă fiecare dată când ea-ncerca să scape, aţa se strângea mai tare. Parcă se sufoca singură, sau poate-o sufocam io. Da' m-am trezit chiar înainte s-o omor. Măcar asta a fost o chestie.

În dimineaţa următoare, bate cineva la uşă, atâta dă uşor că aproape că n-aud. Mă trezisem şi găsisem un spaţiu gol unde-ar fi trebuit să fie Ki, și-o clipă mi-am amintit dă ea ca dă pasărea aia. Încerc să scap dă imaginea aia, dă ziceai c-ar fi fost vreo pânză dă păianjen de-aia veche şi mă duc la bucătărie, unde-o găsesc pă Kira făcând micu' dejun. Dup-aia am auzit bătaia aia uşoară-n uşă. Aproape că ziceai că bate careva cu vârfu' degetului. Dă fapt, doar fiincă ridică Ki privirea dinspre pâinea pă care-o unge cu unt şi zice „În ţeavă se-aude sau e careva la uşă?" îmi dau io seama că bate cineva.

Mă uit la Curt ca să-mi confirme, da' nu văd c-ar fi treaz după nimica dă pă faţa lui. Mestecă pumni dă pâine prăjită lângă masă, da' ochii încă nu i-au prins viaţă.

Iarăşi tap-tap. Mă-ntreb de ce nu mi-oi fi luat io un vizor d-ăla mic dă pus la uşă? Îmi aduc aminte că m-am gândit că trebuia să rezolv treaba asta, chiar dacă eram panicat şi mă furişez spre uşă cu şosetele-n picioare, încercând să nu fac niciun zgomot. Iară se-aude. Tap-tap-tap. Da' inima mea face bum-bum-bum. Aştept. Lipesc urechea dă uşă. Chiar dup-aia se-aude-o voce-n şoaptă.

– Io sunt, Bless.

Deschid uşa şi-o văd, măruntică şi înfofolită într-o geacă albă şi pufoasă ca un nor.

– Hai repede înăuntru, zic io şi-o trag dă-ncheieturile mâinilor, care-i ies dă sub mâneci ca nişte surcele netede.

– Ce faci aicea? zic io.

– E vorba dă b-băiatu' ăla, Jamil, zice ea, cu ochii mari.

Chiar atuncea, Curt iese cu paşi mari dân baie, unde stătea ascuns. Ki se ia după el. Amândoi au aceeaşi expresie pă feţe. Zăpăciţi. Aşa ai putea să-i descrii.

– Salut, gaşcă, zice ea către ei doi, şi primeşte-o îmbrăţişare dă la Ki, care-o mângâie pă faţă, zici că-i un copil mic.

– Bless. Nu eşti în siguranţă, ce cauţi aici, iubire? zice Ki, care se uită la mine să-i dau un răspuns. N-am ce răspuns să-i dau.

– Io nu primesc o-mbrăţişare? zice Curt deodată şi se-ndreaptă cu paşi greoi spre ea. Bless roşeşte-n obraji când se-apropie el, nu ştiu de ce. Poate fiin'că-i emoţionată. Curt are un obicei de a da emoţii la lume.

Ne uităm la ea şi-aşteptăm să vorbească.

– E vorba de J-Jamil, zice ea. Am auzit io un zvon.

– Ce zvon? zic io.

– Trăieşte şi i-iese dân spital mâine.

– Căcat. De unde știi?

– E doar un zvon. Vorbește puștimea. N-numai asta zic. C-a fost văzut și că i-iese dân spital mâine.

– Ăla dân metrou nu era mâncător dă căcat, îi zic io lu Curt, care dă încet dân cap ca pentru sine și încă mestecă pâine prăjită.

– Fii atentă, tu trebe să pleci acuma. E periculoasă treaba asta, zic io, ținând-o dă umeri.

– Stai liniștit că p-plec. N-am vrut să te sun, zice ea și se-ntoarce să plece.

– Aa, a zis mama să vii la cină. Și să-l iei și pă calu', zice ea, uitându-se la Curt și roșind iară.

Io mă uit la Curt, care zâmbește larg, cu gându' la mâncarea lu' mama.

– Poate, zic io, mai vedem.

Jamil trăia. Nu doar atâta. După ce-a dat Curt vreo câteva telefoane, am aflat că se pusese deja pă picioare. Umbla vorba, exact cum spusese băiatu' dân metrou, că glonțu' trecuse chiar prin el și ieșise pă partea aialaltă. Cic-ar fi sângerat pân-ar fi murit dacă nu-l legam noi cu banda aia. Oricum, se părea că-n dimineața dă după ce-l lăsaserăm noi acolo, niște gunoieri găsiseră niște saci mari dă gunoi în blocu' ăla. Ei credeau că-i numa' gunoi.

Oricum, chiar când voiau să le-arunce la compactor, cic-a-nceput unu' dântre sacii ăia să miște. Amărâții ăia s-au speriat și l-au scăpat, și băiatu' aproape a murit a doua oară. Se agita toată lumea pă lângă blocu' ăla. Poliție peste tot. Dup-aia am aflat că era la terapie intensivă. Dup-aia, câteva zile, într-un salon normal. Pă urmă, așa, pă nepusă masă, a ieșit. Polițiștii adulmecau pă urmele lui, cum făceau ei dă obicei, da' nu se-apucaseră să-l caute ca lumea, că Jamil încă nu dăduse vina pă nimeni pentru asta, dân câte știau ei. Probabil că-ncercaseră să-i ia o declarație, da', la urma urmei, ăsta era traficant dă droguri și n-avea dă gând să toarne pă nimeni dacă voia să-și păstreze reputația pă străzi. Curt avea dreptate cu chestia asta. Întrebarea era ce-avea să se întâmple mai departe.

Ki și cu mine ne-am ascuns la mine-n apartament în următoarele două zile, cam așa. Când trebuia să luăm ceva, mă trezeam io devreme și mă duceam și luam. La șmecherii dân găști le place să trândăvească-n pat, și nu găsești niciun soldat pă străzile dân Londra înainte dă prânz.

Curt voia să se tot mute dă colo colo în loc să rămână-n apartamentu' lui, că știa c-ar fi putut să fie o țintă și-ar fi putut să stea ăia cu ochii pă el. Da' n-avea multe variante, așa că a rămas la mine mai mult dăcât ar fi vrut. Încă avea niște aliați în Glockz, care puteau să-i dea informații și să le dea mai departe, și chiar dacă-n momentu' ăla nu-l luase nimeni în cătarea puștii pă Curt, tot i se pomenea numele.

Dup-aia, la vreo săptămână dă la-mpușcături, eram la mine-acasă, toți, făceam ce făceam noi de obicei, ne jucam pă PS3 și mâncam pizza, să ne treacă și nouă ziua cumva, Curt primește un telefon dă la Guilty, Generalu' lui. Când vede număru', încremenește. Îi stă mâna deasupra dă telefon, e nesigur dac-ar trebui să răspundă. Da' după ce sună telefonu' dă vreo douășpe ori, ăsta-nghite-n sec, răspunde, și se uită la mine cu sprâncenele ridicate. Zile-ntregi n-a răspuns la telefonu-ăsta, da' acuma știe că trebe să răspundă.

Curt duce telefonu' la ureche și dă dân cap. Mai trec câteva secunde și dă iarăși dân cap, dă zici că ăla cu care vorbește-i chiar în cameră. Dup-aia, în sfârșit, vorbește.

– Nu, frăţie, n-are nicio treabă cu mine – ăia m-au luat la ochi că l-am bulit p-ăla acu' ceva vreme – nu m-ascund niciunde, frăţie. Io-s în Ţara Galilor – la-nmormântare la văru-meu – nu, pă bune, frăţie – da, bine. Hai, că ne-auzim când mă-ntorc.

A lăsat telefonu' jos și-a respirat dân nou. Parcă se ferise de o sută dă gloanţe odată. Imediat ce-a prins culoarea care trebuia, Ki l-a-ntrebat dacă avea să fie acuzat dă ceva dân punctu' dă vedere al lu' ăia dân Glockz, da' Curt nu credea.

– Nu, încă nu-s stresat. Lu' Guilty i-a sărit ţandăra, sigur, da' nu dân cauza asta. E dân cauză că el crede că io m-am lăsat dă viaţa dă cartier. Crede c-am ieșit dân Glockz.

Ki și cu mine răsuflăm ușuraţi.

– Da' trebe să ies la lumină cât dă curând dacă vreau să rămân liniștit, zice el. Cât dă curând se poate.

Io chiar nu eram încântat dă ideea întoarcerii lu' Curt în Glockz. Dân câte știam noi, ăia puteau s-aștepte ca el să se-ntoarcă tocmai ca să-l mierlească. Da' la urma urmei, știam că el avea dreptate. Trebuia să se-ntoarcă și să-și arate faţa. Măcar așa avea și el o șansă. Dacă se tot ferea de ei, ăia ar fi putut să intre la bănuieli, și exact chestia asta ne mai lipsea.

În seara-n care l-a sunat Generalu' lui, Curt a rămas la noi. Se simţea cam ciudat și n-avea chef să plece și să-și găsească un loc în care să doarmă. Și, oricum, bagajele lui erau tot la mine la apartament, așa că la fel dă bine putea să doarmă aicea.

A doua zi dă dimineaţă, când a plecat, Ki l-a strâns tare-n braţe și i-a zis să aibă grijă dă el. Io m-am uitat în ochii lui și l-am întrebat dacă-i sigur că vrea să plece.

– N-am dă ales. Dacă nu mă duc înapoi acuma, mă belesc ăștia la sigur. Oricum, am prieteni p-acolo, oameni dă bază, și dacă era vreun pericol pă bune, cred că-mi ziceau ei.

– Bine, frățică, dacă tu ești sigur.

– Ținem legătura când și dacă mai aflu chestii dân vreo sursă, zice el.

Își pune geanta dă voiaj pă umăr și pleacă.

Într-un fel, îmi doream să nu fi trebuit să-l trimit iară acolo. Da' era singura chestie care avea logică. Trebuia să meargă înapoi acolo, c-altfel ar fi intrat ăia la bănuieli că poate se ascundea fiincă el trăsese. Dup-aia mai era și chestia dă interior.

Curt trebuia să fie aproape dă Glockz ca să poată să ne avertizeze dacă-ncepea cumva să se-ncingă treaba pentru noi.

Bine, mai ales pentru Ki. Dacă ăia aveau dă gând să vină să ne caute, trebuia să ne anunțe Curt, și poate să-i și trimită prin fundături, știți cum e. Bine, nu vreau să zic că nu eram îngrijorați pentru viața lui. Că eram.

În următoarele douăjpatru dă ore și ceva, Ki și cu mine am așteptat vești dă la el dă parc-am fi așteptat rezultate dă la clinică. Curt scăpase dă cartelă, ceea ce-nsemna că n-aveam cum să dăm dă el. Trebuia s-așteptăm să ne dea o veste. La sfârșitu' zilei ăleia, cum n-am auzit nimic dă el, eram sigur c-a murit. Da' în dimineața următoare a sunat.

– Bă, frățică, zice el, trebe să zic repede.

– Trage, zic io. Ei, nu trage, da' știi tu ce zic. Scuze, frate. Zi.

– Păi, am vești bune și vești rele.

– Care-s alea rele? zic io, cu inima-n gât, abia reușind să scot cuvintele.

– Jamil m-a acuzat pă mine pentru împușcături. Nu-și aduce aminte multe, da' mă ține minte pă mine.

– Căcat. Care-s alea bune?

– Dă fapt, îs două vești bune. Prima-i că Guilty nu crede-o iotă. A doua-i că n-a zis nimeni c-ar fi implicată vreo fată.

– Aia-i bine, zic io, foarte ușurat, deci, de ce nu crede Guilty? De ce nu te-a luat la ochi pentru chestia asta?

– Nu știu. Crede că JC încearcă să-l întoarcă-mpotriva găștii lui. Auzi, trec io mai încolo pă la tine și te pun io la curent. Da' acuma trebe s-o tai, zice el, și io rămân cu telefonu' descărcat în mână și cu mintea zbârnâind. Am strigat-o pă Ki, ca să-i dau vestea, da' am văzut că era pă telefon. În sfârșit, a-nchis.

– Maică-ta, zice ea, insistă cu cina.

– Căca-m-aș, zic io. Hai, că mă gândesc io la ceva.

Nu vreau să plec d-aicea, dacă-i după mine, și chiar nu vreau să dau semne la ăia care ar putea să ne caute la mama și la Bless acasă.

– N-o să trebuiască să te gândești la nimic, că i-am zis că mergem. Mâine, spune ea, zâmbind cu jumate dă gură. Să-l aduci pă *calu'*, adaugă ea cu accent nigerian.

Asta era tot ce ne trebuia.

Dă fapt, poate că asta era ce-mi trebuia mie, niște normalitate-n viața mea. N-o mai puteam duce așa multă vreme. Mă sufocau pereții ăștia.

Pauză de prânz: 13.00

25

14.00

Oricum, așa am ajuns, la opt zile după-mpușcăturile-alea, io, Kira, Curt și Bless să stăm la masa lu' mama și să luăm cina ca orice familie.

Doar că noi nu suntem ca orice familie, și-asta nu-i ca orice cină. Io eram paranoic în legătură cu ieșirea dân apartament. Dacă ieșeam, puteam fi văzuți în orice moment, și dacă eram văzuți, o beleam. Pân-atuncea nu venise nimeni să ne caute, da' *credeți-mă* că imediat ce-aveau să aibă habar câtuși dă puțin unde eram, aveau s-o facă. Mai erau și mama, și Bless. Nu știam dacă știa careva unde locuia mama, da' pân-atuncea nu o urmărise nimeni, deci nu puteam dăcât să sper că nu știa. Situația fiind cum era, să fiu văzut oriunde, darămite la mama la ușă, era fix ce nu-mi doream.

Io nu voiam să fiu băgat în treaba asta. Mama a înțeles. I-am zis că nu putem să venim la cină. I-am spus că era periculos pentru Ki, da' mai mult n-am zis. Ea știa că dispăruse Ki la vremea aia, și-n adâncu' sufletului, știa că orice făceam io, făceam ca să fie ea-n siguranță. Mama, cum v-am mai zis, o iubea pă Ki și nu-și dorea câtuși dă puțin s-o expună la vreun risc. Da' chiar Ki a vrut așa.

Plănuiserăm totu' ca pe-o operațiune militară. În primu' rând, cina n-avea să fie la cină. Avea să fie la micu' dejun. Cum v-am spus, șmecherilor dân găști nu le place să se trezească devreme, că stau toată noaptea treji și fac afaceri.

După planu' nostru, Curt trebuia să treacă pă la mama prin zonă cu mașina lui aia șmecheră să vadă ce și cum era p-acolo. Dacă era nasol, atuncea renunțam la plan.

Dacă nu era nasol și nu părea să ne urmărească nimeni, atuncea avea să parcheze la intrarea dân spatele apartamentului nostru. Era acolo o alee d-aia lungă care ducea la drumu' principal. Avea să parcheze acolo ca să blocheze aleea. Noi aveam să venim în fugă. Să sărim în spate și să o tăiem ca dân pușcă. Îmi pare rău, n-am vrut să zic „ca dân pușcă".

Mașina lu' Curt are geamuri fumurii în spate, deci aveam să fim mai mult sau mai puțin invizibili. Dup-aia, aveam să dăm vreo două ocoluri pân-acasă la mama, și dacă totu' era încă-n regulă, avea să ne lase-n spatele casei. Poarta dân spate avea să fie deschisă și aveam să intrăm pe acolo.

Deși totu' mersese după plan, treaba încă era tensionată rău dă tot. Kira și cu mine am avut glugi trase pă cap tot drumu'. În partea dân spate dă la Range Rover Sportu' lu' Curt, eram cu ochii beliți după orice semn. La ora aia nu se treziseră dăcât copiii dă școală și niște muncitori, da' pă mine și poștașu' mă făcea să intru la bănuieli. Nici după ce-am ocolit toată casa, n-am fost sigur, și-am vrut să mai ocolim o dată.

– Nu, frate, nu putem, zice Curt, oftând. Dacă mai dăm vreun ocol, un bulangiu d-ăla dă vecin băgăcios o să sune la gabori. Părem dubioși rău, frate.

Abia când ne-am așezat toți în bucătăria călduroasă a lu' mama m-am relaxat și io, în sfârșit.

– Mamă, hai să stai jos cu noi și să mănânci, îi zic io, pă la spate, în timp ce ea mai prăjește mâncare pă plită.

Mirosu' dă mâncare prăjită dimineața mi se pare ireal, da' cum n-am mâncat dă ieri dă la prânz, stomacu' meu nu face figuri.

– Cum să stau io jos, ai? Dacă io stau jos, pă calu' cine-l hrănește? zice ea și-și vede dă gătit.

Cred că zâmbește, da' nu-i văd fața. I-am văzut-o când Curt a intrat pă ușa dân spate, și părea că-i vine să plângă.

Mă uit iară-n juru' mesei. Bless pare să se fi străduit special pentru mine, și aproape-s mișcat dă treaba asta. N-am mai văzut-o așa, poate nu-i potrivit să zic faină, că-i soră-mea, dar da, faină. N-am mai văzut-o dă multă vreme așa faină.

Poartă ceva ce pare-a fi o rochie nouă. E roz spălăcit, așa, și-i face obrajii să lucească. Și Ki. Parcă i-au mai dispărut grijile dă pă față, și se uită parcă dup-un car dă ani la mine dă parcă s-ar bucura să mă vadă. Are așa o privire înflăcărată că nu pot să mă uit la ea. În mintea mea, schimb subiectu' dă zici că schimb viteza. Parcă-mi troncăne-n urechi când fac asta.

– Auzi, Curt, și cu Guilty cum rămâne? zic io, încercând să m-asigur că mama nu ascultă prea atent.

Dă fapt, sincer să fiu, n-aveam de ce să-mi fac griji. Nu prea ascultă ea ce vorbim noi. Așa se poartă cu noi dă zici că suntem ceva neam dă extratereștri.

– Mă, oamenilor. Voi nici englezește nu mai vorbiți.

Vă zic un lucru, e bine că nu-i mama în sala dă judecată acuma. Să vedeți bătută ce mi-ar trage pentru accentu' ăla nigerian groaznic, aşa-i, Bless? Să-mi bag una. Acuma vine înapoi în sală. Deci unde eram?

Da, în clipa aia, se duce mama la masă şi trânteşte pă ea vreo sută dă bucăţi dă carne dă pui prăjit. Curt parcă se hotărăşte între mâncat şi vorbit. Până la urmă, ia două ciocănele şi muşcă bucăţi mari dân ele, dup-aia-şi aduce aminte că noi vorbeam. Se şterge la gură dă unsoare şi când mama-şi târşâie picioarele-napoi la plită, continuă.

– Cică JC a strigat în gura mare la Bătrâni că io am fost ăla care l-am taxat. Guilty a aflat.

– Căcat, zic io.

– Aşa-i, frăţică. Aşa-i. Da' stai să vezi nebunie aicea. Vine Guilty la mine: „Îl bag în mă-sa pă bulangiu' ăla mic dă somalez. A tot făcut nefăcute pă tarlaua noastră destul timp. Data viitoare când dau cu ochii dă el, îl mierlesc!"

– Pă bune? zic io.

– Da, mă, pă bune. Şi fii atent, că dup-aia dă tot dân el: „Şi-s destul dă sigur că el a luat-o pă curva aia dă sub pod. Niciun alt bulangiu n-ar fi avut sânge-n el să facă asta. Ăsta se crede mare gangster, da-i un fătălău cu Bătrânii-n spatele lui. Dacă el are impresia că se poate pune cu băiatu', îi trage băiatu' un glonţ dă nu-l poate duce".

– Căcat, zic io şi-mping scaunu-n spate şi mă lovesc peste picior.

– Da, şi zic io: „Dă-l în mă-sa, frate, ţi-l fac io varză. E plăcerea mea".

Curt începe să râdă, dup-aia, înainte s-apucăm să ne dăm toţi seama, toţi patru dă la masă râdem într-un hal, dă ne dau lacrimile.

În cele dân urmă, mama se-ntoarce către noi dânspre plită, cu-o lingură mare-n mână, şi-ncepe s-o fluture spre noi.

– Ei, ei. Ia mai terminați, pentru numele lui Dumnezeu. Știți cum se zice. După râs vine plâns.

Când s-a terminat „cina" ne-am dat seama că nu puteam să ne luăm și să plecăm. Era aglomerat rău afară și era periculos. Așa c-am rămas acolo. Ne-am relaxat. Mi s-a părut ca un Crăciun d-ăla pă nepregătite. Ne-am descălțat și ne-am întins pă canapea sau pă perne, și mama ne-a adus ceai și gustări. Ne-a plăcut. E greu dă explicat în cuvinte. Parcă dăduse cineva pă pauză la viețile noastre și puteam scăpa dă ele o vreme. Să fim iarăși normali. Nu voiam să se termine ziua asta.

Când am plecat a doua zi dimineață devreme spre casă, mă simțeam mai bine dăcât mă simțisem dă multă vreme. Cred că toți ne simțeam așa. Bless ne-a condus la ușă și ne-a-mbrățișat pă mine și pă Ki dă bun rămas.

– Frățică? Hai să decolăm, zic io.

– Nu, frate, mi-i bine-aicea, zice Curt, cu-o privire dubioasă. Uite, ia cheile mele, le iau io mai încolo. Cre' că io rămân aicea o vreme, ăăă, dacă-i în regulă cu maică-ta. N-am văzut-o dă multă vreme. Știi și tu cum e.

– Sigur, zic io, și-arunc o privire spre Bless, care se strecoară repede spre bucătărie, unde mama, nu știu de ce, gătește iară.

– Reușești s-ajungi înapoi în regulă?

– Da, zice el. Iau un taxi și-aia e.

– Deci, zic io și-l trag pă Curt mai aproape, crezi c-am scăpat?

– Da, posibil. Guilty nu crede zvonurile cum c-am fost io la ascunzătoarea aia. Căcat, cre' că își dorește să îl fi taxat *el* p-ăla. Are-o ură pă Jamil dă nu-i adevărat.

– Păi, și dacă se-agită Bătrânii? Atuncea ce se-ntâmplă?

– Nu, frate. Glockz îs pregătiți ca lumea. Nu dau ei înapoi în fața Bătrânilor. Da, o să iasă război, da' io cre' că noi scăpăm basma curată, dacă ținem capetele la cutie, zice el și se-ntoarce iară spre bucătărie.

– Treci pă la mine mâine, dacă poți. Mai trebe să lămurim niște-amănunte, zic io, pă la spatele lui, și dup-aia plec.

Vă spun io ceva acuma. Să mor io, în clipa aia am crezut că s-a-ncheiat. Tot. Că scăpasem. Da' n-am ținut seama dă omu' cu care Jamil avea legături. Și cred că ăla a schimbat toată povestea. Un om ce-l știa toată lumea dă Face[1].

Pauză: 15.00

[1] „Față“ (eng., n.tr.)

26

15.30

Deci, a doua zi, vine Curt la mine la apartament să rezolvăm unele chestii. Unu la mână, erau toți banii ăia la mine acasă, cu care trebuia să hotărâm ce să facem. Mie, sincer să fiu, nu-mi plăcea gându' că banii erau acolo. Voiam să dispară, și dân punctu' meu de vedere, erau banii lu' Curt și el hotăra ce să facă cu ei.

Am legat toți banii cu bandă elastică, iar Ki ne-a pregătit la toți ceva dă mic dejun. Când puneam toți banii pă masă, mă uit la ea, și pare din nou frumoasă. Adică, ea mereu a fost frumoasă, da' acuma părea să-și fi recăpătat strălucirea. Nici nu era-mbrăcată cu ceva deosebit, avea niște ciorapi gri și-o bluză albă dă mătase care-i lăsa brațele dezgolite. Da' vă spun io, la lumina dă la fereastră, fața ei a semănat o clipă cu o pictură d-aia veche. Așa era dă frumoasă, zic. Nu dă veche.

L-am lăsat pă Curt să intre și-a venit și s-a așezat cu mine la masă.

– Căcat. Era să uit dă ăștia, zice el, făcând un semn dân cap spre grămezile dă bani.

– Da, păi, te-ai hotărât ce să faci cu ei? Îs destui bani acolo. Îți fac io rost de-o mașină bengoasă, frățică, dacă te-nteresează. M3, RS4[1], ce vrei tu.

---

[1] Model lansat de compania producătoare de automobile Audi în 1999 (n.tr.)

– Nu, frate. Am io nişte planuri cu banii ăştia.

– Cum ar fi? zic io, curios.

– Îmi cumpăr libertatea, frăţie. Scap, în puşca mea, dă viaţa asta, ştii cum zic?

– Ce pana mea tot îi dai cu libertatea, frate? Nu eşti sclav, nu? zic io şi-i zâmbesc larg.

– Nu, frate. Ăsta-i preţu'. Sigur ţi-am zis. Anu' trecut, i-am zis lu' Guilty că vreau să mă las, şi zice: „Sigur, băi, negroteiule, eşti liber să pleci. Da' pentru cinzeci", zice el, şi face dă cinci ori câte zece pă degetele alea uriaşe.

– Io nu-nţeleg, zic io, şi chiar nu-nţelegeam. Trebe să *plăteşti* ca să ieşi?

– Da, trebe să plăteşti, cum căcat să nu? zice el. Dup-aia se ridică dă pă scaun şi-şi ia o bere dân frigider, chiar dacă-i abia vreo zece dimineaţa.

Trebuia să plăteşti ca să pleci? Asta-mi suna mai mult a Mafie dăcât a Camden, da' el ştia nişte căcaturi ce nu le ştiam io. Îl las cu berea lui şi mă duc să scotocesc după un rucsac vechi în care să pun banii. Încep să-l încarc. Până termin, rămân surprins de cât e dă greu. Da' cum încarc io banii-n rucsac, încet, încet, mă pun pă gânduri.

– Băi, io n-am înţeles o chestie, zic io, intrând la loc în bucătărie, cum ai ajuns tu să te bagi în căcaturi d-astea cu găşti? Io-mi aduc aminte dă vremurile alea-n care mai bine băga careva un cuţit în tine dăcât să te bagi în vreo gaşcă.

Curt trage un gât şi oftează dân greu.

– Poveste lungă, frăţică. Poate ţi-o zic altădată.

Chiar în clipa aia, îi sună telefonu', iar el răspunde după ce sună dă câteva ori şi ascultă. În timp ce el dă dân cap şi zice „da" la telefon, Ki vine la masă cu-o grămadă dă pâine prăjită pe-o tavă şi cu vreo douăşpe ouă prăjite pă alta.

– Ne mai trebuie mâncare, zice ea, pă mutește, ca să nu-l deranjeze pă Curt, care vorbea la telefon.

Io dau dân cap, da' n-o bag în seamă, că io-ncerc să ascult numa' apelu' lu' Curt. Îl văd pă Curt cum i se schimbă culoarea la față. Când lasă în sfârșit telefonu' jos, am senzația că orice s-ar fi zis în apelu' ăla nu era o chestie d-aia gen „vești bune și vești proaste". Era numa' cu vești proaste.

– Vești proaste rău dă tot, zice Curt, în sfârșit. Am intrat în căcat.

Ki se așază la masă dă zici că-i cu-ncetinitoru'. Îi piere culoarea dân față.

– Ce vrei să zici cu asta? zic io, și mă străduiesc să nu-mi ajungă inima la boașe.

– Păi, cu Guilty am vorbit.

– Da, mă, mi-am dat seama, zic io. Și?

– Păi, știi că JC are legături cu niște Bătrâni, nu?

– Da.

– Na, ăia nu-s orice Bătrâni.

– Ce vrei să zici?

– Gașca asta nu-i o gașcă obișnuită dă Bătrâni, în pana mea.

Io-i arunc o privire fără expresie.

– Asta-i gașca lu' Face, zice el, și dup-aia înțeleg.

Dup-aia, Ki se uită la amândoi, cu-o față de-aia nevinovată.

– Cine-i Face? zice ea, rar.

– Face, zice Curt, și-și ia capu-n mâini. Vrei să știi despre Face? Stai, că-ți zic io o poveste cu bulangiu' ăsta. Deci, într-o zi, vara trecută, Face era la un club cu Locotenentu' lui, când un Păgân l-a înjunghiat pă al doilea om după el când el era la baie.

– Așa, și? zice Ki. Un gangster l-a-njunghiat pe altul. Astea-s chestii standard.

Înainte s-apuc io să-i explic, se bagă Curt iară.

– Nu, frate. A fost mare chestie. Când înjunghii Locotenentu' unuia, e serioasă rău dă tot treaba. Un General și-al doilea după el îs ca frații, practic. Tu știi cum e, zice el către mine. Ăștia-ncasează gloanțe unu' pentru altu'. Fac și pușcărie unu' pentru altu' dacă trebe.

Io dau dân cap, da' adevăru-i că nu-s atâta dă convins dă chestia asta cum e Curt.

Curt ia o gură dă bere și povestește mai departe.

– Cum ziceam, ăsta-i înjunghiat, și Face înnebunește. Dacă era acolo, lângă el, nu-s sigur că s-ar fi întâmplat căcatu' ăsta. Da' n-a fost, și al doilea om după el a murit. Și Face a pornit la război.

– Deci, dacă altfel ar fi trebuit să petreacă zile-ntregi ca să afle cine-a făcut asta, așa n-a trebuit să facă niciun căcat. A aflat a doua zi.

– Cum? întreabă Ki, aplecându-se în față.

– Simplu, omu' pune asta pă toate gardurile. Se apucă și face-o căruță dă tricouri cu fața ăluia și cu literele R.I.P. scrise pă ele și le dă la toată gașca lui.

– Da, mă, am auzit dă chestia asta, să-mi bag picioarele, zic io, aducându-mi brusc aminte.

– Da' Face nu-i un gangster dă rând. S-ar putea zice că-i un geniu. E un strateg. Și ca să scurtez povestea, Face s-a gândit că ăsta o să-ncerce să-l atace prin surprindere. Și știa că gașca aialaltă n-o să-nceapă să facă tămbălău dacă nu credeau c-o să câștige. Așa că Face a jucat mai deștept decât ălalalt. Și-a adunat câțiva dântre soldații tineri, Micuții[1], și i-a trimis să urmărească mișcările ăluia.

Iară vă uitați cam fără expresie la mine. C-am zis „Micuți?" Bun, Micuții-s soldați în devenire. De fapt, îs niște copii, da' lu' ăștia dân gașcă le place dă ei dân tot felu' dă motive. E nasol dă tot, da' asta e.

Așa, ca să revenim la povestea aia de-o zicea Curt.

– Ăsta voia să știe unde era ăla-n fiecare zi. La ce cluburi mergea? Unde-i fusese văzută mașina ultima oară? Cu câți oameni era? Unde pleca după ce ieșea dân club? Unde era baza lui?

– Dar, stai așa, zice Ki. Ăsta folosea copii?

– Cum căcat să nu se folosească dă copii? Face a fost primu' care s-a folosit dă copii. „Arăți respec' sau te-alegi cu găuri." Asta era replica lui dă recrutare, sau ceva dă gen.

– Nu, adică el era nu știu ce geniu și se folosea de copii?

– Păi, tocmai *ăsta* era geniu' lui. Că era vorba dă niște copii, nu se uita nimeni dă două ori la ei. Erau mai mult sau mai puțin invizibili. Nicio gașcă nu se așteaptă la belele dân partea unor copii dă zece ani cu uniforme dă școlari pă ei.

– Și-așa a aflat Face unde stătea ăla într-o săptămână. Dup-aia, într-o dimineață, foarte devreme, chiar înainte să răsară soarele, Face își pune-o cagulă pă față și se duce la ăla acasă cu doi oameni de-ai lui. Ăia-l trag jos dân pat și-l leagă dă un scaun, dup-aia încălzesc douăzeci dă minute capătu' unui levier cu o lampă cu gaz chiar în fața lui. Și cât se-ncălzește ăla, Face îi tot șoptește: „Unde-s biștarii? Ia zi, unde-s? Unde i-ai ascuns? Zi, mă". Dup-aia, când nu

---

[1] În original „Tinies" (eng., n.tr.)

primeşte răspuns, şi se-ncinge tare fieru', ăsta-l ia şi-l ţine la câţiva centimetri dă ochiu' ăluia.

– Curt, zic io, dându-mi seama ce urmează să zică, io cred c-ajunge.

– Nu. Eu vreau să ştiu, spune Ki, cu ochii mari.

– Păi, ce să-ţi zic? Îi ţine bucata aia dă fier lângă ochi până când îi pocneşte ochiu'. Dup-aia, când ăla-i plin dă toate porcăriile care-i ieşeau dân orbită pă piept, ăla mai că nu i-a desenat o hartă cu locu' unde erau ascunşi banii. Vreo sută dă mii au ieşit dân taxările alea. Droguri şi hârtiuţe. Şi arme. Da' dân punctu' dă vedere al lu' Face, nu era destul.

– Când a-ncetat ăla cu urletele, Face şi-a scos băieţii dân casă, şi-a dat cagula jos şi-a băgat-o pă gâtu' ăluia legat. În clipa aia, cre' că ăla a ştiut că s-a-ncheiat, că Face îşi arătase faţa. N-avea cum să-l lase să scape, ştiţi cum zic? „Asta-i pentru al doilea după mine“, zice el, ia lampa şi dă drumu' la o flacără albastră. Dup-aia, după ce termină ce are dă făcut, îl împuşcă dă trei ori în cap p-ăla. Chiar a doua zi, fiecare membru dân gaşca lu' Face poartă un tricou cu o poză cu cadavru' ăluia cu literele R.I.P. scrise cu lampa. Absolut nimeni dân gaşca mortului n-a făcut nimica drept răzbunare. În două săptămâni, s-a dus pă apa sâmbetei toată gaşca. A fost R.I.P. pentru gaşca aia, practic, mă-nţelegi? Ăsta-i Face.

– Ia-o aşa. Dacă Face află că noi am fost acolo când JC a fost taxat, suntem istorie, zic io.

– Da, e o chestie şi cu asta, zice Curt, înainte să apucăm să ne şi dăm seama dă treaba asta.

– Ce?

– J.C. a-nceput să-şi aducă aminte alte căcaturi, zice el.

– Cum ar fi? zicem noi, amândoi.

– Cum ar fi că *un om dă legătură* a băgat un glonț în el, o fată. Un om dă legătură care are ochii cenușii.

Oricum, io mă uit la Ki, care s-a albit toată la față. La-nceput, nu zice nimica. Doar se ridică și-ncepe să se plimbe prin cameră.

– Nu-i a bună. Nu-i a bună, zice ea, iar și iar.

Io mă ridic și o cuprind cu brațu', da' ea îl dă la o parte și continuă să se plimbe de colo colo prin cameră.

– Stai liniștită, Ki. Aicea ești în siguranță, zic io, da' chiar când îmi ies cuvintele-astea pă gură, mă uit prin apartamentu' meu și știu că nu-i adevărat. Ușa ieftină dă la intrare, și geamurile desprinse prin care intră zgomote de afară mă fac mincinos.

– Da, mă, fată. Nu știe nimeni unde ești. E-n regulă, adaugă Curt.

Ki se uită-n ochii mei și mă fixează cu privirea.

– Io nu pentru mine-mi fac griji. Pentru frate-meu. O s-ajungă ăia la el, zice ea, cu o voce care sună dă parc-ar țipa careva într-o cutie.

– Ce vrei să zici? Ce treabă are Spooks cu chestia asta?

Dup-aia îmi dau seama ce vrea să zică.

Pauză lungă: 16.31

LA TRIBUNALUL PENAL CENTRAL T2017229

ÎNAINTEA: Judecător SALMON, AR

Pledoarii de încheiere:

Proces: Ziua 35

Miercuri, 12 iulie 2017

ÎNFĂȚIȘĂRI:

Pentru acuzare: domnul C. Salfred, AR.
Pentru inculpat: el însuși

Transcript după o înregistrare audio digitală realizată de
T.J. Nazarene Limited
Stenografi oficiali și transcriptori
ai înregistrărilor tribunalului.

27

10.00

Chiar ieri, la sfârşit, v-am zis că JC începea să-şi aducă aminte dă tot felu' dă căcaturi. O fată cu ochii dă culoare deschisă. Era genu' dă replică pă care n-o putea uita nimeni, şi fata era genu' dă fată pe care n-o putea uita nimeni. Şi când şi-o aminteau oamenii, făceau în aşa fel încât să stoarcă tot dân amintirea aia, ca să doară.

Ki avea dreptate. Primu' loc în care s-ar fi dus Bătrânii dacă n-o găseau era la Spooks. Imediat ce-şi dădeau seama cine era fata cu ochii dă culoare deschisă, ştiau tot despre frate-su. Chiar dacă nu ştiau unde-i ea, ştiau unde-i el. Şi nu conta dacă Spooks ştia sau nu unde era ea, ei tot puteau să pună un pic dă presiune pă el, în punctele lui dă presiune, dacă ştiţi cum zic. Ştiam toţi asta, şi-am rămas fără replică-n momentu' ăla. Curt a plecat imediat dup-aia. O parte dân mine-şi dorea să pot să plec şi io.

Am petrecut cea mai mare parte dân noaptea aia gândindu-mă la ce să-i spun lu' Kira ca să se simtă mai bine, da' ştiam şi io că n-avea să meargă nimica. Făcea chestia aia pă care-o făcea ea dă obicei şi se ascundea în mintea ei. Probabil că era cel mai bun lucru pă care putea să-l facă, aşa c-am lăsat-o-n pace. Nu eram sigur c-aveam voie să intru-n locu' ăla dân mintea ei. Nu eram sigur că voiam să intru nici dac-aș fi avut voie. Uneori, trebuia s-o lași pă Ki să-și facă damblaua și dup-aia s-aștepți să-și revină.

Ce m-a surprins când s-a terminat toată tărășenia a fost că am găsit-o dimineață, când m-am trezit, în dormitor, citea o carte, dă ziceai că nici nu se-ntâmplase nimica. Era aproape parcă-și dădea seama că asta e, situația-i oricum dă căcat și n-are rost să-și facă griji pentru ea. Știam că nu trebe s-agit și mai tare spiritele, așa că atuncea când mi-a zâmbit și m-a întrebat dacă vreau cafea, am dat, pur și simplu, dân cap și am zâmbit și io.

Normal că eram îngrijorat că avea să se cufunde iară-n ea, da' următoarele zile n-aveau dăcât să-și poarte singure dă grijă. Trecuseră câteva săptămâni dă la taxare, deci habar n-aveam dacă aicea era vorba dă vindecare sau dă ceva ce-avea s-o pună iară la pământ. Nu puteam dăcât să țin pumnii strânși. I-am zâmbit iară. M-a privit calm, și io am încercat să fac la fel. Să fiu calm. Să dublez calmu' dân cameră chiar dacă știam că nu există niciun motiv bun pentru el. Mă simțeam ca un tată d-ăla care bătea dân palme ca să uite copilu' lui că a căzut și s-a julit la genunchi.

Ce-mi aduc aminte cel mai bine e privirea aia pă care-o avea. Era mai mult dăcât – cum îi zice? – resemnare. Parcă era o privire prin care-arăta că nu își mai făcea atâtea griji pentru Spooks. Arăta ca atuncea când știa ce urma. Știți, parc-avea totu' sub control. Mi-a dat o ceașcă dă cafea și-a zâmbit, relaxată.

– Tu nu bei una? întreb io.

– Nu, eu ies câteva ore. Mă întorc până la unu.

Io mă frec la ochi și o privesc zăpăcit.

– Unde ieși?

– Mă duc și eu până afară. Îmi trebuie niște spațiu.

Încep să mă trezesc, dup-aia, când reuşesc să mă uit dân nou la faţa ei, zic panicat:

– Ki, ştii bine că n-ai voie afară. E prea periculos?

– Ăăă, poftim? Cu cine crezi că vorbeşti? N-am cerut voie. Pot să mă duc şi mă duc. Aş fi putut să mă duc când dormeai tu. Deci, n-ai decât s-accepţi asta.

– Da' te vede careva.

– Nu mă vede nimeni. Îmi pun gluga pe cap şi port ochelari de soare. O să fie în regulă. Pe lângă asta, aşa cum ai tot zis tu, nu e niciun gangster treaz la ora asta, zice ea, şi pleacă pă nepusă masă.

Am încercat s-o ţin pă loc, da' nu mi-a folosit la nimica. Am luat-o dă braţ şi m-am uitat la ea dă parcă nu-mi ardea dă glume. Da' ea s-a uitat dă două ori mai urât la mine şi şi-a eliberat braţu' dân strânsoarea mea.

– Ne vedem mai târziu, a zis ea, înainte să plece. Şi mă rugam să fie aşa.

*

În restu' dimineţii, practic, sunt stresat. Încerc s-o sun pă telefonu' ei, da' intră direct căsuţa vocală. Îi trimit mesaje, da' nu răspunde. Unde s-o fi dus? N-are cum să fie doar o plimbare, c-altfel n-ar fi zis că se-ntoarce la unu. Nu puteam să-mi dau seama. Poate că era la o prietenă. Poate că se dusese-n vizită la mama şi la Bless. P-asta n-o prea credeam, mai ales după bătaia dă cap dă la ultima vizită şi toate chestiile ce-a trebuit să le facem ca să fie sigură. Oricum, mi-am stors io creierii cât mi i-am stors, da' mi-am dat seama c-ai mei creieri n-aveau loc să mai fie storşi şi până la urmă am renunţat, m-am pus la geam şi-am aşteptat-o să se-ntoarcă.

Ora unu trece și vine. Dup-aia vine ora două și trece și ea. Când se face deja ora trei, chiar încep să-mi fac griji pentru ea. Deja-s, cât, șase ore dă când a plecat? Iară-mi aduc aminte dă când a dispărut ea ultima oară. Băga-mi-aș picioarele să-mi bag. Nu trebuia s-o las să plece, bă, frate, bă. Trebuia s-o țin în casă, chiar dacă ar fi trebuit s-o țin cu forța și să-ncui toate ușile și geamurile. Am mai rămas lângă geam aproape-o oră și-am încercat iarăși cu telefoane și cu mesaje, da' nu mi-a răspuns la niciunele. Dup-aia, când mă uit pă geam, o văd. Da' aproape că n-o văd. Ceea ce-i mai nasol dăcât v-ați putea da seama. Vedeți dumneavoastră, ca s-ajungi la mine-n bloc, se poate intra printr-un singur loc, dacă vii dân stradă. Și ăsta-i un loc pă care io-l văd chiar dă la geam. N-are cum să-mi scape. E chiar în fața mea. Da' ea n-a venit p-acolo, și de-aia aproape că mi-a scăpat. A venit prin spate. Și cum să vă explic io, ăsta nu era un loc în care ea ar fi trebuit să fie. Era un loc unde venea puștimea să se relaxeze, să fumeze, să facă afaceri, știți cum e. Nu-s alte motive să fii acolo – nici în stradă nu poți să ieși de-acolo. Pentru mine n-avea nicio logică. Deloc, deloc.

Când a intrat pă ușă, mi-a venit s-o strig. Nu eram tocmai furios, da' știți cum e, eram confuz. Nu puteam să mă gândesc la ceva ce-ar fi putut ea să spună ca să-mi explice, asta dacă nu-mi spunea că a ieșit să ia o doză, știți? Da' avea o expresie pă față care m-a făcut să mă opresc. Părea calmă și-ngrijorată în același timp.

Și mă duc io la ea, relaxat.

– Unde-ai fost, Ki? întreb io, așteptându-mă să-mi bage nu știu ce vrăjeală.

Totuși, ce zice ea în continuare mă dă peste cap.

– Să-l văd pe Spooks.

– Poftim? Măi, Ki, tu ești nebună? Cine știe cine pușca mea te-o fi văzut în închisoarea aia.

– Am fost nevoită s-o fac, zice ea, dă parc-ar fi fost dă la sine înțeles, și-și scoate paltonu'.

– Ai fost nevoită? Tu ai habar ce-ai făcut?

Eram furios. Cum putuse să se expună unui asemenea risc? Cum putuse să le expună pă mama și pă Bless unui asemenea risc?

– Las-o așa și gata. Aveam, oricum, ordin de vizită, și știi și tu cum e, a trebuit să mă duc să văd dacă era bine.

Așa furios eram, că m-am întors cu spatele la ea și am încercat să mă calmez. Nu știam ce să zic sau să fac. În cele dân urmă, când sângele-a-ncetat să-mi mai facă fața să roșească, m-am întors înapoi spre ea.

– Și dacă te vedea careva?

– Nu m-a văzut nimeni, zice ea.

Trece dă mine și intră-n bucătărie să pună ibricu' pă foc.

– Păi, și cum era? Era bine? întreb io, în sfârșit, încă mocnind dă furie că se expusese unui astfel dă risc, da' vrând să mă calmez.

– Da. E bine. Săptămâna viitoare-l mută. În aripa protejată.

Mă uit la ea, da' pă față nu i se citește nimica.

– Bun, acuma l-ai văzut. Termină cu vrăjelile-astea, Ki, te rog io.

– Plus c-a trebuit să-mi mai iau și niște cărți, zice ea, ținând în mână o plasă dă la Oxfam[1] cu douășpe cărți necartonate-n ea.

---

[1] Confederație alcătuită din 19 organizații caritabile independente fondată în Kenya în 1942 (n.tr.)

Bă, frate, pentru o fată aşa deşteaptă cum e ea, Ki făcea nişte prostii dă nu-i adevărat. Dă fapt, să meargă la-nchisoare să-l vadă pă Spooks, într-o-nchisoare plină dă gangsteri dântre care unii poate-o caută chiar pă fata asta? Căcat. N-avea cum să-ți scape. Păi, când intră asta într-un supermarket, toată lumea se uită la ea. Închipuiți-vă ce efect avea într-o încăpere plină dă bărbați, în închisoare. Era – nici nu pot să vă zic cum era. Ca atuncea când intră o fată frumoasă într-o închisoare dă bărbați.

Dup-aia îmi aduc aminte că am văzut-o dă la geam. Cum a venit prin spate. Dân locu' ăla unde n-ar fi avut ce căuta. Mă pregăteam s-o înfrunt, da' Ki nu era o fată d-aia pă care s-o acuzi verde-n față dă ceva. A trebuit s-o iau cu blândețe.

– Totuși, o chestie vreau să-mi zici. Pă unde te-ai întors? întreb io, până la urmă, nesigur dacă vreau s-aud ce-mi răspunde.

O clipă, se uită la mine dă zici c-aş fi prins-o făcând nişte căcaturi pă care n-ar fi trebuit să le facă. Dup-aia, se calmează iară, deci am impresia c-am înțeles-o io greşit.

– M-a adus un vizitator cu maşina, zice ea.

– Ce vizitator? zic io, şocat de ce-mi zice.

– Cineva de la închisoare. E-n regulă. Îl ştiu. E prieten cu Spooks.

– Spooks? Te-a adus unu' care-i prieten cu Spooks cu maşina? Măi, Ki, io cred că tu nu-ți mai iei medicamentele, sau ceva, frate.

– Ți-am zis că-l ştiu. E-n regulă. Ăsta mi-a fost mai frate decât Spooks.

Io nu mai ştiu ce să zic. Ea n-a zis niciodată nimica dă vreun prieten de-al lu' Spooks care să fie ca un al doilea frate în toţi anii cât am fost împreună, da' io nu pot s-o controlez pă Kira. Da' dacă vreau să fie-n siguranţă, atuncea trebe controlată. Dup-aia îmi aduc aminte pă unde-a venit. Nu mă lămuresc.

– Pă unde-ai venit? întreb io iară.

– Pă unde?

– Da, pă unde?

– Aa, face ea, dup-aia se luminează repede la faţă. Stai liniştit. Le-am zis să mă ducă-n capătu' ălalalt al blocului. Nu m-a văzut nimeni când am venit p-aicea. Am luat-o prin spate.

– Aha, zic io, şi la vremea aia, mi-a fost destul să ştiu atâta.

Abia mai încolo, când am început să-mi întorc faza asta prin minte, mă-ntreb ce-i cu cărţile. Dacă un vizitator a dus-o cu maşina înapoi, cum a luat cărţile? O fi dus-o ăla la Oxfam? Mă gândesc că s-ar putea s-o fi dus. Da' o fi aşteptat-o şi-o fi adus-o înapoi cu maşina? Pentru mine, n-avea nicio logică.

Pauză: 11.00

28

11.30

Mie mi se pare că dumneavoastră aşteptaţi sfârşitu'. Şi unu' dântre ultimele lucruri pă care mi le-a zis avocatu' meu a fost: „Să nu-i laşi să-şi piardă interesul", şi nu ştiu dacă nu vă pierdeţi cumva interesu'. Da' ajung io şi-acolo, pă bune vorbesc. Mai daţi-mi numa' o ţâră dă timp, bine? Deci, unde eram?

Aşa, la chestia cu Spooks. Oricum, la o zi după chestia aia, vine Curt şi bate la mine la uşă.

– Deci se pare că s-a-mpuţit treaba, zice Curt. Gaşca lu' Face îl caută pă Guilty prin cartier. O să se-ntâmple-o chestie mare.

– Bun, zic io. Ar fi şi cazu'.

La cum vedeam noi lucrurile, cu cât se doborau ăştia doi între ei mai repede, cu-atâta era mai bine pentru noi. Stăteam închis în apartament dă zece zile deja, şi pereţii parcă se strângeau, iar spaţiu' dintre ei părea otrăvit. Nu apucaserăm să luăm şi noi o gură dă aer curat dă când începuse toată tărăşenia asta, în afară dă ziua aia petrecută la mama. Aveam nevoie să se termine chestia asta. Şi tot ce trebuia ca să se termine era să-nceapă. Găştile alea două se lichidează una pă alta, noi scăpăm basma curată. Trebuia numa' să sperăm că dacă se pornea un război d-ăsta, Face avea să fie prea ocupat ca să se mai întrebe ce-i cu fata aia cu ochii dă culoare deschisă. Cu puțin noroc, poate-l termina unu' dân Glockz, știți cum zic?

Am început să gândesc pozitiv. Mă uit la Ki cum stă întinsă pă canapea și se vede de la sine că s-a liniștit mult mai mult dă când l-a văzut pă Spooks. Pare mai aproape dă firea ei obișnuită. Mai concentrată, mai puțin absentă. Se vede că-i mai atentă la detalii acuma.

– Face și Bătrânii-s prea răi pentru Glockz, din câte zici tu, spune ea calm.

– Răi? Face dă unu' singur era destul dă rău. Da' cu gașca-n spate? O să se-mpută nasol căcatu'. Parcă-s dân Evu' Mediu băieții ăia, zic io.

– Păi, și-asta nu-i o problemă pentru noi? zice ea, lăsând cartea jos și clipind încet spre mine.

– Ce vrei să zici cu asta, Ki? zic io.

Mă enervează că nu zice pă direct ce-are dă zis.

– Guilty o să moară? întreabă Ki.

– O mierlește-n mod sigur, zice Curt, destul dă interesat încât să lase țigara deoparte.

Noi ne oprim, uitându-ne unii la alții, și respirăm în liniște.

Ce voia Ki să zică era că planu' funcționa numa' dacă găștile se nimiceau între ele. Dacă Face scăpa cu viață, și Guilty era omorât, Face tot ne-ar fi căutat. Singura chestie care-l interesa pă Face erau banii, și era doar o chestiune dă timp până ce Face avea să-și dea seama că Guilty n-avea banii. Noi aveam banii, și-asta însemna un singur lucru. Dacă Jamil îi șoptea la ureche lu' Face despre cine era-n spatele împușcăturilor, Face avea să vină în curând și să ne caute. Pă toți. Pă mine, pă Curt și pă Kira.

Normal, noi deja ştiam într-un fel chestia asta. Dar ce speram io şi Curt era ca Face să-ncaseze şi el câteva gloanțe-n schimbu' dă focuri. Poate, credeam noi, lu' Face avea să-i ajungă că ieşise câştigător dântr-un război între găşti. Ştiţi cum e, că poate se mulțumea cu treaba asta, şi cu şansa de-a-i taxa el însuşi pă Glockz.

– Da' nu putem să facem niciun căcat în legătură cu treaba asta, zice Curt, în sfârşit. Face şi gaşca lui zici că-s Terminatori. Îs de neoprit.

– Da, da' asta nu-nseamnă că ricoşează gloanțele dân ei, adaug io, întrebându-mă dacă nu s-ar putea cumva să existe o cale de-a opri gaşca lu' Face.

Curt se freacă pă față cu o läboacă şi zice încet.

– Nu ştiu, frate, zice el. Aşa o fi.

Ki își trage paltonu' pă umeri și se ridică-n picioare după ce stă pă gânduri o clipă.

– Atunci trebuie să facem ceva, zice ea, ca să-i încetinim pe Face şi pe-ăştia.

Să-l încetineşti pă Face era o chestie d-aia uşor dă zis, greu dă făcut. Cum să-l fi încetinit noi pă Face? Unu la mână, noi ne-ascundeam. Nici nu puteam să umblăm liberi pă străzi, ştiţi cum zic? Eram blocați acolo. Doi la mână, gaşca dă Bătrâni lu' Face era gaşcă dă barosani, ca lumea. Cu arme şi tot felu' dă căcaturi. Adică arme dă arme. MAC-10. Semiautomate d-alea. Ce puteam să facem noi împotriva ălora? Ceva dă gen i-am zis lu' Ki.

– Aveți careva vreo idee? adaug io, uitându-mă la Ki.

– Eu? zice ea.

– Păi, poate vorbeam dă noi, dă toți, zic io, repede, uitându-mă la Curt.

– Bine punctat, zice ea, dă parcă faptu' că am cerut să venim toți cu idei ar fi cea mai mare tâmpenie, da' eu îți spun un lucru. Eu n-am de gând să stau aici și s-aștept să fiu omorâtă. Și mai trebuie să ne gândim și la mama, sau de ea ați uitat? adaugă ea.

– Și la Bless, zice Curt, în barbă.

El și Ki își aruncă o privire dă parc-ar fi ceva ce nu mi-au zis.

– Da, și la Bless, zice ea, luându-și telefonu', pă care i-a venit un mesaj. Uitați care-i treaba, eu nu pot să gândesc dacă-s închisă aici, trebuie să ies să iau aer, zice ea, repede.

– N-ai cum să pleci. E prea periculos, zic io, da' mă uit la ea dă parcă vreau să-i arăt că m-am săturat dă toată vrăjeala asta, când pleacă ea câteva ore, cum a făcut și când s-a dus să-l vadă pă Spooks.

– E-n regulă. Îmi trebuie un loc unde să pot să gândesc, atâta tot, zice ea, și își ia paltonu' pă ea.

Io cred că trebe să-mi mai exersez privirea. Parcă nu îmi înțelege privirea aia pătrunzătoare rău dă tot.

– Frăție, zic io către Curt, cu mâinile-ntinse, îndemnându-l să facă ceva.

– Nu io, zice el.

– E-n regulă, spune ea. Mă duc într-un loc unde-i liniște.

– Și cam pă unde-ar veni ăla? zic io, îngrijorat.

Nu vreau să riște să fie văzută. Nu acuma, când arde-așa rău. Nu arde pă bune, că suntem la Londra. Arde că ne arde pă noi.

– Poate la biserică, zice ea.

– La biserică? Aia de-aicea? Duminica? Tu ești nebună?

Ki se oprește dă parc-ar începe să înțeleagă ce zic. Biserica dân Camberwell e mai aglomerată duminica dăcât un McDonald's.

– De ce nu-ncerci la moschee? întreabă Curt, că aia nu-i ocupată duminica, nu? Te duc io acolo, că oricum trebe să mă duc după Bless, zice el, și după o pauză, adaugă:

– Și după mama ta.

Pauză de prânz: 12.50

29

14.00

Deci Curt trebuia să o ducă la o moschee. Pare aiurea rău dă tot, așa-i? Adică, la moschee? Mi se părea ceva dubios la toată povestea asta. Toate ciudățeniile alea despre care tot citește lumea. Acuma, de când îs în închisoare, am început să știu mai multe despre islam. Aicea-i zicem Închislam, totuși. Cei mai mulți se alătură ca să primească mâncare mai bună. Alții se alătură ca să fie alături dă tovarășii lor, în liniște și pace. Câțiva se-alătură ca să-și bage mințile-n cap. Doar câte-un pakistanez sau somalez se-alătura pă bune, știți cum zic, să se roage pentru mântuire.

Da' pă vremea aia, nu știam io prea multe despre chestiile-astea. Știam dă covoare dă rugăciune, dă Mohamed, da' nu mare lucru pă lângă astea. La cum vedeam io p-atuncea lucrurile, asta era chestia aia de-o făceau teroriștii și cu tipii ăia cu bărbi lungi și fără mustăți.

Da' oare mă bucuram că se ducea Ki la o moschee ca să-și găsească liniștea și pacea? Nu prea mă bucuram, sincer să fiu. Era prea periculos pentru ea să umble p-afară. Adică, io o înțeleg. Era închisă în apartamentu' ăsta mic dă tot și mă vedea doar pă mine. Era groaznic. Io, la vremea aia, nu știam, da' era mai rău decât la închisoare, într-un fel. La închisoare mai ieși măcar în fiecare zi la aer. Da' p-atuncea, în apartamentu' ăla, dădeai în claustrofobie. Direct în claustrofobie dădeai.

Dup-aia, dân toate locurile, au ales fix moscheea. Nu mi se părea un loc sigur pentru cineva. După mintea mea, e un loc d-ăla cu menuete[1], sau cum le zice la alea. Știți cum zic, cu turnurile, cu văicărelile. Și cu bărbați. Nu știu de ce, în mintea mea, nu-s dăcât bărbați în locuri d-astea. Acolo unde nu-s dăcât femei, îs obligate să fie acolo dă bărbați. E invers ca la biserică, unde bărbații-s acolo doar fiincă-s obligați dă neveste și dă mame.

Pe de altă parte, n-avea șanse să fie recunoscută la moschee, că noi nu știam pă nimeni dân Bangladesh sau dă unde.

Oricum, ca să scurtez povestea, Ki a plecat cu Curt și până să mă dezmeticesc, stă într-o moschee și gândește. Io rămân singur în apartament. Mă uit la telefon dân minut în minut. Mă uit pă geam dân două-n două minute. Mi se face rău în fiecare minut dân alea două-n care văd că ea nu-i acolo. Oare cum se-ntoarce? Nici nu știu dac-o ia Curt sau cine-o ia, măcar.

Până la urmă, mă plictisesc să tot aștept și fac ce-ar face orice tip. Iau PS3-u'. Am *Call of Duty*[2] în stivă și deși eram

[1] Personajul face, desigur, o confuzie de natură lexicală, în contextul respectiv fiind, de fapt, vorba despre minarete, turnurile unei moschei (n.tr.)

[2] Serie de jocuri video *first person shooter*, inspirate din diverse războaie. Primul joc, lansat în 2003, a fost inspirat din al Doilea Război Mondial, la fel ca următoarele, însă seria a continuat cu sub seriile Modern Warfare și Black Ops, situate în Războiul Rece și un viitor apropiat. Revenirea la cadrul istoric al celui de-al Doilea Război Mondial a fost făcută abia în 2017, cu *Call of Duty: WWII* (n.tr.)

bun la ăsta, începusem să mă satur până peste cap dă arme și dă toate alea. Deci am ales *FIFA*. Echipa mea Chelsea[1] era țeapănă rău, credeți-mă ce vă zic, avea cei mai buni jucători pă care-i putea cumpăra cineva. Îi aveam pă Ronaldo, Messi, Agüero, Bale, Silva, Suárez, Neymar, care-or mai fi. Atâția atacanți aveam că nu prea mai aveam loc să bag oameni în apărare, așa că i-am băgat în spate pă unii ca Fàbregas și Touré. Nu semăna cu nicio echipă pă care-ai fi văzut-o în realitate, da' cine vrea realitate când vrei să fugi dă ea?

Ce-am observat io când m-am jucat în ziua aia totuși e că nu poți să te joci ca lumea dăcât când ai mintea limpede. Nu zic că trebe să te concentrezi. Nu trebe. Doar că atuncea când ești îngrijorat dă ceva, nu poți să te folosești dă chestia aia ca să fugi dă viața ta. Te-ajută să scapi dă viața ta când nu prea se-ntâmplă nimica-n viața ta dă la bun început. Cred că de-aia, după ce ți se termină procesu', se joacă lumea pă PlayStation. Da, credeți-mă. Avem PlayStation în închisoare. Da' cum am zis, e bun dă ceva doar dacă n-ai altceva dă făcut, și trebe să-ți meargă viața cât dă repede se poate.

L-am oprit și am început să mă plimb prin apartament, căutând ceva dă făcut. Spălasem deja toate vasele. Plita era curată. N-aveam altceva dă făcut dăcât s-aștept. După o vreme, m-am dus în dormitor și-am început să scotocesc p-acolo. Pă partea lu' Ki dă pat erau cărți stivuite pă podea, și-am luat una-n mână. *Să ucizi o pasăre cântătoare*[2]. Am

---

[1] Echipă britanică de fotbal fondată în 1905, cunoscută fanilor drept „The Blues" (n.tr.)

[2] Roman al scriitoarei americane Harper Lee (1926-2016), publicat în 1961, câștigător al premiului Pulitzer (n.tr.)

întors-o și-am citit ce scria pă spate. Câteva cuvinte m-au izbit. Blândețe și cruzime. Dragoste și ură. Părea o carte d-aia pă care-ar fi citit-o ea. O carte cu idei opuse. Cum eram io și cu ea. Am deschis prima pagină și m-am apucat să citesc, da' parcă nu pornea povestea. Era aceeași chestie ca la PS3. Nu-mi era mintea destul dă limpede ca să prindă cuvintele cum trebe. Dă fiecare dată când mă prindeam dă ceva, mintea-mi mergea înapoi la Kira. Până la urmă, n-am ce altceva să fac dăcât să mă ridic și să stau la fereastră și să mă uit afară după ea sau după oricine altcineva pentru care trebuia să-mi fac griji. Nu-mi place ideea că ea-i afară atâta dă multă vreme. Ar putea s-o ia careva. Și nu-s sigur că mai scap cu viață după un scandal d-ăsta. Dup-aia se întunecă și încep să mă agit. Nu pot să mai stau p-aicea, așa că mă hotărăsc să ies. Să iau și io o gură dă aer dă noapte. Cred că-i destul de întuneric încât să mă ascund.

Când ajung afară, mă hotărăsc s-o iau prin spate. P-acolo pă unde-am văzut-o pă ea c-a venit ultima oară. Nu știu exact de ce, cred că încă eram curios în legătură cu treaba asta. Nu mi se părea-n regulă și voiam să văd cu ochii mei. Nici nu eram sigur dacă era vreo scurtătură până la celălalt bloc. Trecuse-o căruță dă vreme dă când o luasem p-acolo ultima oară. Ajung la tomberoane, și dau de-un zid jos, peste care sar. Dup-aia, ajung la ceva groapă d-aia dă gunoi care ocolește celălalt bloc. Nu prea-i nimic p-acolo, în afară dă câteva conserve și sticle d-alea spălăcite, și tot felu' dă gunoaie. Părea un loc d-ăla în care se gândise cineva să aibă o grădină când îl construise, da' nu se mai sinchisise. Îl traversez în vreo cinci minute dă mers repede și mă gândesc ce să fac mai departe. N-am ce să văd aicea. Dup-aia, deodată, am.

O mașină.

*

Uitați care-i treaba: io știu cam toate mașinile care umblă-n sus și-n jos prin zona mea. Normal că nu știu fiecare mașină-n parte, da' știu când apare câte-o mașină care mi se pare mie că nu ar avea ce căuta p-acolo. Mă cam dă peste cap, ca atuncea când cobori pă trepte și crezi că mai e una, nu mai e, da' picioru-ți merge dă parc-ar fi. Oricum, văd o mașină cum oprește direct afară, da' în capătu' străzii, și mie nu-mi pare ceva-n regulă. Sau poate că nici nu-i vorba dă chestia asta. Poate că-i vorba dă privit în urmă, dă aia-i vorba. Chestia-i că io am observat mașina aia. *Io* am observat-o, da' io cred că altcineva n-ar fi observat-o. Nici măcar oamenii care-s foarte-nteresați dă mașini n-ar fi observat. Trebe să fii pă bune foarte, foarte-nteresat dă mașini ca să-ți dai seama dă chestia asta, că asta-i o mașină d-aia care-a fost concepută ca să nu sară-n ochi.

Era așa: o Alpina D3, albastră-perlat cu două motoare turbo dă doi litri, combi, model vechi. Ce-nseamnă asta pentru oricine se uită la ea e un BMW seria 3 Touring. Dacă te uiți la ea, pare un BMW combi normal. N-ai observa nimica dacă te-ai uita la ea. De fapt, asta-i o companie care se numește Alpina; ăștia iau BMW-uri și le schimbă.

Principala schimbare pă care-o fac ăștia-i sub capotă. Deci ăștia iau un motor cu aspirație naturală și-l transformă-ntr-unu' supraîncărcat. Ideea-i să creezi torsiune mare la turații mici. Oricum, chestia-i că n-ai cum să-ți dai seama dacă nu te-apropii foarte tare și nu vezi o insignă micuță pă care scrie Alpina. Da' dacă te pricepi la ele, și te pricepi așa cum mă pricep io, îți dai seama după roți. Ăștia pun aliaje cu douăzeci dă spițe la roți. Asta are d-alea dă patruşopt dă centimetri. Maşina asta era o maşină d-aia pentru d-ăştia care se pricep la maşini. Şi io am observat-o. Şi mă gândeam io, în mintea mea, că asta trebe să facă vreo douăşcinci dă mii dă lire sau ceva dă gen. Da' ce m-a şocat pă mine a fost că la un minut după ce-a parcat, s-a deschis uşa. Şi iese Kira. Se-apleacă să ia ceva dân maşină, dup-aia vine spre mine. Nu văd ce-i, da' pare un soi dă cearşaf negru, şi treaba asta mă zăpăceşte dă cap. Mă bag repede pă dup-o dubă parcată-n parcare, înainte s-apuce ea să mă vadă.

Mă las pă vine şi-o urmăresc cum trece pă lângă mine. O urmăresc cu privirea cum freacă chestia aia neagră ca un cearşaf în mâini şi începe să meargă către zona mea. Căcat. Cred că trebe să mă-ntorc înaintea ei. Ceva dân mine vrea să vadă ce-o să-mi zică fața ei imediat ce intră pă uşa aia.

Îmi dau seama că n-am la dispoziție dăcât vreo cinci minute ca s-o iau pă traseu' pă care-am venit şi s-ajung acasă înaintea ei. Da' abia când m-apuc s-alerg îmi dau seama că n-am mai fost nevoit s-alerg dă ani întregi. Ajung la apartament în vreo două minute, şi plămânii-mi pompează puternic.

Deschid uşa dă la apartament, şi mintea-mi aleargă, chiar dacă io nu mai alerg. Ce puşca mea se-ntâmplă? Ce caută ea-ntr-o maşină ca aia? Bag capu' pă uşă şi văd c-am ajuns înaintea ei. Acuma mai trebe doar să mă gândesc ce să-i zic. Şi aştept. Şi dup-aia, după câteva minute, aud uşa.

Când intră, e schimbată. Şi nu vorbesc dă spiritual. Vorbesc dă faptu' că-i schimbată de-a binelea. Nici măcar n-am recunoscut-o. Dă fapt, era să şi urlu. Pentru-o fracțiune dă secundă, am avut impresia că poate-s într-un coşmar. Abia când şi-a scos acoperitoarea pentru cap mi-am dat seama că era Ki. Cu o *burkha*[1]. Mă jur, să mor io Zici că-i Darth Vader[2], dân cap până-n picioare.

– Să-mi bag una, zic io, imediat ce-i văd faţa. Mă simt dă zici că mai aveam un pic şi făceam infarct. Asta-mi zâmbeşte cu un zâmbet d-ăla, dă parc-ar zice „Aşa-i c-arăt caraghios?“ şi io nici măcar nu-s sigur dacă să râd sau nu.

– Da, da, zice ea, cât poate dă calm, şi dă jos restu' costumului. Pe lângă asta, credeam c-o să te bucuri.

– Să mă bucur?

– Ce deghizare-i mai bună decât asta? Pot să ies în fiecare zi, zice ea, atârnând tot costumu' ăla negru într-un cui dă lângă uşa dă la intrare.

– Păi, io nu-s sigur că – zic io, da' ea ridică palma şi mă întrerupe.

– Taci acuma. Auzi, fii atent, cred că-s pe cale să găsesc o cale de ieşire din mizeria asta, zice ea, şi ochii-ncep iară să-i strălucească.

Parc-a revenit Kira dânainte, şi-n clipa aia uit dă tot dă chestia cu Alpina. Acuma n-am cum s-o fac să aibă vreo logică-n mintea mea, aşa că o parchez.

– Să-mi bag picioarele. Deja o soluţie? Eşti tare, Ki. Trebe să recunosc. Eşti deşteaptă. Întotdeauna am zis. Bagă mare. Ce soluţie ai?

---

[1] Cel mai strict veşmânt islamic, care acoperă întregul corp, lăsând doar o porţiune cu dantelă în zona ochilor, care permite o oarecare vizibilitate

[2] Personajul principal negativ din prima trilogie *Războiul Stelelor*. A fost interpretat de doi actori: David Prowse (n. 1935), culturist şi actor britanic, care l-a interpretat fizic, şi James Earl Jones (n. 1931)

– Ce soluție am? N-am nicio soluție încă. Am spus că sunt pe *cale* să găsesc o soluție. Am nevoie de niște timp, atâta tot. Dă-mi câteva zile, să mă gândesc ca lumea la chestia asta. Acum, hai să schimbăm subiectul, zice ea. Ce crezi că se-ntâmplă cu Bless și Curt? zice ea, cu un zâmbet d-ăla cu subînțeles. Știți dă care zic.

– Ce tot vorbești, mă, fată? Nu se-ntâmplă nimica, trece și el s-o vadă pă mama. Nu mai zâmbi așa, să mor io, zic io.

O-mping pă canapea și râdem ca doi copii d-äia mici.

Ei, ăla a fost punctu' dă cotitură. Ziua când s-a-ntors ea dă la moschee. Dân minutu' ăla s-a schimbat toată povestea. Ar fi trebuit să-mi dau seama dă chestia asta. Dac-aș fi avut un creier d-ăla cum are ea, aș fi reușit să văd chestia asta, da' cum v-am mai spus, mintea mea nu-i așa. La mine-n creier, ori e albă, ori e neagră. La ea... e-n toate culorile.

Pauză: 15.00

30

15.30

Deci dup-aia, în fiecare zi, timp dă vreo patru sau cinci zile, Ki e la moschee câteva ore odată. Își pune prostia aia dă *burkha* și pleacă, fără să ia altceva dăcât telefonu' la ea. Vreau s-o-ntreb de ce, de ce trebe neapărat să se ducă la moschee acolo, da' ea nu mă bagă-n seamă, crede că-i așa, o chestie.

– Și unde vrei să mă duc îmbrăcată așa? La bibliotecă sau în parc? întreabă ea, dă zici c-ar fi cea mai mare tâmpenie ce-a auzit-o vreodată.

– Da' de ce trebe să ieși? zic io după a treia zi. Nu poți să faci ce-ai dă făcut aicea, în apartament?

– Nu, nu pot. Trebuie să mă gândesc. Trebuie să am loc. Îmi trebuie niște liniște. Cum crezi că pot să fac treaba asta dacă tu-mi sufli-n ceafă mereu?

– Io știu ce zici, zic io. Da' nu e periculos pentru tine să fii afară? Periculos pentru tine, pentru mama, pentru Bless, pentru Curt. Pentru toată lumea, Ki. Merită să ai tu spațiu să respiri sau cum zici tu?

– E-n regulă, iubi. Port chestia asta, zice ea, trăgând de-o parte dân *burkha*. Sunt invizibilă.

Am încercat și s-o conduc io până acolo, da' ea nici să n-audă. Zicea că-i prea periculos. Îmi întorcea replicile-mpotriva mea.

Dup-aia se-ntorcea, și-avea o strălucire d-aia în ochi, dă ziceai că fusese scăldată-n lumină. Dă parcă era iarăși vie. Da' asta nu era tot. A-nceput să se poarte dubios, știți cum zic? Se-agita rău dă tot și sărea dân orice. Și dă fiecare dată când o-ntrebam dacă mai reușise ceva cu planu' ăla al ei, zicea:

– Curând. Mai lasă-mă un pic. Se pun lucrurile cap la cap.

Într-a patra sau a cincea zi, am început să-mi fac griji pentru Ki. Și-mi făceam griji rău dă tot. Mai că nu mă-ntrebam dacă presiunea pă care-o punea Ki pă ea însăși cu planu' ăla nu era cumva chestia care-o deranja. Numai Dumnezeu știa cum aveam să ieșim dân căcatu-n care ne băgaserăm. Și oare de ce credeam io c-avea Ki răspunsu'? Ce trebuia ea să fi făcut? Să se fi gândit la un plan prin care să-l scoată pă Face dân joc – așa, pur și simplu? Poate-o fi fost una să dobori o gașcă oarecare, da' Face era dân prima ligă. N-aveam cum să ne confruntăm noi cu Face. Șoarecii nu se pot bate cu șerpii, cum îmi spuneam io. Șoarecii nu se pot bate cu șerpii.

Da' cu cât mă gândeam mai mult că era imposibil, cu atâta era mai clar ce trebuia făcut. Cum trebuia să facem era altă chestie, da' măcar știam că asta trebuia făcut.

Am privit fix pă fereastră și-am observat că se-ntunecase ceru' dă ziceai că o să vină o furtună. Speram că pă Ki n-o s-o prindă furtuna aia cu tunete. Știam sigur că nu-și luase umbrela. M-am trezit că mă-ntreb dacă *burkha* alea erau impermeabile. Dup-aia, când m-am gândit la Ki care rămânea prinsă-n ploaie, o chestie simplă ca asta m-a făcut să-mi pun întrebări despre dispoziția ei.

Avea o expresie-ntipărită pă față dă ziceai că găsise iluminarea. Nu mai părea îngrijorată. Și în fiecare zi părea dân ce în ce mai puțin speriată și dân ce în ce mai concentrată. Ochii ăia cenușii i se-ascundeau leneși după pleoape și aproape că-i vedeam creieru' cum storcea problemele și cernea soluțiile. Oare dân cauza presiunii, că era-nchisă acolo, era așa dă ciudată, sau se-ntâmpla vreun căcat la moscheea aia la care mergea ea. Chestia asta m-a făcut să-mi pun întrebări. La urma urmei, locurile alea produc țăcăniți pă bandă rulantă, nu-i așa?

Nu prea am considerat io c-o urmăream. Mai mult voiam să m-asigur că e-n regulă, cel puțin după mine. Cine știe ce se-ntâmpla pe-acolo când terminau ăia rugăciunile? Oare se-ntâlneau într-o încăpere de-aia cu un grafic pă perete și începeau să pună la cale următoru' atac terorist, sau era vorba numa' dă ceai și dă prăjituri? Cine, pușca mea, avea cum să-și dea seama? Io n-aveam, în tot cazu'. Io voiam doar să fiu sigur că n-o freacă ăștia la melodie, știți cum zic? Avea ea destule căcaturi și fără să fie nevoită să ajute nu știu ce surori ale islamului cu bombe improvizate să și le rânduiască pe-ale lor.

Moscheea cea mai apropiată dă noi era la un drum scurt cu autobuzu' în linie dreaptă distanță. Nu era un loc d-ăla plin dă domuri și dă menuete, cum mă gândeam io c-o să fie. Părea mai degrabă un centru comunitar d-ăla mic și sinistru, care fusese modificat. Poate că-mi făceam griji că s-ar putea să se simtă presată dac-o întrebam verde-n față unde mergea exact.

Oricum, în a cincea zi, la jumate dă oră după ce-a plecat, cred că era-ntr-o vineri, m-am hotărât să mă duc după ea. Cum v-am zis, nu ca s-o urmăresc sau ca s-o verific, ci ca să văd dacă-i în regulă.

Mi-am tras o glugă peste ochi și-am sărit pă trepte spre ușile comune. Am deschis ușile grele dă metal și m-a izbit lumina, așa, bang. Dup-aia, toate mirosurile dă care uitasem. Era ciudat să fiu la lumina zilei. Parcă nu mai văzusem lumina zilei pă bune de-o căruță dă timp. Cel mai mult m-am apropiat dă exterior cu Alpina-n ziua aia, da' atuncea era mai mult sau mai puțin noapte. M-am uitat la cer, care se-ntuneca dân secundă-n secundă, și-am tras hainele pă mine. Am alergat spre cea mai apropiată stație dă autobuz și mi-am adăpostit capu' chiar în timp ce cădeau primii stropi dă ploaie. Dintr-un motiv dă care nu-mi dădeam seama, mă simțeam destul dă neliniștit. Parcă urma să se-ntâmple ceva nașpa dă tot.

Am sărit în primu' autobuz pă care l-am văzut și-am stat la nivelu' dă jos, departe dă puștii dă la ăla dă sus, care făceau o gălăgie cum numa' oamenii fără probleme adevărate poa' să facă. Nu voiam dăcât să mă asigur că ea-i bine, așa cum mi-am zis privind fix pă fereastră. Drumu-a fost scurt, vreo două stații. Dup-aia am văzut clădirea aia joasă, pătrată. Am sunat la sonerie, dup-aia am coborât și-am alergat spre ea, stând aproape dă pereți ca să mă feresc dă ploaie. Încă avea cuvintele „Community Centre"[1], sus, pă cărămizi, chiar deasupra dă cuvintele „Camberwell Community Mosque"[2]. Am respirat adânc și m-am apropiat dă ușile principale.

---

[1] „Centru comunitar" (eng., n. tr.)

[2] „Moscheea comunitară Camberwell" (eng., n.tr.)

Încă se desfășurau rugăciunile când am ajuns io acolo, așa c-am rămas afară și-am așteptat lângă un prag ca să mă feresc dă ploaie. Chiar n-aveam chef să-ntrerup nicio rugăciune. Știți că nu-i bine să te-ncurci cu frații musulmani când se roagă. Nu le plac căcaturile astea, dân câte-am auzit io.

Vreo zece minute mai târziu, au început să iasă puhoaie dă oameni. Sute. Te-ntrebai cum puteau să bage atâția oameni într-un loc așa mic. Adică, pă bune, chiar erau sute dă oameni. Erau mai mulți oameni și dăcât la mama la biserică, și credeți-mă, acolo se-nghesuie lumea-n fiecare duminică. Da' probabil că la moscheea asta se adunaseră dă trei ori mai mulți oameni dăcât văzusem io-n orice biserică. N-am intrat, da' m-am uitat pă furiș înăuntru, prin geamurile dă la ușile duble.

E ca la TV. Rânduri după rânduri dă oameni, nici doi centimetri între ei, se roagă toți. Trebe să spun, m-am gândit o clipă, dacă nu e ceva adevăr în toată chestia asta cu religiile. Atâția oameni, înghesuiți într-un spațiu atâta dă mic, să se roage cu toții? Și n-aveau scaune, sau ceva, știți cum zic? Numa' podeaua. Ăsta nu-i un loc d-ăla în care te duci ca să ai parte dă liniște, sau te duci că te-a obligat maică-ta, da' tot poți să moțăi și să te gândești că măcar o să ai parte dup-aia dă un prânz dă duminică. Și nici măcar nu cânta nimeni, știți cum zic? Aicea era mai mult ca la sala dă sport. Un loc d-ăla în care te duci, faci ce-ai dă făcut și pleci.

Deci, oricum, voiam să văd dacă reușesc să dau dă Ki, când mi-am dat seama că singurii care ieșeau erau bărbații. Și nu zic că erau în mare parte bărbați. Erau *numa'* bărbați.

Până la unu'. Deci când au ieșit ultimii care-au rămas, l-am oprit pă unu' d-ăla mai tânăr.

– Băi, doamne şi domnişoare sunt p-aicea? zic io, ținând privirea-n jos.

– Surorile prin spate intră, zice el, în timp ce-și ia papucii-n picioare și se-amestecă printre ceilalți dân mulțime, care ies.

Cine să fi știut că exista o intrare pentru doamne? Căcat. Am fugit prin spate și-am ajuns chiar când se deschidea ușa. Și dup-aia, la-nceput încet, au ieșit, până au fost vreo șaizeci, sau ceva dă gen. Pă urmă, încet, îmi pică fisa.

Io-s idiot.

Una dân două doamne poartă *burkha* de-aia neagră. Sunt zeci dă Kire. Toate-o iau care-ncotro, să scape dă ploaie. Căcat. Nu pot să mă iau după toate, așa că mă hotărăsc că n-am dă ales și mă-ntorc. Repede.

Am luat-o pă furiș, cu capu-n jos, cu fermoaru' dă la hanorac tras, fără să mă uit fix la nimeni. În mai puțin dă zece minute, urcam dân nou în goană scările dă la apartament. Respiram greoi, că la vremea aia nu făceam deloc mișcare. Știu că vă uitați la mine și vedeți toți mușchii ăștia ce i-am făcut în închisoare, și-am față dă supererou, da' la vremea aia, cum stăteam închis în apartamentu' ăla, eram mai mult Fatman[1] dăcât Batman.

Chestia care m-a dat peste cap când m-am întors totuși a fost că încă nu se-ntorsese Ki. Poate că încă era acolo, stătea cu câteva surori până se oprea ploaia, mă gândesc și io. Era posibil să fie așa, mai ales că io n-am intrat în clădire. Și, oricum, ea nu mergea acolo ca să se roage, deci

---

[1] „Grăsanul" (aprox., eng., n.tr.)

probabil că era sus, în vreo-ncăpere unde mergea lumea să mediteze, sau ceva dă gen.

Deci, când a apărut după vreo oră, n-am zis nimica. Niciun tip nu vrea să fie d-ăla care-și urmărește iubita, știți cum zic?

Ea a intrat repede, ținând *burkha* într-o mână, și-a venit în bucătărie, unde io încălzeam niște supă. Ea a zis, în glumă:

– Iubire, am venit acasă!

Dup-aia și-a pus *burkha* pă un scaun și s-a așezat pă altu' dă lângă masă.

– Salutare, hai, stai jos, trebuie să vorbim, zice ea și zâmbește.

M-așez lângă ea și-i simt căldura trupului. Pă urmă, ea-mi pune mâna pă picior, și brusc, parcă mi se deschide-o cascadă-n minte. Gândurile-mi ies așa, de-a valma, și se izbesc unele-n altele. Fața ei, aproape de-a mea. Ochii ei, privind fix în ai mei. Mirosu' pielii ei. Începe să mi se-nvârtă capu' când îmi amintesc dă ea. Dă noi. Dă cum eram înainte dă toată harababura asta.

A trecut atâta vreme dă când m-a atins, că aproape am uitat că noi alcătuiam cândva ceva viu. Ceva care scuipa flăcări. Mă uit la ea, și ea-mi zâmbește-așa, cum zâmbește ea. Un zâmbet ca-nainte.

Pentru o clipă, mă face să uit că s-a-ntâmplat ceva. Dup-aia, mă zgândărește ceva și mă trezesc la realitate, ca atuncea când adormi și dup-aia te trezești deodată.

– Chestiile-astea-s impermeabile? întreb io, arătând către *burkha*.

– Ce? Ăăă, nu!

Dup-aia își dă seama ce vreau să zic și adaugă:

– Aaa, mă duce cineva cu mașina. Oricum, termină un pic cu chestia asta și-ascultă-mă. Cred că mi-am dat seama care-i treaba.

O privesc fără expresie o secundă, până-mi dau seama la ce se referă după cum se uită. Avem chestii mai serioase dă rezolvat.

– Sigur, zic io. Cred că și io mi-am dat seama, adaug io și-mi trag un scaun lângă ea.

– Aaa, da? zice ea. Dă-i bice, geniule, zice ea, tot zâmbind. Și dacă tot ești acolo, ia toarnă-mi și mie o farfurie de supă de-aia cum ai acolo, care pare tare delicioasă.

Ăsta era un moment d-ăla în care vechea Ki părea să-și facă apariția. Parcă era aproape cum era pă vremuri. Să fi reușit doar s-o păstrez lângă mine, s-o țin acolo, avea să fie în regulă.

– Păi, zic io, în timp ce-i torn supa-ntr-o cană, la cum văd io lucrurile, Guilty n-o să doboare-n veci o gașcă dă douăzeci dă oameni, toți înarmați. N-avem ce să facem ca să umblăm la numerele astea, mă-nțelegi ce zic?

– Zi mai departe.

– Dar...

– Da? zice ea, curioasă.

– Un șoarece poate să mănânce-un șarpe?

Ea se uită la mine dă zici c-am înnebunit.

– Tu te simți bine? întreabă ea, cu juma' dă zâmbet.

– Fii atentă, Ki, dacă șarpele n-ar avea cap?

– Ăăă... ce?

– Dacă șarpele n-ar avea cap? întreb io, și-mi dau seama că par o țâră dus cu pluta, chiar dacă io știu ce vreau să zic.

– Atunci, sigur c-ar putea, zice Ki, rar, da' se vede după fața ei că i se pare că vorbește cu un retardat.

– Atuncea asta trebuie făcut. Trebe să găsim o cale ca să-i tăiem capu' şarpelui.

– Ce tot vorbeşti acolo?

Şi m-apuc să-i explic. Despre cum mă tot întrebam io dacă un șoarece poate bate un șarpe, și cum mi-am dat seama că poate doar dacă şarpele n-are cap. Și dup-aia, chiar în timp ce zic treaba asta, îmi dau seama că sună ca o tâmpenie și mă opresc la jumate.

Îi ia un minut, da' dup-aia zâmbește ca pentru sine și zice:

– Tot ești un geniu.

– Nu trebe să fii sarcastică, zic io.

– Nu, pe bune. Fix la asta mă gândeam și eu acum.

Și dup-aia spune cuvintele care ne-au schimbat vieţile. După ce zici o chestie de-asta, nu mai poți s-o retragi. Prinde viață. E ca atuncea când plantezi o sămânță. Tot ce poți să faci e să dai un pas înapoi și să te uiți la ea cum crește.

– Trebuie să-l sărim pe Face din schemă. Odată ce dispare el din peisaj, s-a-ncheiat totul. Și putem s-avem și noi parte de niște normalitate. Să-ncetăm o dată să ne ascundem așa. Trăim de parc-am fi niște fugari.

– Asta-i! La asta voiam s-ajung! zic io, uimit că o dată-n viață nu-s prost. Pă urmă-mi dau seama ce-a zis ea de fapt.

– „Noi"? Io n-am zis nimica dă „noi", zic io, deodată. Nu-mi place ce cred c-a vrut să zică.

– Atunci, cine? Guilty? Crezi că poate el să facă asta? întreabă ea, uitându-se drept la mine.

– Da, cred. Îl aranjăm cumva pă Face și-l lăsăm pă Guilty să-l doboare. Unu la unu. Elementu' surpriză.

– Guilty? întreabă ea, făcând ochii mari. Din ce-am auzit eu despre Guilty, ăla nu-i în stare nici tomberonul să-l ducă. Nu, iubi. Nu putem risca să lăsăm asta-n seama lui.

– Io nu știu ce-ai auzit tu, Ki, sau cu cine-ai discutat, da' Guilty nu e unu' cu care să te-ncurci. Ăsta n-are milă.

– Nu despre asta-i vorba. Nu-mi pasă că n-are milă. Mă interesează dacă-i destul de deștept încât să se dea la Face. Și chiar din ce mi-ai zis tu, nu e.

– Atuncea cine? întreb io. Cine o să facă asta?

– Noi. Noi trebuie să facem asta, zice ea și pleacă dân cameră.

Pauză lungă: 16.05

LA TRIBUNALUL PENAL CENTRAL T2017229

ÎNAINTEA: Judecător SALMON, AR

Pledoarii de încheiere:

Proces: Ziua 36

Joi, 13 iulie 2017

ÎNFĂȚIȘĂRI:

Pentru acuzare:	domnul C. Salfred, AR.
Pentru inculpat:	el însuși

Transcript după o înregistrare audio digitală realizată de
T.J. Nazarene Limited
Stenografi oficiali și transcriptori
ai înregistrărilor tribunalului.

31

10.15

Să vă zic dă planu' ăsta al lu' Ki dă care v-am spus, să-l scoatem dân joc pă Face. Nu ştiu exact dă când am început noi să o acceptăm pă Ki dă şefă sau de ce. S-ar putea să fi fost fiindcă era ea deşteaptă sau pentru că n-aveam noi idei. Da' ce se poate spune e că, pe-atuncea, Ki era şefa pă operaţiuni. Era Generalu-n gaşca noastră mică dă trei oameni.

Tot nu eram sigur ce voia să zică Ki cu faptu' că „noi" trebuia să ne ocupăm dă Face. Adică io nu cred că ea zicea că trebe s-o facem noi, la propriu. Doar, poate, să aranjăm lucrurile aşa încât să vină un membru dân Glockz şi să o facă el. Sau ceva dă gen, în tot cazu'. Ceva care să nu-n-semne că trebuia s-o facem noi, fizic.

Mă refer la uciderea lui. Pă faţă. Da' io am zis că nu credeam că ea zicea să-l omorâm *noi*. Deci, a doua zi, am aranjat să vină Curt la noi ca să vorbim cu el despre treaba asta. N-am reuşit să dăm dă el prin telefon, şi am presupus că-ncerca să scape dă cartele ca de obicei. Da' până la urmă, l-a găsit Ki, care a sunat la mama, unde el era dân întâmplare.

– Hai pă la noi, că trebe să vorbim, zic io, şi-nchei convorbirea.

Ki îmi arată iară un zâmbet d-ăla pă care-ar trebui să-l descifrez, da' nu pot.

Când a venit, Curt era pă muchie dă cuțit, de-a binelea.

– Se-ntâmplă niște căcaturi nasoale rău, zice el în timp ce-și scoate paltonu' și-l pune pă un scaun.

– Înainte să trecem la chestia asta, zic io, dându-i o bere până nu ia el una, ce cauți tu pă la mama?

– Adică pe la Bless, zice Ki, zâmbind dă parc-ar fi vorba de-o glumă.

Curt aproape scapă berea.

– Nu caut nimica, frate. Voiam să văd dacă-s bine, atâta tot, zice el, făcându-se cam purpuriu. Oricum, pă stradă umblă vorba că... începe el, când pă Kira o bufnește râsu'.

– Ce vorbești așa? zice ea.

– Cum?

– De zici că ești un proxenet de prin serialele americane din anii '70?

Nu știu de ce, da' și pe mine mă face să râd.

– Da, frate. Ce-i cu textele astea dă șmecheri?

– Cum zici tu, zice el, da' să știi c-o să se-ntâmple un mare căcat.

– Cam ce fel de căcat? zic io.

– Dân ăla care pute. Face a tras în Guilty azi-dimineață.

– Ce? A murit? Ce pușca mea, frate? zic io, cu ochii mari, serios acuma.

– Nu, mă. A tras *în* el, nu l-a împușcat. Nu chiar Face, un Micuț d-al lui. Au venit patru, cu bicicletele. Au trecut pă lângă club chiar când ieșea el și au tras vreo sută dă focuri spre el. Nu l-a nimerit niciunu', în pana mea, dacă vă vine să credeți.

– Căcat, zic io, și mă uit la Ki.

Io ştiu că dumneavoastră vi se pare ciudat s-auziţi d-astea, cu gangsteri pă biciclete. Da' cum v-am mai zis, chestia asta cu drogurile-i ca-ntr-o armată. Ştiţi, cu Generali, cu Locotenenţi, cu Soldaţi. Păi, Generalii, Locotenenţii şi unii soldaţi conduc maşini. Alţi soldaţi, ăia mai tineri, la care noi, adică ei, le zic Micuţi, merg pă biciclete.

S-ar putea să-i fi văzut pă puştanii ăştia pă biciclete cum vă fac străzile praf. Şi dumneavoastră s-ar putea să vi se pară că-s doar nişte copii dă şcoală. Ce-ar trebui să ştiţi totuşi e că nu-s întâmplătoare căcaturile astea, şi copiii ăştia nu-s mereu doar nişte copii dă şcoală. Sunt traficanţi dă droguri. Soldaţi în devenire, la zece ani. Şi când merg pă biciclete, merg în *formaţie*. În funcţie dă câţi sunt, s-ar putea să meargă vreo doi în faţă şi să fie cu ochii pă teritoriu. Ăla cu arma-i undeva-n spate, flancat dân ambele părţi dă alţi tipi care merg în faţă. Ăştia-l apără. Îşi urmăresc ţinta. Trec pă lângă ea. Ăla cu arma trage şi pleacă. Restu' iau toţi banii şi drogurile pă care le găsesc şi bang – au plecat.

Haosu' care urmează dup-aia, când se duc toţi în direcţii diferite, nici ăla nu-i întâmplător. E bine gândit. Să se-mprăştie. Să nu fie prinşi. Dacă-i stres prin jur, arma-i lăsată dă izbelişte. N-are nici amprente pă ea, că puştanii poartă mănuşi dă latex. Îs deştepţi băieţeii ăştia.

Oricum, Curt ne zice că nişte Micuţi au încercat să-l omoare pă Guilty. Şi Ki înnebuneşte.

– Face trebuie neapărat să dispară. Acum, zice ea, mijind ochii la noi amândoi. Dacă mai lăsăm să treacă mult timp, Guilty o să moară, şi o să urmăm noi. Trebuie să ne punem în mişcare.

– Asta-i tot? Păi, și de ce n-ai zis așa? Stai așa o secundă să sun undeva să angajez, în pana mea, un asasin, zic io.

Ki se uită urât la mine.

– Nu, frate, că-i în regulă, zice Curt, după o vreme. Ne descurcăm noi.

– Cum?

– Îl anunț io pă Guilty că-i pregătește careva ceva, și să pregătească el repede o capcană, zice Curt, și dup-aia să-l atace pă Face, într-o ambuscadă. Sau ceva dă gen.

Ki și cu mine ne uităm la Curt. Orice-am încerca să-i zicem, înțelege și se uită-n jos la picioarele lui.

– Uitați care-i faza, că știm toți că ăsta-i un tip dur și toate alea, da' Guilty nici nu-i în stare să scrie „ambuscadă" pe litere. Nu. Noi trebuie să facem treaba asta.

– N-avem cum, în pana mea, zic io. N-avem cum.

– Altă alegere n-avem, zice ea, încrucișând strâns brațele.

Deodată, am simțit că-mi scăpa dân mâini. Io nu voiam dăcât viața noastră înapoi. Voiam zile-n care să mergem la Barnardo's[1] și să-și aleagă ea cărți. Seri în care să putem să stăm întinși pă canapea și să ne uităm la un film fără să ne-apese-o povară așa mare. Îmi doream să pot să mă uit în ochii ăia ai ei și să mă văd în ei. Îmi doream s-o recunosc dân nou.

Uitați care-i treaba, io știam că Guilty n-avea cum să reușească să-l doboare pă Face cu mintea lui. Face era prea deștept, pur și simplu, și l-ar fi făcut dân manevre într-o secundă. Și știam că nici nu se punea problema ca Face să nu fie scos dân joc, asta dacă voiam să scăpăm cu viață.

---

[1] Organizație caritabilă britanică fondată în 1866, cu scopul de a veni în ajutorul copiilor defavorizați și exploatați. Numele vine de la fondatorul Thomas John Barnardo (1845-1905) (n.tr.)

Știam dân punct dă vedere teoretic că-i adevărat. Da' tot nu puteam să fac trecerea dă la ce arăta bine pă hârtie la ideea de-a citi despre asta-n ziare. Mi se părea o nebunie. Mi se părea o nebunie că trebuia să vorbim pă bune despre cum aveam să omorâm pă cineva. Băga-mi-aș picioarele, aproape omorâserăm un băiat. Dân greșeală, zic. Da' asta era altă chestie.

Unu la mână, nu voiam s-o târăsc pă Ki în altă situație d-asta. Avusese parte dă scandaluri cât pentru douășpe vieți. N-avea nevoie să mai adauge cineva și-o crimă planificată la astea. Poate lumii dân afară i se părea ea zdravănă tare, da' io știam că avea și ea limitele ei. Ca un motor V8. Da' știți că orice motor pus sub presiune o să cedeze. Poți să-l turezi până la linia roșie dân când în când, da' n-ai cum să-i dai până la linia roșie pă termen lung. Și ea era deja dă multă vreme la linia roșie. Oricum, io nu voiam s-o duc iară la limită. Și la cum vedeam io lucrurile, io eram răspunzător pentru toată treaba asta. Nu puteam s-o bag în altă chestie.

Mai erau și riscurile implicate. Face nu era doar destul dă deștept încât să-l păcălească pă Guilty. Ce căcat, și-un copil dă cinci ani putea să-l păcălească pă Guilty. Poate că Face era prea deștept până și pentru Ki. Normal că ea avea abilități, da' io știam limitele abilităților ălora, cât or fi fost ele dă dezvoltate. Ce nu știam io erau limitele abilităților lui? Cât dă sus mergeau? Și dacă se-mpuțea căcatu' ăsta, nu era ca la jocuri, unde puteam să reîncărcăm și să primim o viață nouă, să-ncercăm din nou. Dacă treaba asta mergea prost și Face ne dădea dă urmă, eram morți. Fără îndoială. Ne mierlea ăla într-o secundă.

Pe urmă... pe urmă mai e un adevăr simplu al vieții. La urma urmei, era vorba despre o viață. Tot o viață era și viața lui. Știam că băgase Ki un glonț în Jamil și că aproape-l omorâse, și știam că noi îl lăsaserăm baltă dă ziceai că murise, da' aia a fost mai mult o greșeală. Ki l-a împușcat dân greșeală. Ea n-a vrut să-l omoare. Nici să-l împuște nu cred c-a vrut. Umblă vorba că s-ar fi putut să-l ajut io să supraviețuiască acoperindu-i rana dă la glonț cu bandă adezivă și că asta i-a oprit sângerarea. Nu știu dac-a fost pă bune chestia aia, da' ce știu sigur e că și dacă l-am ajutat să supraviețuiască, tot dân greșeală a fost și aia. N-aveam dă gând să-i salvez viața, da' nici să-l împușc n-aveam dă gând.

Da' chestia asta e diferită. Știam că ăsta ne-ar fi omorât pă mine, pă Ki, pă Curt, familiile noastre într-o secundă. Asta însemna că era-n regulă să-l omorâm? Nu știu, frate. Da', oricum, dacă nu era chiar acolo-n fața mea, ținând un pistol ațintit spre mine, nu mă simțeam în largu' meu să-l omor așa. Planificat, zic. Parcă-l împușcam pă unu-n spate. Nu mi se părea în regulă. Să planifici să omori o ființă omenească în viață nu e dân greșeală. Nu e ca atuncea când pornești un război ca s-apese alții pă trăgaci în locu' tău. Dacă plănuiești să faci treaba asta, deja căcatu' ăsta a ajuns la următoru' nivel. După mine, asta-nseamnă o crimă.

Pauză: 10.45

32

11.20

Curt a plecat mai târziu în ziua aia și-am căzut de acord să ne gândim la ce trebuia făcut şi să ne întâlnim dân nou în dimineața următoare. Da' cu cât mă gândeam mai mult la asta, cu-atâta parcă erau mai multe dă făcut. Da' tot nu reușeam să pricep. De ce mă simțeam atâta dă prost în legătură cu chestia asta? Ăla, dacă mă vedea, sigur avea să mă omoare. Și io mă simțeam vinovat. Oare era chiar atâta dă diferit dă momentu' când l-am împușcat p-ăla dă sub pod, atuncea când am luat-o pă Ki? Oare m-aş simți-n largu' meu dacă ăla ar fi în fața mea și mi-ar flutura pistolu' prin față? Oare atuncea aş putea să trag în el? Oare trebuia s-aştept să se-ntâmple o chestie d-asta? Oare e tot legitimă apărare dacă știi că te omoară careva dacă are și jumate dă ocazie? Da' tu profiți dă ocazie înaintea lui? Adevăru-i că nu știu. Mă zăpăcește dă tot chestia asta.

În noaptea aia, Ki și cu mine am stat treji și-am mai vorbit despre chestia asta. Ea petrecuse câteva ore scriind niște detalii despre plan într-un carnețel și m-a pus să le citesc. Da' cu cât le citeam mai mult, cu atâta suna totu' mai nebunește. Ne trebuia o armă. Trebuia să știm unde avea să fie Face. Ne trebuia o strategie dă ieșire. Și ne trebuia mai mult noroc dăcât putea să aştepte o ființă omenească-n zece vieți. Deodată, n-am mai putut să rezist.

– Nu facem chestia asta, i-am zis io, trântindu-i notițele pă masă.

– Ce vrei să zici? mă-ntreabă ea.

– Ce-ai auzit. Nu prăpădim doi oameni fără să fie nevoie dă chestia asta.

– Nevoie? Și cu viața ta cum rămâne? Și cu viața mea cum rămâne? Viața mea nu-i un motiv suficient de bun pentru tine?

Iar scoate scântei dân ochi.

– Ki, viața ta e una. Noi avem viețile noastre. Putem să plecăm. În Scoția, în Spania, oriunde. În Spania, aveam dă gând să mergem în Spania. Încă putem să facem chestia asta. Avem banii. Avem dă ales. Hai să mergem, și gata. Io nu omor pă nimeni. Și nu pot să te las pă tine să te implici în omoruri.

– Pe mine? zice ea, ridicând vocea. Nu poți să mă lași pe mine să mă implic în omoruri? Oare nu trebuia să te gândești tu la chestia asta de la bun început? Dinainte să vii și să mă iei dă la Glockz cu focuri de armă?

– Și ce puteam să fac? întreb io, și vocea mea se ia după a ei, ridicându-se până la cer. Să te las acolo? Ce variantă aveam?

– Și-acum ce variantă ai? Pe bune? Dacă dispari, Bless o să fie omorâtă. Și mama ta la fel. Face n-o să se oprească. N-o să treacă mult și-o să trimită băiețeii ăia pe biciclete pe la mama ta. Vrei s-aștepți până când trag ăștia o sută de gloanțe-n mama ta? Sau speri s-o rateze și pe ea?

– Până nu trage cu arma-n mine, ăsta nu-i dăcât un om, Ki.

Deodată, ea se oprește dân ce făcea și se uită țintă-n ochii mei cu ochii ăia ai ei.

– Despre asta-i vorba? Tu-ți faci griji pentru sufletul tău? zice ea, aproape râzând, da' nu într-un fel d-ăla care să-mi aducă liniște.

– Suflet? Io n-am zis nimica dă suflet. Io vorbesc dă o viață aicea. Dă un om adevărat. Tu vorbești despre uciderea unui om. Planificarea și executarea unei crime. Executarea lui. Am fi exact la fel ca el dacă am face treaba asta, Ki.

– Noi n-avem nimic în comun cu el, zice Ki. Ăsta omoară oameni pentru bani. Omoară oameni de plăcere. Ăsta-i traficant de droguri. Tu ești comerciant de mașini. Nu ai nimic în comun cu el. Noi n-avem nimic în comun cu el. N-o să plângă nimeni după el. Crede-mă când îți spun chestia asta. Nimeni. Nici mă-sa măcar. El și-a scris un astfel de sfârșit. Nu noi. El, spune ea, și i se mai domolește vocea un pic.

Respiră adânc, dup-aia se uită la mine, cu ochii ceva mai blânzi ca înainte.

– Acuma, vrei să te mai uiți o dată peste detalii sau nu vrei?

– Nu, mă, zic io, apucând carnețelu' pă care mi-l flutură-n față. Le-am citit.

– Bun. Mâine începem să ne uităm ca lumea peste chestia asta. Când vine Curt, dimineață, tu stai cu el până ne iese perfect treaba asta.

– Și cu tine cum rămâne? Tu unde-o să fii?

– La moschee, zice ea.

Dup-aia se ridică, se duce-n dormitor și mă lasă să mă uit fix la notițele ei. O să fie un dezastru – simt io chestia asta.

*

În dimineața următoare vine Curt și bate la ușă chiar la timp pentru micu' dejun. Zici că simte mirosu' dă ouă prăjite. O salută dân cap pă Ki și-și trage un scaun.

– Deci, Ki are un plan? zice el către mine în timp ce Ki îi pune niște ouă-n farfurie.

– Da, zic io, și-i arăt carnețelu'.

El se așază la masă și-ncepe să citească. Până termină dă citit, zâmbește deja.

– Fată, zice el către ea, ținând carnețelu' ridicat, respect.

– Mănâncă-ți tu micul dejun, zice Ki, drept răspuns, eu am de pus la punct niște planuri de ultim moment. Totuși, până mă-ntorc, vreau ca voi doi să-nvățați chestia asta pe de rost, adaugă ea, și până s-apuc să-mi iau rămas-bun, a și plecat, cu *burkha* sub braț.

– Ce-i? zice Curt, uitându-se la mine, și văzând că-s pă muchie dă cuțit.

– Nimica.

– Bun... și-atuncea ce-i cu atmosfera asta?

– Mă stresez cu Ki, pă bune.

– De ce?

– Dă toate, mă. Planu' ăsta de-a-l omorî pă Face. Asta-i nebunie, mă, frățică, mă. Nu putem să ne-apucăm să tragem în gangsteri. Aicea nu suntem în filme.

– Te-nțeleg, frățică. Da' acuma ce variante avem?

– Păi, putem s-o ștergem d-aicea. Să devenim fugari.

– Căcat, frăție. Da' ești conștient că nu poți s-o lași în urmă pă soră-ta. Nici pă maică-ta. Acuma n-avem dă ales dăcât să facem chestia asta.

– Bun. Hai să zicem c-ai dreptate. N-avem dă ales. Io înțeleg ce zici. Nu putem să fugim. Nu putem să mergem la poliție. Nu putem s-așteptăm, pur și simplu, să ne belească ăștia. Deci facem chestia asta, da. Și zi-mi și mie o chestie. Cum pușca mea o să facem noi chestia asta? zic io, scuturându-i planu-n față, „planu'" ăsta. Cum îl bulim pă Face ăsta?

– Îl împușcăm. Fix cum zice Ki.

– Da. Da' cum îl *găsim* p-ăsta? Că nu putem să-i sunăm secretara, să aflăm unde e.

– Păi, îl găsește Ki, nu? zice el, dă parc-ar fi fost răspunsu-n fața lui.

– Tu glumești, frate, ha, ha. Bine atuncea. Dă unde să afle *Ki* treaba asta?

– Știe ea, zice el, cu o față fără expresie.

Curt bagă cu furculița o ditamai înghițitura dă ou în gură, dup-aia înclină capu' spre mine, dă zici că el e ăla confuz. Dup-aia zice-așa:

– Păi, toate informațiile dă pă surse ce mi le-a dat ea au fost adevărate. Toate-s surse sigure.

Io iau o gură dă aer, încercând să îmi dau seama ce vrea să zică.

– Poftim? Ți-a dat Kira informații dă pă surse? Ce pușca mea dă surse-s alea, frăție?

– Mi-a zis: „Nu te du acolo, că-i cutare și cutare-acolo".

– Ki? Ești sigur?

– Da, sunt sigur. Tu crezi că Guilty a scăpat dă gloanțele-alea dân întâmplare? Kevlar[1], frățică.

– Poftim?

---

[1] Fibra textilă Kevlar, din care sunt făcute vestele antiglonț, a fost introdusă pe piață în 1970, de compania DuPont (n.tr.)

Sunt şocat. Şocat de-a binelea. Nici nu ştiam despre ce vorbea băiatu' ăla, ca să pot să-i pun întrebările care trebuia.

– Kevlar. Antiglonţ. Guilty avea vestă antiglonţ pă el. Se aştepta să sară Face pă el. Aşa a scăpat cu viaţă după gloanţele-alea dă nouă milimetri, frăţică, zice Curt, netezindu-şi bluza dă parc-ar vrea s-arate unde-ar purta cineva vestă antiglonţ.

– Da, mă, io ştiu ce-i ăla Kevlar, zic io. Io te-ntreb care-i faza. Ce, vrei să zici că ţi-a zis Ki că Face are dă gând să-l atace pă Guilty? întreb io, nevenindu-mi să cred ce-auzeam.

– Pă faţă. Cu oră şi cu dată.

– Unde puşca mea ţi-a zis că a aflat chestia asta?

– La moschee.

– Ce tot îndrugi acolo, frăţică?

– La moschee. Are legături. Aude lumea şoptind. Cum ziceam io, toate au fost pă bune. Întreab-o şi tu când vine înapoi. Căcat, io credeam că tu ştii deja. Nu ştiai?

– Nu, nu ştiam, în puşca mea, zic io.

Deja nu mai aveam habar ce mama dracului se-ntâmpla. Ki îi transmitea informaţii lu' Curt ca ăsta să i le transmită mai departe lu' Guilty, despre locu-n care-avea dă gând să atace Face? Dă unde puşca mea-i veneau ei chestiile-astea? Chiar nu-mi venea să cred că dă la moschee. Ce, io ieşisem ieri dân mama?

Ce, s-a dus acolo într-o zi şi deodată a început să aibă legături cu surse despre unu' dântre cei mai mari capi dă găşti dân ţară? Nu, mă. Nu cred io-n căcaturi d-astea. Şi oricum, dacă primea informaţii dă la unu' sau dă la una oarecare, dân moschee, dă unde să ştie că nu era trasă-n piept chiar dă ăla? Astea-s mişcări clasice de-ale lu' Face. El era şefu' la informaţii, ştiţi cum zic? Şi plantarea asta dă informații false era exact ce m-așteptam io dân partea lui. Ar fi alcătuit tocmai o poveste d-aia spusă dă oameni peste ani de zile despre el. Fix ca aia cu Face și tricourile alea cu R.I.P.

– Auzi, frățică, ia stai tu aicea și-așteaptă, zic io. Mă-ntorc imediat.

Îmi caut cheile și dau să ies pă ușă.

– Unde te duci, frate? strigă el, zăpăcit, da' nu destul dă zăpăcit încât să nu mai mănânce ouă.

– Mă duc să aflu unde e, zic io și plec.

Pauză de prânz 13.00

33

14.10

Deci, cum a fost prânzu' dumneavoastră? Al meu a fost ca la Gordon Ramsay[1], bineînțeles.

Așa că m-am hotărât să ies s-o caut. Vremea era ca-n Regatu' Unit, în continuare. Un cer cenușiu și o ploaie d-aia care încă nu se hotărâse să-nceapă să plouă ca lumea. Mi-am pus gluga și-am băgat capu-n pământ, și-am ieșit dân zonă. Am sărit în autobuz, și până s-apuc să mă dezmeticesc, eram deja acolo, așteptam în fața intrării pentru femei, prin spate. Toată călătoria mea până acolo a fost în ceață. Nu mai țin minte nimica dân ea.

Și stau și-aștept și mă-ntreb cum o să meargă discuția asta. Știu, mai mult sau mai puțin, cam ce-am dă gând să-i zic, da' ce nu-s în stare-acuma e să-mi închipui ce-o să zică ea ca să nu facă toată nebunia asta să pară și mai mare dăcât e dă fapt. Și chestia care mă punea pă jar mai mult dăcât orice altceva era următoarea: de ce, orice-ar fi făcut, făcea pă la spatele meu? Știți cum zic? Putea măcar să-mi zică.

– Frate, nu poți să intri pă unde intră doamnele, zice o voce.

---

[1] Gordon James Ramsay (n. 1966), bucătar, critic culinar și prezentator de emisiuni culinare, de origine scoțiană (n.tr.)

Mă uit în jur, surprins, și văd că un tip care stă acolo vorbește cu mine. Da' îmi zâmbește, deci nu vrea să se-arate lipsit dă respect. Ocolesc și-ajung în față. Începe să picure, așa că stau chiar la intrare și-aștept. Rânduri întregi dă oameni stau ca sticlele într-un magazin fără licență, umăr la umăr. Toți se mișcă la unison, se ridică, îngenunchează, se ridică. Chiar și când iau poziția aia dă „Nu sunt vrednic", toți se apleacă și se ridică-n același timp, zici că au un semnal în ei, ceva.

Când încep să iasă toți puhoi, câțiva mă salută dân cap. Îi și recunosc pă unii dă data trecută. Dup-aia, vine un mărunțel cu-o chestie d-aia albă ca o căciulă, și cu-o chestie d-aia albă pă el, ca o rochie dă bumbac. Are-un zâmbet care-i face gropițe-n obraz și pare că vine drept spre mine. Chiar înainte să mă dau la o parte, întinde mâna.

– Assalamalaikum[1], frate, zice el.

– Slamalaikum, zic io, sau ceva dă gen.

– Vrea imamul să-ți spună o vorbă, zice el, încă zâmbind.

– Cine?

– Imamul. Ăăă, preotul.

– De ce? Nu fac nimica, zic io, strâmbându-mă la el, dup-aia dau să plec.

– Nu, că vrea doar să vorbiți. Poate ai ceva întrebări, zice el, încă zâmbind.

– Întrebări?

– Despre islam?

---

[1] Salutul tipic musulman, care înseamnă „pacea fie cu tine" în arabă (n.tr.)

– Nu, frate. Io caut pă cineva, atâta tot, zic io și-ncerc dân nou să plec.

– Te-am mai văzut aici și data trecută, frate. Poate că Allah e cel pe care-l cauți, nu? zice el, tot cu zâmbetu-ăla dă Buddha.

– Crede-mă, nu-l caut pă Allah, zic io și dau să plec pă bune acuma.

Dup-aia, când dau să mă-ndepărtez, simt o apăsare ușoară pă braț și-mi dau seama că mă ține dă el. Rezist la impulsu' de-a mă elibera și de-a-i trage-un pumn în față.

– Intră doar cinci minute. Îl întrebi pe imam ce vrei tu, și pe urmă îți vezi de ce-ai de făcut pe ziua de azi. Cinci minute, atât.

Plecase cam toată mulțimea, așa că mai eram doar io și el. Ploaia cădea mai tare-acuma, și cred că-n momentu' ăla doar dă asta a fost nevoie. Plus că s-ar fi putut să nu strice să arunc o privire înăuntru și să văd ce se-ntâmplă acolo unde-și face Ki veacu'.

Imamu' nu era un d-ăla nebun cu cârlig la mână și cu petic la ochi, cu barbă, care să zbiere, așa cum credeam io c-o să fie. Era la vreo treizeci dă ani, așa, cu o barbă tunsă. Nu era înalt. Nu era gras. Era un om obișnuit. Și nu era în vreo boxă sau nu stătea pă trepte și dădea dântr-un băț, ceva. Stătea într-un colț, așa, și-și lua rămas-bun dă la obișnuiții locului, sau ceva dă gen.

– Aaa, frate. Assalamalaikum, zice el.

Io încerc să-i răspund cât dă bine pot.

– Tu ești tânărul de care vorbea Abdul. Îmi zice c-ai așteptat afară. Crede că poate ai niște-ntrebări, zice el.

Io mă uit după ăla care m-a adus aici, da' a dispărut.

– Nu chiar. Aşteptam pă cineva, zic io şi încep să mă foiesc cu ciorapii-n picioare.

Ăsta continuă să-mi zâmbească, şi pă undeva, începe să-mi pară rău dă el. Mă simt dă parc-ar trebui să-i pun o întrebare ca să se simtă mai bine că m-a adus acolo. Caut o întrebare pă care să pot să i-o pun.

– Dă fapt, chiar am o întrebare. De ce stă toată lumea aşa-nghesuită când se roagă? Vă trebe mai mult spaţiu, sau ce?

– Musulmanilor, zice el, le place să spună că dacă există un spaţiu între doi oameni, acolo stă Diavolul.

– Am înţeles.

– Dar nu la asta se referă vorba asta. Vrea să spună că dacă oamenii lasă spaţii între ei când se roagă, atunci unii dintre ei o să-nceapă să spună: „Aa, nu vreau să stau lângă ăla, că-i murdar, că miroase", sau ceva de genul ăsta. De fapt, Diavolul e-n comportamentul oamenilor, nu stă în moschee cu coarne şi cu coadă, zice el şi face un semn cu „coarne" cu mâna.

– Da' poate că unii nu vor să stea lângă unu' care pute de te trăsneşte, zic io. Vor să stea lângă cineva curat. Dac-aţi umblat cu autobuzu-n Peckham[1], ştiţi ce zic.

– Oamenii curaţi sunt doar oameni murdari care s-au spălat. Oamenii murdari sunt doar oameni curaţi care încă nu s-au spălat, zice el, arătându-mi un zâmbet.

– Deci suntem toţi la fel, sau ce vreţi să ziceţi?

– Nu, nu suntem toţi la fel. Dar putem fi.

Până să plec, îmi dau seama că nu-i Ki aici. Deja a plecat. Iar mi-a scăpat. Aveam dă gând să-l întreb pă imam

[1] Cartier din sudul Londrei (n.tr.)

unde stau doamnele, da'-mi era să nu par vreun pervers dacă-ntreb așa ceva, așa c-am dat mâna cu el și-am plecat.

Până s-ajung la apartament, Ki e deja acolo, și e adâncită-n discuții cu Curt. Intru și-i văd p-amândoi stând la masă și răsfoind notițele pă care le-a scris ea. Ki ridică privirea și-ncepe să vorbească dă parc-ar ști ce-am dă gând să zic.

– Uite, știu ce-o să zici, zice ea și se ridică și face un pas spre mine, dar pot să-ți explic.

– Mă-ndoiesc dă chestia asta. Pentru că toate căcaturile astea cer mai multe explicații dăcât cred io că poți tu să dai. Da' bagă mare, Kira. Spune-mi. Ce pușca mea se-ntâmplă?

– Nu știam sigur dacă lucrurile care mi s-au spus erau adevărate. Trebuia să le încerc, știi cum e. De-asta i-am spus lui Curt, ca să poată să vină la mine să-mi spună dacă toate puteau fi verificate. Și uite că puteau! zice ea și face ochii mari de încântare.

– Stai, stai, stai. Nu știai dacă lucrurile care ți se spuneau erau adevărate? Cine-ți spunea ție toate lucrurile-astea? Cine, Kira? Cine-ți dădea ție informații pă surse? zic io, cu vocea turată la maxim.

– Una dintre fetele de la moschee. Am auzit-o fără să vreau cum vorbea cu o prietenă de-a ei. Ea a fost. De la ea știu. De-aia mă tot duceam la moschee în fiecare zi. Ca să aflu una-alta.

– Una dântre fete? Măi, Ki, tu ești nebună? O fată oarecare vorbește cu prietena ei, dup-aia, dântr-odată, un barosan dă gangster plănuiește să-l atace pă Guilty? Tu te-aștepți să te cred?

– Nu-i o fată oarecare, zice ea, încet, dup-aia îi scade un pic vocea, și oricum, ce contează dacă tu crezi sau nu crezi? Se verifică toate astea.

– Măi, tu atâta ești dă proastă? Tu o crezi p-o fată pă care nici n-o cunoști? Dă unde știi că nu-ți întinde chiar Face o cursă? Și, oricum, cine-i fata asta? Tot nu mi-ai zis.

– E iubita lui Face. Sau, ca să-i dau numele lui adevărat, iubita lui Faisal. Uite care-i treaba, că mă crezi, că nu mă crezi, ideea-i că eu am încredere-n chestiile pe care le-am auzit. Ea nu-mi întinde nicio cursă, că ea nici nu mă cunoaște. Io nici măcar nu vorbesc cu ea. Stau aproape dă ea și ascult, atâta tot.

– Și de unde știi că e iubita lu' Face? Sau că Face e Faisal ăla? Hai, mă, Ki, că ești mai deșteaptă d-atâta, zic io, enervându-mă pă cât de prostească pare chestia asta.

Chiar atuncea, îi vine un mesaj pă telefon, cu un „ping", iar ea clicăie repede pă telefon și-l pune-n geantă. Ea crede că nu l-am văzut. Da' l-am văzut.

– Normal, la-nceput n-am știut. Dar cu cât auzeam mai multe, cu atât părea că ar putea fi el. De-aia a trebuit să-i zic lui Curt. Ca să verifice el. Să vadă dacă era adevărat.

Curt se ridică dă la masă cu carnețelu-n mână.

– Ascultați-mă toți. În momentu' ăsta, nu contează dă unde știe Kira căcaturile astea. Adevăru-i că trebe să-l oprim. Se apropie prea tare dă Guilty și urmăm noi, credeți-mă ce vă zic. Nu putem să stăm și s-așteptăm să ne belească.

Ki se-așază din nou și ia carnetu-n care-a scris. Încerc să mă uit la ea, să văd dacă pot să văd ce gândește, da' ea se ferește dă privirea mea.

– Bun, Curt, zice ea, deschizând carnetu'. Dacă facem treaba asta, trebuie să ne mișcăm repede. Curt o să fie la clubul de noapte Charley Horse, de pe Jake Street, vineri. Atunci o facem.

Curt dă dân cap, dă zici că ea tocmai a zis „Hai la un burger".

– Cum, așa, pur și simplu? zic io, uimit că treaba-i atât dă simplă pentru ei.

– Da. Așa, pur și simplu. Mai ai pistolul. La ora nouă o să facem asta.

Iarăși simt cum îmi scapă dân mână. Nu pot s-o țin destul dă strâns. Îmi scapă iarăși printre degete. Da' acuma nu pot să-mi dau seama dacă se-ndepărtează ea sau mă-ndepărtez io. Așa ne vorbește, dă zici că toată povestea asta face parte dântr-un vis. Mă-ndepărtez și m-apropii până primesc un semnal mai clar.

– Am rezolvat cu paznicii de la uși să-mi dea bilet de intrare prin față. Tu și Curt o să intrați prin spate. Am aranjat așa încât ușile de la intrare să fie descuiate, dar cu lanțurile trase. Trageți de ele și intrați. Cum intrați, e un coridor și niște trepte care duc spre clubul mare. O să fie destul de întuneric, deci să vă faceți lumină cu telefoanele. E o ușă pe stânga. Acolo, înăuntru, așteptați. Vă anunț eu când e momentul.

Curt dă dân cap.

Sunt încă uluit de ce-am auzit. Nimic nu-mi pare adevărat. Parc-am intrat la jumătatea unui film, da' un film în care trebuia să apar și io. Și nu-i vorba că mi-am uitat replicile, ci mai degrabă că nici nu știam că am replici. Ies dân transa asta-n care-am intrat țipând la Curt.

– Băi, Curt, tu o auzi p-asta? Ki, ce dracului tot pălăvrăgești acolo?

– Încă te surprinde chestia asta? întreabă ea, înclinând capu' și aruncând scântei dân ochii ăia ai ei.

Curt se bagă-ntre mine şi Ki, dă parc-aş vrea să-i fac ei ceva.

– Frate, ce putem să facem acuma? Io nu vreau dăcât să-l feresc pă Guilty de-o grămadă dă gloanțe, zice Curt, da' nu poate să se uite la mine, așa că se uită la mâinile lui.

– Băga-mi-aş, zic io. Nu putem să facem chestia asta.

– De ce? De ce nu putem? Nu putem să nu facem chestia asta, zice Ki, ținând ochii pă mine până nu mai pot să mă uit la ea.

Pauză: 15.00

34

15.35

Vorbeşte lumea dă momente dă răscruce. Probabil c-aţi vorbit şi dumneavoastră dă momente dă răscruce, nu ştiu. Da' orice aţi fi auzit despre ele şi oricare credeţi că v-ar fi fost momentu' dă răscruce, aia n-a fost răscruce. A fost mai repede o curbă sau un loc unde s-a desprins asfaltu'. A mea, aia răscruce, acolo, atuncea.

Nu ştiam dacă-n caz c-aş fi făcut altfel, ce s-a-ntâmplat dup-aia nu s-ar mai fi-ntâmplat. Poate şi dacă spuneam alte cuvinte, se schimba ceva. Da' ce-mi aduc aminte cel mai bine dân ziua aia e că vedeam toate drumurile cum se-ncrucişau în faţa mea. Fiecare drum pă care voiam s-o iau ducea undeva unde nu voiam s-ajung. Toate duceau ba spre un iad, ba spre altu'. Tot ce ştiu io e că dacă ai măcar un loc dân patru unde vrei să mergi sau măcar suporţi să mergi, nu eşti la nicio răscruce, credeţi-mă ce vă zic.

– Bun, zic io, în sfârşit, dacă facem treaba asta, o facem cum zic io.

Mă uit la feţele lor, şi nu se opune niciunu', aşa că-i dau înainte.

– Unu la mână, nu ştiu unde mi-e pistolu', că nu l-am mai văzut dă când a fost faza aia cu Jamil în ascunzătoare.

Doi la mână, Ki, nu intri tu pă nicio ușă dân față, tu stai cuminte aicea. Trei la mână...

– Nu. Nu. Nu, zice Ki.

Ceva dân ochii ei îmi zice că n-o să cedeze.

– Nu puteți să faceți chestia asta fără mine. O să fiți omorâți. Măi, voi auziți ce vă spun? Aveți nevoie de mine ca să puteți să intrați în club și aveți nevoie de mine ca să vă sun și să vă spun când e ăla singur. Dacă mergeți în orice moment în clubu' ăla și vă vede ăsta, oricare douăzeci de oameni o să stea la coadă ca să vă pună la pământ.

– Da, păi, acolo trebe s-ajungă creieru' tău la același nivel cu al meu măcar o dată-n viață, Ki, că nu are cum să meargă vreun telefon acolo-n club. Fără telefoane, tu n-ai de ce să vii acolo, Ki.

– Măi, tu mă știi câtuși de puțin, măcar? zice ea, zâmbind dân colțu' gurii.

Bagă iară mâna-n poșetă și ne-aruncă și mie și lu' Curt câte-o bucată mare dă plastic negru.

– Ce pușca mea-s astea? zic io.

– Radiouri cu două benzi. Le-am luat de la bodyguarzi. Ei folosesc un canal, noi pe-al doilea, zice ea.

– Când? Când ai luat tu chestiile-astea? întreb io.

Încă mi se pare că povestea asta nu-i adevărată, și tot n-am ajuns-o dân urmă. În momentu' ăla nici nu credeam c-o s-o ajung vreodată.

– Și cu arma cum rămâne? întreb io. Dă unde putem să facem rost acuma dă una?

– Curt, zice ea dup-aia, uitându-se la el.

El e lângă fereastră. Silueta lui uriașă aruncă umbre pă podea.

– Poți să faci și tu rost de-o armă cumva?

– O să fie naşpa, da' probabil că o să reuşesc să fac rost dă una până vineri, zice el.

– Atunci aia e, zice Ki.

A rezolvat toată chestia.

– O singură întrebare mai am, zic io. Dă unde dracu' ştii tu că Face o să fie acolo.

– Ştiu eu, pur şi simplu, zice ea.

Imediat ce-a plecat Curt, orice urmă dă viață ar fi avut în ochii ăia ai ei a dispărut dă tot. Parc-a tras obloanele şi dă fiecare dată când încercam să comunic cu ea, parcă se uita prin mine. Normal că ştiam că toată chestia asta era stresantă rău dă tot pentru ea. Şi pentru mine era stresantă, da' mie dacă-mi dădeai toate straturile la o parte, aproape c-aş putea să garantez că mă găseai la fel. Ki se schimbase. Să nu mă-nțelegeți greşit. Io ştiu că ea avea dreptu' să se schimbe, după toate prin câte trecuse. Da' se schimba sub ochii mei într-un mod la care io nu puteam face față. Era vorba dă Spooks, ştiam sigur.

Cel mai mult s-a schimbat după ce l-a văzut pă Spooks. Atuncea când a venit prima oară cu *burkha* aia pă ea şi m-a speriat dă era să mor. Atuncea a avut loc. Schimbarea. Nu era o schimbare de-aia pă care s-o vadă cu ochiu' liber oricine se uita dă la distanță, da' io o vedeam. La-nceput, a fost subtilă, aşa, dă parcă toate culorile-n care era ea pictată îşi schimbaseră doar nuanțele. Parcă nuanțele dă verde nu mai erau atâta dă vii. Alea dă albastru nu erau atâta dă vibrante. Toate erau estompate, ca-n pozele-alea dân anii '70, unde culorile-s ce trebe, da' nu-s destul dă clare sau dă deschise ca să pară adevărate. Acuma, culorile ei erau toate cum nu trebe.

Eram îngrijorat pentru ea și am vrut să vorbesc cu ea imediat după ce-a plecat Curt, da' problema cu Ki, dac-o cunoști bine, e că nu-i genu' ăla dă om cu care să poți să vorbești pă ocolite. Asta nu era o chestie nouă. Mereu fusese așa. Era una dântre chestiile pă care nu le suportam la ea.

Pă oricare alt om puteai să-l scoți dântr-o stare proastă cu-o glumă, ceva. Chiar dacă nu imediat, reușeai totuși să faci orice om să cedeze. Da' cu Ki nu puteai s-o iei pă ocolite. Parcă era o insultă pentru mintea ei. Parcă i-ai fi zis: „Orice-ai simți acuma, nu simți ce trebe, așa că schimbă-ți sentimentele". Deci puteai să vorbești cât voiai cu ea. Cel mai bun lucru pă care puteai să-l faci atuncea era să lași sentimentele să treacă de la sine. Să-și facă treaba până făceau ce voia ea să facă. Io eram ăla care schimba subiectu' și-atâta.

Normal c-am încercat și treaba asta, da' ea nici măcar nu prea vorbea cu mine. Nu era-ntr-o pasă de-aia de-a ei, în care părea că nici nu mă suportă. Era, pur și simplu, tabula rasa. Îi stătea mintea-n altă parte, și lu' Ki când îi stătea mintea-n altă parte, ea era toată-n altă parte. Ki era mintea ei. Tot restu' zilei ăleia a trecut cu zero discuții. A scos un „nu" d-ăla gemut când am întrebat-o dacă voia un sandvici, da' a stat cu mine cât am mâncat. Da' mai târziu, când am aprins televizoru-n seara aia, s-a dus în dormitor și s-a-ntins în pat, holbându-se pă tavan și mormăind dă una singură, încercând să-și dea seama dă ceva. N-aveam chef să mă duc chiar atuncea la culcare, și-am sunat-o pă mama.

– Mamă, zic io, te-am trezit?

– Păi, normal că mă trezești, dacă suni la ore d-astea.

– Scuze, da'...

– Glumeam, mă, prostovane. Cum să dorm, când îs ăia doi jos?

– Care doi? zic io, îngrijorat deodată.

– Sor-ta și băiatu' ăla.

Io o-ntreb:

– Care băiat? Mă, mamă, cine-i acolo?

Nu-mi vine să cred că n-am avut mai multă grijă, și nu-mi vine să cred că mama nu pare deloc speriată.

– Calu'. Prietenu' tău.

– Aaa, zic io, Curt.

Dup-aia, după o secundă, zic:

– Curt? Ce caută ăla acolo?

– Pă mine mă-ntrebi? Dă unde să știu io ce puneți la cale tu și calu' ăla dă prieten al tău mereu? A zis că trebe să discute cu sor-ta și discută cu sor-ta. Io atâta știu.

Mă hotărăsc că trebe să închei convorbirea și să mă culc și io.

Totuși, mulțam lu' Dumnezeu că-i Curt acolo. Așa cum îi stă lui în fire, are grijă dă Bless și dă mama. Mă simțeam în siguranță să știu că era acolo.

Mă duc și mă-ntind lângă Kira. Încă-i trează, se uită-n sus la becuri și mormăie ceva încet. Îmi pun capu' aproape de-al ei și încerc să nu mă gândesc la nimica, și până s-apuc să mă dezmeticesc, am și adormit.

A doua zi, ea a fost mai în largu' ei, ca să zic așa, da' adevăru-i că io cred că avea legătură mai mult cu faptu' c-a stat în cea mai mare parte-a zilei pă telefon. Ieșea-n coridor, ăla comun dă pă palieru' nostru, și răspundea la apeluri. Erau niște apeluri d-alea ciudate rău dă tot. Nu știu dă la cine, da' mi-am dat seama că nu erau apeluri normale. În mare, dădea dân cap, cu receptoru' lipit dă ureche. Dân când în când zicea: „Da. Da. Bun". Da' asta era tot. Foarte rapide apelurile. Fără „Salut", fără „La revedere". Cum am zis, ciudate rău. Când am întrebat-o dă ele, mi-a zis că erau bodyguarzii dă la club, care erau prietenii ei dă de mult. Sau altcineva care avea legătură cu modu-n care-aveam să intrăm şi să ieşim.

– Sunt doar detalii, zicea ea, lasă-le-n seama mea.

Poate c-ar fi trebuit să-mi dau seama dă ce se-ntâmpla, da' mă jur, să mor io, mintea mea nu merge la nivelu' ăla. Acuma, mă simt ca un tâmpit, da' atuncea nu ştiam nimica, mă jur. Privind în urmă, cred că trebuia să-mi dau seama că era ceva-n neregulă. Că m-am dus iară după ea la moschee a doua zi. Dă data asta am plecat la un minut după ce-a plecat ea, ca să pot să-mi dau seama unde s-a dus. Dă fapt, ca să pot să văd exact unde s-a dus. Atuncea trebuia să-mi dau seama.

Pauză lungă: 16.35

LA TRIBUNALUL PENAL CENTRAL T2017229

ÎNAINTEA: Judecător SALMON, AR

Pledoarii de încheiere:

Proces: Ziua 37

Vineri, 14 iulie 2017

<u>ÎNFĂȚIȘĂRI:</u>

Pentru acuzare: domnul C. Salfred, AR.
Pentru inculpat: el însuși

Transcript după o înregistrare audio digitală realizată de
T.J. Nazarene Limited
Stenografi oficiali și transcriptori
ai înregistrărilor tribunalului.

35

11.10

M-am dus după ea. Atuncea trebuia să știu că nu era totu-n regulă. Adică io știam că nu era totu-n regulă, da' trebuia să văd mai bine. Pă mine dau vina pentru treaba asta. Da' a intervenit o chestie d-asta colaterală la care io nu m-așteptam. E ca atuncea când oprește-o mașină și intră direct în tine, da' îți dai seama abia când auzi lovitura. Și-ți zici iar și iar: „Trebuia să-mi dau seama, frate. Trebuia să-mi dau seama".

Oricum, așa cum am zis, m-am dus după ea, chiar a doua zi. Nu puneam io botu' la căcaturile alea cu Faisal. Voiam să văd cu ochii mei ce puteam să văd. Poate se putea verifica toată povestea, fără să țin seama dă ce credeam io. Să nu mă-nțelegeți greșit, că io speram să se poată verifica. M-am gândit să mă uit p-acolo-n liniște dă data asta, și să văd dacă erau p-acolo niște tipi care-ar fi putut să fie băieții lu' Faisal. Că dacă-s adevărate căcaturile astea pă care mi le tot zice Ki, atuncea s-ar putea să fi avut io dreptate și pă ea s-o tragă cineva-n piept. Deci așa m-am justificat io-n fața mea. N-o urmăream dă dragu' de-a o *urmări*. O urmăream ca să-i port dă grijă.

Am ajuns la parteru' blocului și-am aruncat o privire pă drum ca să văd unde era ea. La-nceput n-am văzut-o, da' asta a fost pentru că mă uitam exact în direcția opusă față dă moscheea la care mă tot dusesem io. Nu era dă mirare că n-o vedeam niciodată când mergeam acolo. Ea mergea la altă moschee. Oricum, mașina mea era parcată chiar acolo la colț, deci am sărit în ea, deși io știam că era riscant să ies cu ea-n drum. Da' adevăru-i că mă afecta tare toată chestia asta, și voiam să știu dacă locu' ăla unde mergea ea era sigur. Am ieșit dă pă drum exact la timp ca s-o văd cum urca într-un autobuz și m-am luat după el.

Chiar și-atuncea mi-o luase mintea razna, da' pă bune că nu eram așa surprins că se ducea la altă moschee, că-s mai multe moschei în Londra, nu-i doar una. Da' ce m-a surprins a fost c-a luat un autobuz tocmai până-n Elephant and Castle ca să meargă la o moschee. Părea prea departe, unu la mână. Și doi la mână, nu prea mi se părea că se potrivește. Nu Curt o dusese la moschee prima oară? Sigur mi-ar fi spus dacă ar fi dus-o tocmai până-n Elephant, nu? Voiam să-l întreb dă chestia asta, da' nu știam cum să fac asta fără să pară că n-am încredere în ea – sau în el.

Țineam ochii pă autobuz, da' am rămas cu vreo două mașini în urma lui. Trebuia doar să fiu destul dă aproape ca s-o văd cum coboară. Chiar după sensu' giratoriu, am văzut-o. Acolo era. Cu costumu' dă Darth Vader. Imediat ce-a coborât dân autobuz, mi-am dat seama că trebuia să fiu mai atent, că și dacă nu-mi recunoștea nimeni mașina, lu' Ki n-avea cum să-i scape dac-o vedea. Așa că m-am hotărât să parchez și să o iau pă jos. A fost greu să mă țin până la urmă după ea, c-avea *burkha* aia și cred că nu-și vedea dăcât picioarele. A virat pe-o stradă laterală, și io m-am luat după ea.

Ce m-a surprins totuși a fost că s-a oprit la o clădire care mie mi se părea că nu semăna cu o moschee. Era-n fața unei clădiri dân care nu se vedea dăcât o ușă neagră. Am văzut-o cum se uita pă telefon și suna la sonerie.

Am așteptat ascuns în pragu' unei uși și-am urmărit-o. Îmi bubuia inima dântr-un motiv pă care nu-l cunoșteam. După câteva secunde, ușa s-a deschis, și ea a intrat. Io eram pă dinafară. Nici nu-mi dădeam seama ce dracului ar fi putut ea să caute acolo. Oare acolo să fi locuit fata aia? Oare aia era moschee? Io știam că uneori, o moschee-i casa cuiva, modificată. Am așteptat câteva minute și dup-aia m-am hotărât să bat la ușă. Dacă fata aia era acolo, atuncea poate-aveam câteva-ntrebări să-i pun și io. M-am dus la ușa pă care tocmai intrase Ki și am respirat. M-am împins în ea, da' era-ncuiată. M-am uitat în sus, spre clădire, să văd dac-avea ceva interesant, da' nu mi-a sărit nimica-n ochi. Părea un loc d-ăla pă lângă care puteai să treci fără să-l bagi în seamă. N-avea nimic care să-ți spună ce era. Clar nu părea vreo moschee. Și mai era vorba și dă oameni. Nu era niciunu'. Era un loc părăsit. Nu era nimeni care să stea acolo la coadă, ca s-ajungă să intre.

Nu mi se părea-n regulă. Poate că nu era o idee chiar atât dă strălucită să intru undeva fără să știu ce-i înăuntru. Io mă tot uit, vreo douăzeci dă minute, da' în tot timpu' ăla nu intră și nu iese nimeni. Chiar atuncea, în capătu' drumului, văd, înghesuit între un VW Golf argintiu și-un BMW X5 negru, ceva ce recunosc. Alpina aia albastră deschis. Abia apuc s-o bag dă seamă, că ușa dă la clădire se și deschide iară și dau cu ochii dă Ki. Își aranjează *burkha*, iese și se-ndreaptă iară către drumu' principal. Nici nu se-ntoarce, așa că io nu trebe să mă ascund.

Nici măcar nu-s sigur unde-aş fi putut să m-ascund, sincer să fiu. Eram zăpăcit dă tot dă cap. Aia dân care ieşise ea n-avea cum să fie moschee, şi Alpina aia albastră-deschis, ce era cu ea?

Nu pot să-mi dau seama. E prea ciudată toată chestia ca să aibă vreo logică. Oricum, dau să mă iau după ea, şi chiar atuncea văd că iară se deschide uşa. Aproape că m-aştept să mai iasă careva cu *burkha* pă ea. Da' mă-nşel dacă m-aştept la chestia asta. Ăla care iese e un alb. La vreun metru optzeci, aşa. Cu păru' blond, tuns scurt. Cu costum cenuşiu. O ia-n aceeaşi direcţie-n care s-a dus şi Ki, da' dup-aia se opreşte pă la jumatea drumului şi scotoceşte după ceva prin buzunar. Farurile dă la Alpina pâlpâie dă două ori, ăsta urcă-n ea şi pleacă. Probabil că bulangiu' ăsta o dusese la blocu-ălălalt. Da' de ce? Şi oare cine era?

Ar fi trebuit să-mi dau seama chiar atuncea. Da' nu mi-am dat seama. Habar n-am avut.

Uitaţi care-i faza. Io ştiu că pledoaria asta-i lungă. E lungă rău dă tot. Da' aşa consider io, că trebe să vă spun toate amănuntele, ca să simţiţi ce simt io. Şi acuma, judecătoru' ăsta-mi transmite, cum pufneşte el aşa şi se uită chiorâş la mine şi te miri ce mai face, că ar trebui să mă grăbesc cu căcaturile astea. Ăsta a fost singuru' lucru pă care avocatu' meu mi l-a zis înainte să-l dau afară, să fie pledoaria destul dă scurtă-ncât să nu-şi piardă juraţii interesu'. O pledoarie, în medie, zice el, ar trebui să dureze vreo două ore maximum. Da' io nu pot să fac toată tărăşenia asta-ntr-o pledoarie dă două ore. Şi nici el nu cred c-ar putea, dac-ar fi el acuzat dă crimă. E ca o chestie d-aia pă care n-o cunoşti până nu eşti băgat în ea. Şi-o să măresc viteza. Da' treaba-i că io nu *vreau* să sar peste tot felu' dă chestii. Da' nici să vă pierd nu vreau.

Ce trebe totuși să vă spun e că-ncepusem să mă satur până peste cap dă ea când am ajuns înapoi la mine la apartament. Am urmărit Alpina aia cum pleca, și-n mintea mea era o singură-ntrebare care se tot repeta: „Ce se-ntâmplă? Ce se-ntâmplă?“ M-am dus înapoi unde aveam mașina parcată, am urcat în ea și am plecat. M-am îndreptat spre apartament în goană. Oare ce putea să zică ea-n legătură cu toate astea? Asta nu era o chestie dân care să scape cu minciuna. Era nevoie dă prea multe explicații.

Am intrat și-am așteptat-o. Nici nu era mult în urma mea, și când a intrat avea zâmbetu' ăla pă care mi-l mai arătase și care mă-mpiedicase să-i zic ce-aveam dă zis. Da' dă data asta nu-i mai mergea cu mine. Ea a-nchis încet ușa după ea, și-a dat repede *burkha* jos dân cap și-a aruncat-o pă un scaun dă la masa dân bucătărie.

– Salut, zice ea, toate bune? Este ceva de mâncare pe-aici?

E la fel dă liniștită ca-ntotdeauna și habar n-am cum reușește să fie așa.

– Ce pușca mea se-ntâmplă, Kira? Știu dă ălalalt, zic io, dă dup-o ceașcă dă ceai pă care-o beau.

Ea-ncremenește în timp ce scotocea prin frigider. O văd cum răsuflă dă parcă s-ar gândi la ce variante are. În cele dân urmă, zice:

– Nu-i ce crezi tu.

– Și dă unde știi tu ce cred io? întreb io, ridicându-mă ca să mă uit chiar în fața ei când se-ntoarce.

– Nu te gândești la asta, zice ea, tot cu fața la frigider.

– La ce? zic io, încercând să-mi controlez volumu' vocii.

– Nu pot să-ți zic. Dar trebuie să ai încredere-n mine, spune ea, întorcându-se, în sfârșit, cu fața spre mine.

Are o față liniștită. Nu-i deloc cum m-așteptam io să fie. Nu-i agitată. Nu se poartă dă parc-aș fi prins-o cu mâța-n sac. Pare, nu știu, ușurată, așa.

– Cum? strig io. Cum, pușca mea, să am încredere-n tine, după toate astea, mă, Kira, mă? Mai ales că nu-mi spui ce se-ntâmplă.

– Auzi – promit. O să-ți spun tot. Mâine.

La urma urmei, ce puteam să fac? Avea să-mi spună, și-n momentu' ăla asta era destul. Da' am fost io tâmpit. Trebuia s-o oblig să-mi zică. Era totu' acolo. Toate piesele dân puzzle erau acolo. Da' nu știam io să le bag una-n alta.

Deci, acuma-mi dau seama după ce față are judecătoru' că trebe să trec la ideea principală. Și cea mai mare parte dân ceea ce trebe să știți despre chestia asta are legătură cu planu'. Deci, a venit seara dă vineri, seara-n care Face trebuia să fie la club, și Curt a trecut devreme pă la noi ca să vorbim despre amănuntele planului. Toți eram cam stresați, așa c-am vorbit destul dă puțin. Reușise să facă rost de-un pistol dă nouă milimetri care nu era prea nașpa. Mai fusese folosit la vreun jaf sau două, da' la crime nu. Îl adusese-ntr-o pungă dă la McDonald's și-l pusese pă masa noastră rotundă dân bucătărie.

Am desfăcut punga s-arunc o privire, da' mânoaca lu' Curt s-a băgat și m-a dat la o parte.

– Folosește mănușile, frate, zice el, și scoate-o pereche dă mănuși dă latex dân buzunaru' dă la geacă.

Mi le pun și desfac punga. Arma-i acolo, atârnă greu la fundu' pungii, ca un cocoloș mare și negru. O ridic și-i simt greutatea-n mâna înmănușată.

– Încărcat?

– Cinci cartușe. Atâta am reușit să fac rost.

– Băieți, sunteți gata? Dacă vă e ceva neclar, acum e momentul, zice Ki, intrând în cameră dân dormitor.

Are niște tocuri d-alea până la cer și-o rochie albă cu negru. Are freza făcută și-un machiaj discret. E frumoasă.

– Da, frate, zice Curt, care-abia o bagă-n seamă, hai să decolăm.

– V-ați luat stațiile radio?

Dăm dân cap.

– Țineți minte, să le țineți pe canalul ăla. Nu e semnal la telefon în club, zice Ki, și ține-o geantă sport.

– Nu prea se-asortează cu rochia, zic io, da' ei nu-i arde dă glume.

Îi iau geanta sport și strecor arma-n ea.

Îmi dau mănușile dă latex jos și le-nghesui în buzunaru' dă la blugi. Dup-aia plecăm.

În timp ce coborâm scările, io rămân în spate și-l las pă Curt să iasă-n față. O trag pă Ki un pic mai în spate, ținând-o dă încheietură. Ea se-ntoarce și se uită la mine. Vreau să zic ceva, orice, să fac o legătură cu ea, da' nu găsesc cuvintele potrivite. Până la urmă, nu zic nimica.

Ea se uită-n ochii mei o secundă.

– Îmi pare rău, zice ea.

Dup-aia se oprește și mă pupă pă obraz.

Cum ieșim în stradă, o luăm la goană-n două direcții diferite. Ki se duce-ntr-o parte ca să caute un taxi negru. Curt și cu mine o luăm spre stația dă autobuz și așteptăm autobuzu'. Amândoi avem pă noi hanorace albe şi tenişi albi aproape identici. Ştim dă camerele dân autobuz. Vrem să ne surprindă. Toată chestia asta face parte dân planu' pă care l-a repetat Ki întruna. După câteva minute vine autobuzu' care trebe şi urcăm şi mergem la nivelu' dă sus. Ne aşezăm undeva-n spate ca să nu ne-audă nimeni. Până la urmă n-are prea mare importanţă, că tot drumu', nici io, nici Curt, nu ne putem gândi la ce să spunem.

Următoarele cinşpe minute trec mai încet dăcât ar trebui să treacă. Se-ntind până când o parte dân mine are impresia că stăm în autobuz de-o oră. Dân când în când, mă trezesc intrând în panică, şi-atuncea trebe să respir încet până mă liniştesc. Creieru' meu parcă a intrat într-o buclă dân care nu mai pot să-l scot. Ideea asta cu crima. Nu s-apese cineva pă trăgaci şi să ia o viaţă. Şi nu ca-ntr-un film sau în *Call of Duty*, ci ca-n viaţa reală. Cu sânge. Cu faţa unui om în faţa mea şi mirosu' unui om la mine-n nas. Genu' ăla dă crimă. Am dă gând să fac un lucru care odată făcut o să se lipească dă mine pentru totdeauna şi-o să facă parte dân mine. Când mă trezesc dă dimineaţă, o să fie o fracţiune dă secundă-n care ştiu c-o să uit că treaba asta s-a-ntâmplat vreodată. O fracţiune dă secundă-n care io o să cred c-a fost un vis sau chiar ceva despre care numa' am vorbit, da' n-am făcut nimica. Şi dup-aia, fracţiunea aia dă secundă o să treacă. Şi-o să merg târâş toată ziua până se termină. Şi-a doua zi o s-o ia dă la capăt. Ca o sentinţă la-nchisoare, da' mai rău, că n-o să se termine. N-am dăcât o speranţă. O speranţă că, la un moment dat, n-o să mi se mai pară aievea şi-o să cred că-i un vis. Nu ştiu sigur. Tot ce am e sentimentu' pă care l-am avut când a fost răpită Ki. Aşa mi s-a părut mie toată povestea asta. Şi asta m-ajută să-mi revin. Kira. Nu pot s-o pierd. Pot să fac treaba asta pentru ea. Pot să fac asta pentru ea chiar dacă trebe s-o fac în fiecare zi pentru tot restu' vieții mele. Pentru că fără ea nu există nimic.

Clubu' pă care-l căutăm e direct pă traseu' nostru și autobuzu' oprește aproape fix în față la intrare.

Deja se-adună mulțimea obișnuită dă vineri seara, și oamenii ăia par să aibă vieți care n-au nimica de-a face cu împușcături, cu găști și cu bătăi accelerate ale inimii. E și ciudat să fiu afară, să văd oameni cu vieți normale. Autobuzu' s-a oprit, da' noi nu ne mișcăm, chiar dacă suntem fix în fața clubului. Dup-aia, după câteva secunde, pornește iară greoi și pleacă, lăsând clubu-n urmă și ducându-ne cu el. Când trecem pă lângă el, mă uit în spate și-o văd cu coada ochiului pă Ki. E mărunțică pă lângă un munte dă om lângă care stă. Niciun bodyguard n-o s-o gonească dac-arată așa, mă gândesc și io, chiar dacă n-o cunoaște. În timp ce clubu' rămâne-n urmă, văd cu coada ochiului un zâmbet strălucitor, care nu-i pentru mine, unu' pă care nu l-am mai văzut dă câteva săptămâni. Dup-aia se-ntoarce și intră-n club pă ușile duble, și bodyguarzii se uită după ea.

La cinci stații distanță, Curt și cu mine coborâm. Suntem la opt sute dă metri dă club, da' suntem exact unde trebe să fim în momentu' ăla. Încă se simte pupătura dă pă obraz, și mi se pare c-ar trebui s-o simt ca pe-un talisman d-ăla norocos, da' nu o simt așa. Totuși, se simte, nu știu cum, aproape sfântă? Aproape că pun mâna, da' mă opresc în ultima clipă. Nu vreau să se ducă strălucirea. Știu că pare-o prostie ce zic io acuma, da' am nevoie dă ea ca să mă protejeze. Încă nu știu de ce-a zis ea că-i pare rău, da' am lăsat gându' ăsta pentru mai târziu.

Drumu' principal e tot aglomerat, cum e la ora asta, în perioada asta a săptămânii. Oamenii au ieșit să-și înece amaru' dă peste săptămână sau să sărbătorească faptu' că s-a-ncheiat. Toți vor să uite dă viețile lor, și pentru câteva ore. Ne amestecăm printre ei când trecem pă lângă ei. Am putea chiar să fim ei. Oameni normali, care fac chestii normale, într-o viață normală.

Curt îmi dă un cot când ne-apropiem dă prima stradă laterală pă care-o vedem. O luăm pă stradă, și-n timp ce facem asta, desfac fermoaru' dă la geanta pă care-o țin în mână și iau un hanorac negru în timp ce Curt și-l dă jos p-ăla alb al lui. Amândouă hanoracele albe-s băgate-n geantă. Urmează tenișii. Îi schimbăm p-ăia albi pă care-i avem cu unii negri dân geantă și îi punem p-ăia albi la locu' lor. Facem atât dă repede și dă relaxat treaba asta, că abia ne oprim dân mers. Ajungem în capătu' drumului lateral și-o luăm la stânga, așa-ncât să mergem paralel cu drumu' principal. Inima mea prinde iarăși viteză. Îmi transpiră mâinile, da' n-am ce face. Le șterg dă hanorac, da' nu-i zic nimica lu' Curt. Curt merge mai departe, dă zici că și-a-nchis mintea față dă orice altceva. Ceva dân expresia feței lui îmi zice c-așa o să abordeze toată chestia asta. Un picior, dup-aia ălalalt.

După alte douăzeci dă minute, cam așa, vedem partea dân spate-a clubului. Ne tragem glugile-n jos în timp ce ne-ndreptăm către el. Într-o parte e un container plin tot dă moloz. Îmi pun mănușile-n timp ce ne-apropiem dă tomberon, m-ascund după el, scot arma dân pungă și-o bag la curea. M-asigur că nu se uită nimeni.

Scotocesc prin geantă dân nou și scot o pungă mai mică, o pungă albă dă plastic. În ea e un hanorac și niște pantaloni dă trening și tenişi. Ascund geanta sport cu hainele albe pă care le-am purtat în tomberon sub niște plăci dă lemn. Fac asta repede, în timp ce merg, și știu că dacă s-ar fi uitat careva, n-ar fi băgat dă seamă. Când lăsăm containeru-n urmă, nu mai am în mâini dăcât punga albă dă plastic. Geanta sport, hainele albe și tenişii albi au rămas toate-n urmă-n tomberon, și-o parte dân mine simte c-am lăsat și ceva dân viața mea acolo cu ele.

Mergem mai departe spre club în hainele noastre negre. Negru' dă pă hainele lui, negru' nopții și negru' dă pă fața lui se adună la un loc. Nu zice nimica, da-și trage gluga peste ochi. Știm că-s camere pă drumu' ăsta, da' atâta vreme cât reușim să ne ținem fețele ascunse, n-are importanță. Dân câte-și dă seama oricine-o să se uite, noi eram ăia doi băieți dân autobuz, îmbrăcați în alb. Niciodată n-am fost ăia doi băieți dân autobuz îmbrăcați în negru. Camerele. Nu putem să ne ferim dă ele, indiferent dân ce parte ne-apropiem dă club. Sunt camere prin toată Londra. Nu putem să le ocolim pă toate, deci trebe să profităm dă ele. Să le lăsăm să spună altă poveste. Să fie ele alibiurile noastre.

După încă două minute, ajungem la intrarea dân spate a clubului. Încep să respir greoi acuma, deși n-am făcut dăcât să merg. Nu știu de ce, nu-i la fel dă ușor ca treaba aia ce-am făcut-o-n ascunzătoare, care mi se pare că-i la o veșnicie depărtare, deși n-au trecut dăcât câteva săptămâni dă la ea. Încerc să respir normal și dau dân cap către Curt. Sunt pregătit.

Suntem la ușile dân spate ale clubului. Curt își lasă greutatea pă ușă și ușa se deschide, exact cum a promis Ki. Ne uităm unu' la altu', dup-aia ne furișăm înăuntru și tragem ușa după noi. Ki a avut dreptate și în privința asta. E întuneric. Luminile, dacă sunt vreodată lumini aicea, s-au stins. Scot telefonu' și-l folosesc pă post dă lanternă. Nu-mi dau seama atuncea că peste câteva luni, ăsta o să trimită un semnal către un stâlp dă telefonie mobilă, care o să spună acuzării exact unde sunt io.

Telefonu-mi dă exact câtă lumină-mi trebe ca să văd, și așa cum a zis Ki, e o ușă pă stânga, chiar înaintea scărilor. O-mpingem. Se deschide. Curt și cu mine intrăm cu capetele plecate și în juru' nostru nu-i dăcât beznă apăsătoare. Pipăi peretele, căutând un întrerupător, și-l găsesc. Încăperea se umple dă lumină. Văd fața lu' Curt, cu ochii deocamdată strâns închiși în fața luminii albe. Dup-aia, aproape că zâmbește. Am reușit să intrăm.

Ne chircim pă podea, cu spinările lipite dă ușă, ca în caz că se-mpinge careva-n ea, să știm noi dă el înainte să știe el dă noi. Pun punga dă plastic jos și eu și Curt ne scoatem stațiile radio cu două benzi, le dăm încet până bârâie și așteptăm.

Fața lu' Curt e ca o mască. N-ai cum să-ți dai seama ce gândește. Cred că dac-ați fi făcut în clipa aia o poză, nici el n-ar fi știut să vă spună ce gândea. În clipa aia, mă-ntrebam dacă el se gândea la ceva. Poate la plan. Doar la plan.

Pauză de prânz: 13.01

36

14.05

Planu' era s-aştepte Ki până când îl vedea pă Face. Dacă-l vede, ne-anunţă prin radio. Dacă vede altceva, ne-anunţă prin radio. Dacă vede vreo belea, ne-anunţă prin radio şi plecăm. Nu putem să ne-asumăm şi mai multe riscuri dăcât ne-am asumat deja. Imediat ce-aflăm că Face e aicea-n club, o să aşteptăm până-l vede Ki mergând la toaletă. Dacă pare sigur, adică dacă se duce singur, atuncea ea m-anunţă şi io ies dân încăpere şi urc pă şiru' mic dă trepte dân capătu' coridorului. Treptele duc spre clubu' principal. Toaletele-s chiar acolo. Prima uşă dă care dau pă stânga e dă la toaleta pentru bărbaţi. Intru-acolo, fac ce-am dă făcut şi plec. Ki ne cheamă doar dacă putem să-l prindem pă Face, altfel plecăm de-acolo.

Curt o să rămână unde e. Avem nevoie să se asigure că e curat la ieşire, şi dacă treaba devine murdară, să facă el curat pentru noi şi să ne deschidă o cale de ieşire de-acolo. Imediat după ce dăm lovitura, io trebe să mă întâlnesc cu Curt în încăperea în care suntem acuma, s-o anunţ pă Ki şi s-o aştept. Ea vine, se schimbă-n hainele pă care i le-am adus în punga dă plastic şi dup-aia plecăm toţi.

Mă uit prin încăperea dân spate şi încerc să mă concentrez pă ceva detaliu dân ea ca să mă liniştesc. Da' e imposibil. E cald în încăpere, chiar dacă noi nu vedem nicio sursă dă-ncălzire. Curt cam transpiră, da' el e d-ăla mare, și-ăștia mari au pierderi dă apă ca lumea. Cred că-i agitat. Io știu sigur că sunt. Stăm acolo și nu zicem mai nimica jumate dă oră, ascultând zgomotele dă fundal dă la stațiile radio. Chiar dacă-s date-ncet dă tot, tot le-auzim cum pârâie. Io-s pierdut în propria minte și la fel pare și Curt după cum arată.

Trec zece minute sau o oră și radiou' e enervant dă tăcut, zici că ne tratează cu spatele. Nu suport tensiunea asta. Aș vrea să zbârnâie vocea lu' Ki în drăcovenia aia. Nici nu mi-ar păsa dacă s-ar auzi doar ca să anuleze toată chestia. Am nevoie să se-ntâmple ceva repede.

– Curt.

Curt stă tot lângă mine. Are picioarele-ntinse și respiră adânc. Tot corpu' i se mișcă-n sus și-n jos, zici că saltă pe-un val. Căldura care vine dinspre el e puternică.

– Trebe să facem chestia asta, așa-i? continui io. Adică, n-avem de ales, nu?

– Da, frate, zice el, ștergându-se pă față. Ia-o așa: deja am făcut-o. Deja am ales.

Io dau dân cap mai mult pentru mine dăcât pentru el.

– O fac io dacă vrei, zice el, dup-aia, fără să se uite la mine. Are mai multă logică așa. Io am mai făcut asta.

Mă uit la el și nu-mi vine să cred c-aud ce aud.

– Ce-ai mai făcut?

– Nu te face că nu știi.

– Să-mi bag una, frate. Parcă eram frați. Bă, frăție, bă. Nu puteai să-mi zici și mie chestia asta mai devreme?

Parcă-mi cad cărămizi în cap.

– Și ce, pușca mea, era să zic? zice el, ștergându-se iară pă față cu mâna. Oricum, ideea-i că pentru tine-o fac. Doar să zici o vorbă.

Dup-aia mă uit la el și zic:

– Nu, frate, ai făcut deja destule.

Chiar dup-aia, radiourile încep să pârâie tare și vocea lu' Ki vine călătorind spre noi. Zici că se-aude dân altă lume. Un strigăt dă pă altă planetă. Ca Armstrong[1] când strigă de pe Lună.

– Mișcați-vă, zice ea, și-are vocea tăioasă, care pătrunde dincolo dă toți puricii. Trebuie să vă mișcați acum. Face e la toalete. Trebuie să vă mișcați acum.

Curt se uită la mine și se ridică încet în picioare, da' io știu că se mișcă pă cât dă repede poate.

– Unde pușca mea-i prosopu'? întreb io.

Deodată, simt că mi se-nvârte capu' dă panică. Încep să mi se umezească mâinile, și mi le șterg dă haine, iar și iar.

– Căcat, cred că-i în geanta dân container. Ia, ia chestia asta, zice el și scoate ălalalt hanorac dân geantă, ăla care trebuia să fie pentru Kira, și mi-l dă mie.

Îl iau și-nfășor pistolu-n hanorac, cu-o mână pă mâner.

– Bine, frate. O să fac chestia asta, zic io și ies în coridor.

Merg repede prin întuneric. N-am timp să fac lumină cu telefonu'. Da' e-n regulă, că văd o geană dă lumină acolo unde se-ntâlnește partea dă sus a treptelor cu partea dă jos a ușii. Mă-ndrept spre ea.

Dau să-mping ușa ca să se deschidă, da' e blocată. Căcat, n-o verificaserăm. De ce n-am verificat-o cât am tot stat

---

[1] Neil Alden Armstrong (1930-2012), astronaut american, rămas în istoria misiunilor de explorare a spațiului cosmic drept primul om care a pășit pe Lună, în 1969 (n.tr.)

pe acolo atâta, aşteptând să ne cheme Ki? Căcat. Încerc s-o-mping, da' pare că e-ncuiată. Mintea mi-a luat-o razna şi nici nu pot să gândesc limpede. Mă gândesc ce mama dracului o să fac. Iau staţia dân buzunar şi vorbesc în ea.

– Curt, am nevoie dă tine, frate. Cred că-i încuiată uşa sau ceva. Nu pot să intru.

Nu răspunde, da-n câteva secunde văd lumina dă la uşa lui cum se-mprăştie-n coridor în timp ce el o deschide şi se-ndreaptă către mine. Ajunge la mine şi-mi face un semn cu mâna, în tăcere, să mă dau la o parte. El face un pas înapoi şi se izbeşte direct în uşă cu umăru'. Uşa se deschide. Muzica-mi inundă urechile. Curt se uită la mine, ridicând dân sprâncene şi dup-aia se-ntoarce dân nou spre camera dân care se revarsă lumina în hol.

Fac un pas. Când ajung înăuntru, văd că-i tot întuneric, da' e mai lumină dăcât era în hol. Basu' bubuie ca bătaia unei inimi uriaşe şi pare că vine dânăuntru' meu. Văd uşa neagră mată dă la toaletă cu un desen cu un om dân beţigaşe, fix unde-a zis Ki că e. O-mping şi-o deschid. Mi-e ud pistolu-n mână dă transpiraţie, şi-l bag dân nou în hanoracu' care-l acoperă. Îmi revin în fire şi mă uit în jur. La pisoare nu-i nimeni. Chiuvetele-s goale. Probabil că e-ntr-o cabină de-aia. Mă uit la podea ca să mă liniştesc. E un verde d-ăla închis, am impresia că mă-nghite.

Inima mea o ia razna. Bam-bam-bam. Pentru o secundă, uit că trebe să respir. Nu-mi vin în minte imaginile. Ce să fac. Să dau cu picioarele-n uşă? Să aştept să se deschidă uşile? N-am vorbit niciodată despre partea asta dân plan. La vremea aia, ni se părea că nu-i nevoie. Acuma cred că era partea cea mai folositoare. Mă hotărăsc s-aştept. Mă-ndrept către un pisoar şi m-aplec deasupra lui, cu hanoracu' umed tot înfășurat pă mână. Miroase-a căcat, a pișat și-a înălbitor. Mă copleșește, și simt c-o să leșin, pentru o clipă.

Aud basu' care vine dân club aicea, da' e destul dă-ncet încât s-aud împroșcăturile dântr-una dântre cabine. Pă urmă, după ce trage cineva apa, ritmurile alea profunde dă tobă se ridică, dă zici că-s un val, dup-aia coboară iară. Ca atuncea când deschide careva ușa. Căcat. A venit cineva la toalete. Mă uit în jur, cât pot dă relaxat. Dă unde să-mi dau io seama dacă ăsta-i cu Face sau nu? Ce mă fac cu el? Aștept? Îl împușc și pă el? Privirea-ncepe să mi se concentreze și persoana care-a intrat mai înainte la toalete se vede clar. Aproape prea clar.

La naiba. E Ki. Cu picioarele desfăcute larg pă podeaua verde, zici că-i Statuia Libertății. Are fața ca dă sticlă, nu-mi transmite nimica.

Duce-un deget la buze, făcându-mi semn să fac liniște, chiar când îmi vine să țip la ea. Băga-mi-aș.

Arăt spre cabina dă unde s-a auzit cum trăgea careva apa, iar ea dă dân cap. Nu știu de ce-i aicea. Dau ca nebunu' dântr-o mână și-i zic să plece-n momentu' ăsta. Da' ea bagă mâna-n poșetă, scoate-o pană dă ușă, o pune pă podea și-o-mpinge cu picioru' sub ușa mare dă la baie. Vreau s-o-mping afară, da' nu apuc. Începe să se zgâlțâie ușa dă la cabină. Mă-ntorc cu fața către ea, cu arma ridicată la nivelu' taliei. Arma face iară ce face ea dă obicei și-mi șoptește.

„Trage. Trage. Trage."

Greutatea ei îmi dă deja dureri dă braț și simt că dacă trag cu ea o să fie mai ușoară. Și-n clipa aia, asta-i tot ce vreau să fac. Să trag și să mai ușurez dân greutatea asta. Văd fața. Și-mi pică fisa. Nici nu știu cum arată Face.

Ăla care se uită la mine e înalt și-arată bine. Are-o față dă vedetă dân filme. Pare d-ăla care bagă bani grei în el. Se uită la mine, parc-abia mă bagă-n seamă, dup-aia se ia după privirea mea și se uită unde stă Ki. Se vede-n ochii lui că-i zăpăcit dă cap, dup-aia i se produce un declic în creier. Strigă spre cealaltă cabină dă zici că o imploră să se deschidă.

– Face!

Dup-aia se deschide. Ușa cabinei se deschide.

Timpu-ncremenește.

Îl văd p-ălalalt. Pă Face. E ceva tulburător la el. N-are nimic deosebit. E doar un om. Oricare om. Omu' ăsta pă care io vreau să-l omor. În mintea mea era un monstru. Poate chiar diavolu'. Da' ăsta care se uită la mine e speriat. A văzut arma. Da' mai mult dăcât atâta, mi-a văzut fața. Știe ce-nseamnă chestia asta.

E o fracțiune dă secundă-n care mi se pare c-am ieșit dân corpu' meu și mă uit la toată lumea de-acolo, inclusiv la mine. Am un zâmbet pă față, dă zici că-s interesat, dă zici că mă-ntreb ce-o să fac? O să plec? O să fie albă sau neagră? O să fie o zonă de-aia gri? O să fie cu toate culorile? În clipa asta, pare că s-a-ntors tot cu susu-n jos, de-a-ndoaselea. Parc-aș avea ceru' la picioare. Parcă-s într-o nouă dimensiune. Parcă-s într-un loc cu susu-n jos, unde interioru-i în exterior și ceru-i verde.

Dup-aia mă izbesc toate odată. Nebunia vieții ăsteia-n care sunt și care parcă nici nu mai e viața mea. Încep să mi se deruleze toate câte s-au întâmplat în ultima lună prin minte. Parcă-i totu' pe o rolă de-aia care se-nvârte și imaginile străfulgeră dân ce în ce mai repede. Așa repede că amețesc și mi-e rău. Vreau să dispară acuma toate numele-astea. Toți Guilty, Facemen, JC, găștile, pistoalele, viața asta. Să mi le spele cineva dân minte. Vreau să mă-ntorc în vremea aia. Când nici nu știam cât dă bună era viața. Nici nu mai știu cum am ajuns io aicea măcar. Nu-mi aduc aminte să fi ales io ceva dân toate astea. S-a-ntâmplat, atâta tot. Mi se pare că fiecare lucru-a făcut să se-ntâmple alt lucru, și-acuma nu mai pot să controlez nimica.

A fost pentru Ki, cum îmi reamintesc io. Toate-s pentru ea. Jamil i-a zis lu' Face ăsta cine e și că trebe s-o omoare. Pentru Ki fac treaba asta.

Abia când țipă ea revin io-n corpu' meu și simt arma grea, ațintită-n jos, în mâna mea.

După două focuri, amândoi sunt morți. Cad greoi la pământ, cu fețele distruse dă câte-un glonț fiecare. Face cade cu fața-n sus. Cu ochii holbați în gol, așa. Mă trezesc că mă uit fix în ei. Încremeniți. Cred că văd momentu-n care iese viața dân ei și nu pot să-mi feresc privirea.

Vocea lu' Ki țipă numele meu și-o văd întorcându-se spre ușă și-ndepărtând pana cu piciorul. Deschide ușa, da-n timp ce face chestia asta, o altă față se holbează la ea. Da' ea-i rapidă. A intrat adrenalina-n ea și toate mișcările ei sunt fine și iuți. Creieru-i funcționează la niște viteze, dă nici nu pot să țin pasu' cu el. Îl vede p-ăla dă la ușă și știe că trebe să-l țină afară până scăpăm. Cheia e-n ochii ei. Ochii ăia argintii, strălucitori, care fac mașinile să se oprească pă drum. Îi deschide mari în fața ăluia, și-l atrag ca niște găuri negre. Ăsta se schimbă la față. Lumea a dispărut pentru el. Nu mai e dăcât el și fata aia cu ochii ăia. Ea-i pune-un braț pă după gât și se duce după el în clubu' ăla zgomotos. Are cealaltă mână la spate. Trec dă amândoi și-n timp ce mă-ndrept către ușa care duce la treptele care-o iau în jos, o iau pă Ki dă-ncheietura mâinii și-o trag după mine.

O luăm de-a valma pă trepte-n jos, unde ne-așteaptă Curt cu ușa dân spate deschisă, ca s-avem lumină să vedem. Ne conduce p-amândoi înăuntru și se lasă pă ușă. Io-s chircit și încerc să-mi trag sufletu' și să lupt cu durerea dă burtă pă care-o simt acuma. Ki e-n formă maximă. E puternică, discretă, și nu depune efort deloc.

Ea-și trage repede rochia deasupra dă talie și-și ia pantalonii dă trening pă care i-i dă Curt, dându-și pantofii cu toc jos dân picioare. Ea se uită la mine. Io mă uit la ea. Nu știu care dântre noi arată mai ciudat. Inima încă-mi bubuie, și-asta-mi bagă mintea-n ceață.

– Sus.

Mă uit la ea, zăpăcit. Habar n-am ce zice.

– Sus, zice ea, dă data asta mai tare, arătând spre mâna mea.

Mă uit în jos și încep să revin încet în momentu' ăla. Îi dau hanoracu' după ce-l desfășor dă pă pistol, care încă mi-e fierbinte-n mână.

În câteva secunde, noi trei ieșim în stradă și suntem liberi. Ridicăm glugile, coborâm privirile și mergem pe-același traseu pă care-am mers mai devreme cu Curt. Tot n-a zis nimeni nimica. Auzim ceva agitație dă la intrarea dân față dă la club. Cred c-aud bucăți dă discuții între oameni care strigă ceva dă poliție. Da' mergem mai departe. Departe dă intrare. Fiecare pas ne duce mai departe dă pericol și mai aproape dă siguranță. Dacă suntem norocoși, poate fi și-un pas spre viața noastră dânainte. Zgomotu' dân mulțime se pierde. O sirenă răsună dân depărtare, da' se apropie.

Mă-ntorc să mă uit în spate. Doi bărbați se-ndreaptă într-o parte-a străzii. Tineri amândoi. Amândoi merg cu pași repezi, și-i auzim cum se-apropie. E evident că-s agitați de ce s-a-ntâmplat la club, da' încearcă să pară relaxați. Ca de obicei. Băiețeî care-ncearcă să pară barosani. Arunc o privire-n jur să văd unde sunt și ce fac. Ăștia se uită-n urmă la partea dân față a clubului, să vadă ce-i cu harababura pă care-am făcut-o noi.

Încetinim un pic să-i lăsăm să treacă. E mai bine că-i vedem noi dăcât că ne văd ei. În câteva secunde, ne depășesc. Sunt doar doi băieți. Fericiți. Slăbănogi. Râd. Inocenți. În față, îl văd pă unu' dân ei cum se-apropie de-o mașină și-o face să piuie. I se-aprind farurile. MK3 Golf GTI, fără însemne, cu eșapament Pico, scaune Recaro, cred. Nici măcar după toate câte s-au întâmplat nu mă pot abține. Băiatu' deschide ușa și urcă-n mașină. Ălalalt stă la locu' lui până pleacă mașina, dup-aia-și scoate telefonu'.

Curt îmi dă un ghiont. E nasoală situația. Nu vrem să se oprească ăsta-n mijlocu' drumului. Trebe să fie departe de noi. Cu spatele la noi. Nu cu fața. Nu vrem să ne vadă. Mai avem câte ceva dă făcut. Trebe să luăm geanta dân tomberon și tot trebe să scăpăm dă pistolu' dă nouă milimetri. Încetinim până aproape ne oprim, da' n-avem cum să ne ferim să trecem pă lângă băiat. E direct în calea noastră. N-avem ce face. Trebe să mergem mai departe. Ne apropiem destul de el încât să-i auzim discuția dă la telefon. Și pă lumina asta, fără îndoială ar putea să ne identifice destul dă ca lumea dacă l-ar întreba poliția. Trebe să ne ținem fețele-n jos, spre asfalt. Nu vedem dăcât picioarele.

De-aia, abia când suntem la vreo cinșpe metri dă el, îmi dau seama cât dă nașpa-i toată situația.

– La naiba. Curt, tu vezi ce văd și io? zic io când îs sigur.

Ridică privirea un pic și se uită pă sub glugă.

– Căcat! Jamil! Ce pușca mea caută ăsta aicea?

E un șoc să-l văd acolo. Ce caută acolo? Normal, privind în urmă, nu-i o mare surpriză. Probabil că era cu Face sau se ducea să-l viziteze. Da' se vede dă la o poștă că nu știe că Face e mort, la cât dă relaxat vorbește la telefon.

Da' ce se-ntâmplă-n continuare e un căcat de-a dreptu' ciudat pă care nici nu pot să mi-l explic.

Pauză: 15.05

37

15.15

Se-ntâmplă într-o fracțiune dă secundă, înainte să și apuc să mă gândesc. Jamil e chiar în fața noastră și nu putem nici măcar să ne ferim dă el, că-i prea aproape. Cred că dacă ne-am fi-ntors în clipa aia, ar fi sărit prea tare-n ochi și – poate nu atuncea, ci mai târziu – ar fi făcut legătura și ne-ar fi acuzat. Adevăru-i că io nici nu eram sigur că gândesc în clipa aia. Tot ce știam sigur era că noi mergeam într-o direcție, și el era acolo.

Mergem mai departe. Îmi aduc aminte că țin capu' plecat și gluga trasă-n jos. Îl văd pă Curt cum merge pă lângă mine, cu mersu' ăla al lui ca dă urs. Ki e chiar în spatele lui. Jamil se apropie. E la maximum nouă metri dă mine. Îi dau un cot lu' Curt să văd dacă are ceva idei, da' nu zice nimica. Dân câte văd io, ideea lui e să scape cu șmechereala dân chestia asta și să meargă mai departe. Da' e o nebunie, că dacă ăla ne vede, sau și dacă i se pare că ne-a văzut, o să dea dân gură că ne-a văzut acolo. Și Ki. Căcat. N-are cum să-i scape Ki, nu? Nici cu pantofi sport.

Dup-aia, chiar când urma să propun să ne-ntoarcem, chiar dacă asta ar însemna să mergem direct înapoi spre club, Ki se-mpinge-n mine și-n Curt și trece mai departe.

Ridic privirea și deodată văd c-a rupt-o la fugă. La-nceput, cred că fuge că l-a văzut pă JC și aproape că strig după ea. „Acuma face de-astea?", mă gândesc io. „Acuma fuge?" „E proastă?" Aia ne mai trebe, să se uite JC în sus, să dea cu ochii dă ea, și ăia suntem. Și, la dracu', camerele dă supraveghere! Nu vrem s-apară nimeni care fuge pă camerele dă supraveghere acuma. Ce, pușca mea, are asta dă gând? Aproape că strig după ea, da' așa nu fac dăcât să fie și mai rău.

Dup-aia văd că io am înțeles greșit toată chestia. Ea nu fuge doar p-același drum pă care-i el. Nu, ea fuge drept spre Jamil. Nimica dân imaginea aia nu-i cum trebe. Chiar n-are nicio logică pentru mine.

Nu pot dăcât să mă uit la ea cum aleargă spre el, parcă zboară. Ăsta se schimbă la față când își dă seama c-o știe. Își face ordine-n gânduri. Aproape că pare c-o s-o oprească și-o să stea dă vorbă cu ea. Dup-aia se uită-n spate și ne vede pă noi. Se schimbă la față. Da' atuncea-i deja prea târziu. Imediat dup-aia, ăsta ajunge pă asfalt. Ki stă deasupra lui cu un pistol în mâinile-ntinse. L-a-mpușcat. Io-s încremenit. Lu' Curt îi pică fața.

Nu știu de ce-a făcut ea chestia asta. Chiar dacă ăla ne-a văzut, nu conta atâta dă tare-ncât să merite să fie-mpușcat. Era mai bine să nu ne fi văzut? Pă bune dacă n-ar fi fost mai bine. N-ar fi avut cu ce povești să umble pă la oricine voia să-i asculte lui aburelile. Și era mai bine că nu ar fi putut să spună nimic la poliție dacă voia să fie d-ăla. Da' asta? Chestia asta n-avea de ce să se-ntâmple. Asta era și ideea aicea. JC era un nimic. Dacă voiam, puteam să-l termin io pă bulangiu într-o clipă. Era vorba dă Bătrâni. Protecția lor îl proteja p-ăsta. N-aveam nevoie să-l terminăm. Caut ochii lu' Ki în întuneric în timp ce m-apropii. Inima mi s-a oprit. Mă priveşte. Are ochii goi. Nu mai pot să citesc nimica-n ei. Dup-aia fuge.

O privesc cum fuge-n continuare spre colțu' drumului, unde opreşte un taxi. Lumina lui galbenă străluceşte puternic pă ceru' negru. Mă uit la Curt. Fața lui spune tot şi nimic. A-ncremenit pă loc, zici că-i înfipt în pământ dă şoc, în timp ce ea dispare-n taxi. Pân' la urmă, trebe să-l trag dă braț ca să se trezească.

– Hai, zic io. Trebe s-o tăiem.

Cum nu avem niciun plan B la care să ne gândim, ne ținem dă planu' pă care l-am stabilit la-nceput, cât de bine putem, acuma c-a făcut Ki treaba asta. Geanta-i luată dân tomberon. Hanoracele albe vin puse-napoi pă noi. Și adidaşii. În câteva minute suntem înapoi pă drumu' principal şi aşteptăm un autobuz cu care să ajungem acasă. Suntem îmbrăcați cu aceleaşi haine cu care eram îmbrăcați şi când am ieşit dân apartament. Suntem toți în alb. Ăia care-au intrat în club, dacă-i caută careva, erau în negru. Tot alibi perfect e şi-ăsta.

Am ars hainele negre. Am găsit un pic dă verdeață care nu era nici parc, nici luminiş, am turnat multă benzină pă ele acolo şi le-am aprins. Pistolu' l-am îngropat. Nu conta prea mult dacă era luat, că nu erau amprente pă el şi oricum era naşpa. Chestia importantă era ce ADN era pă hainele negre. De ăla a trebuit să scăpăm, şi-acuma s-a dus tot în cer. Cenuşa se-ndreaptă spre cer şi cade dân nou ca nişte fulgi murdari dă zăpadă. Mă uit la Curt în timp ce i se aşază cenuşa pă păr şi pă față. N-a scos un cuvânt dă când l-a-mpuşcat Ki pă JC. Nimica dân ce s-a-ntâmplat în noaptea asta nu mai are nicio logică pentru el. Nici pentru mine n-are logică, da' Curt nu știe ce știu io.

Când am ajuns la apartament și-am deschis ușa, sincer să fiu, m-așteptam să fie Ki acolo. Credeam c-o să stea la masă deși nu puteam să-mi închipui expresia ei. Trebuia s-o văd. Trebuia să-i văd fața, ca să știu că se-ntâmplase ce se-ntâmplase. Trebuia să știu de ce-o făcuse. Trebuia să știu că se făcuse ce trebuia. Numai fața ei îmi putea spune chestia asta.

Curt a văzut primu'.

– A fost aicea. Și-a plecat, a spus el și-a arătat către masă.

Acolo, pă masă, era hanoracu' pă care-l purtase ea. Îl recunoșteam după caracterele chinezești dă pă spate. Pă hanorac era un pistol. Baikal, pistolu' preferat al gangsterilor. Pistolu' care credeam io că lipsea. Îl avusese ea în tot timpu' ăsta.

Curt s-a uitat la mine, dup-aia a clătinat dân cap și-a zis:

– E aiurea rău, zice el.

Io am început să vorbesc, da' el m-a oprit.

– Nu vreau să știu, a zis el. Nici nu vreau să știu.

– Uite ce-i. Nu-i vina mea, Curt. Singură a făcut căcaturile astea. Și nici nu ți-am zis ce s-a-ntâmplat la toalete.

– Păi, în pana mea, nici vina mea nu-i, asta-i sigur, frățică. E iubita ta. Unde, pușca mea, e? zice el, ridicând brusc mâinile-n aer.

– Io să știu unde e? zic io, începând să mă turez la el. Da' *tu* de ce nu-mi zici mie unde e?

– Io? zice Curt, băgându-se-n fața mea. *Io*?

– Da, tu. Tu ești ăla care-a tot dus-o la moscheea aia. Ție ți-a tot dat informații dă pă surse. Toate alea cu „Zi-i lu' Guilty să-și ia vestă antiglonț, în pana mea".

– Du-te-n mă-ta, frățică, zice el, și mă-mpinge tare cu-o lăboacă. Ce-am făcut am făcut pentru tine și pentru familia ta. Ce pușca mea ai, mă? Ce, s-o bag pă Ki în mă-sa când îmi zice s-o duc până-n Elephant? Sau când îmi dă câte-o veste?

Mă uit la el și rămân deodată fără răspunsuri.

– Nu știu, frate. Nu mai știu nimica, zic io și mă prăbușesc la podea.

– Păi, nu, nu știi. Nu știi nimica, zice el și se-ntoarce și iese pă ușă, trântind-o când iese.

*

Am așteptat zile-ntregi ca ea să se-ntoarcă acasă sau măcar să ia legătura cu mine, da' nu s-a-ntâmplat. M-am dus și la clădirea aia la care m-am dus în ziua când am urmărit-o și l-am văzut p-ăla blondu'. Da' nimic. Ușile erau încuiate. Era cum era-nainte, adică o clădire goală pă lângă care treceai dă zeci dă ori pă zi și nici nu observi că-i acolo.

M-am gândit la discuția pă care am avut-o cu Kira după ce m-am întors dă la urmărire în ziua aia, în ziua dânainte să-l împuște. Dom' judecător, chestia asta-i relevantă acuma. Îmi aduc aminte dă privirea ei șocată când i-am zis că am urmărit-o. Dup-aia dă cum s-a schimbat la față când i-am zis că știam că nu se duce la nicio moschee. Și cum s-a schimbat iară când i-am zis dă ăla blondu'.

În noaptea aia. După faza dă la club. Avea dă gând să-mi spună, da' s-a dus totu' dă râpă și acuma plecase. Privind în urmă, ar fi trebuit să-mi dau seama singur. Aveam toate indiciile. Da' io nu am o minte d-aia, știți cum zic? Nu puteam să bag piesele dă Lego una-n alta, na. Cred că faptu' că ea plecase îmi băga mintea-n ceață. Unde pușca mea se dusese, frate? De ce nu mă suna? Nu eram în stare să fac nimica fără să știu unde era ea. Parcă trebuia să știu ca restu' dân mine să meargă mai departe. Pân-atuncea nu puteam dăcât s-aștept.

Curt a plecat în Spania la câteva zile după faza dă la club. A lăsat banii-n urmă, și când l-am sunat să-l întreb ce să fac cu ei, a zis doar:

– Păstrează-i, frate. Niciodată n-a fost vorba dă bani.

– Da' ți-i trebe. Și cu Guilty cum rămâne? zic io.

– M-a lăsat în pace. I-am zis că l-am rezolvat pă Face și m-a lăsat să plec. Mi-a dat și-un cadou.

Las cuvintele-n aer și mă gândesc la ceva ce să-i zic. Dup-aia îmi aduc aminte că era ceva ce voiam să-l întreb.

– Da' până la urmă cum ai intrat tu-n gașca aia, frăție? întreb io.

– Nu știu, frate. E lungă povestea.

– E-n regulă. Acuma am tot timpu' dân lume, zic io.

– Ăștia dân Glockz îi promiseseră lu' maică-mea că-i fac rost dă niște heroină și când ea n-a putut să plătească într-o zi, mi-au zis că trebe să plătesc io altfel. Deci asta a fost. M-au pus să iau o datorie. Dup-aia, cu timpu', când s-a-mpuțit căcatu', i-au dat lu' maică-mea și mai multe droguri și m-au pus pă mine să le iau. Tu știi că io niciodată n-am fost d-ăla cu găști și cu d-astea. Și nici acuma nu-s. Da' ăștia au metodele lor să te facă să devii dependent.

– La naiba. Pare rău, frăție. N-am știut.

– Nu-i nimica. Dup-aia, într-o zi, anu' trecut, s-a-mpuțit căcatu' și-a scos unu' cuțitu' la mine. L-am scos io la el dup-aia. Și Guilty n-a mai trebuit dup-aia să găsească metode să mă facă dependent. O belisem. Glockz sau poliția. Variantele astea le-aveam.

Dup-aia mi-am adus aminte dă cum îmi zisese el la club că omorâse pă cineva. Și mă-ntrebam câți oameni trimisese prietenu' meu cel mai bun pă cea lume.

– Poate vin p-acolo să te văd, zic io.

– Dacă vii, să faci bine s-o aduci pă soră-ta. Trebe să-i explic niște chestii, da' acuma nu-s în stare.

– Lu' Bless? întreb io. Ce să-i explici?

– Nimica, frățică. Nimica. Știi tu, să-i zici c-o salut. Și pă maică-ta.

Așa cum fac și-acuma cu dumneavoastră, io am încercat să-i zic dă Ki și dă ce s-a-ntâmplat la toalete, da' nu voia să știe. O terminase cu toate astea. Era obosit. Cre' că la sfârșitu' zilei i s-a terminat toată răbdarea.

– Și tu trebe neapărat să pleci, frățică, mi-a zis el într-un final.

– Nu pot, mă. Nu fără Ki.

– Fata aia te duce dă nas. Tai-o, frate. A venit vremea, zice el, încet.

Îmi luasem un bilet nou spre Spania în ziua aia, da' chiar și când am făcut asta am știut că n-o să-l folosesc niciodată. Nu fără Ki.

– Nu pot.

Am așteptat-o pă Ki. Am crezut că n-o să plece pă nepusă masă, după toate câte s-au întâmplat. Așa c-am stat și-am așteptat. Mai avea să treac-o zi sau două și-avea să intre pă ușa aia. Ce era greu trecuse. Nu știu de ce, da' împușcăturile dân club nici n-ajunseseră la știri. Fuseseră omorâți doi oameni și nimica. Cealaltă crimă ajunsese la știri, totuși. Dă JC zic. Toată chestia cu Brexit era o știre mai importantă acuma. Așa că știam c-avea să se-ntoarcă.

Trebuia să o facă. N-avea unde altundeva să se ducă. Se ascundea. Nu puteam să dau dă ea, da' asta era dân cauză că era deşteaptă. Aşa bine se-ascundea, că unu' ca mine n-avea cum s-o găsească. Da' avea să se-ntoarcă în mod sigur, ştiam io treaba asta. Era sigur. Trebuia doar s-aştept. Doar că io vă zic, a fost ca atuncea când am pierdut-o prima oară. Iarăşi.

Deci, dup-o săptămână, când a venit poliţia şi-a spart uşa, a găsit tot exact cum era. Baikalu', hanoracu', banii mei, biletu' meu electronic către Spania, paşaportu', telefoanele. Io. Dup-aia... ştiţi ce s-a-ntâmplat dup-aia, aşa-i? Curt avea dreptate. Trebuia s-o tai, da' p-atuncea nu ştiam io ce mi-e sus, ce mi-e jos.

Pauză: 15.35

38

15.45

Chiar și după ce-am fost arestat pentru uciderea lu' JC și băgat în custodie, tot am sperat c-o să se-ntoarcă. Chiar dacă nu tocmai în linie dreaptă, mă gândeam că măcar o s-o ia poliția. În clipa aia nu mă mai interesa. Trebuia să o văd, și chiar dacă nu o vedeam față-n față, dacă știam că trăia mi-era destul.

Da' n-a venit. Am rămas singur. Și cred că ăsta a fost cel mai greu lucru dân ultimu' an. Nu dân cauză că eram în închisoare. Nici că eram acuzat dă crimă. A fost dân cauza lu' Ki. Că nu știam dă ea.

Am făcut fața-n custodie. Că eram în custodie și nu condamnat, și-asta însemna, mai mult sau mai puțin, că primeam câte vizite voiam. Bless și cu mama vin dă câte ori pot. La-nceput, n-am vrut să vină. La centru' ăla dă vizitatori e mizerie rău, stai cu toți prizonierii ăia de-acolo, știți cum zic? Nici nu se poate sta-mpreună ca lumea. Ar trebui să-ți dea și-ăștia o cameră, ceva, unde să poți, știu și io, să plângi. Normal, nu dă mine zic, zic dă ele. A trebuit să țină-n ele și să păstreze tot până plecau. Credeți-mă că dă câteva ori nici n-am vrut să le dau ordinu' dă vizită. Da' într-un fel, cre' c-a fost un lucru bun. Asta ajută omu' să se pregătească. Pregăteşte omu' pentru închisoare. Nu pă mine. Pă ele.

Io l-am întrebat odată pă Şefu' de ce nu putem s-avem şi noi camere private şi căcaturi d-astea, da' el n-a zis dăcât că-s prea multe probleme cu chestia asta.

– Dar lucrăm la chestia asta, a zis el, şi nu eşti primul care mi-a vorbit despre lucrul ăsta. E o idee bună.

E o idee bună. Poate dumneavoastră o să scrieţi la vreun parlamentar sau ceva după asta.

Oricum. Chestia asta care urmează aţi putea să ziceţi că e o piesă importantă dân puzzle, cum au zis ăştia dân acuzare. Parcă toată chestia asta-i un puzzle d-ăla pă care nu poţi să-l înţelegi până nu bagi ultima piesă, şi-atuncea toată imaginea-i clară. Mie mi se pare că ăsta-i un exemplu dă căcat, sincer. Io n-am cunoscut pă nimeni care să nu ştie care-i imaginea finală când n-a intrat încă ultima piesă. Toată lumea vede care-i imaginea. E cam enervant un pic aşa. Deci io cred că ultima piesă nu-i ca o piesă dă puzzle. E ca o piesă dă motor. Ca o bujie. Fără aia, nu merge motoru'. Nici nu porneşte.

Deci trebe să vă duc din nou la-nceput şi la chestia aia cu avocatu' meu. Dumneavoastră, probabil, credeţi în continuare c-a fost o prostie să-mi dau avocatu' afară pentru pledoarii. Tare bun a fost la proces, nu-i aşa? De ce să-l fi dat afară? V-am zis că parţial a fost fiincă io voiam să vă spun tot adevăru' şi el nu voia. Da' el nu ştia ce urmează să vă zic io acuma.

Chiar înainte dă-ntâlnirea aia cu avocatu' meu – dă fapt, în noapte dânainte –, personalu' dă la-nchisoare mi-a spus că aveam un vizitator. Și-n loc să mă conducă-n camera pentru vizitatori, m-a dus într-o cameră mică dântr-o altă parte a-nchisorii. Nici n-am mai fost în partea asta dă culoar, io credeam că zona asta-i doar pentru personal.

Când am intrat, primu' gând pă care l-am avut a fost: „Băga-mi-aş, ia uite, c-au ținut cont dă propunerea mea." Cameră privată. Și-am stat jos și-am aşteptat să vină mama sau Bless. Paznicu' a-ncuiat uşa şi-a zis că vine imediat cu vizitatoru' meu, şi io am aşteptat. N-aveam ce să fac p-acolo dăcât s-aştept. Și pereții erau plictisitori. Cărămizi vopsite-n alb. O fereastră cu vedere-năuntru, nu afară. Totuşi, mă gândeam, cameră privată, frate, dup-aia mă gândeam, căcat, aicea n-o să fac dăcât să plâng.

Trec câteva minute şi mă cam enervez, că toate minutele astea ți se iau dân vizită. La caraliii ăştia le place să întârzie tot, ca o vizită de-o oră să fie una dă douăzeci dă minute până se pregăteşte toată lumea. Unora nici nu li se zice dă vizitele lor. Mie mi s-a zis dă a mea, măcar. Și asta îmi zic io când vine paznicu' înapoi. Bagă cheile-n uşă, şi uşa se deschide. Și-atuncea o văd. Pă Kira.

*

Rahat, ce fețe-aveți! Da' credeți-mă ce vă zic, astea nu-s nimica pă lângă ce față cred c-am avut io. Nu era vorba doar dă faptu' că aşteptasem atâta vreme să văd o fată pă care am iubit-o. Sau pe-o fată pentru care mi-am riscat viața şi care-a dispărut pă nepusă masă. Sau chiar pe-o fată dă care nici nu ştiam dacă-i vie sau moartă. Era viața mea, frăție. Și mai târziu, când a plecat, şi nu ştiam dac-o s-o mai văd măcar vreodată, am simțit ceea ce simte probabil un dependent dă droguri când i se spune: „Tu ai încheiat-o dă tot cu drogurile". Și dup-aia, când am văzut-o, după un an întreg, în fața mea, mi s-a schimbat iarăși viața.

– Ki! aproape că strig. Nu-mi vine să cred pă cine văd. E chiar ea. Se zice dă o persoană care-i frumoasă că-i ca un tablou. În clipa aia, Kira arăta ca-n tablou. Da' nu-n sensu' ăla. Da, tot frumoasă era. Ochii ăia ai ei erau tot amețitori. Și chiar cum stătea acolo, numa-n blugi și-ntr-o bluză albă dă bumbac, era uluitoare. Da' era ca un tablou – nu părea adevărată. Parcă te uitai la o poză și știai că-i o persoană-n ea, da' știai că nu era o persoană la care să-i atingi fața, sau la care să-i simți respirația caldă. E o-nchipuire a unei persoane. Așa mi se părea ea.

– Aveți douăzeci de minute. Nu mai mult, zice caraliu' și dispare. Ușa se-nchide iară, da' el vede prin ferestre.

– Bună, zice ea.

Atâta tot.

Ochii ei stau ascunși bine după pleoape.

– Acuma vii?

Sunt la jumatea drumului între țipete și lacrimi. Îs așa furios, zăpăcit și iritat și toate alea, că nici ordine-n gânduri nu-s în stare să-mi fac.

– Scuze, zice ea, se-așază în fața mea și-și desface mâinile.

A trecut un an dă când am văzut fața aia și realitatea faptului că ea stă acolo-n fața mea cu ochii ăia mi se pare ireală.

– Sper că ai ceva mai bun dăcât „scuze". Unde, pușca mea, ai fost, mă, Ki, mă?

– Plecată.

– Plecată? zic io. Io știu c-ai fost *plecată*! Da' unde-ai fost plecată? Și-aicea cum, pușca mea, ai intrat? Ce se-ntâmplă?

Pentru o clipă nu-s sigur dac-o să se ridice şi-o să plece, şi mi se bagă frica-n inimă. Ea-şi ia poşeta şi o pune la loc jos. Io mă mir c-au şi lăsat-o ăştia cu ea aicea.

– Ei au aranjat, zice ea, uitându-se la mâini.

– Ei? zic io.

Inima-mi trimite sângele la tâmple şi simt cum îmi zvâcneşte faţa.

– Păi, James, zice ea, cu ochii-n tavan. James a organizat chestia asta.

– Cine puşca mea-i James? întreb io.

– Ăla. Ştii tu, tipu' ăla de-acolo de unde-i uşa aia neagră, zice ea, cu ochii-n jos.

– James? Io cred că tu faci mişto dă mine, Ki. *James*? zic io, și râd, da' nu e râsu' meu.

– Așa-l cheamă, zice ea și-ncrucișează strâns brațele la piept.

– Mă doare pă mine-n cur cum îl cheamă. Cine pușca mea e?

– E cel care-a organizat toată treaba asta. El te-a urmărit când m-ai urmărit pe mine până în Elephant and Castle la locul ăla.

– M-a urmărit? De ce? strig io-n gura mare.

Sunt iritat dă gându' că James ăsta se uita la mine cum o urmăream. Rău dă tot. Zici că io-s vreun copil sau ceva.

– Ascultă, îmi pare tare rău...

– Dă-o-n mă-sa dă părere dă rău, da? Vorbim mai târziu dă părerile dă rău. Deocamdată, ce mama dracu' se-ntâmplă? Astea erau căcaturile ce voiai să mi le spui după-mpușcături? întreb io și mă ridic. Masa-i cimentată-n podea deci nu se poate mișca atunci când io mă ridic, așa că m-așez la loc și mă uit furios la ea.

Ea nu zice nimica. Se uită la mine și dup-aia se uită iară-n jos la mâini, dă parcă ochii ei nu mai au altă parte-n care să se-ndrepte. Pare că-și șterge-o lacrimă, da-n clipa aia, e ultima chestie care mă preocupă.

– De ce i-ai împușcat, Ki?

– Poftim?

– De ce i-ai împușcat pă Face și p-ălalalt dân club? întreb io, uitându-mă-n jur să m-asigur că nu m-aude nimeni.

– Am fost nevoită, zice ea. N-aveai de gând s-o faci tu, nu?

– Da' tu ce crezi, că io eram acolo dă distracție? Cu arma-n mână? zic io.

– Îți ieșisei din fire. Îți sticleau ochii. Credeam c-o să leșini, zice ea, și oftează cu jumate dă gură următoarele cuvinte: Am fost nevoită.

– Oricum s-ar fi putut să o fac, zic io, da' știu deja că-i o minciună.

Avea dreptate. O dădusem în bară. Mă uit în jos spre masă. Încă sunt întrebări pe care trebe să le pun. Nu știu cum s-o pun pă următoarea, că nu știu care-o să fie răspunsu'. Știu doar că, oricare-ar fi, o să schimbe tot. Da' până la urmă se schimbase deja tot, nu?

– Și cu Jamil cum rămâne? De ce el? Nu era nevoie să faci asta. Face sărise dân schemă. Jamil era doar un băiat. Nu era un pericol pentru nimeni.

Ki își trece mâna peste față dă parc-ar putea s-o facă nouă dân nou. Să șteargă durerea dă pă ea sau poate minciunile dă pă ea.

– Și James îl voia.

Aproape că râd în gura mare.

– Ce?! Ce-are James cu căcaturile-astea?

– E agent.

– Agent? Ce tot vorbeşti acolo, Ki?

– MI5[1].

– MI5?

Şi-atunci am râs atâta dă tare că mi-au dat lacrimile. Io ştiam că dacă citeşte atâtea cărţi, mintea lu' Ki o s-o ia pă ulei într-o bună zi. Dar MI5? Hai, mă, dă-o-n mă-sa.

– Tu te-auzi, măcar, ce zici? întreb io, da' chiar când rostesc cuvintele, îmi pică fisa. Mă izbeşte ca un pumn în faţă. E adevărat.

– Îl voia pe Face. Dar a zis că ia câţi îi dăm.

– Cum îi voia, morţi?

– James a folosit alt cuvânt. „Deconectaţi."

Pauză lungă: 16.20

---

[1] Denumirea neoficială a Serviciului de Securitate britanic, fondat în 1909 (n.tr.)

LA TRIBUNALUL PENAL CENTRAL T2017229

ÎNAINTEA: Judecător SALMON, AR

Pledoarii de încheiere:

Proces: Ziua 38

Luni, 17 iulie 2017

<u>ÎNFĂȚIȘĂRI:</u>

Pentru acuzare:	domnul C. Salfred, AR.
Pentru inculpat:	el însuși

Transcript după o înregistrare audio digitală realizată de
T.J. Nazarene Limited
Stenografi oficiali și transcriptori
ai înregistrărilor tribunalului.

39

10.05

Deci ați avut timp un weekend să vă gândiți la ce v-am zis vineri. Și sincer să vă zic, și io m-am gândit la asta, și la dumneavoastră m-am gândit. Am încercat să-mi dau seama cum gândiți.

Da' io știu ce gândiți. Vă gândiți că poate io scornesc toate astea. Sau, poate, dacă mă credeți pă mine, vă gândiți că ea scornește toate astea. Credeți-mă. Am întors chestia asta pă toate părțile posibile dă când a venit ea să mă vadă. Mi-a distras atenția când ar fi trebuit să fiu concentrat pă dumneavoastră. Da' acuma că știți, poate vă dați seama de ce unele dântre chestiile pă care le-am zis nu-s chiar cum trebe. Și de ce-a trebuit să țin io pledoaria asta.

Da' așa cum poate v-ați întrebat și dumneavoastră, m-am întrebat și io dacă Ki nu mă trăgea cumva-n piept. Dac-aș fi avut de ce s-o iau la întrebări, aș fi luat-o, credeți-mă. Da' io o cunosc pă fata asta. Și vreau să zic c-o cunosc *pă bune*. Nu doar pă Kira cu ochii cenușii sau pă Kira care zâmbește, sau pă Kira cu cărțile, sau pă Kira cu planurile. Io o cunosc pă Kira asta. Pă Kira cu secrete-ntunecate. Și chiar dacă voiam sau nu să cred, știam că-i adevărat.

Și-n următoarele douăj dă minute, mi-a explicat de-a fir a păr. Totu-a-nceput în perioada aia când ea s-a dus la-nchisoare să-l vadă pă Spooks. Atuncea au prins-o ăia pentru prima oară. Spooks avea parte dă tot mai mult stres acolo după gratii și-ncepea să intre-n panică tot mai rău că i s-ar fi putut întâmpla ceva. În ultima vreme era cât pe ce s-o pățească nasol dă câteva ori, și băiatului îi era frică. A-ncercat să-i convingă pă unii să-i potolească pă Glockz, da' ăia nu l-au ascultat. Ba dimpotrivă, parc-au făcut tămbălău și mai mare.

Până la urmă, când a rămas fără variante, s-a dus la poliție să-și încerce norocu'. A zis că face orice dacă-l scot dân belea. Zicea că face chiar orice, doar să-l mute-ntr-un loc sigur. Polițiștii n-au fost atâta dă interesați la-nceput, da' când a-nceput ăsta să spună numele pă care le știa, au devenit interesați deodată. Dă câte ori zicea cineva „Face", cineva dă pă undeva era interesat.

Poliția era cu ochii și cu urechile pă Face dă ceva vreme și voia să-i înfunde gașca pentru tot felu' dă căcaturi, de la crime și arme la jafuri armate și droguri.

Da' ăștia nu erau singurii care erau cu ochii pă Face. Și unii dântre ăia sus-puși îl urmăreau, așa mi-a zis mie Ki. Imediat ce-au aflat că Spooks știa dă cearta lu' Glockz cu Face, băieții dă la MI5 au căscat bine ochii. Aflaseră dân sursele lor ceva căcaturi care-l legau pă Face dă un transport mare dă droguri. Ki n-a zis ce, da' dân câte mi-a zis, avea ceva legătură cu vreo zece tone dă marfă dă categoria A adusă ilegal în Regat cu vapoarele. Cel puțin așa mi-a zis Ki mie, da' mie mi s-a părut o mare vrăjeală.

Se pare că plănuiau de multă vreme ceva operațiune, da' nu reușeau să se apropie destul dă mult dă Face. Ăla parcă era o fantomă. Cum credeau c-au pus mâna pă el, cum dispărea. Era atâta dă rapid că nici nu puteau să-l prindă în fapt. Nu prea era surprinzător, că Face era d-ăla care era mereu cu un pas înainte. Și trebe să țineți minte că ăștia foloseau tot felu' dă căcaturi, ca telefoanele interceptate și alte chestii d-astea, ca să-l găsească după conversații, sau interceptare dă e-mailuri, chestii d-astea. Da' Face scăpa dă cartelă o dată la două zile și n-avea e-mail. Le apărea pă radar o dată, dac-aveau noroc, și dup-aia-i lăsa-n beznă câteva săptămâni, pân-aveau noroc și reușeau să facă legătura între el și alt număr. De-aia era el o fantomă. Și de-aia aveau și ei nevoie de-o fantomă. Dă cineva care să meargă pă nesimțite pă urmele lui.

Într-o zi au avut noroc. Cumva, au dat de-o pistă directă-n gașca lui. Un informator. Și turnătoru' ăsta le-a zis dă căcaturile care se-ntâmplau cu Guilty. Dup-aia, de-acolo s-a ajuns repede la Spooks.

Da' ei aveau nevoie dă cineva care să le dea informația pă surse și dă cineva care să dea lovitura. N-aveau timp să facă ei chestia aia cu „plantat semințe" dă care-mi zicea mie Ki și să aștepte să crească un copac, sau ce știu io ce pana mea să crească. Lor le trebuia pă cineva de-a gata. N-aveau timp să bage ca lumea pă cineva-n chestia asta, că erau siguri că era doar o chestiune dă timp până o belea omu' lor dă legătură.

Deci, imediat, Spooks a primit un agent dă la Serviciile Secrete. Ăsta nu era ca ăia dă la poliție, la care le-ndrugi niște căcaturi și ei le scriu și dup-aia poate le verifică. Nu, băieții ăștia dă la Serviciile Secrete-și făceau treaba și o făceau repede.

După ce-a primit Ki ordinu' dă vizită dă la Spooks, s-a dus direct la omu' lui nou dă legătură și i-a zis:

– Soră-mea – ea-i știe pă Glockz. Puteți s-o folosiți? zisese el. E deșteaptă, frate. Puteți s-o folosiți. Credeți-mă.

Bulangiu' ăla nici nu-i zisese dă treaba asta. O vânduse cum o mai vânduse și-nainte. Ăștia dăduseră dân cap, și într-o zi știau despre ea chestii pă care nu le știa nici ea.

Imediat ce-au cunoscut-o băieții dă la Serviciile Secrete, și-au dat seama că era perfectă. Era deșteaptă. Știa cine erau toți șmecherii. Și putea să se țină dă un plan. Li se părea logic, și cel mai important era că se putea mișca repede.

Io-mi dau seama după ce fețe aveți că dumneavoastră credeți că-s dus. Ping. Așa credeți că mi s-a dus mintea. Sau poate credeți că inventez io toate căcaturile astea. Da', vă jur, să mor io, ăsta-i adevăru'. Asta-i chestia aia pă care nu puteam să v-o zic și pă care avocatu' meu nu voia să v-o zic. Cum să dau io vina pă MI5? E nebunie. De-a binelea. Și nimeni nu crede nebunii d-astea. Da' opriți-vă un minut. Gândiți-vă la asta.

Așa se explică niște căcaturi.

Toate informațiile alea pă surse pă care le primea despre Face. Toată chestia cu moscheea mi se părea destul dă dubioasă, în pana mea. Oricum, în ziua aia au lăsat-o-n spatele blocului și i-au explicat toată povestea de-a fir a păr.

– Tu ne-ajuți și noi îți scoatem fratele din închisoare. Protocolul protecției martorilor.

– Și dacă n-o fac? zisese ea.

– Atunci nu putem să garantăm că n-o să i se-ntâmple nimic.

Ei nu se-așteptau s-o facă ea. Dă fapt, nu puteau s-o lase s-o facă ea. Nu intra pă știatu' lor dă plată, ca să zic așa. Io trebuia s-apăs pă trăgaci, și doare chestia asta ca toți dracii.

Ea mă băga pă mine-n căcat ca să-l salveze pă frate-su ăla varză, pă Spooks. Ea trebuia să mă bage-acolo, atâta tot. Ăia i-au dat planu'. Ăia au rezolvat cu personalu' dă la intrare. Ăia i-au dat stațiile radio cu două benzi. Tot ce trebuia ea să facă era să se-asigure c-apăsam io pă trăgaci. Sau Curt. Nici măcar nu conta pentru ei cine făcea treaba asta, în pana mea. Când se termina toată tărășenia asta, aveau să-i rezolve. Și pă ea, și pă Spooks. Aveau să-i facă să dispară.

Și JC? Idiotu' ăla nici măcar nu trebuia să fie acolo. Încă nici nu prea știu io de ce l-a-mpușcat. Cre' că ăla ne-a văzut, și-atuncea Ki a-mbulinat-o dân toate punctele dă vedere. Ea n-avea cum să rămână cu chestii nerezolvate, dacă se ducea la poliție și ne-acuza pă noi dă crimă, în club. Dacă zicea că ne-a văzut la locu' crimei. Poate că a crezut că-i chestie dă karmă[1]. Poate că a intrat în panică. Poate că n-a intrat în panică, da' a văzut cum se putea desfășura toată povestea. Poate că a văzut cum trebuia să se desfășoare. Adevăru-i că dacă JC ar fi fost altundeva, io nici nu eram aicea. Crimele dă la club ar fi dispărut. Spooks s-ar fi ascuns. Iar io și Ki? Ei bine, poate-am fi avut șansa să fim noi înșine dân nou.

Nu știu de ce-a venit să mă vadă dup-atâta timp. Poate c-o rodea conștiința.

Căcat. Înțeleg acuma, stând aicea-n fața dumneavoastră și spunându-vă toate astea.

A venit fiindcă io mi-am făcut treaba cu probele. Înțelegeți ce vă zic? Ea a venit abia după ce-am intrat io-n boxa aia a martorilor și-am zis ce-am avut dă zis. Acuma nu se

[1] Concept din filosofia budistă, conform căruia energia pe care o eliberezi către univers se întoarce spre tine (n.tr.)

mai poate opri procesu', nu? E prea târziu. Ea știa treaba asta. E prea târziu ca s-o atingă careva. Chestia e c-atuncea nu-nțeleg de ce-a venit. Ca să-și curețe conștiința? Poate de-asta. A venit că se simțea vinovată. Așa și trebuie. C-așa și e.

Io am fost aicea-n fața voastră toate zilele astea și-am luat crima ei pă capu' meu pentru ce? Dân dragoste? Așa credeți? Așa credeam și io. Da' acuma că știu că m-a vândut ca să și-l salveze pă frate-su, pă ea, nu-s sigur că i-aș fi ținut numele departe dă chestia asta. V-aș fi zis sincer. M-a acuzat pă mine ca să scape ea. Simplu-așa.

Da' știți cum e – măcar a venit. Și nu i-a fost ușor. Era sub protecție, cică. Ea nici nu mai trebuia să existe. Numa' pentru că era pericol să se ducă dă râpă toată chestia asta i-au dat voie äia să vină să mă vadă. Nici măcar nu mai era Kira. Era cu totu' altă persoană.

Da' totuși. A venit. Mă-nțelegeți ce zic. Și-acuma suntem aicea.

– Deci tu poți să faci să dispară toată chestia asta? Să-i convingi să zică „Nevinovat" și să zici adevăru'? am întrebat-o io dup-aproape douăj dă minute, când bătea paznicu' la ușă.

– Nu pot, a zis ea.

– Și-acuma ce facem? am zis io, privind iar în ochii äia. Erau plini dă lacrimi, da' tot frumoși să-nnebunești.

S-a oprit o clipă și s-a uitat la mine, dup-aia a zis încet:

– De ce n-ai plecat? Credeam c-o să pleci.

– Să plec? Te-am așteptat pă tine. Niciun telefon n-ai dat, mă, Ki, mă.

– N-am putut. Nu m-au lăsat.

– Aha.

S-a oprit, și-atuncea am văzut că-i dădeau lacrimile pă bune.

– De ce n-ai plecat? Puteai să pleci.

– N-am putut.

– Ți-am lăsat banii. Și Baikalul. Am crezut că...

– C-o să te părăsesc? zic io.

– C-o să te salvezi.

– Nu-i așa alb-negru totu' până la urmă, nu? Tot trebe să rămână cineva-n urmă să plătească tot, nu?

Și dup-aia a plecat.

Pauză: 10.45

40

12.30

CONSILIUL ACUZĂRII:

Onorată Instanță, în Hertford[1], Herefordshire[2] și Hampshire[3], nu prea au loc uragane. Aici, la Tribnualul Penal Central, nu prea are loc o a doua pledoarie de încheiere în fața acuzării. Totuși, acum are loc, la îndrumarea onoratului judecător.

Acesta este un caz neobișnuit.

Nu pentru că presupune crima premeditată și intenționată comisă asupra unui băiat adolescent. Nu pentru că presupune o crimă comisă cu o armă de foc. Din nefericire, la Londra, tinerii se-mpușcă între ei cu arme de foc. A devenit o poveste mult prea cunoscută. Nu, acest caz este neobișnuit pentru că inculpatul a ales să-și țină singur pledoaria. Vă vorbește deja de câteva zile.

Acest lucru, în sine, este neobișnuit.

Cu toate acestea, din nefericire, inculpatul a făcut referire în pledoaria sa la informații pe care se bazează în prezent, dar pe care nu le-a menționat ca probe. Multe lucruri

---

[1] Reședința comitatului Hertfordshire din estul Angliei (n.tr.)

[2] Comitat din vestul Angliei (n.tr.)

[3] Comitat de pe coasta sudică a Angliei (n.tr.)

din cele spuse de el sunt complet noi. Nu le-ați mai auzit. Nu le-ați auzit înainte de momentul de față. Ceea ce înseamnă că nu s-au anchetat lucrurile pe care vi le-a spus acum. Acest lucru vă situează, onorați membri ai juriului, într-un dezavantaj major. Cum, dacă n-ați auzit că informațiile date de el au fost anchetate, o să stabiliți calitatea lor? Altfel spus, cum o să fiți în stare să le judecați plauzibilitatea? Cum puteți fi siguri de adevărul lor?

De aceea, cu acordul și cu permisiunea judecătorului, mă adresez dumneavoastră a doua oară. Cu toate acestea, pentru a-i acorda în continuare inculpatului dreptul de a avea ultimul cuvânt, și lui i se va permite să vi se adreseze, ca răspuns la pledoaria acuzării.

N-o să trec în revistă tot ce-a spus inculpatul. Acest lucru ar presupune să vă insult inteligența. Tocmai ați auzit tot ce-a avut de spus. Mie nu-mi revine, pur și simplu, sarcina de-a contrazice ceea ce spune el. Puteți vedea dumneavoastră înșivă care sunt punctele slabe și ține de dumneavoastră să hotărâți ce faceți cu ele. Nu. Eu doar subliniez câteva idei pe care să le luați în considerare. Ca înainte. Le acceptați dacă sunteți de acord cu ele. Le ignorați dacă nu sunteți de acord cu ele.

Este important să ne exprimăm foarte clar în această privință de la bun început. Noi, acuzarea, susținem că tot ceea ce v-a spus inculpatul în apărarea sa este o minciună. A mințit la interogatoriul poliției și a repetat aceste minciuni în boxa martorilor când a prezentat probele. Dar acum avem un nou șir de minciuni. Alte minciuni decât la probe. Alte minciuni decât la interogatoriu. Dar, spunem noi, tot minciuni. Din partea unui inculpat care, literalmente, spune ce și cum îi vine la gură.

Să facem, cu permisiunea dumneavoastră, o pauză și să analizăm mai în detaliu această poveste recent inventată. Acestea sunt problemele cu care s-ar putea să credeți că se confruntă inculpatul.

În primul rând, nu există nicio dovadă conform căreia domnul pe care inculpatul îl poate numi doar după pseudonimul Face a fost împușcat mortal, așa cum pretinde inculpatul în momentul de față. Nu există absolut, și fac o pauză pentru a sublinia această idee, absolut nicio dovadă a faptului că acest bărbat există măcar, pentru că inculpatul nu ne poate spune nimic despre celălalt bărbat, presupus ucis. Nu există nicio dovadă a faptului că traficanții de droguri, sau oricine altcineva, au fost împușcați mortal în clubul de noapte cu numele identificate de inculpat, în circumstanțele specificate de acesta. Deloc. Nicio dovadă, cât de mică. Aici nu e vorba de simple invenții, doamnelor și domnilor, ci de ficțiune pură și neconfirmată.

Dacă doi oameni, ba nu, chiar și dacă un singur om ar fi fost împușcat mortal, într-un club de noapte, ați putea fi siguri, nu-i așa, că există niște probe care să susțină acest fapt? Poate un raport al poliției? Sau e posibil, așa cum a sugerat inculpatul, ca în urma unei conspirații sinistre a MI5, detaliile să fi scăpat din vedere poliției? Și cu presa cum rămâne? Niciun comunicat la știri, niciun titlu prin ziare, niciun articol care să descrie evenimentele despre care vorbea inculpatul. Și presa a fost redusă la tăcere de către MI5?

Dar misterioasa și seducătoarea Kira? Unde e? De fapt, cine e? Există cu adevărat? Chiar se-așteaptă toată lumea să credem că iubita inculpatului este un soi de asasină recrutată de Serviciile Secrete. Permiteți-mi riscul de a sugera că niciodată nu s-au mai auzit asemenea baliverne în stare pură într-un tribunal. Şi nu sunt simple baliverne. Este o insultă. Faţă de acest tribunal. Faţă de dumneavoastră.

Şi închei această adresare, din fericire scurtă, cu două ultime comentarii. Noi le considerăm decisive. Dacă, aşa cum susţine inculpatul, a fost dispus să împuşte doi bărbaţi cu un pistol de nouă milimetri cu sânge-rece, ce vă spune asta despre punctul până unde poate merge pentru a-şi urmări propriile interese? Până la urmă, chiar dacă a dumneavoastră credulitate se întinde până în punctul în care vrea inculpatul să o întindă, îl ajută la ceva? Sau faptul că a fost dispus să omoare doi oameni îl condamnă pentru crima de care stă acuzat în faţa dumneavoastră?

Şi încheiem cu o întrebare: de ce n-a fost nici măcar un cuvânt din această poveste repetat de singura persoană care ar putea s-o confirme? Curt, care ar fi putut să vă ajute, a dispărut, în mod convenabil. Ce păcat pentru acest inculpat. Şi Kira a dispărut, şi acum are o nouă identitate închipuită. Dar există o persoană care nu a dispărut. Într-adevăr, ea a fost în acest tribunal de la bun început. Sora inculpatului. Blessing. De ce n-aţi aflat nimic de la ea? La urma urmei, se pare că, în sfârşit, acum vorbeşte. Dar nu dumneavoastră doamnelor şi domnilor. Nu dumneavoastră.

Pauză de prânz: 13.05

41

14.10

INCULPAT:

Practic, are dreptate, așa-i? Tot ce zice el e adevărat, practic. Io n-am nicio dovadă despre nimica. El zice că Ki nu există. Io n-am nicio dovadă să v-arăt că ea există. Și MI5 nu-s atâta dă proști încât să lase consemnări ale vizitei ei la închisoare. Dac-aș fi știut că ăsta o să zică chestiile astea, poate aș fi adus ceva probe despre ea. Aș fi putut să v-aduc poze, dar știți cum e, dacă le-aduceam, el ar fi spus: „De unde știm noi că asta nu e o fată oarecare căreia i-ai făcut poze?" Și dacă i-aș fi adus certificatu' dă naștere, ar fi zis: „Da, există o persoană cu numele ăsta. De unde știm noi că tu o cunoști?" Aș putea s-o țin tot așa. Totuși, la urma urmei, unele lucruri trebe luate pă-ncredere. Unele lucruri le iau și io pă-ncredere.

Iau pă-ncredere faptu' că Pământu-i rotund. Nu pot să văd cu ochii mei că-i rotund, da' mă-ncred într-o poză. Iau pă-ncredere faptu' că Obama-i o persoană reală dân America. Nu l-am văzut niciodată în realitate. Nici n-am văzut vreodată pă cineva care să-l fi văzut în realitate. L-am văzut pă un ecran dă televizor. Mi s-a zis c-a fost președinte sau ce. Nu știu sigur că așa-i. Nu știu sigur că ăsta d-aicea-i avocat. Îmi zice că e și îl cred. Deci acuma-s în aceeași barcă și vă invit pă toți să luați un loc în barca mea. Pă-ncredere. Unele lucruri le puteți lua pă-ncredere.

Ki citea multe cărți dă istorie și căcaturi d-astea. Cu Henric al nu știu câtelea și cele douășpe neveste ale lui, și mai știu io ce. Și-n cărțile-astea, există mereu o parte-n care ți se spune că regele cutare a avut consilieru' cutare, și nu știu câți servitori, și ce mâncau ăia la micu' dejun, și la-la-la. Și-o-ntrebam io mereu, de unde, pușca mea, știau ăia toate chestiile-astea? Și ea-mi răspundea că își dădeau seama după alte chestii. Găsesc câte-o pictură ici, și-l arată pă un tip. Dup-aia, într-o scriere dă colo, au câte-o descriere a unui consilier, și careva zice: „Stai, mă, așa, că ăsta-i ăla dân pictură". Dup-aia, altcineva zice: „Ia uite, ține două rațe moarte-n mâna aia". Dup-aia zice: „S-ar putea să-i placă să tragă cu arma". Dup-aia, altcineva zice: „Păi, e clar că le-a-mpușcat p-alea două de-acolo, deci categoric trage bine". Dup-aia, altcineva zice: „Ia uite cum se uită la băiețelu' ăla, o fi vreun pedofil ceva".

Io cred că asta-i o mare vrăjeală. Io cred că asta-i o poveste bună despre ce-ar putea însemna toate căcaturile-astea, da' nu e dovadă, așa-i?

Deci, am o problemă destul dă mare, nu? Ce face ca povestea mea să fie adevărată dân toate căcaturile care s-au întâmplat?

Tot ce v-am zis io e ca-n cărțile dă istorie. Doar se unesc niște puncte, da' ar putea fi imaginea reală. Io vă spun că s-a-ntâmplat cutare lucru și dup-aia s-a-ntâmplat alt lucru, și de ce s-a-ntâmplat. Da' asta nu-nseamnă că lucru' ăla s-a-ntâmplat pă bune. Înseamnă doar c-am zis io c-așa s-a-ntâmplat. Probabil că asta nu face nici cât un căcat la urma urmei, nu? E doar o teorie. Deci, oricum, am belit-o, nu?

Da' cu ăștia de la acuzare, și cum zic ei că s-a-ntâmplat ce s-a-ntâmplat, e același căcat, nu? Tot o teorie e. Nu pot să demonstreze că l-am împușcat io pă Jamil, că n-au martori la-mpușcăturile alea. Nu pot să demonstreze că sângele meu a ajuns acolo cum zic ei c-a ajuns, că n-au martori care să zică: „Aaa, uite-așa a ajuns sângele pă el". Nu pot să zică că reziduurile dă la descărcarea armei dă foc sunt dă când l-am împușcat io pă Jamil sau altcineva, cum ar fi Kira, sau c-ar fi purtat ea bluza aia, sau c-am purtat-o io când l-am cărat pă Jamil dân ascunzătoare. Nimeni nu poate dovedi nimic sigur. Nu pot dovedi nici măcar că nu s-a-ntâmplat ce-am zis io și că lucrurile pă care io le-am spus nu s-au întâmplat așa. Nu pot să vă prezinte nicio probă că n-a existat Ki, sau Curt, sau Guilty.

Deci unde suntem acuma? Toate devin „poate". Poate s-a-ntâmplat așa. Poate s-a-ntâmplat pe dincolo. Da' la ce bun? Nu-i bine să ai presupuneri. Cum zic ăștia dân acuzare, trebe să fii sigur, nu aproape sigur.

Da' sunt câteva chestii dă care puteți să fiți siguri. Prima-i că Jamil a fost împușcat mortal. A doua-i că dântre toți oamenii dân sala asta, io-s singuru' care știe sigur cum a fost omorât. Și acuzarea trebe să fie de acord cu chestia asta. Ori l-am împușcat io, ori am fost acolo când a fost împușcat dă Kira. A treia chestie e că-s treij dă mii dă lire la mine-n apartament. Ce nu pot ăștia dân acuzare să spună e teoria lor despre cum am pus io mâna pă bani. Singura teorie pă care-o aveți la dispoziție e a mea sau orice altă teorie la care puteți să vă gândiți. Da' care altu' ar putea fi motivu' pentru care-am luat io banii? Am spart o bancă? Am câștigat la loterie? Dă undeva tot trebe să vină, nu?

Mai e și chestia asta. Jamil a fost împușcat cu un motiv. Oamenii nu-s împușcați fără motiv. Din nou, avocatu' acuzării zice că ei n-au nevoie să demonstreze motive și alte alea. Da' ce logică are asta? Trebe să fie un motiv și singuru' motiv e ăla pă care vi l-am dat io – că doar dacă zici dă cineva că-i „varză" nu-nseamnă nimica. Ăsta nu-i motiv să omori pă cineva.

Io știu că lucrurile pă care vi le-am spus sunt adevărate. Da' știți ceva? La urma urmei, nici nu cred că are vreo importanță. Mai că nu-mi vine să ridic mâinile și să zic c-am făcut io chestia asta.

Dac-aș recunoaște că l-am împușcat io, v-ar fi mai ușor? Ați fi în stare să plecați de-aicea cu conștiința curată și să ziceți: „Am făcut ce trebuia?" Bun, atuncea recunosc. Io l-am împușcat. Era varză. M-a scos dân sărite sau ce-a făcut, și l-am omorât cu Baikalu'. L-am împușcat mortal. În plină stradă. Purtam hanoracu' meu cu caractere chinezești, făcut în Taiwan. Am sărit într-un taxi. Am cumpărat un bilet spre Spania și aveam dă gând să-mi iau zboru'. Nu știu dă unde-am făcut rost d-ăia treij dă mii, da' pă cine interesează treaba asta? Și nu-s sigur de ce nu m-am dus în Spania. Nu-s sigur de ce n-am fugit io cu ăia treij dă mii ai mei în loc s-aștept acolo să vină poliția să m-aresteze. Și nu-s sigur de ce-am lăsat pistolu-n apartament. Da' m-au arestat fără drept de-apel.

Și-acuma cum rămâne? Sunteți fericiți acuma? Știți că primesc sentință pă viață pentru chestia asta, vi se pare corect? Doar pentru că l-am împușcat e corect să fiu închis tot restu' vieții? Dacă erați dumneavoastră-n locu' meu?

Da' asta n-avea cum să se-ntâmple niciodată, nu? N-aveați să-l întâlniți niciodată-n fața ușii. Pă strada dumneavoastră nu trebe să vă confruntați cu traficanți dă droguri. Aveți chestii mai bune dă făcut. Aveți joburi și oportunități gârlă. Io ce am?

Singura pă care am avut-o a fost Ki, și ea a plecat. Și fie că dumneavoastră credeți sau nu în Ki, puteți să credeți că e o persoană reală. A venit în viața mea cu-autobuzu' și mi-a schimbat viața. Dup-aia a plecat. Așa, pur și simplu. Io-nțeleg ce zice-avocatu' acuzării. Da' puteți să credeți că există. Sau dacă nu, că există o persoană ca ea, oricare-ar fi numele ei. Nu-i imposibil să fi fost îndrăgostit de-o fată care-a schimbat totu' pentru mine, nu?

Da' e vorba dă toată tărășenia aia cu MI5. Aia nu puteți s-o credeți.

Uitați care-i chestia, totuși.

Dacă vreți, puteți.

Credeți că MI5 există. Puteți să credeți că MI5 face niște chestii dubioase. Știți că-s organizație secretă, da' mai știți și că trebe să lucreze niște oameni acolo. Știți că-n lumea asta, undeva, există oameni adevărați care fac parte dân MI5 și fac tot felu' dă căcaturi, și căcaturile alea se-ntâmplă așa cum trebe să se-ntâmple – și-s secrete. Și nu vreți să știți amănuntele. La dracu, nu vreau nici io să știu amănuntele. Da' tot vreți să se termine cu căcaturile astea.

Să nu-l lăsați p-ăsta să vă păcălească, bun? Că el zice alea trei amărâte dă litere într-un fel, că le face să pară mari dă tot: „M – I – 5". Și la cum le zice, mă face să mă-ntreb dacă

MI5 chiar există. Face să pară că a zis „X-Men“[1]. Da' dumneavoastră știți că MI5 e real. Deci ce-i atât dă ciudat în faptu' c-au pus un pic dă presiune, în tăcere, pe-o fată oarecare, ca să poată să-și facă treaba? Ăia știau care erau slăbiciunile ei. Ăia știau dă Spooks. Puteau să-l facă să dispară. Puteau s-o țină-n siguranță. Puteau să-l țină-n siguranță. Puteau să-i țină necunoscuți.

Și dacă stați să vă gândiți, știți că niște căcaturi d-astea chiar se-ntâmplă. Adică se-ntâmplă pă bune. Gândiți-vă numa' la rusu' ăla, Litvinenko.[2] A fost otrăvit cu uraniu, sau cu știu io ce căcat dă pă vârfu' unei umbrele. Ziua-n amiaza mare. Și știm că s-a-ntâmplat chestia asta. A fost asasinat. Și ni se pare chestie d-aia ca-n James Bond[3] și chiar dacă știm că s-a-ntâmplat, și știm că probabil s-a mai întâmplat dă multe ori înainte dă asta, nu vrem să

[1] Supereroi creați în 1963 de Stan Lee și Jack Kirby, X-Men sunt mutanți, oameni înzestrați cu abilități extraordinare pe care le-au dobândit în urma unor mutații genetice. Seria de filme X-Men, lansată în 2000, a lansat cariera la Hollywood a actorului de origine australiană Hugh Jackman, interpretul popularului antierou Wolverine, cu instincte animalice, puteri de regenerare și gheare de adamantiu, considerat în universul Marvel drept cel mai puternic metal din câte există (n.tr.)

[2] Aleksandr Litvinenko (1962-2006), jurnalist rus controversat, cunoscut pentru pozițiile sale antiguvernamentale și anchetele sale legate de crima organizată în Rusia, asasinat prin otrăvire cu poloniu (n.tr.)

[3] Celebrul agent secret și-a făcut debutul literar în 1953, în romanul *Casino Royale*, semnat de Ian Fleming. Bineînțeles, a inspirat numeroase producții cinematografice, fiind interpretat de-a lungul timpului de actori precum Sean Connery, Roger Moore, Pierce Brosnan sau Daniel Craig (n.tr.)

credem. Ne bulește-n fericire. Mai degrab-am crede că o doamnă albă cu față dă profesoară ne conduce țara și că-i plin numa' dă chestii plictisitoare, cum e NHS[1] și reduceri bugetare și-alte d-astea. Da-s căcaturi mai sinistre de-atâta. Nici io nu vreau să le cred. Vreau să spună cineva c-astea-s teorii ale conspirației și că lumea noastră nu-i așa. Da' așa e. Și e de-o mie dă ori pe-atâta, că na, cele mai multe căcaturi pă care puteți să le credeți sunt niște căcaturi dă care noi n-o să știm vreodată. Căcaturi dă care noi n-o să avem voie să știm vreodată.

Iată-ne, onorați jurați. Când am început pledoaria asta, io n-am crezut c-o să pot să țin o pledoarie dă cinci ore, ca Palmerston. Da', la naiba, am vorbit zece zile. Poate nu la fel dă bine cum ar fi făcut-o el. Poate nu cu toate vorbele frumoase care v-ar fi dus cu gându' la o cauză mai înaltă, cum a făcut el. Da', la urma urmei, mă bucur că mi-am ținut io pledoaria, că mi-am dat seama de ceva în timp ce vă ziceam toate chestiile-astea. Mi-am dat seama ce zicea ăla – ăla dă la moschee, când a zis că nu toți oamenii-s la fel, da' pot fi. Io nu-s ca dumneavoastră, și dumneavoastră nu sunteți ca mine, da' ați putea fi dac-ați încerca.

Deci, încercați. Încercați să fiți eu.

La urma urmei, tot dă dumneavoastră depinde, nu?

Vinovat sau nevinovat?

VERDICTUL JURIULUI:

[1] National Health Service este sistemul național britanic de sănătate, fondat în 1948 (n.tr.)

LA TRIBUNALUL PENAL CENTRAL T2017229

ÎNAINTEA: Judecător SALMON, AR

VERDICT:

Proces: Ziua 39

Marți, 18 iulie 2017

<u>ÎNFĂȚIȘĂRI:</u>

Pentru acuzare:	domnul C. Salfred, AR.
Pentru inculpat:	el însuși

Transcript după o înregistrare audio digitală realizată de
T.J. Nazarene Limited
Stenografi oficiali și transcriptori
ai înregistrărilor tribunalului.

Nota autorului

În decursul ultimului sfert de secol, am întâlnit oameni din toate categoriile sociale, prinși în ițele sistemului judiciar penal.

Unul dintre lucrurile pe care le înveți repede ca avocat de drept penal e că inteligența nu este neapărat sinonimă cu educația, iar cele două nici nu pot fi neapărat înlocuite una cu cealaltă. De foarte multe ori am întâlnit tineri geniali fără absolut nicio calificare. Tineri care puteau compune poezie pe loc, dar căreia-i spuneau rap. Flăcăi care înțelegeau concepte legale dificile imediat ce le erau explicate pas cu pas, și cel mai surprinzător lucru dintre toate, băieți care puteau analiza probele din cazurile lor asemenea unor profesioniști.

Acest aspect mi-a fost clarificat într-o bună zi când un client de-al meu era interogat în legătură cu locația telefonului său folosind tehnologia de localizare a mobilului. Cazul era grav, implica o acuzație de jaf, și în acuzare era un avocat experimentat.

Am înțeles foarte curând că inculpatul memorase cu atât de mult rafinament rapoartele experților încât Coroana nu putea să-l atingă nici cu un deget. A fost în același timp o demonstrație impresionantă și o lecție salvatoare.

După acest caz, am avut mereu grijă să-mi păstrez mintea deschisă în privința tuturor clienților mei. Am ținut minte și că în spatele fundei roz a unui dosar stătea libertatea unei persoane reale, care merita fiecare picătură de efort depus în numele său.

În urmă cu mulți ani, după ce-am terminat o pledoarie de încheiere în numele unui client, un tânăr acuzat de trafic de droguri, acesta a venit la mine să-mi mulțumească pentru pledoaria mea. Îmi aduc aminte că mi-a spus că era recunoscător pentru că el considera că n-ar fi putut spune ceea ce era nevoie să fie spus așa cum spusesem eu. Aceste cuvinte mi-au rămas în minte și m-am întrebat mulți ani după aceea de ce un inculpat nu putea spune ceea ce era nevoie să spună. Avem cel mai bun sistem de justiție penală din lume în privința proceselor cu jurați. Procesul cu jurați în sine fiind, teoretic, un proces în fața egalilor cuiva. Cu toate acestea, realitatea e că băieții dezavantajați din medii sociale și personale dificile nu sunt de obicei supuși unui proces în fața oamenilor ca ei.

Am început apoi să mă întreb cum ar fi în cazul în care acuzații de diverse infracțiuni ar fi supuși unui proces de către oamenii ca ei. Și dacă s-ar întâmpla acest lucru, cum ar suna o pledoarie din partea unei asemenea persoane? Și deși mă simțeam uneori mișcat de ceea ce-mi spuneau inculpații despre viețile lor și de ceea ce mie mi se părea a fi inevitabil în destinul lor, mi-a fost imposibil să mă exprim la fel cum au făcut-o ei.

Apoi n-a mai trecut mult timp până când s-a născut ideea unui roman în care un inculpat își ținea pledoaria de încheiere. Avantajul real era acela că făcând acest lucru, el putea fi judecat nu doar de un complet de doisprezece jurați, ci de un complet alcătuit din toată lumea care-l putea auzi: un complet din cititori.

În romanul *Eu, acuzatul* a fost important pentru mine să aduc în discuție problemele reale cu care se confruntă cei ajunși în sistemul juridic penal. Din proprie experiență, un număr disproporționat de tineri dezavantajați din punct de vedere social, africani, asiatici și din Orientul Mijlociu se trezesc prinși în ițele sistemului. Știu că vor fi unii care se vor plânge de stereotipurile din carte, dar viața de gașcă este o realitate pentru tinerii din anumite părți ale țării.

Adesea, tinerii rămași fără suportul social oferit de școală și familie sunt atrași în cultura găștilor de la o vârstă fragedă. Gașca le oferă multora un sistem paralel de ordine, putere, siguranță și statut, acolo unde, altfel, există doar un gol. Odată ce se creează condițiile necesare apariției unei subculturi, dar se elimină posibilitatea progresului prin educație, gașca de infractori devine într-un fel inevitabilă ca traseu pe care aspirațiile își pot găsi împlinirea.

Această realitate socială a găștilor este una cu care am considerat important să mă confrunt. Cu toate acestea, mi-am dorit să evit să glorific în vreun fel găștile. Viața de gașcă, după părerea mea, a suprasaturat deja cultura, și nu se fac suficiente eforturi pentru a combate luarea intenționată în vizor a tinerilor de către aceste organizații cu mare putere socială. Personajele principale din carte nu sunt membri ai găștilor. Ele populează un spațiu din care pot arunca o lumină asupra provocării de a rezista presiunilor din partea găștilor. Am vrut ca personajele să ne vorbească despre atracția culturii găștilor, pe care eu am simțit-o direct, dar am vrut să le dau puterea de a i se opune.

Inculpatul din romanul *Eu, acuzatul* a fost creat în încercarea de a dezlănţui o multitudine de stereotipuri, dar într-o manieră uşor de înţeles şi realistă. În cele din urmă, trecuturile personajelor sunt mai puţin importante decât întrebările pe care le ridică ele:

Este dreptatea absolută sau există mai multe tipuri de dreptate în funcţie de cine eşti?

Este moralitatea absolută sau există zone cu nuanţe de gri? Cum identificăm acele zone?

Când trebuie responsabilitatea personală să cedeze în faţa circumstanţelor personale?

Este vinovăţia absolută sau, de dragul corectitudinii, ar trebui privită dintr-o perspectivă „circumstanţială?"

Ce este adevărul, şi oare greutatea lui afectează atracţia gravitaţională a lipsurilor?

Respingem din instinct noţiunea de „nevinovat până la proba contrarie?"

Câte dezavantaje are un inculpat din cauza simplului fapt că se confruntă cu o acuzaţie?

Putem cunoaşte vreodată cu adevărat pe cineva? Şi cum îi judecăm pe cei pe care nu-i putem cunoaşte aşa cum se cuvine?

Mulțumiri

Mamei, care mi-a citit primele povești pe care le-am ascultat vreodată și care mi-a transmis o dragoste pentru lectură care mă însoțește mereu. Fără rugăciunile și sprijinul tău, nimic bun nu ar fi ieșit din tot ce-am făcut vreodată.

Tatei, care m-a învățat importanța ideii de a citi. Orice. De toate. Atât timp cât continuam să citesc.

Lor, amândurora, laolaltă, care m-au făcut să cred că, prin muncă asiduă, orice este posibil și orice scop poate fi atins.

Sadiei, soția mea. Prima mea cititoare. Ultima mea cititoare, și tot ce mai rămâne. Pentru tine scriu. Îți mulțumesc pentru tot. Pentru c-ai citit ciorne nesfârșite. Pentru toate ideile tale. Pentru răbdarea ta. Totuși, mai ales, pentru dragoste și credință. Încă-mi aduc aminte de cuvintele care au inspirat această carte. „Doar să scrii ceva care să nu fie plictisitor." Sper c-am reușit, măcar în parte, să fac lucrul ăsta. Te iubesc, nevastă. Ba nu. Ba da.

Fraților și surorilor mele, Kash, Omer, Khurrum și Ayisha. Îmi găsesc mereu drumul spre casă doar când mă gândesc la voi. Vă mulțumesc din suflet că mă faceți să râd chiar și atunci când nu sunt cu voi.

Minunaților Oameni ai Cărții.

Divinei mele agente, Camilla Wray („divină“ ai zis, nu?). Fără tine, această carte ar fi fost destinată unei dezintegrări singuratice și tăcute în bucăți și biți pe un laptop vechi. Mulțumesc pentru încrederea ta. Mulțumesc c-ai îndepărtat numeroasele imperfecțiuni și pentru șlefuirea ta, pentru reușita ta de a transforma ceva superficial și lipsit de strălucire în ceva care poate sclipi. Îți mulțumesc pentru tot hei-rupul. Și pentru Emad și pentru că l-ai convins să o cumpere! Dacă ar produce Carlsberg[1] agenți, probabil v-ar produce pe voi – cei mai buni agenți din lume.

Tuturor celorlalți de la Darley Anderson, care și-au combinat energiile pentru această carte. Vă mulțumesc. Și mulțumesc în mod special lui Marc Simonsson pentru toată munca depusă în partea care ține de film și televiziune. Cu toții sunteți de primă clasă, și n-a existat moment în care să nu mă simt în siguranță deplină în mâinile voastre.

Primului meu editor, Emad Akhbar, fratele meu spiritual. Îți mulțumesc pentru tot. Sunt foarte norocos că am putut beneficia de geniul tău în această aventură. N-am cuvinte să-ți mulțumesc pentru toată munca ta asiduă. Pentru ochiul atent la detalii aplecat asupra fiecărui rând. Pentru prietenie. Pentru râsete. Pentru coperta aia! Pentru rezerva infinită de argou de stradă pe care-o aveai în depozit. Cine-ar fi știut? Yaar[2], să fi fost cartea mea o domniță, tu i-ai fi fost în mod sigur cavaler. Îți mulțumesc.

Neîntrecutei Jessica Leeke de la Michael Joseph, pentru modul discret și lipsit de efort în care ai preluat munca lui Emad. Ai făcut-o atât de bine încât pare c-ai fost mereu

[1] Marcă de bere daneză produsă începând cu 1847 (n.tr.)

[2] Termen de adresare prietenească din limba hindi (n.tr.)

acolo. Îți mulțumesc pentru ideile tale, pentru energia ta, și pentru toate lucrurile pe care știu că le faci în culise, în tăcere, dar într-un mod minunat.

Tuturor tinerilor de la Michael Joseph, care prestează o muncă impecabilă, dificilă, dar măiestrită. Mulțumiri alese managerului afacerilor mele publice, Laura Nicol, și talentatei și tenacei Katie Bowden, pentru toată munca lor asiduă și pentru că și-au împrăștiat cu atâta dăruire și generozitate magia. Multor altora, precum Annabel Wilson, Emma Brown și Sophie Wilson, dar și tuturor celor ascunși care au făcut atât de multe pentru a da naștere acestei cărți.

Lui Leo Nickolls, care a conceput o copertă atât de frumoasă și de frapantă. Ce geniu!

Lui Ruth Kenley-Letts și lui Jenny Van Der Lande de la Snowed-In Productions, care au dat dovadă de atâta încredere în opera mea. Vă mulțumesc.

Sunt recunoscător și pentru șansa de a-i mulțumi lui Rian Malan, a cărui carte spectaculoasă, un adevărat tur de forță, *My Traitor's Heart*[1], a inspirat scena din carte cu Omul cu ciocanul. V-o recomand fără nici cea mai mică rezervă. Lectura acestei cărți mi-a îmbogățit viața în mai multe feluri decât aș putea descrie.

Tuturor cititorilor mei provizorii, prietenilor și colegilor din Camere și de la Barou, vă mulțumesc pentru că v-ați luat timp din viețile voastre ocupate ca să-mi faceți mie pe plac.

---

[1] Autobiografie semnată de Rian Malan, care descrie experiențele sale din exil, în Africa de Sud. Cartea, publicată în 1990, a devenit bestseller, fiind tradusă în unsprezece limbi (n.tr.)

Lui Stephan, fratele meu, sânge dân sângele meu. Îți mulțumesc. Pentru că ești fratele meu. Pentru prietenia ta. Pentru sprijinul tău. Pentru bucuria ta. Pentru imprevizibilitatea ta. Pentru umorul tău. Pentru că ești ireal? Oricine ar trebui să aibă un prieten ca tine, dar foarte puțini oameni au. Tu ești ăl mai tare. Curt.

În cele din urmă, lui Zozo, care poate lumina și cele mai întunecate unghere ale vieții mele cu un zâmbet și cu un singur cuvânt: „Biiiing!“

Editura RAO vă recomandă

ACCES INTERZIS

Karen Cleveland

Știi cui îi spui la revedere în fiecare dimineață?

Mergi la birou. Îți pregătești cafeaua. Îți deschizi computerul. Jobul tău: să accesezi laptopul unui infractor rus și să găsești dovezi că ascunde identitățile a cinci agenți bine infiltrați, trăindu-și viața ca fiecare dintre noi. Ai reușit să intri. Pe ecran îți apar cinci fotografii. Una dintre ele este a soțului tău.